LE DESTIN DES NORNES
RAGNAROK

LIVRE DE RÈGLES

Second Edition
Published by Pendelhaven 2006, 2013, 2017
Translated 2014
121 Place Bourdonnière
Lachute, Quebec
J8H 3W7 Canada
www.pendelhaven.com

Author and Designer:
Andrew Valkauskas

Illustrator and Graphic Designer:
Helena Rosova

Editor
Carole Wynne

Translator
JP Rullmann

Translation Layout
Kyriaki Sofocleous

Play Testers:
Davide Zanoni, Alex Valcelli, Ron Kriz, Marc Durivage, Pat Combat, Frank Villeneuve, Fil St-Laurent, Christian Dieudonne, Dali Phaneuf, Geoff Rollins, JR Honeycutt, Liz Cano, Christophe Chenier, Neil Carr, Annick Jean, Eric Hobberstad

www.fateofthenorns.com
info@fateofthenorns.com

ISBN 978-0-9940240-9-1

Dedicated to my loving and supportive family – Sofia, Rafael and Serafina

A big thanks to our Kickstarter supporters:

All Father:
Brett Bozeman

The 3 Norns:
Scott Kehl, Nickolas C Walker, Lawrence Huang

Aesir gods and Muspeli jotuns:
Walter F. Croft, Brett Easterbrook

Gold Retailers and Distributors:
Sphaerenmeisters Spiele
Dragon's Lair Comics & Fantasy

Einherjar and Sons of Muspel:
Antoine Boegli, Amiel Kievit, Oliver Peltier,
Dean Raspa, Areito Echevarria, Christian Nord,
Nils Johansson, Sean Pelkey, Stephen Dewey,
Jennifer Fuss, Travis Carpenter, Simon York,
Martin smith, Jose Luiz Ferreira Cardoso

Silver Retailers and Distributors:
TransGroup Worldwide Logistics - Fantask

Svart Alfar:
Eric Hobberstad

Bronze Retailers and Distributors:
Travia Inc.

TABLE DES MATIÈRES

Le Jugement des Dieux approche;
le frère tuera le frère,
les familles seront déchirées par l'inceste.
Quatre âges surviendront:
âge de la Hache, âge de l'Epée,
où les boucliers seront fendus;
un âge de Vent, un âge de Loups,
où le monde s'effondrera.
Personne ne sera épargné...

-Voluspa

RAGNAROK

Toute chose a un commencement, et les Nornes dictent que ce qui a un commencement doit également avoir une fin. Bienvenue au début de la fin!

L'époque de la patience, de la raison, et de la retenue a été éclipsée par une époque de rage, de vengeance et de destruction. Les vieux griefs ont refait surface, et les rétributions se collectent dans le sang... Dans des rivières de sang.

INTRODUCTION

Bienvenue dans le Jeu de Rôles Viking runique, *Le Destin des Nornes: Ragnarok!*

16

Dans ce jeu, un joueur prendra le rôle d'une Norne, et guidera les autres joueurs à travers des sagas viking épiques, se déroulant à la fin des temps, connue sous le nom de Ragnarok. Chaque joueur possède un personnage (appelé Héros) qu'il crée, et qui évolue au long du jeu.

Ce livre de règles contient tout ce dont les joueurs ont besoin pour jouer au jeu. Il est hautement recommandé d'utiliser les runes standard Le Destin des Nornes, des figurines et un plateau de jeu. Retrouvez plus de livres de règles, des sagas, et du contenu additionnel, et achetez vos propres sets de runes sur www.fateofthenorns.com.

QUI SONT LES NORNES?

Les Nornes sont des esprits intemporels, qui imprègnent toute la création. Il y a beaucoup de Nornes, chacune avec ses propres motivations et aspirations. Elles tissent la Tapisserie du Temps et de la Destinée, et déterminent collectivement le destin de tous les êtres, depuis les hommes mortels jusqu'aux Dieux et Jotuns immortels.

Certaines Nornes portent la malice dans leur coeur, et prennent plus qu'elles ne donnent. D'autres sont bienfaisantes, et tissent des tapisseries qui deviennent le tissu des plus grandes légendes.

Certains mortels, appelés Voelvas, sont en harmonie avec les Nornes. Elles peuvent avoir des visions fugitives de la Tapisserie de cet Âge, et prédire les évènements avant qu'ils ne se produisent. Mais chaque Tapisserie représente une Epoque, une collection d'Âges... Et chaque Âge doit avoir une fin.

Bienvenue à la fin de cette Tapisserie... Bienvenue à Ragnarok!

CE QU'IL ADVIENDRA...

Le commencement de la fin fut annoncé par de nombreux signes et présages menaçants, à la fois dans les Cieux et dans le monde des Hommes. Le frêne des mondes, Yggdrasil, trembla et gémit, laissant des marques indélébiles sur les mondes où allait s'abattre le Crépuscule des Dieux.

Personne ne pouvait déjouer le destin des Nornes, pas plus que la prophétie ne pouvait être retardée.

Les géants Jotun et leurs alliés bouillaient d'une colère insatiable envers les Dieux Aesir et leurs conspirateurs profanes. Les Jotuns avaient été maltraités par les Aesir pendant des siècles, et finirent par ne plus supporter les pêchés des Dieux: leurs actes impardonnables devaient être purgés.

La longue série de griefs et de transgressions, ainsi que le meurtre du géant des glaces Ymir, le premier Jotun, par son petit fils Aesir Odin - furent inscrits dans un document connu sous le nom de Writ.

LE WRIT

Odin, roi des Aesir, le dieu pendu, seigneur des goules,
consumé par la jalousie et l'avarice,
tue son grand et noble aïeul Ymir;
La tentative de génocide des Jotuns par Odin échoue,
dans les torrents du sang d'Ymir.

Odin vole le soleil, serviteur de tous.
Il le place au dessus des mondes d'Asgard, Midgard, Vanagard et Alfgard,
plongeant Jotunheim, Svartalfheim, Nidavellir, Niflheim et Muspelheim dans les ténèbres.

Les Aesir passent un marché avec le Grand Architecte Jotun
pour qu'il construise une muraille imprenable pour la cité Aesir d'Asgard
en échange du retour du Soleil, de la Lune, et de la Déesse Aesir Freya chez les Jotuns.
Les Aesir sournois recourent à la ruse pour échapper à leur serment.

Thor, le Boucher sanglant des Jotuns, Dieu Aesir des tempêtes, a du sang sur les mains
il a occis les puissants Jotuns Thrym, Hrugnir, Hymir, Geirrod, Thrivaldi et Roskva.

Les Aesir ont le sang de Thiassi sur les mains
après avoir forcé Loki à se retourner contre les siens
et à faire le sale travail pour eux.

Odin le Voleur dérobe l'Hydromel de la Poésie au Jotun Suttung.

Tyr, le dieu rusé de la guerre, trompe le grand loup Fenrir
et l'emprisonne à Asgard comme animal de compagnie pour divertir les Aesir.

Les Aesir réduisent en esclavage et torturent Loki, le Jotun de la Destinée,
qui doit amener la justice dans les mondes d'Yggdrasil.

RAGNAROK

Les mondes sont au bord du chaos, amenés au bord du gouffre par des évènements historiques.

Baldur, le Dieu Pur, est mort, et piégé à Nifl heim, le monde de Hel. Les seigneurs Jotun, Loki et Fenrir, sont prisonniers des Dieux Aesir, tourmentés et cruellement torturés jour et nuit. Le navire de l'apocalypse, Naglfar, est presque terminé, bientôt prêt à naviguer contre les Dieux.

Odin a envoyé ses guerriers Einherjar à Midgard et dans les autres royaumes, afin de regrouper les derniers renforts pour la bataille à venir. Surt, seigneur et maître des Jotuns, a envoyé les Fils de Muspel dans des quêtes sacrées, se préparant à la fin des temps. Les tambours de guerre résonnent sur chaque branche et sous chaque racine d'Yggdrasil, le Frêne des Mondes.

SIGNES ET PRÉSAGES

Au fil des ans, les augures Voelva de l'Âge des Vikings se sont vu accorder des présages du futur, et une vision plus complète de la venue de Ragnarok a pu émerger. Des événements allaient se produire, auxquels ni Aesir ni Jotun ne pourraient échapper.

Voici les présages finaux de l'apocalypse...

- Les deux Loups Célestes, Skoll et Hati, qui chassent perpétuellement le Soleil et la Lune, finissent par les rattraper et les dévorer, alors que toutes les étoiles des cieux commencent à tomber.

- Le premier hurlement du chien de Hel, Garm, qui monte la garde de la caverne de Gnipahellir, passage entre Midgard et Niflheim, sera entendu dans tous les royaumes d'Yggdrasil.

- Le Fimbulvinter tombera sur les mondes pendant trois années consécutives. Il n'y aura pas d'autre saison que l'hiver.

- Le chaos éclatera dans Midgard, les hommes se battant entre eux pour provisions et rations, afin de survivre au froid et aux ténèbres.

- Fenrir, le Loup dévoreur de Dieux, brisera ses chaînes et sèmera la destruction dans Asgard.

- Loki, le Jotun de la Destinée, s'échappera de sa prison, et voyagera jusqu'au Muspelheim pour rejoindre l'Ost de Surt.

- Naglfar, le navire des Ongles, fera voile depuis Muspelheim, portant l'armée des Jotuns et des fils de Muspel.

- Heimdall, gardien du Pont Arc En Ciel Bifrost, sonnera son cor Gjallarhorn pour alerter les Dieux que Naglfar a levé les amarres, et que Ragnarok approche.

LES ÂGES DE RAGNAROK

Nous sommes dans l'Âge de l'Epée, second Âge de Ragnarok...

Avant lui vint l'Âge de la Hache, qui dura trois ans, alors que la panique s'installa dans le froid et les ténèbres soudaines, après que Skoll et Hati aient dévoré le Soleil et la Lune. Le cataclysme opposa frère contre frère dans la lutte pour la survie.

A l'Âge de l'Epée, Garm hurle pour la première fois. Les alliances sont déchirées, la moralité s'effondre, et le chaos prospère, incontesté, pendant les trois prochaines années. La confiance est perdue, l'espoir transformé en désespoir.

A la venue du troisième Âge, l'Âge du Vent, Garm hurle une seconde fois, pour annoncer l'arrivée du puissant vaisseau Naglfar. Heimdall sonne son cor, Gjallarhorn, pour avertir les Dieux que les Jotuns et Ragnarok arrivent. Surt mène son armée sur le Bifrost, le brise, et débute le siège d'Asgard.

Dans le quatrième et dernier Âge de Ragnarok, connu sous le nom d'Âge du Loup, Garm hurle pour la troisième et dernière fois. Les forces des Aesir et les armées des Jotuns descendent sur la plaine de Vigrid pour la dernière bataille. On ne sait combien de temps cet âge durera. En revanche, ce que l'on sait, c'est que Surt, le roi Muspel des Jotuns, déchirera le ciel avec son épée plus brillante que le Soleil, et noiera Yggdrasil dans les flammes sacrées.

LA BATAILLE FINALE

- d'après les écrits de Sygin la Voelva

"Le serpent de mer Jormungand souffle du poison sur le monde... Le Dieu Vanir Frey vainc le Jotun Beli, mais est occis par Surt... Garm et Tyr s'entretuent... Heimdall et Loki se donnent des coups fatals... Fenrir dévore Odin, et est tué à son tour par le fils d'Odin, Vidar... Thor vainc le serpent Jormungand, mais meurt à cause de son souffle empoisonné... Surt déchire le ciel... Et noie les mondes dans ses flammes... "

Mortels et immortels savent que la fin approche.
Tous veulent savoir une seule chose...
Le destin peut-il être changé?

DÉVASTATION À MIDGARD

Midgard, la terre des Hommes, a été retournée et morcelée par l'arrivée de Ragnarok. Les mortels ont beaucoup souffert, alors que les Puissances Supérieures dans les Cieux se préparent pour la confrontation finale. Chaque mouvement des Dieux et des Jotuns a causé une altération inexorable dans le tissu de Midgard.

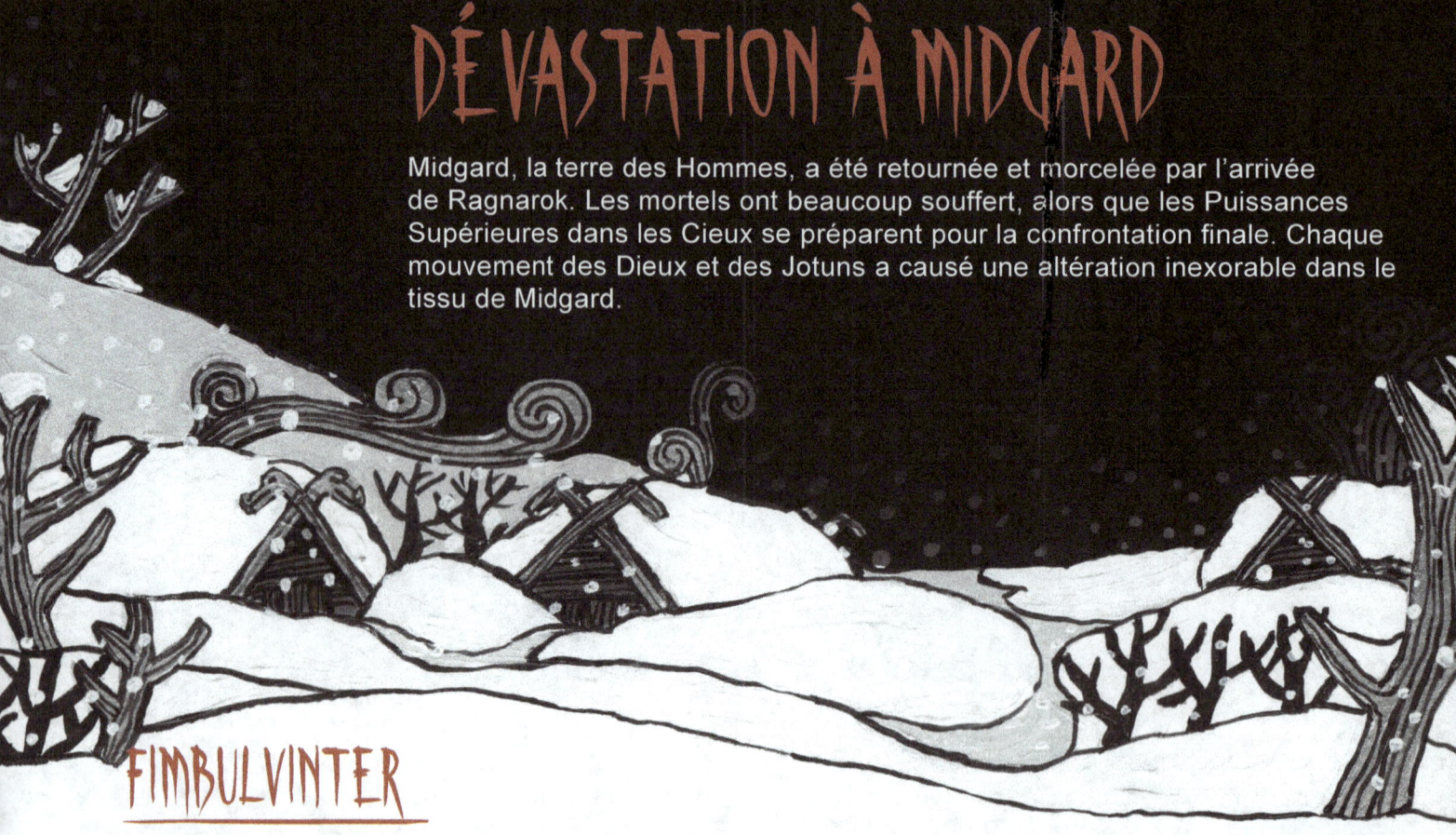

FIMBULVINTER

Une fois le Soleil et la Lune dévorés, et les Loups se reposant, satisfaits, sur les branches d'Yggdrasil, Midgard change pour toujours. Les jours et les nuits ne peuvent plus être distingués, sombres et froids. Les étoiles tombent et disparaissent, celles qui restent ne produisant qu'une faible lumière pour le monde en dessous d'elles. L'horizon est peint d'un halo écarlate, les feux du Muspelheim perçant les ténèbres. Dans le ciel du Nord, les couleurs du Bifrost d'Asgard aident les voyageurs fatigués de Midgard à se repérer.

Dans ce nouvel Âge, torches et lanternes sont obligatoires en tout temps. Le froid est mortel pour ceux qui y sont mal préparés. L'hiver s'est installé, couvrant le paysage de neige et de glace. Jusqu'à la fin de Ragnarok, aucun champ ne poussera. Les rivières sont gelées, et les mers constellées d'icebergs. Sans soleil et chaleur, les arbres et plantes flétrissent peu à peu. Les seules forêts qui restent sont entretenues par les Druides, ou maintenues par magie.

Sans fermes pour les nourrir, les gens dépendent de la chasse pour survivre. Les Hommes sont en compétition pour les ressources, les animaux se faisant rares. Seuls ceux possédant les outils pour creuser dans la glace épaisse peuvent pêcher. Les implantations humaines se déplacent vers la côte, le cœur des continents étant désormais trop froid pour abriter la vie.

La loi et l'ordre ont disparu. Le tissu social est déchiré, et nourriture et abri sont devenus les seules préoccupations. Les Karls, autrefois puissants et fiers seigneurs, se transforment en seigneurs de guerre dictateurs. Les relations se déchirent entre voisins et villageois, et les rivalités naissent. Des familles se tournent les unes contre les autres, poussées par de vieilles rancœurs. La vie se transforme en un combat quotidien: tuer ou être tué.

Le désespoir a submergé les terres de Midgard.

Les Hommes de Midgard sont partagés dans leurs croyances, entre les Dieux Aesir et les Jotuns. Ces Puissances Supérieures peuvent offrir une échappatoire au tourment de ces temps semés d'embuches, et sauver des âmes condamnées à Niflheim, mais leurs trop fréquentes interventions dans les affaires de l'humanité a causé des désastres. Quand les Dieux ou leurs émissaires viennent à Midgard, la destruction et la dévastation les suivent souvent.

Dans ses heures les plus sombres, l'humanité en est réduite à implorer ces puissances supérieures, mais également à espérer qu'elles ne se manifesteront pas de trop près.

SOCIÉTÉ VIKING

La société Viking était autrefois régie par une structure de classes.

En base de l'échelle étaient les Thralls, des esclaves ramenés de raids à l'étranger. Si les Thralls se montraient des membres précieux de la société, et s'ils payaient leur maître pour leur liberté, ils pouvaient devenir des Hommes Libres.

Des villageois fermiers appelés Bondi avaient des moyens modestes, mais possédaient souvent de petits lopins de terre. Plus riches que les Bondi étaient les Karls, qui avaient plus de propriétés, et des positions importantes dans la société. Au plus haut échelon se trouvaient les Jarls, qui possédaient de vastes portions de terre, faisaient travailler les gens au dessous d'eux, et collectaient des taxes.

Les Rois et Seigneurs de Guerre dirigeaient des royaumes et des fiefs plutôt que des pays. Les guerres civiles étaient rares: la colère des Vikings était concentrée sur les étrangers plutôt que sur leurs compatriotes. Les Vikings avaient des règles pour eux, et d'autres règles pour les étrangers. Ainsi, les Rois étrangers n'étaient vus comme pas plus importants que des Thralls Vikings.

Cependant, avec l'arrivée de Ragnarok, la vie n'est plus ce qu'elle était, et les compatriotes sont devenus des cibles légitimes.

ROYAUMES DANS LA DISCORDE

Midgard est divisée en de nombreux petits royaumes. Chacune des régions clés est dirigée par une famille dynastique. Avec l'arrivée de Ragnarok, les sièges de pouvoir ont changé, de nouvelles guerres ayant éclaté. Les trônes dynastiques sont en pièces, alors que les membres des lignées royales se battent entre eux pour leur contrôle. Les royaumes côtiers sont devenus plus désirables et lucratifs que les plaines intérieures, qui ont été plongées dans un froid surnaturel et mortel.

Les implantations insulaires de l'ouest, comme l'Islandia, n'ont pas de gouvernement central, mais une structure communautaire de gouvernance appelée l'Althing. Les seigneurs locaux se rassemblent régulièrement à l'Althing pour résoudre les problèmes, et prévoir leurs stratégies d'expansion, l'exploitation des ressources, etc. Ces îles sont des refuges bien connus pour hors-la-loi et fugitifs.

Aucune loi ni gouvernement n'existe dans les régions peu implantées de l'ouest lointain, telles que Gronland et Vinland. La trêve fragile entre les colons et les Skraelings indigènes a dégénéré en violence et revanches. L'exploration vers l'ouest est devenue très risquée.

26

LES GRANDES FAMILLES DYNASTIQUES VIKINGS

YNGLING

On raconte que la lignée Yngling fut créée par le Dieu Vanir Frey et une femme mortelle.

Ce clan était destiné à unir Midgard sous un seul chef, et cela se produit avec le Roi Harald Belle-Chevelure, qui établit le Royaume de Norveig. Par une combinaison de force et de diplomatie, Harald parvint avec beaucoup de succès à accomplir ce qu'aucun Jarl n'avait jamais pu accomplir: unir tous les clans sous sa bannière, depuis Halogaland au nord jusqu'à Ranrike au sud. A son apogée, le royaume d'Harald incluait les royaumes d'Halogaland, Trondelag, Sogn, Hordaland, Rogaland, Jaeder, Agdir, Vestfold et Ranrike.

Harald était le fils d'Halfdan le Noir. Parmi ses enfants, les quatre les plus connus étaient: Eric Hache-Sanglante, Haakon le Bon, Olaf, et Bjorn. Le premier Âge de Ragnarok et le froid de Fimbulvinter arrivèrent la même année que le mort du Roi Harald. Haakon le Bon, fidèle au nouveau Dieu Blanc, s'est établi à Hordaland, alors que son demi-frère Erik Hache-Sanglante, fervent adorateur de Frey, se trouve dans les îles Orkney. Ils sont en guerre pour le trône, ce qui menace de défaire tout ce que leur père a accompli en unissant les royaumes. Les Karls de ces terres ont senti cette faiblesse, et se sont proclamés Jarls souverains.

Les bordures du royaume d'Harald sont petit à petit en train de céder.

VOLSUNG

Les Volsung sont la famille la plus légendaire des Vikings. Ils viennent d'une lignée produite par le Dieu Aesir Odin et les puissants Jotuns. Sigi, ancêtre de la lignée Volsung, fut le fruit de l'union entre Odin et une mortelle. Le fils de Sigi, Rerir, fut aidé par un magicien Jotun appelé Hrimnir pour concevoir un enfant avec sa femme. Après six années de grossesse, Volsung fut arraché au ventre de sa mère.

Hrimnir envoya sa fille Géante Hljod épouser Volsung, et ils conçurent tous les deux une fille appelée Signy et dix fils, l'aîné s'appelant Sigmund. Le jour du mariage entre Signy et le Roi Siggeir, Odin descendit des Cieux, et planta une épée magique dans l'arbre soutenant le toit de leur grande salle, déclarant qu'une seule âme digne pourrait l'en retirer. Le Roi Siggeir du Gotland, et beaucoup d'autres, essayèrent, mais tous échouèrent, car seul Sigmund y était destiné. Offensé, Siggeir massacra tous les hommes Volsung, sauf Sigmund, qui s'échappa.

La vengeance allait attendre plusieurs années, mais Sigmund et Sinfjotti, son fils par inceste avec sa sœur Signy, finiraient par l'avoir. Avec sa femme Hjordis, Sigmund conçut un héritier nommé Sigurd, qui deviendrait plus tard le tueur du puissant dragon Fafnir, et possesseur de son trésor.

Après avoir tué Fafnir, Sigurd tomba amoureux d'une des Valkyries d'Odin, nommée Brynhild. Mais le clan Nibelung utilisa la sorcellerie pour faire tomber Sigurd amoureux de leur fille Gudrun, et ainsi entrer dans la famille Volsung. Les deux clans ont été entraînés dans un cycle inéluctable de violence et de tragédie. Après la mort de Sigurd restent ses enfants avec Gudrun: Sigmund et Svahild, qui vivent avec leur mère. Survit également Aslaug, l'enfant de Sigurd et Brynhild. Personne ne sait où ils sont. Les Nibelung savent qu'un jour, ils pourraient devoir faire face à la vengeance d'Aslaug.

NIBELUNG

L'ambitieuse famille Nibelung est régie par le Jarl Giuki. Leur pouvoir vient néanmoins réellement de sa reine, Grimhild, célèbre sorcière et alchimiste. Lorsqu'elle prit connaissance du célèbre trésor de Fafnir, que Sigurd possédait désormais, elle formula un plan pour que la famille Nibelung l'acquière. Elle concocta une potion pour faire oublier Brynhild à Sigurd, et le faire tomber amoureux de sa fille Gudrun.

Grimhild souhaitait également que du sang de Valkyrie entre dans sa lignée, elle usa de sorcellerie pour aider son fils Gunnar avec Brynhild. Mais une fois qu'ils eurent acquis le formidable trésor, les membres du clan Nibelung, dans leur avarice, se retournèrent les uns contre les autres. Une série de conflits meurtriers laissa les deux grandes familles au bord de l'extinction. Les fils de Grimhild, Gunnar et Hogni, revinrent à eux, et sauvèrent ce qu'il restait de leur famille en emportant le trésor de Fafnir et en le cachant dans une caverne appelée Skridnir, jurant de ne jamais révéler la localisation de ce butin maudit.

Mais le désir de puissance et d'influence de Grimhild était insatiable. Elle maria sa fille devenue veuve, Gudrun, au Jarl Atli. Elle obtint son pouvoir, mais lui désirait la célèbre fortune des Nibelung. Gunnar et Hogni refusant de divulguer la position du trésor, Atli les tua. Gudrun, dévastée, se vengea, en donnant à manger à Atli leurs propres enfants, avant de le tuer.

Gudrun, maintenant connue sous le nom de Reine de Sang, est désormais dans son troisième mariage, avec un Karl nommé Jonakr. Les Nibelung règnent sur l'île d'Oland, ainsi que dans les autres royaumes où ils sont entrés par mariage. Pour effacer toute mémoire des Volsung, ils ont renommé Hunaland en Alands.

SCYLDING

Cette vieille dynastie a donné naissance aux premiers habitants des terres connues aujourd'hui sous le nom de Zealand - des îles créées par la Déesse Gefjun pour garder le détroit de la mer Baltique. Ils ne sont plus, mais n'ont pas été oubliés.

Le Roi Scyld Scefing fut l'ancêtre de son clan, et il conçut un fils, Beow, qui fut le père d'Halfdan. Le fils d'Halfdan, Hrothgar, devint le plus célèbre chef de son clan, très sage, généreux, et honnête. Il fut ami avec le héros légendaire Beowulf, et leurs clans travaillèrent de concert pour remporter de glorieuses victoires. De nombreux chefs de clans aujourd'hui souhaitent avoir le niveau d'adoration dont jouissait Hrothgar pendant son règne.

YLFING (WOLFING)

Cet ancien clan-loup règne sur Skane. Il y a de nombreuses générations, Ecgtheow des Waegmunding tua un thane important du clan Ylfing, et dut payer une réparation monétaire appelée weregild. Comme c'était au dessus de ses moyens, il fuit vers la Zealand, où le généreux Jarl Hrothgar paya son weregild, à condition qu'Ecgtheow jure allégeance aux Ylfing.

Ecgtheow accepta, et prit pour femme une des filles du Roi des Geats, Hrethel. Ils eurent un fils, nommé Beowulf, qui devint le héros mythique guerrier et chef du clan Ylfing. Il remboursa la dette de son père envers Hrothgar en venant à son aide alors que la Zealand était infestée de trolls géants. Cependant, après 51 ans de règne, et sans héritier, le puissant clan Ylfing se perdit dans les annales de l'histoire. Mais Beowulf laissa un héritage qui à ce jour est encore conté par les Skaldes et les Bardes.

IVAR

Le clan royal Ivar fut le pouvoir dominant dans les grandes îles de l'ouest de Midgard. Leur expansion fut le fruit à la fois de leur force militaire et de leur pouvoir de séduction. Epouser des membres de familles nobles leur permit en effet de contrôler de nombreux petits royaumes.

Le siège de leur pouvoir s'est déplacé au fil des ans, mais resta en général consolidé dans les royaumes de Dublin et York. Cependant, depuis les deux dernières générations, leur vaste royaume inclut les provinces de Dublin, York, Alba, Strathclyde, Munster, Leinster, Mercia, Meath, Anglia de l'Est, et Northumbria. La maison Ivar est l'illustration parfaite du dicton "les liens du sang sont les plus forts".

Un seigneur inexpérimenté pourrait y voir un royaume fragmenté, mais pour ceux qui ont plus d'aptitudes stratégiques, on voit clairement qui domine tous ces petits royaumes. Le clan Ivar est devenu riche par la vente d'esclaves, et leur nom est devenu synonyme de marché lucratif. Leur lignée a produit de grands chefs, comme Ragnar Lodbrok et Ivar le Désossé, ainsi que leur monarque actuel, Sitric.

A présent, avec la discorde semée par Ragnarok, le royaume est en train de se briser, et le Roi Aethelstan des Saxons de l'Ouest, fidèle du Nouveau Dieu Blanc, est devenu pour eux la menace la plus importante.

ARNAR

Le clan Arnar est une dynastie relativement jeune, qui a clamé les nouveaux territoires d'Islandia.

Ingolfur Arnarson était en rivalité avec un puissant seigneur de Norveig, ce qui l'a forcé à trouver de nouveaux territoires pour son peuple. Ils ont fait voile vers l'ouest, et on raconte qu'Ingolfur pria Surt en lançant ses symboles de pouvoir à la mer, implorant le grand Jotun, seigneur du feu, de leur trouver une nouvelle terre acceptable. Sa requête fut entendue, et Ingolfur jeta l'ancre sur la côte sud-ouest d'Islandia, où la terre était réchauffée par les feux du Muspelheim. Des lacs chauds et des terres arables les attendaient, et la nouvelle de ce succès se répandit, attirant de nombreux autres vers cette terre lointaine.

Le clan Arnar, à son crédit, règne humblement. Ils se sont débarrassés de leur désir de régner, et ont favorisé une nouvelle forme de gouvernance, qui place tous les Karls locaux au même niveau, et les fait régner conjointement. Avec l'arrivée de Ragnarok et du Fimbulvinter, ce système de gouvernance se voit mettre à l'épreuve. Le temps seul dira si la maison Arnar sera élevée au même niveau que les autres lignées nobles.

ROIS ET ROYAUMES

Le Roi légendaire de Norveig, Harald Belle-Chevelure, a réussi ce qu'aucun seigneur n'avait pu accomplir avant: unifier les royaumes fragmentés de Midgard. Harald avait également la réputation d'être un sacré charmeur, et est réputé pour avoir plus d'une douzaine de "prétendants" au trône. Le royaume de Norveig a commencé à se briser depuis la mort d'Harald, chacun de ses enfants pensant qu'il a droit à une part d'héritage. Les nombreux prétendants au trône se livrent une guerre secrète de succession, dont voici les principaux acteurs.

ERIK HACHE-SANGLANTE

Harald Belle-Chevelure s'unit avec la princesse du Jutland, et elle porta un fils nommé Erik. Venant d'une lignée royale par ses deux parents, et étant l'un des ainés, Erik pensait avoir un argument de poids pour succéder à son père.

Il voyagea loin au nord, à Finmark, et rencontra la fille d'un chef de tribu nommée Gunnhild, dont on racontait qu'elle était Seithkona. Elle deviendrait ensuite sa femme, et commencerait à lancer les évènements pour faire en sorte que son mari hérite du trône.

Comme l'indique son surnom "Hache-Sanglante", Erik n'a pas hésité à répandre le sang pour maximiser ses chances d'accéder à un si glorieux héritage, et avec l'aide de Gunnhild, il a eu beaucoup de succès. Il a assassiné beaucoup de ses rivaux, se concentrant sur ceux descendant de sang royal. Harald a eu tellement d'enfants illégitimes qu'il fut impossible pour Erik de tous les retrouver. Le bâtard Hakon fut le fruit de l'union entre Harald et sa servante Thora, et allait devenir la plus grande menace pour le règne d'Erik.

HAKON LE BON

Hakon est né de l'union entre Harald et sa servante, Thora Mosterstang.
En tant que bâtard, avec une mère roturière, il avait peu d'espoir
d'accéder un jour au trône de son père. En fait, il s'est mis en quête du
trône dans le seul but de se venger d'Erik, car la piste de sang que celui-
ci laissait allait mener directement à Hakon.

Pour sauver sa vie, il fuit vers l'Anglia de l'est, et fut finalement remarqué par le
Roi de Wessex, nommé Aethelstan. Le Roi Aethelstan l'éleva comme son propre
fils, et le convertit à la nouvelle religion du Dieu Blanc. Le Roi avait des vues sur
tous les royaumes situés entre Wessex et Alba. Voyant Hakon comme un très bon
moyen d'étendre son royaume à la Norveig, le Roi Aethelstan a donné à Hakon des
vaisseaux de guerre et des hommes, pour sa réunion avec son demi-frère.

Alors que les vents froids du Fimbulvinter hurlent autour de ses vaisseaux,
Hakon retourne en Norveig pour réclamer le trône!

ROI AETHELSTAN

Le Roi Aethelstan vient d'une lignée de puissants monarques.
Son père était Alfred le Grand, qui tint bon face aux vagues de
nordiques et embrassa la nouvelle religion du Dieu Blanc. Il
commença à vouloir étendre son pouvoir dès son couronnement par Athelm, Archevêque de Canterbury. Depuis
le début, il avait de grandes ambitions, et voulait unir les royaumes insulaires sous sa bannière.
L'opposition la plus féroce qu'il rencontrera viendra du Roi Sitric de Dublin, et de son réseau de fiefs.
Avec ses croisés débarquant depuis les contrées lointaines de Midgard, les forces d'Aethelstan
paraissent écrasantes pour ses habitants.

31

LES ROYAUMES DES VIKINGS

Les Vikings ont colonisé de nombreux royaumes à Midgard, les plus notables d'entre eux étant décrits ci-dessous.

Agdir, voir Rogaland.

Alands, voir Hunaland.

Alba (Ecosse) et Pictland sont des royaumes situés au nord des grandes îles de l'Ouest de Midgard. Ils ont changé de gouvernance de nombreuses fois avant Ragnarok, et maintenant, avec des ennemis de tous côtés, le Roi Constantine joue à un jeu périlleux de diplomatie.

Les **Balts** sont des tribus de guerriers voraces et primitifs, qui habitent sur la côte est de la Baltique. Leur férocité dans la bataille n'a d'égale que leurs croyances ferventes en leur panthéon de Dieux et de Déesses. Ils rejettent les cultures étrangères avec un zèle xénophobe, mais font un commerce lucratif avec tous les royaumes qui entourent la mer Baltique.

Dublin et **York** sont les sièges du pouvoir du Roi Sitric, de la maison dynastique Ivar. Ce sont également les plus grands carrefours de marché aux esclaves de tout Midgard. La richesse de Sitric, en termes d'or et de terres, rivalise avec celle du royaume de Harald Belle-Chevelure à son apogée.

Anglia de l'est, voir Wessex.

Finnmark est une région nordique avec presque aucune loi ni règle. On dit que beaucoup de sorciers vivent dans les anciennes forêts gelées de cette région sombre et glaciale. Beaucoup de Jarls ont interdit à leurs Thanes de chercher ces magiciens sombres, à cause de la malédiction supposée qu'ils portent.

Gotaland est une vaste région qui inclut Gotland, Svealand et Smaland. Son point le plus à l'ouest est la rivière Gota, et son point le plus à l'est la mer Baltique.

Gotland est un royaume de l'est, situé près de la mer Baltique, qui était autrefois régi par le Roi Siggeir, avant qu'il ne soit victime de la colère des Volsung.

Gronland et **Helluland** se trouvent dans les portions ouest de Midgard. Ce sont des terres froides, stériles et désolées. Seuls les gens fuyant désespérément tout semblant de société voyagent là bas.

Halogaland est une des plus grandes régions de Norveig du nord. C'est une région semi-autonome, qui n'a jamais été complètement intégrée au royaume d'Harald, à cause des esprits libres qui habitent la côte brute et glaciale.

Helsingland est dirigée par le fertile et prolifique clan Helsing. Avec la tombée de Fimbulvinter, le clan s'est dispersé dans les royaumes avoisinants, avec des objectifs inconnus. Le temps seul dira pourquoi ils ont quitté leur terre natale.

Hordaland est une position centrale de Midgard. Localisé à la pointe ouest de Norveig, il permet à son dirigeant un accès facile à tous les royaumes avoisinants. C'est une terre riche en poissons et en forêts, qui comprend la densité de population la plus importante de Norveig.

Hunaland se trouve au nord de Gotaland. C'est l'ancien royaume des Volsung, qui depuis leur declin a été renommé Alands.

Islandia est une grande île éloignée, tout à l'ouest de Midgard. Elle est décrite comme la terre de la glace et du feu, les glaciers jouxtant les volcans actifs. Les clans voulant échapper aux conflits faisant rage en Norveig se sont dépêchés de clamer des terres dans cette nouvelle frontière.

Jaeder, *voir Rogaland.*

Jamtaland a été abandonné à la tombée de Fimbulvinter. Cette région continentale montagneuse est devenue trop froide pour abriter la vie.

Jutland est l'endroit où se trouve le Danevirke, un mur de 30 kilomètres de long, 6 mètres de haut et 20 mètres de large, un bouclier contre les Croisés de Frisia, Saxland, Wenland et autres royaumes de la Bordure de Midgard. C'est devenu un point de ralliement pour les mercenaires Vikings cherchant une bonne cause.

Norrland est un refuge pour les hors la loi des royaumes du sud. Elle est située loin au nord, et est faiblement peuplée. Pour beaucoup, c'est une terre de mystères et d'enchantement; de nombreuses histoires sombres circulent à son propos depuis la tombée de Fimbulvinter. L'une d'entre elles fait mention d'une légion de Jotuns ratissant les tombes pour récupérer des ongles de pieds afin d'aider à la construction de Naglfar, le Vaisseau de l'Apocalypse.

Northumbria, *voir Wessex.*

Oland est l'île la plus à l'ouest de la mer Baltique, et siège de la famille Nibelung. C'est un centre marchand notable pour les voyageurs traversant la mer.

Orkney est un groupe d'îles situées à l'ouest de Norveig. On raconte que la magie est profondément implantée dans les arbres et la roche de cette terre. C'est un arrêt fréquent pour les voyageurs voulant partir explorer les contrées encore plus à l'ouest.

Pictland, *voir Alba.*

Ranrike était l'ancien royaume de Geatland, et est actuellement en guerre contre le royaume de Vestfold pour le riche fjord d'Oslo.

Rogaland est situé près du centre de Midgard. Beaucoup de Jarls aspirant à conquérir tout Midgard et la placer sous leur bannière ont cherché à diriger ce royaume en premier. Il a vu de nombreux grands chefs au fil des siècles, et est maintenant un point central de la guerre entre les frères Yngling.

Shetland était autrefois un refuge pour les Karls suffisamment riches et ambitieux pour être vus comme une menace par Harald Belle-Chevelure. En conséquence, Shetland est devenu un royaume très prospère, à cause des nombreux Karls fortunés qui y ont débarqué. Pendant l'Âge de l'Epée, il est maintenant considéré comme une prise juteuse.

Skane est la terre ancestrale des légendaires Ylfing. Depuis l'extinction de cette lignée, la population locale reste fièrement indépendante, et réagit violemment contre quiconque essaie de prendre la place de leurs seigneurs ancestraux.

Smaland est divisée et gérée de manière unique: on y trouve de nombreux petits royaumes appelés Gautar, chacun avec son propre Jarl. Chaque Gautar est dirigé par son propre jeu de lois, et certains diffèrent énormément. Aucun effort n'a été fait par les Jarls pour établir une communauté d'états, même en ces temps troublés.

Strathclyde fut conquise par les Nordiques, et le Roi Artgal Mac Dumnagual fut fait prisonnier. Depuis lors, elle a été divisée, et partagée entre les Karls amis du clan Ivar.

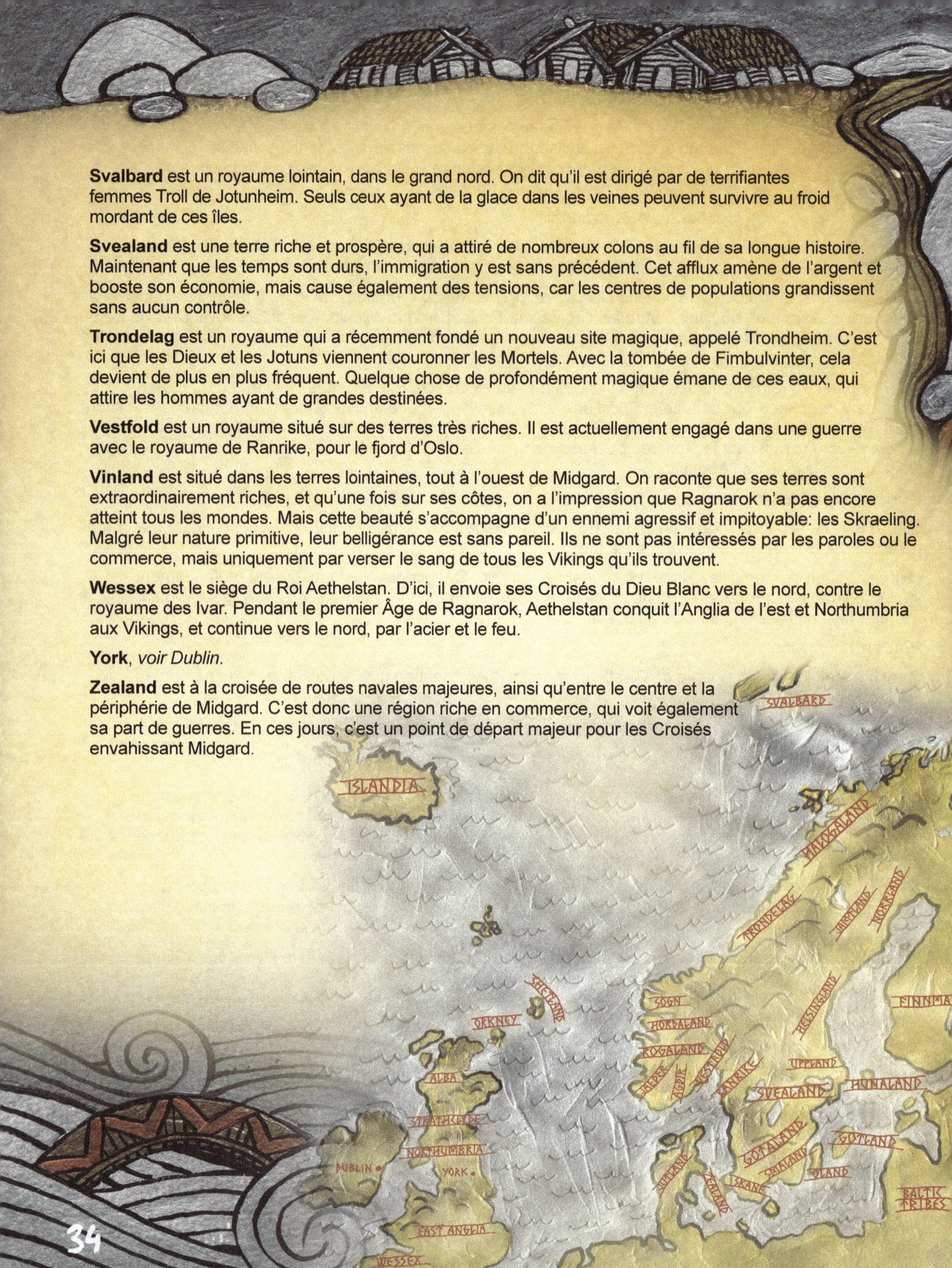

Svalbard est un royaume lointain, dans le grand nord. On dit qu'il est dirigé par de terrifiantes femmes Troll de Jotunheim. Seuls ceux ayant de la glace dans les veines peuvent survivre au froid mordant de ces îles.

Svealand est une terre riche et prospère, qui a attiré de nombreux colons au fil de sa longue histoire. Maintenant que les temps sont durs, l'immigration y est sans précédent. Cet afflux amène de l'argent et booste son économie, mais cause également des tensions, car les centres de populations grandissent sans aucun contrôle.

Trondelag est un royaume qui a récemment fondé un nouveau site magique, appelé Trondheim. C'est ici que les Dieux et les Jotuns viennent couronner les Mortels. Avec la tombée de Fimbulvinter, cela devient de plus en plus fréquent. Quelque chose de profondément magique émane de ces eaux, qui attire les hommes ayant de grandes destinées.

Vestfold est un royaume situé sur des terres très riches. Il est actuellement engagé dans une guerre avec le royaume de Ranrike, pour le fjord d'Oslo.

Vinland est situé dans les terres lointaines, tout à l'ouest de Midgard. On raconte que ses terres sont extraordinairement riches, et qu'une fois sur ses côtes, on a l'impression que Ragnarok n'a pas encore atteint tous les mondes. Mais cette beauté s'accompagne d'un ennemi agressif et impitoyable: les Skraeling. Malgré leur nature primitive, leur belligérance est sans pareil. Ils ne sont pas intéressés par les paroles ou le commerce, mais uniquement par verser le sang de tous les Vikings qu'ils trouvent.

Wessex est le siège du Roi Aethelstan. D'ici, il envoie ses Croisés du Dieu Blanc vers le nord, contre le royaume des Ivar. Pendant le premier Âge de Ragnarok, Aethelstan conquit l'Anglia de l'est et Northumbria aux Vikings, et continue vers le nord, par l'acier et le feu.

York, *voir Dublin*.

Zealand est à la croisée de routes navales majeures, ainsi qu'entre le centre et la périphérie de Midgard. C'est donc une région riche en commerce, qui voit également sa part de guerres. En ces jours, c'est un point de départ majeur pour les Croisés envahissant Midgard.

LE TOURMENT DE LOKI

Loki, Dieu du feu et de la tromperie, fut attaché avec des chaînes par les Aesir à un rocher de Hvergelmir, royaume souterrain des serpents. Un serpent venimeux fait couler continuellement du poison sur le visage de Loki, lui causant une douleur insoutenable. Sa femme Sygin tient un bol magique, qui recueille la plupart du poison, mais lorsqu'elle s'en va pour le vider, le poison éclabousse le visage de Loki. Pendant ces moments, Loki frémit et se tord de douleur, causant des tremblements de terre à Hvergelmir et au dessus, à Midgard.

Ces séismes sont si intenses qu'ils causent des avalanches, éruptions volcaniques, tsunamis, et des fissures dans la terre. Certains des plus gros séismes ont fait disparaitre des villes entières en seulement quelques minutes. La prophétie dit que ces tremblements de terre s'arrêteront pendant Ragnarok, lorsque Loki parviendra à s'échapper de ses liens. Ses Godi (prêtres) prédisent qu'après qu'il se soit enfui, Loki recrutera les serviteurs de sa fille Hel, natifs de Niflheim, dans son armée, et marchera sur la plaine de Vigrid pour assurer la victoire des Jotuns.

JORMUNGAND

Jormungand est un serpent gigantesque, fils de Loki. Il se prépare pour l'arrivée de la guerre avec les Dieux.

Lorsqu'il fut envoyé dans le grand océan qui encercle Midgard, Jormungand eut une rencontre avec le Dieu du tonnerre, Thor, qui le laissa agité. Depuis, il se débat, rendant tout voyage en mer sur Midgard très périlleux. Voyager par bateau requiert un navigateur expert, pour éviter les icebergs, et surmonter les vagues géantes erratiques.

Les pires tsunamis se produisent lorsque Jormungand glisse dans ou en dehors de Midgard, lorsqu'il visite les autres royaumes d'Yggdrasil. La prophétie dit que lorsque Jormungand s'échouera sur la côte, il empoisonnera l'air, et causera des maladies chez toute la population.

LE DIEU BLANC

Caelitus mihi vires!
(Ma Force provient du Ciel!)

L'Âge de Ragnarok apporte une nouvelle menace sur la population:
les Croisés du Nouveau Dieu Blanc.

Ces Croisés viennent des terres du sud, l'épée dans une main et la "bonne parole" dans
l'autre. Armés jusqu'aux dents, montés sur de grands destriers, ils viennent chasser les
Aesir et les Jotuns de Midgard. La magie est éradiquée, car ils en éliminent tous les pratiquants. Quant aux prêtres des Dieux et des Jotuns, ils n'ont qu'un seul choix: se convertir,
ou mourir par l'épée.

Au début, les Croisés du Dieu Blanc venaient en petit nombre, en tant que missionnaires pacifiques. Mais ils ont pris goût à la conquête, leur nombre a augmenté, et ils ont
revêtu armes et armures. Cela a entraîné une vague de violence à travers les terres, qui
n'épargna personne, du plus petit thrall au plus grand Karl. Une fois que le Karl Harald
Klak se convertit, il reçut des présents en or, terre et soldats, et devint Harald, Duc de
Frisia, un royaume qui borde la mer. Frisia est devenu un point de départ pour les Croisés
vers les royaumes du nord. Seul le Jutland se dresse sur le chemin de la horde blanche.

Otto le Grand, chef et Empereur couronné des Croisés, est impitoyable
dans sa conquête du nord, mais la plupart des habitants de Midgard
préfèrent combattre plutôt que de succomber à ces envahisseurs.

BLOT ET FAINING

*Ils sont venus dans le bois sacré, et souhaitaient chasser avec la bénédiction des Vaettir, les
esprits de la nature. Ils trouvèrent une pierre sacrée pour le dieu des hordes de rennes, Kied
Kie Jubmel, et l'aspergèrent de sang de renne.*

En ces temps désespérés, beaucoup en appellent à l'intercession des Vaettir, Alfar (elfes), Dieux Aesir,
et Jotuns. La fin étant proche, les Puissances Supérieurs sont très actives, et intercèdent souvent... Mais
leur faveur a un coût. Chaque chose sacrifiée par les mortels est envoyée directement aux immortels, ce
qui aide leur effort de guerre.

Le plus petit sacrifice, un Faining, doit être un objet de grande valeur. Lorsque le coût est plus élevé,
un plus grand sacrifice est requis: du sang, un Blot, d'un animal ou d'un humain. Les Puissances
Supérieures peuvent facilement en demander une bonne quantité aux mortels ayant désespérément
besoin de chance. Dans les temps de Ragnarok, un nouveau service a émergé, mené par les très
recherchés mais également honnis Fimafeng ("service rapide"), qui forgent une relation durable avec les
Puissances Supérieures: des faiseurs de miracles pour ceux qui en ont besoin.
Les prêtres Godi dévoués à une déité, qui étaient les intermédiaires avant Ragnarok, méprisent les
Fimafeng entrés sur leur territoire, et le sang est parfois répandu des deux côtés. Alors que les Godi
vivent selon les enseignements de leur Dieu ou Jotun, les Fimafeng réunissent simplement les besoins
d'un immortel avec un mortel recherchant une faveur.

L'ÂME, LA MORT, LES FUNÉRAILLES

L'ÂME

Hugr, l'Âme, est constituée de Maegen (la vitalité), Willa (la volonté), et Wod (la passion et la créativité). A la naissance, les Nornes injectent son âme au Viking nouveau-né. Si le Viking est d'une lignée noble et héroïque, un esprit Disir de la famille l'aide et le guide vers la grandeur, afin de garder forte la lignée.

Si un Viking accomplit de grandes choses, un esprit Fylgia du sexe opposé peut être attiré, et s'attacher à lui, les deux bénéficiant de la relation. Le Fylgia est nourri par les grands exploits, et l'esprit hôte apprend des compétences remarquables, qui affectent les autres autour de lui, et l'aident à établir sa réputation de héros dans le monde.

Un Viking désire mourir d'une mort glorieuse sur le champ de bataille. Le but ultime de l'âme est de mourir avec grande valeur, se libérer de son corps mortel, et être emportée par les Valkyries dans les Cieux pour renaître dans un corps immortel. Ce corps immortel sera ensuite conditionné et entraîné pour la dernière grande bataille, à Ragnarok. En fonction de l'allégeance du mortel, l'âme peut être conduite au Valhalla, présidé par le Dieu Odin, ou à Glassisvellir, le lac de feu du Jotun Surt à Muspelheim. De ce fait, les morts et les mourants sont extrêmement respectés sur le champ de bataille.

Si le Viking échoue à atteindre la gloire dans sa vie, son âme, à sa mort, est envoyée à Niflheim, un endroit d'un vide et d'un froid inimaginables. Mourir de maladie, de vieillesse ou lâchement est un moyen assuré de descendre dans ce royaume de tourment. Hel garde jalousement les âmes qui lui sont confiées, n'en libérant aucune de son emprise glaciale... Pas même l'âme d'un Dieu!

Si elles se perdent sur le chemin des Cieux ou de Niflheim, les âmes peuvent parfois posséder un être vivant, ou même un objet. Une âme piégée à Midgard est appelée une Âme Perdue, et deviendra inévitablement furieuse et destructrice, allant même jusqu'à ramener un corps mort à la vie, sous la forme d'un terrifiant Draugar mort-vivant.

La population ferait n'importe quoi pour empêcher à une Âme Perdue de posséder le corps d'un mort récent. Une paire de ciseaux ouverte est souvent placée sur le torse du mort, et de la paille ou des brindilles cachées dans ses vêtements. Les gros orteils peuvent être attachés entre eux, ou des aiguilles enfoncées dans la plante des pieds, pour empêcher le mort de marcher à nouveau. Alors qu'il est porté hors de la maison, le cercueil est soulevé et abaissé dans différentes directions, pour troubler le sens de l'orientation du Draugar. Le corps est souvent porté, pieds en premier, à travers une porte spéciale, entourée par des gens, pour ne pas qu'il voie où on le transporte. Les Vikings croient que les morts ne peuvent entrer que par la porte par laquelle ils sont sortis, ainsi, la porte spéciale est obstruée par des briques.

DEUIL ET FUNÉRAILLES

Lorsqu'un de leurs chefs meurt, sa famille demande à ses servantes et à ses pages: "Qui d'entre vous mourra avec lui?".

Un répondra "moi". Du moment où il prononce ces paroles, il ne peut revenir en arrière.

La plupart du temps, c'est une des filles qui se porte volontaire, en répondant "je le ferai". Elle est alors confiée à deux autres filles, qui la suivront partout où elle va.

Les gens préparaient les vêtements de funérailles de l'homme mort, et cette fille s'abandonna à la boisson et au chant, joyeuse et gaie.

Lorsque le jour vint où le mort et la fille devaient être portés aux flammes, je me rendis à la rivière où son navire se trouvait, mais le trouvai déjà porté sur la berge. L'homme mort se trouvait à distance, dans sa tombe, dont on ne l'avait pas encore retiré. Ils apportèrent alors une couche, la placèrent dans le navire, et la recouvrirent d'un tissu Grec d'or, matelassé et décoré, et d'oreillers du même matériau.

Une femme, qu'ils appelaient "Ange de la Mort", arriva, et répandit des objets sur la couche. C'est elle qui devait tuer la fille. Ils sortirent le mort de sa tombe, et l'habillèrent. Ils le portèrent dans le navire, l'assirent sur la couverture matelassée, le supportant avec les oreillers, et placèrent des boissons fortes, des fruits et des herbes à ses côtés. Enfin ils apportèrent un coq et une poule, les tuèrent, et les mirent avec le reste.

La fille, pendant ce temps, déambulait aux alentours, entrant dans chaque tente qu'ils avaient planté là. L'occupant de chaque tente s'unissait alors à elle, en disant "Dis à ton maître que je n'ai fait ça que par amour pour toi".

Nous étions alors vendredi soir, et ils conduisirent la fille près d'un objet qu'ils avaient construit, ressemblant à un encadrement de porte. Ils la soulevèrent, et l'abaissèrent plusieurs fois. Ils lui donnèrent une poule avec la tête coupée, puis une boisson forte, lui conseillant de boire vite.

Après cela, la fille paraissait hébétée. A ce moment, les hommes commencèrent à frapper sur leurs boucliers, afin de noyer le bruit de ses cris, qui pourraient dissuader d'autres filles de chercher la mort auprès de leurs maîtres à l'avenir. Ils l'allongèrent, et saisirent ses mains et ses pieds. La vielle femme connue sous le nom d'Ange de la Mort noua une corde autour de son cou, et donna les bouts à deux hommes, pour qu'ils tirent. Avec une large dague, elle la poignarda enfin entre les côtes, alors que les hommes l'étranglaient.

C'est comme cela qu'elle mourut.

- Ahmad ibn Fadlān

Une fois que quelqu'un a quitté le monde des vivants, ses alliés (et parfois ses ennemis) feront leur maximum pour préparer des funérailles dignes.

Il y a deux options possibles: un enterrement dans un tertre, ou la crémation. Dans les deux cas, l'équipement du héros tombé était disposé à ses côtés, ainsi que des esclaves ou autres possessions précieuses que ses amis souhaitaient lui offrir. Les esclaves choisis pour voyager avec le mort était tenus en très haute estime, mais étaient tout de même drogués et entraînés dans une transe érotique, puis finalement tués afin d'accompagner leur maître dans son voyage vers l'au-delà.

La croyance voulait que l'esprit ne quitte pas le corps au moment de la mort, mais après que son vaisseau eût été détruit par le feu, ou naturellement dans un tertre. Les Anges de la Mort se spécialisaient dans l'accomplissement des bons rites funéraires, maximisant les chances que l'esprit d'un héros tombé soit porté aux Cieux par les Valkyries. Le sacrifice était un élément clé pour apaiser les Puissances Supérieures lors des funérailles.

Si la famille pouvait y assister, une période de sept jours de deuil, appelée Arvel, était observée. Pendant cette période, on ne parlerait pas d'héritage; à la place, la vie du guerrier était célébrée, en buvant un breuvage fermenté alcoolique fort, le Sjaund. L'héritage n'était discuté qu'une fois la période de deuil terminée. L'âge déterminait le degré d'héritage, et les femmes y avaient également droit.

PROFANATION DE SÉPULTURE

Dans le monde Viking, l'au-delà est sacré. L'alternative à une existence heureuse dans un des cieux était un tourment éternel dans les étendues glacées de Niflheim. On donnait même des funérailles à ses ennemis. Il y aurait beaucoup d'honneur à affronter de nouveau un ennemi sur la plaine de Vigrid lors de la bataille finale de Ragnarok... Seulement, les deux combattants seraient alors immortels, si les Nornes le veulent bien.

Piller une tombe est un grand blasphème, car l'âme dans l'au-delà ne peut plus utiliser les objets qui étaient placés dans sa tombe. Un esprit violé de cette façon pourrait revenir hanter les voleurs. Seuls les plus fous et les plus audacieux oseraient profaner les morts (voir les règles p. 151). Cela dit, voler des possessions désirées avant de tuer la victime est une faille exploitable, qui fait le bonheur des voyous.

Dans ce monde, le pillage de tombes étant indésirable, les forgerons jouent une part intégrale dans la fabrication d'objets, et dans la création de nouvelles richesses.

JUSTICE

La plupart des lois et processus associés du système judiciaire Viking sont écrites dans un ancien codex Islandais appelé Gragas.

L'assemblée législative et les tribunaux étaient appelés Althing. Les tribunaux avaient des jurys de 12, augmentés à 24 ou 36 pour les affaires importantes. Les faits étaient présentés par un panel appelé Kvidir. Très souvent, la pénalité était une amende, mais pour les cas majeurs, l'accusé pouvait être banni de la société, et déclaré hors la loi, ce qui était égal à une sentence de mort. Un banni était exclu de tout, et ne recevait aucune assistance, ni protection par la loi, le rendant vulnérable à un meurtre sans aucune répercussion.

Chaque territoire possède son propre jeu de lois spécifiques, appelé un Thew; il est conseillé aux voyageurs d'apprendre les lois locales avant de s'engager dans quoi que ce soit qui pourrait leur causer des ennuis.

WEREGILD

Parmi la noblesse, les crimes étaient punis par l'or plutôt que par le sang. Si un meurtre était commis, une rétribution était accordée à la famille sous forme du Weregild, une somme monétaire basée sur le statut de la victime dans la société.

Avec la venue de Ragnarok, la justice a été renversée. Beaucoup ne s'intéressent qu'à leurs propres affaires, et ne s'impliquent pas lorsqu'ils sont témoins de crimes dans la rue. En ces temps troublés, il est commun pour les rivalités entre clans d'escalader jusqu'à une guerre ouverte et totale entre les familles.

IMPLANTATIONS ET TRANSPORT

FOYERS

Les implantations Vikings sont généralement des maisons à un étage, construites en bois, avec une fondation ou un rez-de-chaussée fait de pierre. Les maisons les plus riches et les temples peuvent avoir deux étages. Les maisons de trois étages sont rares, et réservées aux Rois.

Dans les implantations permanentes, on compte typiquement une maison longue par famille, avec des toits de chaume pour garder la chaleur pendant les froids hivers. Les fenêtres sont rares, et s'il y en a, elles sont placées aux endroits où le mur rencontre le toit. Pendant les raids migratoires, des maisons longues temporaires, typiquement de 7m par 50m et une seule pièce, sont construites pour jusqu'à deux douzaines de guerriers et leurs esclaves. Chaque section de la maison a une fonction (cuisine, coucher, etc.).

Les bâtiments de cultes sont rares. La plupart des rituels et services sont pratiqués à l'extérieur, immergé dans la nature. Même si un Dieu est vénéré en majorité, il est usuel d'invoquer d'autres Dieux et leurs bénédictions. Un fermier vénérant Thor, par exemple, peut aussi appeler la bénédiction de Forseti pour calmer une rivalité familiale.

Les Vikings en voyage favorisent l'hospitalité des gens, et partagent des repas avec eux aux tavernes des plus grandes villes. En échange, le voyageur est supposé régaler la famille d'histoires héroïques, jouer de la musique, ou laisser un souvenir d'une terre lointaine en cadeau symbolique.

Avec l'arrivée de Ragnarok, toutefois, les portes sont fermées aux étrangers. En ces temps sombres, la paranoïa peut faire la différence entre la vie et la mort.

DRAKKARS ET RAIDS

A furore normannorum libera nos, Domine!
(De la fureur des hommes du nord, libère-nous, Seigneur!)

Les Vikings ne croyaient vraisemblablement pas en une Terre plate. Leur exploration intense, de Vinland à la Perse, les distingue comme étant de superbes navigateurs. Ils comprenaient visiblement le mouvement des corps astraux, et les utilisaient pour la navigation et la cartographie. Ils utilisaient même vraisemblablement la couleur changeante des Pierres de Soleil, des cristaux de cordiérite originaires d'Europe du Nord, pour localiser le soleil même à travers une couverture nuageuse.

Lors des raids, les Vikings acquéraient des biens, de l'argent, et des esclaves. Peu d'hommes peuvent contenir la furie des Vikings! Leurs Drakkars les servent bien. Avec la double propulsion de la voile et des rames, ils se glissent facilement à côté d'autres navires, s'ancrent près de la côte, et s'éloignent rapidement. L'espace y est maximisé pour contenir des sacs de butin, et les plus grands navires peuvent contenir jusqu'à 100 marins valides, ainsi que leurs instruments de guerre. Un vaisseau est long de 10 à 30m, avec des voiles de 10 à 13m de large, et son aspect le plus frappant est la proue, toujours décorée d'une bête féroce pour éloigner les mauvais esprits.

Un Drakkar peut être construit en 4 à 6 semaines, avec des spécifications variées: étroit et profond pour un voyage sur l'océan, ou large et peu profond pour des expéditions en rivière. Certains designs ne requièrent pas plus d'un mètre d'eau pour faire voile. Ils sont assez légers pour être portés ou tirés sur de courtes distances, permettant aux Vikings d'attaquer des villages qui ne se doutent de rien, profondément dans les terres.

De nombreuses sagas du Destin des Nornes se déroulent en Islandia, dont voici la carte (voir page 363).

DANS LES CIEUX

Alors que Midgard sombre dans l'anarchie, les autres mondes d'Yggdrasil en ressentent les répercussions. En Asgard, Odin rallie ses guerriers Einherjar au Valhalla, alors qu'en dessous, à Muspelheim, Surt convoque les Fils de Muspel.

YGGDRASIL, LE FRÊNE COSMIQUE

Les racines et les branches d'Yggdrasil s'étendent du Monde du Dessous aux Cieux, et connectent les neuf royaumes, ainsi que Midgard, et d'autres mondes moins connus.

Les Neuf Royaumes sont:

- **Asgard,** patrie des Aesir ("nouveaux" Dieux)
- **Vanagard,** patrie des Vanir ("anciens" Dieux)
- **Alfgard,** patrie des Lios Alfar (elfes de la lumière)
- **Svartalfheim,** patrie des Svart Alfar (elfes des ténèbres)
- **Nidavellir,** patrie des Dvergar (nains)
- **Muspelheim,** patrie des Jotuns de Muspel (géants du feu)
- **Jotunheim,** patrie des Jotuns de Glace (géants des glaces)
- **Niflheim,** terre gelée des âmes damnées, présidée par Hel.
- **Hvergelmir,** le royaume des serpents, et patrie de Nidhogg le Dragon.

Mais Yggdrasil est très malade. Ses racines sont en train de pourrir, et les feuilles de ses branches ont été pour la plupart mangées par les quatre cerfs Dain, Dvalin, Duneyr et Durathror. S'étendant profondément dans Hvergelmir, les racines sont également rongées par le dragon Nidhogg et son armée de serpents. Les Nornes, utilisant les eaux sacrées du puits de Weird, livrent un combat perdu d'avance pour garder Yggdrasil en bonne santé.

L'OST D'ODIN

ODIN

Odin est connu sous de nombreux noms, mais est mieux connu sous celui de Odin, Père de toute chose, seigneur des Dieux Aesir. Son pouvoir réside dans son intelligence: il est non seulement maître de la guerre, mais également de la magie runique, des Sorts de Chanson, et de la magie du Seith.

Odin est armé de sa lance, Gungnir, et chevauche son destrier à huit pattes, Sleipnir. Il est accompagné des loups Geri et Freki, et de deux corbeaux, Hugin et Munin. A la fin de chaque jour, Hugin et Munin lui font des rapports sur les événements se déroulant dans les mondes en dessous d'Asgard. Son trône, Hlidskjalf, lui octroie la perception des terres distantes. La connaissance, c'est le pouvoir, et Odin est tout-puissant.

Ses nombreux exploits impressionnants attirent les gens à lui. Il n'attend que le meilleur de son entourage, et sait comment transformer une situation désespérée en victoire.

Odin bénéficie des conseils et des opinions de la tête décapitée du Dieu Aesir Mimir. Pendant Ragnarok, Odin sacrifie son œil droit pour boire dans un puits d'Yggdrasil gardé par Mimir, être d'une grande sagesse. Il se voit octroyer des visions du futur, et du dénouement final du Crépuscule des Dieux. Cela ne fait néanmoins que renforcer l'ardeur d'Odin à modifier l'issue en sa faveur. Alors que Ragnarok s'avance, Odin travaille sans relâche pour planter les fruits de sa victoire. Ses Einherjar sont envoyés en missions de grande importance, pour altérer le cours des événements... Mais seules les Nornes savent si les efforts d'Odin payeront.

Depuis le commencement de Ragnarok, les Valkyries principales d'Odin, Gunn et Rota, sont envoyées pour collecter les âmes des guerriers héroïques défunts de Midgard, qu'il réanime par magie afin qu'ils joignent son armée d'élus Einherjar au Valhalla.

Odin a même incité des guerres entre Karls, dans l'espoir de gagner de bonnes recrues dans leurs armées. Pour Odin, la fin justifie les moyens, et ce principe lui a permis de guider sa dynastie, et d'en faire une des plus puissantes de tous les mondes. Ce qu'Odin veut, Odin l'obtient.

45

EINHERJAR

Les Einherjar sont les légendaires héros tombés au combat, qui ont été choisis par les Valkyries d'Odin pour rejoindre les rangs des guerriers immortels du Valhalla, attendant la bataille finale entre les Dieux Aesir et les Jotuns. Lors du Quatrième Âge, les Einherjar d'Odin combattront les Fils de Muspel de Surt sur le champ de bataille de Vigrid. Jusque là, ils sont envoyés dans d'importantes missions pour les Dieux.

Les premiers jours d'un Einherjar sont troublés: s'ajuster à un corps immortel peut être difficile pour l'Âme, et les souvenirs de leur mort violente hantent les héros. Les émotions peuvent être débridées, conduisant à des sautes d'humeur imprévisibles, et des réactions violentes. Avec le temps, l'Einherjar se calme, embrassant une capacité de combat au delà de toute mesure.

ASGARD

Asgard est la patrie des Dieux Aesir, ainsi que la prison de grand loup Fenrir. Asgard est entourée par un mur géant quasi imprenable, et on ne peut y pénétrer que par le Bifrost, le pont arc-en-ciel brûlant, gardé par Heimdall. A l'entrée d'Asgard se trouve le hall d'Heimdall, Himinbjorg, où l'on boit et l'on chante à profusion.

Au centre d'Asgard se trouve une verte plaine, où les plus remarquables des Aesir se retrouvent pour discuter des affaires des hommes: Odin le Père de Toute Chose, Heimdall le Gardien du Bifrost, Thor des Tempêtes, Tyr à une Main, Freya la maîtresse du Seith, Njord le maître des Océans, Frey la Lumière Passionnée, Bragi le maître des Kennings, Vidar le Silencieux, Vali le Vengeur, Ull le Chasseur, Forseti le Juste, Magni le Puissant, Frigga la Grande Mère, Gefjun la Vierge, Idunn la Jeune, Gerd la Belle, et Fulla la Riche.

A l'intérieur d'Asgard se trouve Valaskjalf, le célèbre hall d'argent d'Odin, qui contient son trône omniscient Hlidskjalf. Le grand hall Gladsheim est entièrement fait d'or, et contient les douze trônes des Aesir. Le foyer brillant de la veuve Nanna est appelé Breidablik; dans ses murs, aucune violence ne peut éclater, l'esprit se retrouvant incapable de manifester de pensée maléfique. Forseti résout les conflits dans le hall de la Loi et du Jugement, un hall rouge doré appelé Glitnir, avec un toit d'argent, situé au nord d'Asgard.

Les terres de Thor sont appelées Thrudvangar, un grand domaine avec des forêts, des rivières, et Bilskirnir, son palais. Le domaine de Njord est appelé Noatun, et est rempli d'eau, de vent, et contient l'île-prison, Lyngvi. Le foyer de Freya est le resplendissant Sessrumnir, mais elle possède aussi le hall Folkvangar, demeure des femmes guerrières de grande renommée, dont les âmes lui sont amenées par les Valkyries.

Aux confins d'Asgard, sur une île appelée Lyngvi, Fenrir, le loup dévoreur de Dieux, est attaché par une laisse incassable nommée Gleipnir, ancrée dans le rocher Thviti. Cette laisse fut forgée par les Dvergar, et faite à partir du son d'un pas de chat, de la barbe d'une femme, des racines d'une montagne, des tendons d'un ours, du souffle d'un poisson, et de la salive d'un oiseau. Sa mâchoire a été transpercée par l'épée magique de Tyr, et alors que Fenrir écume de douleur, sa salive forme la violente rivière Von.

VALHALLA

Valhalla est le célèbre hall des champions d'Odin, les héros guerriers tués amenés par les Valkyries pour boire, manger et combattre jusqu'à la bataille finale de Ragnarok.

Valhalla fut construit dans un bosquet d'arbres mystiques, à l'ombre de Lerad, l'arbre blanc mystique dont l'essence est la substance des miracles. Le magnifique arbre Glasir porte des feuilles en or, qui scintillent lorsqu'elles tombent aux portes de Valhalla. A l'ouest pousse le traitre gui, dans lequel Loki façonna la lance qui tua le Dieu Baldur, première étape dans la chaîne des événements menant à Ragnarok. Le hall immense est protégé par un ancien portail d'argent, avec une serrure mystérieuse que peu savent ouvrir. Il possède 540 portes, desquelles 800 Einherjar alignés épaule contre épaule peuvent sortir. A l'intérieur, des armures ornent les murs. Le toit est fait de lances et de boucliers.

L'entrée d'Odin se trouve par la porte Ouest, au dessus de laquelle sied un loup avec un aigle sur la tête. Sur le toit se trouvent deux bêtes de légende, qui se nourrissent de Lerad. Du pis de la chèvre Heidrun, de l'Hydromel coule dans les tonneaux du Valhalla, et des bois du cerf Eikthymir, des gouttes tombent du toit du hall, formant les rivières d'Asgard: Sid, Vid, Sekin, Ekin, Svol, Gunnthro, Fiorm, Fimbulthul, Gipul, Gopul, Gomul et Geirvimul. Ces rivières coulent dans les autres mondes d'Yggdrasil et deviennent les rivières Thyn, Vin, Tholl, Boll, Grad, Gunnthrain, Nyt, Not, Nonn, Hronn, Vina, Veg, Svinn et Thiodnuma.

Les Einherjar prennent leur hydromel et mangent la chair du sanglier Sehrimnir, qui ressuscite la nuit, leur fournissant une source de nourriture éternelle. Le hall de festin est aménagé avec de longues tables et bancs, entretenus par des servantes. Les guerriers, une fois nourris, se battent entre eux dans la cour, perfectionnant leurs talents pour Ragnarok.

LYNGVI

VALASKJALF

FOLKVANGAR

VALHALLA

NOATUN

BILSKIRNIR

GLADSHEIM

BRAIDABLIK

GLITNIR

THURVANGAR

HIMINBJORG

ASGARD

BIFROST

48

L'OST DE SURT

SURT

Surt, le gardien Jotun du feu, et gardien du Muspelheim depuis des temps immémoriaux, fut l'un des premiers êtres d'Yggdrasil. Surt était là lorsque le premier être Ymir fut créé de la glace de Niflheim et de la chaleur de Muspelheim, et donna naissance aux Jotuns de Glace. Il était là quand furent créés les Nains, les Dvergar, depuis le corps d'Ymir.

Surt est à la fois le créateur et le destructeur. Il est connu sous le nom de "le Noir", car ce que ses feux brûlent et détruisent forme la fondation d'un renouveau, tout comme la lave détruit et consume tout sur son chemin, mais laisse aussi une bande de terre fertile qui engendre plus de vie. Lorsqu'une époque tombe dans la maladie et la corruption, Surt intervient, comme une flamme purificatrice, pour mettre fin à l'Âge actuel et en débuter un nouveau.

Les Nornes tissent la destinée des hommes, Dieux et Jotuns, mais si la Tapisserie est imparfaite, Surt la détruit dans le feu. Il ne peut pas voir la Tapisserie entière, et doit attendre patiemment le déroulement de toutes les époques.

Les trois Nornes du destin qui s'occupent d'Yggdrasil ralentissent sa déchéance, mais la santé de l'arbre cosmique empire, et il succombe à la mort depuis en bas et en haut, avec le progrès inexorable de Ragnarok. Les efforts de Surt pour engager les Dieux Vanir, maîtres de la terre et de la mer, pour aider Yggdrasil à guérir, ont échoué lorsque Frey entraîna son peuple à trahir les Jotuns, et rejoindre les Aesir.

Mais Surt a juré vengeance. A la place des Vanir, il a conçu une nouvelle race d'immortels, les Fils de Muspel, qui renaîtraient dans le Glassisvellir, le lac de feu de Muspelheim, des âmes capturées de guerriers humains tombés. Dans leurs nouveaux corps, ils seraient envoyés par Surt dans tous les mondes de l'arbre cosmique, pour parfaire leurs talents et vaincre les immortels Einherjar.

FILS DE MUSPEL

Des héros guerriers de légendes tombés au combat, qui ont été choisis par les Valkyries et amenés à la Gueule de Surt pour devenir des Fils de Muspel.

Une fois qu'ils émergent du lac de feu et renaissent dans un corps immortel, les Fils de Muspel entreprennent un pèlerinage à travers les mondes d'Yggdrasil pour parfaire leurs talents au combat, dans tout type de royaume et contre tout type d'ennemi. Une fois le pèlerinage complet, ils partagent l'âme du frêne des mondes Yggdrasil, ce qui leur donne l'omniscience, et une résilience cosmique.

Les premiers jours d'un Fils de Muspel sont difficiles. Leur corps est extraordinairement sensible à tous les éléments, y compris le spectre du son et de la vision. Avec le temps, cette sensibilité est transformée en une conscience qui ressemble à de la prescience.

MUSPELHEIM

Avec Niflheim, Muspelheim est l'un des deux mondes originels.

Muspelheim est un monde peu avenant, de feu et de fumée. Ceux qui n'y sont pas nés trouveront l'environnement trop chaud et l'air trop toxique pour y passer du temps. C'est une terre fascinante de rivières, forêts et montagnes - les rivières étant faites de pierre en fusion, les forêts de verre, et les montagnes de volcans fumants!

A l'est se trouve une région montagneuse, emplie de suie et de volutes de cendre, le domaine de Laufey, maîtresse de la flamme noire. A l'ouest, un paysage impressionnant: le royaume sablonneux de Farbauti, seigneur de la domination, à travers lequel coulent les rivières de lave et se dressent les forêts de verre. Au sud se trouvent les cités-états appartenant à Baghist, le baron des tempêtes. Il encourage les habitants du Muspelheim à de saines rivalités, afin de les garder forts. Les faibles sont envoyés à Farbauti, pour son marché d'esclaves. Chaque ville du sud est faite d'une pierre différente: rubis, obsidienne, etc., faisant d'elles des merveilles à admirer. Certaines des cités-états appartiennent et sont dirigées par la progéniture de Laufey et Farbauti: Byleist, Helblindi, et Loki.

Gimle, le hall des Trois Cieux, est le point le plus au Sud de Muspelheim. Les gens doivent passer à travers Gimle pour atteindre Andlang, situé au dessus, puis Vidblain, le plus haut des hauts, où seuls les purifiés peuvent entrer.

Le nord est empli de pics et de vallées. Dans la plus grande d'entre elles, la Gueule de Surt, se trouve le lac de feu connu sous le nom de Glassisvellir. Au nord, l'entrée du Muspelheim est gardée par Surt lui-même, qui se dresse comme une ombre sur le paysage, tenant son épée plus brillante que le Soleil.

GLASSISVELLIR

Les Valkyries font tomber les âmes des héros morts dans Glassisvellir, afin qu'elles renaissent comme Fils de Muspel. Les âmes sont purifiées de toute inégalité et noirceur, et fusionnent dans un nouveau corps, né de Glassisvellir.

Entourant le lac, les Godis de Surt et les Gardiens des Braises accueillent les nouveaux nés, et s'en occupent pendant un moment, avant de les envoyer vers leurs quêtes sacrées. Dans un large camp appelé Sleggja, sur la rive ouest du lac, les forgerons Dvergar donnent aux Fils de Muspel armes et armures pour la guerre à venir. Sur la rive est se trouve la grande ville de cristal de Sigrdrifa, où règne le légendaire chef de guerre Himinglaeva.

Depuis l'Oeil de Surt au nord, le plus haut pic de Muspelheim, une chute de lave de 300 mètres tombe dans le Glassisvellir. Mogthrasir la Norne vit dans une demeure magique au sommet de la montagne. Peu ose s'aventurer à proximité, et encore moins osent demander audience avec elle.

Au sud, trois rivières coulent depuis Glassisvellir: Brandingi, Eldr et Alsvatr. Brandingi apporte la chaleur et la lumière intense au reste de Muspelheim, finissant à Gimle. Eldr coule dans Hvergelmir, et expulse toute l'immoralité que les feux de Muspelheim ont purifié. Alsvatr coule dans un vide sombre, portant l'obscurité depuis Muspelheim vers Svartalfheim.

POLITIQUE DES ROYAUMES
EXTÉRIEURS D'YGGDRASIL

Asgard et Muspelheim ne sont pas les seuls royaumes à avoir été entrainés dans le conflit final. Les Dvergar, Lios Alfar et Svart Alfar sont eux aussi inéluctablement entrainés dans la guerre à venir.

JOTUNS DE GLACE DE JOTUNHEIM

Personne ne peut ignorer l'appel des tambours glacés de la guerre!

Bergelmir, petit-fils d'Ymir, assemble son ost à Utgard. Ses chefs de guerre préparent la destruction d'Asgard. Les Dvergar, retranchés dans les cavernes de glace en dessous d'Utgard, travaillent nuit et jour pour armer ses guerriers.

Angrboda est la maîtresse de Loki, et mère de Jormungand le serpent, Fenrir le loup, et Hel, gardienne de Niflheim. Elle ourdit des plans pour libérer Loki et Fenrir de leur emprisonnement par les Aesir. La Forêt du Bois de Fer est l'Alka ultime (un amincissement de la barrière entre les royaumes) pour le Seith, et durant ces temps sombres de Ragnarok, elle est devenue une destination de pèlerinage pour beaucoup de Seithkonas (femmes pratiquant la magie de Seith). Le Bois de Fer est également la demeure de beaucoup de femmes Trolls, et des loups qui forment la descendance d'Angrboda.

DIEUX VANIR DE VANAGARD

Il n'y a pas assez de larmes pour la tristesse que vous avez amené.

Aegir et Ran, Roi et Reine des Dieux Vanir, font face à une décision difficile. Dans un passé lointain, les Dieux Aesir et Vanir étaient en guerre, et une trêve n'a pu être scellée que par un échange d'otages. Les Vanir envoyèrent le grand Njord et ses enfants, Frey et Freya, mais les Aesir envoyèrent les Dieux mineurs Hoenir et Mimir. Il devint vite apparent que les Vanir avaient été trompés, car Mimir et Hoenir n'avaient ni la connaissance ni la sagesse des otages Vanir, mais il était trop tard.

Les Vanir se fatiguèrent de l'inutilité de ces otages, et décapitèrent Mimir, renvoyant Hoenir à Asgard avec le corps. (Odin, n'osant pas entrer à nouveau en guerre, traita la tête tranchée de Mimir avec des herbes magiques, afin de pouvoir continuer à bénéficier de sa sagesse).

Aegir et Ran sont ouverts à d'éventuelles nouvelles allégeances, et ont commencé des discussions avec Surt, mais la Déesse de la terre Nerthus souhaite être réunie avec son mari, l'otage Njord, et est disposée à pardonner aux Aesir. Si sa demande à Ran et Aegir est refusée, elle a d'autres moyens puissants pour parvenir à ses fins. Ce sont les débuts de la discorde chez les Vanir.

FORGES DVERGAR DE NIDAVELLIR

L'armure: les vêtements portés par celui dont le tailleur est un forgeron.

Les Voelvas des Dvergar ont prophétisé que ceux-ci survivraient après Ragnarok, ils sont donc moins inquiets pour leur destin. Ils offrent leur talent à quiconque paye le plus. Leur Roi, Ivaldi, se fait fort de rester neutre, afin de maximiser les gains pour son royaume.

Les Nains sont des maîtres artisans: le navire de Frey, Skidbladnir, la lance d'Odin, Gungnir, et les cheveux d'or de Sif ont tous été créés par les enfants d'Ivaldi, Dvalin et Sindri. Maintenant, à l'Âge de l'Epée, ils ont été rappelés par Odin pour travailler dans les forges de la cité fortifiée d'Asgard. Surt à engagé Thjodroerir pour organiser les forges de Sleggja, et leur musique peut être entendue de l'autre bout de Glassisvellir, nuit et jour.

Mais alors que certains Dvergar sont motivés par le talent et l'avarice, d'autres le sont par une émotion plus primitive: la vengeance. Brokk, forgeron de légende, a un compte à régler avec Loki. Il avait un jour parié sa tête contre celle de Loki qu'il parviendrait avec son frère à forger des objets supérieurs à ceux des fils d'Ivaldi, et ils créèrent le marteau de Thor, Mjolnir, le bracelet d'Odin, Draupnir, et le sanglier de Frey, Gullinbursti. Même si les objets avaient effectivement été jugés supérieurs, Loki parvint à sauver sa tête grâce à un détail sémantique, laissant Brokk bouillant de rage. Son désir de vengeance le détourne de sa vocation, et le mène sur une route sombre. Personne ne sait où il est, et certains disent qu'il rendra bientôt visite à Loki à Hvergelmir.

Alvis le Nain est également en quête de vengeance. Thor lui avait promis sa fille, Thrud, en contrepartie de la fabrication d'armes pour le Dieu, et de réponses à des questions. Thor le dupa, lui posant des questions jusqu'au matin, où le soleil changea Alvis en pierre. Lorsque le soleil fut dévoré par Skoll, Alvis redevint de chair, et voyagea jusqu'à Jotunheim. Dans le Bois de Fer et dans Utgard, il trouva beaucoup de sympathisants, qui seraient heureux de voir la fin de Thor.

D'autres troubles pointent à l'horizon... Les frères Fjalar et Galar ont conçu l'Hydromel de la Poésie à l'aide de magie noire, et un être puissant des Cieux a mystérieusement disparu dans le chaos de Ragnarok. Dans ces temps troubles, lorsqu'un être si puissant disparaît et qu'un nouvel objet magique d'un pouvoir incroyable fait surface, les Puissances Supérieures suspectent tout de suite les frères Dvergar.

LIOS ALFAR D'ALFHEIM ET SVART ALFAR DE SVARTALFHEIM

L'ombre est l'enfant de la lumière et des ténèbres.

Les Lios Alfar (elfes de la lumière) et les Svart Alfar (elfes des ténèbres) ont toujours été un mystère pour les mortels, mais leur pouvoir a toujours été impressionnant. Au cours des siècles, les humains ont fait des offrandes aux elfes de la lumière et des ténèbres pour la chance, ou pour éloigner le mal.

Les Alfar d'Alfheim sont radieux, beaux, et bien visibles, alors que ceux de Svartalfheim sont sombres, terrifiants et entourés d'un voile de ténèbres. Alfheim est un endroit de beauté resplendissante, avec tout en abondance à perte de vue. Svartalfheim ressemble à un lieu de ténèbres et de folie: le paysage change et se déforme lorsque vous avez le dos tourné, et l'on raconte qu'on peut voler votre épée de votre main sans que vous vous en aperceviez.

Cependant, depuis le premier Âge de Ragnarok, les Lios Alfar et Svart Alfar se font rares. Personne ne sait vraiment ce qu'il est advenu d'eux. On en voit de temps en temps, mais quelque chose ne tourne clairement pas rond. Certains Voelva parlent d'une imminente Guerre de l'Ombre.

DÉITÉS ET DOMAINES

Cette section décrit les plus importantes Puissances Supérieures actives durant Ragnarok. Elles gèrent toutes des domaines particuliers, et peuvent accorder une bénédiction à quiconque effectue un sacrifice approprié. Elles jouent un rôle clé dans les affaires de l'humanité, et on ne doit pas les traiter avec légèreté. Le Norn peut introduire une de ces grandes puissances, et utiliser ses motivations comme départ d'une saga. Par exemple, Angrboda peut engager des personnages de haut niveau pour se rendre à Hvergelmir, et tenter de libérer Loki de sa prison.

VERDANDI, SKULD ET URD

Les trois Nornes les plus importantes s'occupant des affaires des Dieux et de l'humanité sont les trois sœurs, Verdandi, Skuld et Urd. Chacune a pour domaine un aspect du cycle de la vie et de la mort. Verdandi domine le présent, Skuld le futur, et Urd le passé.

Elles tissent la Tapisserie du Destin de l'époque actuelle, pour les Dieux et les hommes. Elles ont une mère appelée Mogthrasir, qui s'occupe d'une plus grande Tapisserie, pour le destin des Jotuns. Leurs pouvoirs sont vastes, et leurs responsabilités énormes. Une part de ces responsabilités est de s'occuper de la maladie de l'arbre-monde, Yggdrasil. Pendant un temps, elles ont eu l'aide de Frey, mais depuis qu'il leur a tourné le dos, les dégâts de Nidhogg sont plus importants que tout le bien que les Nornes peuvent faire au frêne cosmique.

Les Voelvas sont les Godis des Nornes. Il dévouent leurs vies à regarder à travers le voile, et voir la Tapisserie du Destin tissée par les Nornes.

MOGTHRASIR LA NORNE

Mogthrasir est une Norne, qui tisse la Tapisserie du Destin des races des Jotuns. Elle apparaît comme une très grande femme voilée, translucide et chatoyante comme un fantôme. Lorsqu'elle parle, sa voix n'atteint que ceux qu'elle désire atteindre.

Mogthrasir vit dans la plus grande montagne de Muspelheim, et accorde rarement audience. Lorsqu'elle le fait, c'est seulement aux plus importants Jotuns, tels que Surt et Bergelmir. Comme toutes les Nornes, ses pouvoirs sont vastes, et elle possède une armée de prêtresses Voelvas. Celles-ci ne viennent pas des rangs des humains, mais sont des représentantes des races Jotun.

Ses motivations sont trop étrangères pour être comprises par des humains, c'est pourquoi elle possède des Voelvas uniques. Contrairement à ses filles Verdandi, Skuld et Urd, sa spécialité se trouve dans ce qui échappe au cycle de la vie et de la mort. Certaines parties de sa Tapisserie sont éternelles, car elle s'occupe des royaumes de Niflheim, Muspelheim, Gimle, Anlang et Vidblain. D'autres parties de sa Tapisserie sont tissées à nouveau avec l'arrivée d'une nouvelle Epoque, comme par exemple les royaumes de Jotunheim.

ODIN

Odin n'a pas de Godis à son service. A la place, ses prêtres sont les Skalds, dont le but est d'inspirer les guerriers à des actes héroïques, qu'Odin pourra récolter après leur mort. Ces guerriers doivent dédier leurs vies à inspirer la grandeur. Ce faisant, ils sont deviennent également importants aux yeux d'Odin.

Plus d'informations sur Odin sont données en page 45.

HUGIN ET MUNIN

Les corbeaux d'Odin, Hugin et Munin, sont des informateurs indispensables. Chaque jour, Odin les envoie voler au dessus des royaumes d'Yggdrasil, et ils reviennent avec d'importantes nouvelles sur des évènements clés se produisant à travers les mondes. En utilisant une puissante magie shamanique, Odin possède la capacité de voir à travers leurs yeux si nécessaire.

GERI ET FREKI

Les deux loups d'Odin, Geri et Freki, l'accompagnent dans la Chasse Sauvage. Ils sentent l'odeur des âmes perdues, et les avalent tout rond. Les âmes ainsi dévorées sont utilisées dans les rituels nécromanciens d'Odin, pour alimenter les puissants effets des arts sombres. Odin leur donne à manger ses plats préparés, car il n'a pas besoin de nourriture.

THOR

Thor, Dieu du Tonnerre, est le fils du Dieu Aesir Odin et de sa maîtresse Jotun Jord.
Sa puissance létale lui vient de son physique de Dieu, de son marteau mystique Mjolnir, de son pouvoir magique sur le tonnerre et les éclairs, et des pommes mystiques de la Déesse Aesir Idunn. Tout cela fait de Thor le guerrier vraisemblablement le plus puissant et le plus terrifiant de tous les royaumes d'Yggdrasil.

Thor a tué des douzaines de Jotuns importants, ainsi que des centaines d'êtres inférieurs du Jotunheim. Sa femme est la belle Sif, et ils ont deux fils, Magni et Modi, et une fille, Thrud. Thor voyage dans un char volant magique, tiré par deux boucs, Tanngnjost et Tanngrisnir. Il a des sentiments contraires au sujet de Loki, car ils ont tous deux vécu des aventures épiques, et Loki est venu à son secours plus d'une fois. Etant donné qu'il a grandi avec lui à Asgard, Thor a un grand sens du devoir, mais ressent la responsabilité de maintenir Loki dans le droit chemin. Il compatit néanmoins avec Loki, car lui-même a souvent été victime de moqueries, à propos de son esprit un peu lent.

Avant Fimbulvinter, Thor était la déité des fermiers. Maintenant, durant Ragnarok et ses temps troublés, il a enfilé un nouveau manteau, et s'est déclaré l'adversaire du Nouveau Dieu Blanc. Ses Godis travaillent sans relâche pour défaire le travail des Croisés et missionnaires venant des bordures de Midgard. Il a aussi été très actif pour chasser et tuer tout allié des Jotuns.

Le meurtre par Thor de tant de Jotuns au fil des siècles a été un des éléments déclencheurs majeurs de la guerre à venir. Il ne connait pas la peur, et marche en dehors d'Asgard en toute impunité, massacrant tous ceux qui se dressent sur sa route. Pour ses ennemis, il semble invincible, et c'est pourquoi ils travaillent dur nuit et jour pour lui trouver une faiblesse qu'ils pourraient exploiter.

HEIMDALL

La colossale responsabilité de garder le Bifrost, pont qui connecte Asgard et Midgard, repose sur les épaules du Dieu Aesir Heimdall. Né de neuf mères, avec des dents dorées, le Gardien du Bifrost possède des sens affutés sans commune mesure: il peut entendre l'herbe pousser, et voir jusqu'à 150 kilomètres dans le noir.

Heimdall porte Gjallarhorn, un cor majestueux qu'il ne quitte jamais. Il sonnera l'alarme lorsque les Jotuns de Glace feront voile sur Naglfar, et assiégeront Asgard.

Heidmdall n'a jamais eu confiance en Loki et ses enfants, ayant détecté leurs pensées traitresses avec ses sens étonnants. Aucun des Aesir ne l'écouta, et alors que Loki semait les ténèbres en Asgard, Heimdall se mit à détester le Dieu des Mensonges. Il fut le premier à chercher et combattre Loki lorsqu'il vola le merveilleux collier de Freya, Brisingamen. Loki lui aussi déteste Heimdall, qui a scruté toutes ses allées et venues, et lui a rendu la vie difficile pendant de nombreuses années.

Ceux qui servent Heimdall avec dévouement en tirent inspiration et ténacité. Il ne requiert pas de sacrifice, préférant mener par l'exemple.

Heimdall doit jouer un rôle clé dans la défense d'Asgard pendant Ragnarok. Il prend ses responsabilités très sérieusement, et est essentiel pour tenir éloignée la meute de Fenrir. Cependant, il se reproche de ne pas pouvoir protéger ceux qui sortent d'Asgard, et ne reviennent jamais, submergés par les loups du Bois de Fer.

NJORD

Le clan des Vanir possède deux pouvoirs rivaux, qui excellent dans leur maîtrise de l'eau et de ses habitants: Aegir et Njord.

Pendant la guerre avec les Aesir, Njord avait un très haut rang dans la légion Vanir. Parfois, il se disputait avec Aegir sur des questions stratégiques, et Aegir se sentit menacé par l'influence grandissante de Njord sur ses armées. Lorsque la guerre prit fin, il offrit Njord et ses enfants en tant qu'otages pour maintenir la paix. Njord y alla de bon cœur, car il avait appris à respecter les Aesir. Sa famille adopta le mode de vie Aesir rapidement, et est tenue en haute estime par ceux-ci.

Une rivalité féroce existe entre les Godis de Njord et les Godis d'Aegir, les premiers essayant de marginaliser les Vanir dans tous les aspects de la vie à Midgard. Depuis la fin de la guerre, les Godi ont eu beaucoup de succès pour accroître l'influence des Aesir, tout en diminuant celle du panthéon Vanir.

Ragnarok a placé Njord dans une position difficile. Odin lui a demandé d'étendre aux Vanir un message d'amitié, dans l'espoir qu'ils se rangent à ses côtés dans la guerre imminente contre les Jotuns. Cependant, Njord sait qu'il a coupé les ponts avec Aegir et les autres. Pour l'instant, il fait croire à Odin qu'il tente de joindre les Vanir, tout en formulant des plans pour accomplir le souhait du Dieu.

FREY

Frey est le fils de Njord, et frère jumeau de Freya. Il fut envoyé vivre avec les Aesir à la fin de la guerre entre les Aesir et les Vanir, pour assurer une paix durable.

Frey est un chef naturel, et ses pouvoirs divins sur la lumière, la récolte, la fortune et la virilité font qu'il est aimé de beaucoup. Après s'être assis sur Hlidskjalf, le trône d'Odin surveillant tous les mondes, il repéra une jeune fille Jotun nommée Gerda, à Jotunheim. Pour gagner son amour, il voulut lui envoyer un cadeau, pris parmi ses nombreux artefacts magiques: le sanglier brillant Gillinbursti, le vaisseau pliable Skidbladnir, ou sa précieuse épée, qui pouvait se battre d'elle-même. Il choisit cette dernière, et envoya son écuyer Skirmir l'offrir, gagnant la main de Gerda. Leur union produisit le clan Viking Yngling et son premier membre, Fjolnir.

Frey est très estimé par les Dvergar et les Alfar. Il est vénéré par de nombreux fermiers, ainsi que ceux qui cherchent la conquête de l'amour, qui depuis la tombée de Fimbulvinter sont devenus plus nombreux que les fermiers. Ceux qui cherchent la bénédiction de Frey doivent sacrifier leurs inhibitions, leurs doutes et leurs peurs.

Frey faisait originellement partie des Vanir, et était fervent dans ses soins au frêne cosmique, Yggdrasil, mais tout cela changea lorsqu'il migra chez les Aesir. A Asgard, il se concentra non plus sur cet héritage, mais voulut se forger une nouvelle destinée. La perte de la magie de Frey a causé des dégâts irréparables au frêne cosmique, et Surt n'a jamais pardonné sa trahison à Frey. On raconte que la vengeance du Jotun Noir suit Frey comme son ombre.

AEGIR

Aegir est le Dieu Vanir de la mer. A volonté, il peut changer de forme, passant d'un grand humanoïde à un habitant féroce des profondeurs. Aegir possède des pouvoirs magiques incroyables sur la nature. Sa maîtrise de l'eau n'est égale qu'à celle de Njord, son rival Vanir. Lorsque les Vanir ont fait la paix avec les Aesir, Aegir saisit l'opportunité d'envoyer Njord et ses enfants en tant qu'otages à Asgard, pour garantir la paix entre les Dieux.

Aegir et sa femme Ran ont neuf enfants, et gouvernent à deux les Dieux Vanir. Sur la terre ferme, sa demeure est appelée Hlesey, et il y reçoit de nombreux invités distingués, avec une hospitalité légendaire. Lorsqu'il visite les autres, comme les Dieux Aesir, on lui fait un accueil très chaleureux, avec pompe et fanfare.

Les marins se tournent souvent vers Aegir pour une bénédiction, avant de traverser les eaux glacées de Midgard. Ses offrandes prennent la forme de sacrifices noyés. Si Aegir trouve l'offrande suffisante, il accordera passage sûr à travers les tempêtes et la glace.

Avec l'arrivée de Ragnarok, Aegir et Ran font très attention à leurs relations. Chez les Vanir, on peut entendre des opinions contraires vis à vis de quel côté supporter entre Aesir et Jotuns. Seul le temps dira quel côté ils auront choisi dans la guerre imminente.

LOKI

Loki est un personnage très énigmatique, et ses alliances semblent virevolter comme le vent. Son apparence est celle d'un jeune home dégingandé et insouciant, mais ses yeux racontent autre chose. Ils reflètent la sagesse, la douleur, et l'intelligence.

Ses relations ainsi que ses enfants sont étranges et terrifiants. Il a deux fils, Nari et Vali, de sa femme Aesir Sygin. Sa maîtresse Jotun Angrboda lui apporta trois enfants: Fenrir le loup, Jormungand le serpent, et Hel la maîtresse des morts. Encore plus étrange, il y a longtemps, lorsque les défenses d'Asgard furent construites, Loki se transforma en jument et s'accoupla avec un destrier Jotun nommé Svadilfari. Le fruit de leur union fut Sleipnir, le cheval à huit pattes adopté par Odin.

De sang Jotun mais élevé comme un Dieu, Loki a une crise d'identité et d'allégeance. Il ne comprend pas pourquoi ses parents l'ont envoyé vivre avec les Dieux tout en gardant et élevant ses deux frères, Byleist et Helblindi. Sa destinée lui devint plus claire après qu'il ait fait un rêve dans lequel il dévorait le cœur de la sorcière de l'avarice, Gullveig. Gullveig avait infiltré les murs d'Asgard, semant la ruine parmi les Dieux en leur infligeant toutes sortes d'émotions négatives et en affligeant leurs coeurs. Après qu'Odin ait ordonné qu'elle soit tuée et brûlée, Loki trouva le bûcher, et mangea le cœur carbonisé. En un instant, sa destinée était devenue claire, et les motivations de son père lui paraissaient logiques.

Loki est devenu la déité du feu, des menteurs, des orphelins et des âmes perdues. Ses adeptes ont toujours été discrets comme lui, mais depuis l'arrivée de Ragnarok, et la révélation que Loki est le Jotun de la Destinée, son culte a refait surface. ce groupe s'est volontairement assujetti à la volonté et aux ordres d'Angrboda, car leurs buts sont les mêmes: libérer Loki!

Loki sentit la colère de tous les Aesir sur lui après qu'il aie causé la mort de Baldur, et son emprisonnement dans le domaine de Hel. Malgré ses tentatives d'évasion, les Aesir l'ont capturé, et attaché par des chaines. Ils l'ont ensuite placé à Hvergelmir, le royaume de Nidhogg le Dragon. Loki sait qu'il s'échappera un jour, mais en attendant, il souffre terriblement à cause du venin de millions de serpents, descendants de Nidhogg, qui goutte sur son visage. Dans son esprit, il répète sa destinée... Unir les Jotuns, rallier les Alfar, réveiller les Vanir et provoquer la totale destruction des Aesir, même si cela lui coûte la vie.

LES ENFANTS DE LOKI

FENRIR

Fenrir est le fils de Loki et de Angrboda. Sa soeur est Hel, maîtresse de Niflheim, et son frère Jormungand, le serpent de Midgard. Fenrir est le loup destinée à tuer Odin, Père de Toute Chose des Dieux Aesir.

La présence de Fenrir en Asgard, alors qu'il accompagnait on frère, a toujours mis la populace mal à l'aise. Jamais Fenrir ne se sentit bienvenu dans la cité des Dieux, alors qu'il était toujours accueilli et traité avec grand honneur lorsqu'il visitait sa mère à Jarnvid.

Ce ne fut donc pas une surprise lorsqu'un jour, les Dieux Aesir le piégèrent, et l'attachèrent avec des liens indestructibles sur l'île de Lyngvi, entourée par le lac sombre Amsvartnir. Cependant, cet emprisonnement avait eu un prix, Fenrir ayant arraché de ses dents la main du Dieu de la Guerre Tyr.

Les loups qui vénèrent Fenrir montrent leur loyauté en laissant une petite portion de chacune de leur proie de côté, en offrande à leur camarade emprisonné. Les loups du Bois de Fer chassent en meute, et ont dévoré les Aesir et Einherjar qui ont quitté les limites sûres d'Asgard.

Fenrir sait que sa meute arrive, et peut entendre le chœur de leurs hurlements au delà des murs d'Asgard. Avec chaque sursaut du sol, lui rappelant le tourment de son père, Fenrir lutte contre ses liens pour se libérer et assagir sa vengeance. Il a entendu l'appel de Niflheim, et cela a allumé un feu inextinguible dans son cœur: il sera bientôt libre!

HEL

Hel, fille de Loki et Angrboda, est la maîtresse absolue du royaume souterrain de Niflheim. La moitié de son corps est une magnifique jeune femme, mais l'autre moitié ne révèle que la mort la plus noire et la plus pure. Son apparence remplissant les Dieux de malaise, ils la bannirent d'Asgard. Son exil hante les Aesir, car comme elle est la gardienne du portail de Niflheim, elle a autorité sur tous ceux qui ne sont pas morts glorieusement.

Baldur, fils d'Odin et Frigga, est l'une de ces victimes, que Hel ne libérera pas, même confrontée par le brave Hermod, fils d'Odin. Après quelques négociations, Hel accepta de libérer Baldur à condition que tous les habitants de tous les mondes d'Yggdrasil pleurent pour lui. Elle savait que Loki refuserait une telle requête, condamnant Baldur pour l'éternité dans la prison glacée de Niflheim.

Le domaine de Hel est gardé par le chien noir Garm. Elle réside dans son hall, Eliudnir, entourée par Nagrind, un mur de cadavres, mangeant de son plat appelé Faim (Hungr) en utilisant son couteau appelé Famine (Sultr)

Les Anges de la Mort sont ses servantes mortelles, et leur rôle est particulier. Elles travaillent sans cesse pour s'assurer que les morts ne voyagent pas jusqu'à Niflheim, mais soient récupérés par les Valkyries. On raconte qu'au Troisième Âge de Ragnarok, les morts marcheront de nouveau, car Hel a le pouvoir de leur refuser l'entrée à Niflheim, les damnant à une existence torturée de mort-vivant Draugar ou Haugbui.

JORMUNGAND

Le fils de Loki, Jormungand, est un puissant serpent, si long qu'il entoure tout Midgard. Les Aesir craignant sa présence, Odin l'exila dans les plus profonds océans du royaume des humains. Pendant des siècles, il est resté dans son domaine de Midgard, ou quelque temps dans les étendues glacées de Jotunheim. En une occasion, Jormungand a fait face au puissant Dieu Aesir Thor. Alors qu'il péchait dans les eaux profondes entourant Midgard, Thor attrapa le serpent sur son hameçon. Jormungand s'éleva à la surface pour affronter l'impudent ayant osé le défier de la sorte, et fut surpris de se retrouver face à Thor. L'échange fut bref, et Jormungand retourna dans les profondeurs, après avoir senti la fureur du marteau de Thor, Mjolnir.

Jormungand n'a pas de disciples, et préfère une vie de solitude. Cependant, dans l'agitation de Ragnarok, il est devenu actif, cherchant à libérer son père de ses frères. Hvergelmir est le nid des serpents, présidé par le Premier Dragon Nidhogg. Jormungand cherche une entrée dans Hvergelmir qui laisserait passer son immensité. Alors qu'il se déplace de royaume en royaume, son agitation cause des catastrophes naturelles majeures.

Il entretient un désir de vengeance en son cœur, attendant impatiemment de rendre à Thor la monnaie de sa pièce.

ANGRBODA

Angrboda est la Troll concubine de Loki. Leurs enfants sont le loup dévoreur de Dieux Fenrir, la maîtresse de Niflheim Hel, et le serpent de Midgard, Jormungand.

Angrboda apparaît comme une femme terrifiante. Elle réside à Jarnvid, en Jotunheim, et règne sur les sorcières du Bois de Fer. Toutes les créatures engendrées par ces femmes troll prennent la forme de créatures monstrueuses (Managarm est le plus grand d'entre eux, et l'alpha des loups de Jarnvid).

La connaissance et la maîtrise de la magie de Seith par Angrboda sont au niveau des plus grandes pratiquantes de cet art. Beaucoup de sorcières la vénèrent, et lui offrent les entrailles de leurs sacrifices pour attirer son attention. On raconte que simplement être en présence d'Angrboda double les talents de Seith d'une sorcière.

Maintenant que Fimbulvinter est tombé sur les royaumes, son fief de Jarnvid est un lieu de rassemblement pour les forces ralliées contre les Aesir. Elle a attiré de nombreux héros à sa cause: libérer Loki de son tourment au Hvergelmir. Les arbres de Jarnvid font plus d'un kilomètre de haut, en faisant un endroit idéal pour cacher tout rassemblement dans ce but.

MANAGARM

Managarm est le plus grand des loups, et vit au cœur de Jarnvid, à Jotunheim. Il fait une lieue de haut, et malheureusement pour ses proies, son terrible appétit est proportionnel à sa taille!

Managarm et sa meute ne sont pas des loups ordinaires. Ils sont natifs de Jarnvid, où la magie a rendu leur peau immune à toute blessure, et aiguisé leurs dents de façon à ce qu'elles traversent l'armure la plus épaisse avec facilité. Ils sont terrifiants, et sèment la crainte même dans les cœurs des plus braves Einherjar.

Malgré le statut grandiose de Managarm parmi les loups du Bois de Fer, il est humble devant Fenrir, et fera tout ce qui est en son pouvoir pour aider à libérer son frère. Managarm a mobilisé sa meute de loups pour assiéger les terres autour d'Asgard, s'assurant que tout émissaire quittant ses murs soit chassé et dévoré. Il participe aux conseils de guerre des Jotuns, et permet à ses loups de servir de monture à certains des plus importants généraux Jotuns. Son plan est de conduire Asgard à l'isolement et au désespoir, avant que Nagl-far ne fasse voile contre les Dieux.

BERGELMIR

Le Roi des Jotuns de Glace fut le seul à survivre aux torrents du sang d'Ymir, qui balayèrent et noyèrent les premiers Géants des glaces. Avec sa femme, il a repeuplé sa race sur de nombreuses générations, et s'est assuré que les crimes d'Odin ne seraient pas oubliés.

Bergelmir fonda la célèbre capitale d'Utgard, dans les plus hautes et froides contrées de Jotunheim. Ceux qui recherchent la vengeance invoquent le nom de Bergelmir tout en mangeant le cœur d'un animal, pour être guidés par son esprit. On raconte que si Bergelmir répond à une prière, la vengeance ne pourra pas être déniée à celui qui la recherche.

Au fil des siècles, Bergelmir, très ancien et très intelligent, est parvenu à faire croire aux Aesir que leurs transgressions avaient été pardonnées, et les a invité plusieurs fois dans son grand hall comme invités d'honneur. En une occasion, Bergelmir organisa une série de défis, afin de mieux juger des forces et faiblesses des Aesir.

Bergelmir prépare la chute des Aesir depuis des siècles. Enfin, le temps est proche, et il cherche les conseils d'Angrboda et Surt pour assembler ses armées à Utgard. Le vaisseau légendaire Naglfar est presque terminé, et prêt à faire voile contre les Dieux. Rassembler les ongles de pieds de cadavres pour construire la coque du massif navire a pris des siècles, et a une longueur inimaginable de 5 lieues de la proue à la poupe.

IVALDI

Ivaldi, Roi des Dvergar, ne se préoccupe pas de la prophétie. Ils voit les Nornes comme sans importance, et refuse de croire qu'elles possèdent du pouvoir sur ses actions ou sa destinée. Tout comme il forge de merveilleux objets, il a décidé qu'il serait le seul à forger son futur.

Son domaine de Nidavellir est le plus riche de tous les mondes, et avec l'arrivée de Ragnarok, ses richesses grandissent encore plus vite. Il a beaucoup de fils, auxquels il a appris l'art de la forge. Il fait bien attention à rester neutre, préférant armer tous les camps de la guerre imminente. Ses sujets Dvergar placent le profit au dessus du reste, ce qui leur permet de forger des armes immorales par tous les moyens nécessaires. Sous son règne, les forges ne se sont jamais éteintes, et résonnent en permanence du chant des marteaux et des enclumes.

Ceux qui refusent de croire en la prophétie de Ragnarok recherchent le culte d'Ivaldi. On dit que quiconque est assez têtu peut trouver les Godis excentriques qui le représentent. Appartenir au culte d'Ivaldi signifie ignorer les Voelvas et leurs prophéties.

Les forges de Nidavellir ont besoin de quantités inimaginables de matériaux et de combustible. En conséquence, Ivaldi a engagé des mercenaires pour aller chercher minerais et esclaves, afin que son royaume tienne les délais imposés par les Dieux et les Jotuns. Il a également stratégiquement envoyé ses meilleurs forgerons dans les différents royaumes, afin de maximiser les profits. Certaines de ses techniques de forge les plus puissantes requièrent de l'essence vivante, et pendant ces temps troublés, personne ne remet en question le côté éthique du processus. Seul le résultat est important.

KARA LA VALKYRIE (SIGRUN)

Les Valkyries sont de puissants esprits, qui portent les âmes de ceux qui le méritent au Valhalla ou à Glassisvellir. Ces esprits sont fascinés et attirés par les humains, et peuvent se transformer pour prendre forme humaine. Leur obsession est parfois si forte que certaines Valkyries en sont arrivées à tuer un humain pour absorber ses souvenirs et prendre sa place. Ceci leur a permis de vivre leurs vies en tant que princesses ou héroïnes. Les Valkyries peuvent également parfois prendre forme humaine par amour pour un humain. Celles qui ont été repoussées par l'objet de leur affection en sont arrivées, de dépit, à commettre des actes déshonorables.

Kara est une Valkyrie en mission pour se venger. Il y a longtemps, elle aperçut et tomba amoureuse d'un guerrier légendaire nommé Helgi. Elle descendit dans le monde des hommes, et prit la place de Sigrun, fille du Karl Hogni. Cette nouvelle identité permit à Kara de se rapprocher d'Helgi. Les deux tombèrent amoureux, mais le père de Sigrun avait d'autres plans pour sa fille, et voulait la marier à un autre homme. Helgi, consumé par sa passion pour Sigrun, tua toute sa famille, à l'exception de son frère Dag, afin qu'ils puissent être ensemble.

Dag demanda l'aide d'Odin, et se rendit compte que Sigrun n'était plus la soeur qu'il aimait. Odin l'aida à tuer Helgi, sachant qu'il ferait un bon Einherjar. Dévastée par cette perte, Sigrun s'ôta la vie afin de pouvoir être réunie avec son amant au Valhalla. Abandonnant son identité mortelle, Kara la Valkyrie est de retour, et furieuse contre Dag et Odin. Elle prévoit de libérer Helgi et de se venger du Père de Toute Chose. Pour cela, elle a appelé ses neuf soeurs, qui rassemblent les âmes pour le compte de Surt, le Jotun Noir.

SURT

Le Roi des Jotuns du Muspelheim maintient une armée de Godis, dont le but est de purifier le monde de ceux qui n'en sont pas dignes. Ils se consacrent à la voie de le purification, qui conduira les élus à Gimle, à la fin du monde.

Ils ont une relation spéciale avec les Alfar, et travaillent de concert pour l'élévation des âmes dans le Hall Céleste de Gimle, puis Anlang, et enfin Vidblain.

Plus d'informations sur Surt sont données en page 49.

BAGHIST

Parmi les Jotuns de Feu, Baghist possède le titre et l'honneur d'être le plus violent des divins. Il incarne la tempête. Ses fidèles le voient enflammé, mais pour ses ennemis, il apparait comme une terrifiante conflagration destructrice, qui consume tout le firmament.

Son royaume, dans les terres du sud de Muspelheim, est empêtré dans les conflits. Il encourage la compétition, et noie les vainqueurs sous ses bonnes grâces. Il croit que le conflit est nécessaire, afin d'engendrer le succès par la force. Beaucoup ont spéculé sur une confrontation entre Thor et Baghist, et le gagnant de ce conflit potentiel est sujet à débat. Le consensus général est que le terrain de leur bataille serait oblitéré par le choc entre les éclairs de Thor et le feu de Baghist.

Ceux qui vivent et cherchent à mourir par l'épée effectuent des offrandes à Baghist, sous la forme d'âmes marquées. Ils marquent leurs victimes par un cri adressé à Baghist, avant de frapper le coup fatal. Parmi le culte de Baghist, on raconte que chaque offrande permet à une nouvelle cité-état d'être construite dans son royaume.

Ragnarok a amené de nombreux Fils de Muspel cherchant un entraînement vers le royaume de Baghist. Ceux qui réussissent l'Epreuve de la Lance de Feu deviennent très respectés au Muspelheim, et finissent souvent par diriger des formations militaires dans l'ost de Surt.

73

FARBAUTI

Farbauti est l'un des Jotuns de Feu les plus distingués. Il est grand, beau, et très charmant. Ses enfants avec sa femme Laufey sont Byleist, Helblindi, et Loki. Lorsque Loki était enfant, Farbauti l'envoya à Asgard, exécutant un plan à long terme, basé sur un rêve qu'une Norne lui avait envoyé. Il ne l'a partagé qu'avec sa femme Laufey, l'informant de la manière par laquelle Loki jouerait un rôle clé dans la Tapisserie tissée par la mystérieuse Norne.

Farbauti a une étonnante capacité à élaborer des plans complexes pour le futur, impliquant de nombreux participants, consentants ou non. L'ouest de Muspelheim, son domaine, est empli de comptoirs commerciaux traitant du commerce d'esclaves, achetant et vendant des esclaves de tous les royaumes d'Yggdrasil (sauf Niflheim). Les marchands d'esclaves, et les leaders occupés par des plans à long terme, montrent beaucoup de respect à ce Jotun du Muspelheim. Les Karls et les Jarls rendent souvent hommage à Farbauti pour qu'il leur soit conférée l'illumination.

Une offrande peut aller de biens communs de grande valeur (esclaves, vins rares), à la plus dévote offrande de leur premier-né. Farbauti est très impliqué dans le commerce d'esclaves, car la demande a beaucoup augmenté depuis le début de Ragnarok.

LAUFEY

Laufey, la Maîtresse de la Flamme Noire,
est la femme de Farbauti, et la mère de Loki,
Byleist et Helblindi. Son royaume se trouve
dans les terres à l'est de Muspelheim, et elle
encourage des lanceurs de sorts de renom à s'y
installer. Sa cour est emplie des créatures les plus ésotériques,
ce qui inclut les espiègles Skui de Feu et les terrifiants êtres de
lave connus sous le nom de Karsts.

Laufey est physiquement faible, mais compense largement
par ses pouvoirs magiques. Elle a amélioré et innové les
pouvoirs du Seith. Mélangeant les feux sacrés et la cendre
du Muspelheim avec les esprits du Seith, elle a créé toute une
gamme de nouveaux sorts magiques et d'enchantements.

Elle est vénérée par les pratiquants de la magie qui souhaitent
innover dans ces arts. Elle bénira ceux qu'elle pense dignes sans besoin de sacrifice préalable.
Cependant, si elle trouve un sort particulièrement innovant, elle apparaîtra devant son créateur, et exigera
qu'il lui apprenne, et à elle seulement.

Elle était initialement opposée au plan de Farbauti pour leur fils Loki, mais finit par accepter. Tout ce qui est
arrivé à Loki au fil des années a pesé lourdement sur son mariage, si lourdement que Laufey et Farbauti
sont actuellement séparés, et dirigent des zones différentes de Muspelheim.

LE PROCHAIN ÂGE

Dans ces sombres années, certaines sources ésotériques de connaissance parlent de survivants, et de la renaissance du monde après Ragnarok, lorsque Surt aura détruit tous les royaumes par le feu. Est-ce seulement de l'espoir, ou y-a-t'il de la vérité dans ces mots?

L'épée de Surt fragmenta le ciel, et noya l'arbre dans les flammes rouges. Lif et Lifthrasir, les derniers humains mortels, se cachèrent dans l'abri de la forêt d'Hodmir. Ils dormirent, alors que le grand frêne renaissait. De nouveaux paradis émergèrent, appelés Sindri et Brimir... et un nouvel enfer, appelé Nastrands. Certains Dieux survécurent pour peupler Sindri, parmi eux Baldur, Hoder, Vidar, Vali, Magni et Modi, qui s'installèrent dans le grand Hall Idavol. Ils lurent les paroles d'Odin, et se repentirent. Ils firent la paix avec leurs frères Jotun. L'ost de Surt s'installerait à Brimir, et se lamenterait de la perte de leur héros tombé, Loki. Par la suite, ils finiraient par accueillir un nouvel âge de fraternité et d'espoir.

Nouveaux horizons - tiré des chansons de Snorri le Skald.

MAGIE

MAGIE DE RUNES

La magie de runes permet de débloquer et de se connecter au pouvoir de l'arbre cosmique Yggdrasil, et aux flux mystiques qui l'entourent.

Chaque force primale peut être exploitée, avec la rune appropriée. Une petite ouverture se crée, qui permet à cette force de couler à travers la rune. Des combinaisons de runes permettent de créer des effets variés et intéressants. La connaissance de la magie de runes n'est pas évidente à acquérir.

Une rune peut être temporaire ou permanente. Si elle est inscrite dans l'air, l'effet est instantané et le pouvoir jaillit directement. Au contraire, si elle est inscrite sur la peau ou un objet, la puissance s'y infiltre lentement, couvrant la surface concernée de pouvoir.

La magie de runes possède une particularité: deux runes du même type s'annulent lorsqu'elles se trouvent à moins de 25 mètres l'une de l'autre. Une rune et le pouvoir qu'elle accorde peut être annulée en inscrivant la même rune au même endroit.

Règle optionnelle de jeu de rôle pour la magie de runes

Même si le Maître des Runes peut en choisir une nouvelle (Essence), elle ne lui viendra pas immédiatement. Il doit entrer dans un état de méditation profonde, qui dans certains cas le fatiguera sévèrement. Pour apprendre des choses merveilleuses, il y a toujours un prix. Après tout, Odin Père de Toute Chose lui-même se transperça d'une lance, et se pendit à Yggdrasil pendant neuf jours pour gagner la connaissance arcanique de toutes les runes. Pour apprendre une nouvelle rune, une à la fois, un Galdr doit subir une épreuve, comme par exemple:

- Jeûner pendant trois jours pour apprendre une rune de défense.
- Passer une heure allongé sur un glacier pour apprendre une rune de maîtrise du froid
- Etre submergé sous l'eau pendant 3 minutes pour apprendre la rune de Respiration Aquatique.

Dans certains cas, la méditation peut être plaisante. Pour apprendre une rune de Nature, par exemple, le maître des runes peut devoir passer un jour dans la solitude, à étudier la forêt, avant qu'un oiseau n'atterrisse sur son épaule et lui murmure la rune.

Le Galdr doit déterminer comment il veut méditer. Si le Norn pense que ce n'est pas suffisant, il dira au Héros que la méditation n'est pas suffisante, et qu'il faut quelque chose de plus.

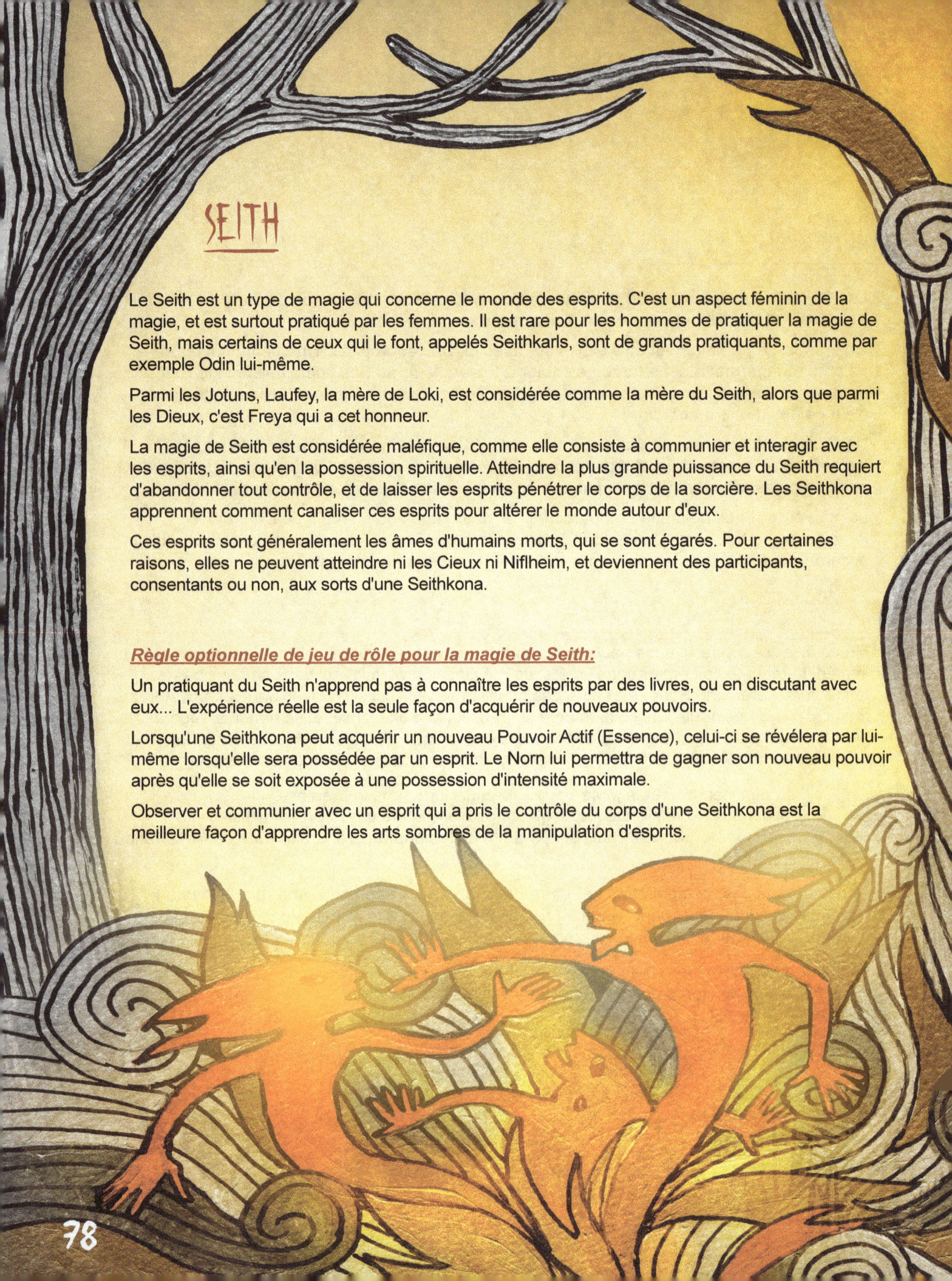

SEITH

Le Seith est un type de magie qui concerne le monde des esprits. C'est un aspect féminin de la magie, et est surtout pratiqué par les femmes. Il est rare pour les hommes de pratiquer la magie de Seith, mais certains de ceux qui le font, appelés Seithkarls, sont de grands pratiquants, comme par exemple Odin lui-même.

Parmi les Jotuns, Laufey, la mère de Loki, est considérée comme la mère du Seith, alors que parmi les Dieux, c'est Freya qui a cet honneur.

La magie de Seith est considérée maléfique, comme elle consiste à communier et interagir avec les esprits, ainsi qu'en la possession spirituelle. Atteindre la plus grande puissance du Seith requiert d'abandonner tout contrôle, et de laisser les esprits pénétrer le corps de la sorcière. Les Seithkona apprennent comment canaliser ces esprits pour altérer le monde autour d'eux.

Ces esprits sont généralement les âmes d'humains morts, qui se sont égarés. Pour certaines raisons, elles ne peuvent atteindre ni les Cieux ni Niflheim, et deviennent des participants, consentants ou non, aux sorts d'une Seithkona.

Règle optionnelle de jeu de rôle pour la magie de Seith:

Un pratiquant du Seith n'apprend pas à connaître les esprits par des livres, ou en discutant avec eux... L'expérience réelle est la seule façon d'acquérir de nouveaux pouvoirs.

Lorsqu'une Seithkona peut acquérir un nouveau Pouvoir Actif (Essence), celui-ci se révélera par lui-même lorsqu'elle sera possédée par un esprit. Le Norn lui permettra de gagner son nouveau pouvoir après qu'elle se soit exposée à une possession d'intensité maximale.

Observer et communier avec un esprit qui a pris le contrôle du corps d'une Seithkona est la meilleure façon d'apprendre les arts sombres de la manipulation d'esprits.

SORTS DE CHANSON

Deux Dvergar, Fjalar et Gjalar, ont créé l'Hydromel magique de la Poésie, une recette maléfique qui impliquait de tuer un être divin appelé Kvasir, et d'utiliser son sang, mélangé avec du miel. L'Hydromel de la Poésie permet à celui qui le boit d'utiliser le pouvoir des Sorts de Chanson, de la magie mélangée à de la sagesse et de la force de suggestion pour manipuler hommes et bêtes.

La manière par laquelle l'humanité en est venue à posséder une telle magie est une plus longue histoire. Après avoir créé l'Hydromel, Fjalar et Gjalar continuèrent leur alchimie sanglante, et finirent par assassiner le Jotun Gilling et sa femme. Leur fils, Suttung, vint chercher vengeance. En rétribution, ils lui offrirent une dose de l'Hydromel de la Poésie. Il la cacha dans une caverne, et la fit garder par sa fille, Gunnlod.

Lorsqu'Odin entendit parler de cette nouvelle magie, il décida de la prendre aux Jotuns. Utilisant le nom Bolverk, il persuada le frère de Suttung, Baugi, de l'engager, après qu'il eut conduit les esclaves de Baugi à s'entretuer avec un enchantement d'avarice à propos d'une pierre à aiguiser magique. En récompense pour avoir effectué le travail de tous les esclaves, Bolverk demanda à boire de l'Hydromel de la Poésie. Même si Suttung refusait de s'en séparer d'une seule goutte, Baugi fut convaincu de creuser un trou dans la caverne, et Bolverk s'y infiltra sous la forme d'un serpent. Il goûta alors à l'Hydromel, et utilisant sa magie, charma et séduit Gunnlod, avant de fuir la caverne sous la forme d'un aigle.

Alors qu'il volait au dessus de Midgard, des gouttes de l'Hydromel tombèrent sur certains mortels en dessous... Ils devinrent sages, et découvrirent que leur langue pouvait réciter les Kennings. Ils devinrent les premiers Skalds, apprenant aux autres l'art des Sorts de Chanson.

Règle optionnelle de jeu de rôle pour les Sorts de Chanson:

Un Skald doit conter les actes épiques des héros. Lorsqu'il est éligible pour un nouveau Pouvoir Actif (Essence), le Norn peut demander au Skald d'écrire un court poème sur les actions héroïques de son groupe d'aventuriers. Cela peut être assez pour débloquer la créativité requise pour apprendre un nouveau pouvoir au Skald.

JEUX VIKINGS

JEU DES TRESSES

Le Jeu des Tresses est divertissant pour tous, sauf pour la pauvre fille choisie pour en être le centre. Une jeune femme est placée sur un pilori, d'où seule sa tête dépasse. Ses longues tresses sont étirées, et fixées sur le bois. Les hommes Vikings, tour à tour, lancent leurs haches de jet vers le pilori, afin de couper ses tresses sans la tuer.

HNEFATAFL

FESTIVAL DU PEKO

Chaque année, pendant la saison de la moisson, le Festival du Peko est déclaré dans les villages. Hommes et femmes participent à une bagarre ouverte à tous, à mains nues et sans règles, afin de gagner la statue en bois d'un Vaettir de la fertilité (un par village). On dit qu'elle apporterait bonne fortune à la famille habitant la maison dans laquelle elle est placée. La dernière personne debout gagne la statue du Peko pour un an.

Hnefatafl est un jeu qui simule un raid Viking. Les attaquants sont placés sur les quatre côtés d'un plateau, chaque côté représentant un navire. Le Roi et les défenseurs se placent au milieu du plateau. Il y a deux fois plus d'attaquants que de défenseurs.

Le but des attaquants est de capturer le roi. Celui des défenseurs est d'aider le roi à s'échapper. Pour gagner la bataille, les attaquants doivent piéger le roi afin qu'il ne puisse plus bouger, en l'encerclant sur par les quatre côtés de la case centrale. Il peut également être piégé sur trois côtés de la case centrale. Seul le Roi peut se trouver sur la case centrale, même si d'autres pièces peuvent passer à travers.

Les défenseurs gagnent lorsque le Roi arrive en sécurité à l'un des coins du plateau (appelés "carré du Roi"). Les joueurs ne peuvent jouer qu'une pièce par tour. Toutes les pièces doivent se déplacer en ligne droite, verticalement ou horizontalement (pas en diagonale), d'un nombre de cases infini tant qu'elles sont continues (pas de saut de pièces). Seul le Roi peut se déplacer sur les carrés du Roi ou sur la case centrale. Une pièce peut être éliminée en la prenant en sandwich entre deux adversaires, ou entre le bord du plateau et un adversaire.

RÈGLES DU JEU

Le Destin des Nornes: Ragnarok utilise le Système de Jeu Runique (Runic Game System, RGS). Les 24 runes Elder Futhark sont utilisées pour représenter les joueurs et leurs capacités, ainsi que pour gérer les résolutions d'actions. Chaque joueur a besoin de son propre set de runes (elles peuvent être imprimées à partir de ce livre, ou achetées en ligne sur www.fateofthenorns.com ou dans une boutique locale). Le Maître du Jeu a également besoin d'au moins un set de runes, voire plus en fonction du niveau de la campagne.

TERMES ET ABRÉVIATIONS

Etres vivants:
Héros: Personnage incarné par un joueur.
Habitant: Personnage non-joueur, contrôlé par le Norn.
Norn: Êtres qui contrôlent la Destinée dans la mythologie Viking. Désigne également le Maître du Jeu.

Runes:
Physique: P
Mentale: M
Spirituelle: S

Combat:
Facteur de Dégâts: FD (= dégâts infligés)
Classe de Difficulté: CD
Facteur de Protection: FP

Voir plus dans le glossaire à la page 152.

LES RUNES DE POUVOIR

Il y a 24 runes Viking. Elles sont divisées en trois Aetts, représentant trois Traits différents: Physique (Aett rouge), Mental (Aett bleu), et Spirituel (Aett vert).

Chaque rune peut être interprétée de deux façons:

1) Par le trait qu'elle représente (Physique, Mental ou Spirituel)
2) Par le pouvoir/compétence qui lui est lié (ex: pouvoirs actifs/passifs, compétences)

LES TROIS AETTS

Ici sont décrits les noms et significations des runes (ceci n'est pas indispensable pour jouer, et est fourni pour satisfaire votre curiosité).

Aett PHYSIQUE:

Tiwaz: Discipline

Berkano: Inaperçu

Ehwo: Communication et voyage

Mann: Soi

Claguz: Creativité

Ing: Réussite [également ⬦]

Dagaz: Primordial, Nature (dualité)

Othala: Domicile

Aett MENTAL:

Hagalaz: Tempête et chaos

Naudhneed: Désir et Valeur

Isaice: Stase et Froid

Jethe: Géant

Eihwas: Distance

Pertho: Chance

Eihaz: Protection

Sowsun: Lumière

Aett SPIRITUEL:

Fehu: Richesse

Uruz (ou Auroch): Force

Thurisaz: Barrière

Cansuz (ou Ansuz): Mort

Raidho: Voyage

Kenaz: Perception

Gebgift: Cadeau

Wunjo: Vent et Vitesse

LA 25ÈME RUNE

La rune de Ginungagap (25ème rune du set du Destin des Nornes) représente le Vide Viking, un néant qui emplit l'espace autour du frêne des mondes Yggdrasil. La rune du Vide représente également l'âme du Viking, gravée d'une grande destinée, révélée à travers le temps. Quand un Héros meurt et que son Essence est détruite, Ginungagap revendique sa rune, et révèle parfois un plus grand destin...

ATTRIBUTS

Chaque Héros et Habitant possède deux attributs: l'Essence et la Destinée. Ces deux attributs définissent toute chose vivante: qui ou ce qu'elle est, sa longévité, ce qu'elle peut faire, et avec quel degré de réussite.

ESSENCE

L'Essence est le nombre de runes qu'un Héros possède. Ces runes représentent la force vitale du Héros, et sa force et sa sagesse accumulées. Elles définissent également les traits et pouvoirs du Héros.

Par exemple, un Héros qui a 4 runes Physiques et 2 runes Spirituelles peut être défini comme physiquement fort et mentalement faible. Chacune de ces 6 runes définira également les pouvoirs actifs, passifs, et compétences du Héros.

	PHYSIQUE	MENTAL	SPIRITUEL
0x	Estropié et malade	Etat presque végétatif	Pas de conviction, facilement influençable
1x	Santé faible, facilement malade	Lent et bête	Personnalité difficile, sociopathe
2x	Forme physique humaine moyenne	Santé mentale humaine moyenne	Norme spirituelle moyenne humaine
3x	Forme et vitesse au dessus de la moyenne	Rusé et ingénieux	Forte conviction et personnalité plaisante
4x	Forte constitution physique	Esprit agile et innovant	Charmant et dévoué
5x	Force stupéfiante	Esprit acéré, capable de jouer au plus fin avec les autres	Charisme inspirant la loyauté
6x	Sommet de la condition physique humaine	Sommet de l'intelligence humaine	Sommet de la foi et de la conviction humaines
7x	Endurance et agilité surhumaines	Capacité de compréhension surhumaine	Spiritualité surhumaine
8x	Réflexes et puissance de demi-Dieu	Intuition et connaissance de demi-Dieu	Ame d'un demi-Dieu
9x	Constitution, force et dextérité divines	Intelligence, sagesse et intuition divines	Esprit divin, roc inébranlable de foi inspirant les autres

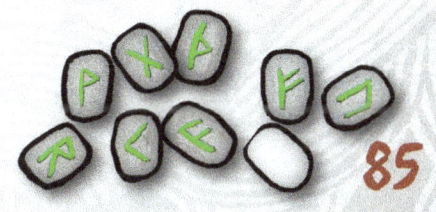

DESTINÉE

La Destinée mesure l'impact que le Héros a sur les gens autour de lui. Elle établit combien de runes sont tirées lors d'une résolution d'action. Plus on tire de runes, plus grand est l'effet.

WYRD

Lorsque quelqu'un souhaite causer un effet sur le monde qui l'entoure, il ou elle doit tirer les runes. Cette action est appelée le Wyrd (Tirage), ce qui veut dire "consulter votre destinée". Chaque Héros et Habitant doit garder ses runes d'Essence dans un conteneur opaque (sac). Quand on leur demande un Tirage, ou bien de consulter leur Destinée, ils tirent aléatoirement du sac un nombre de runes égal à leur score de Destinée. Les runes tirées déterminent le résultat de l'action.

LE TAPIS DE JEU

Le Tapis de Jeu possède 9 piles et 10 zones d'Altérations.

Le sac du Héros, avec ses runes, est posé sur ou à côté de la pile d'Essence, au milieu.

Le Tapis de Jeu est l'endroit où les runes seront placées au début de chaque combat ou défi. Les runes seront déplacées sur le tapis de jeu, créant ainsi les effets, ou y réagissant.

Les piles sont organisées de haut en bas:

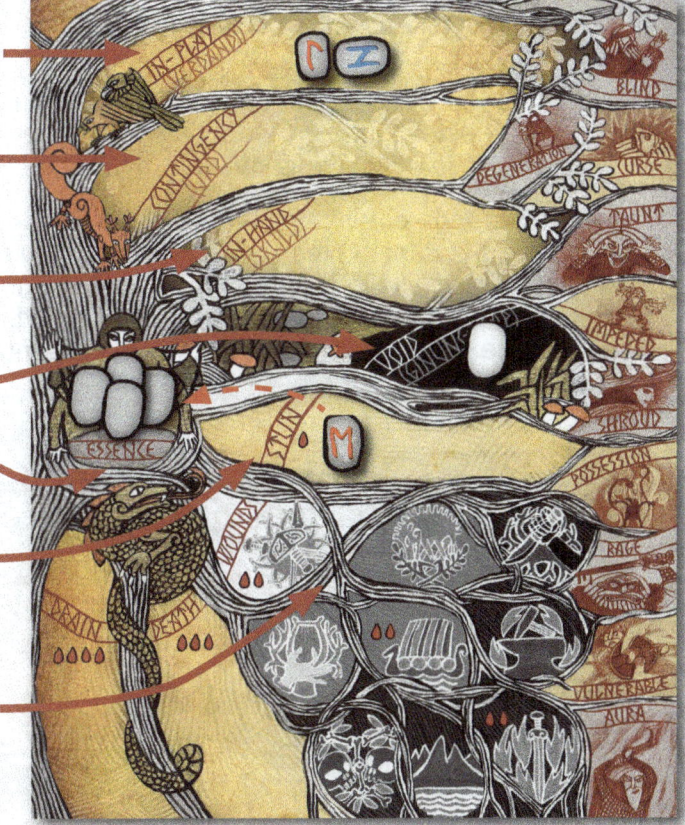

- **En jeu (Verdandi):** les runes placées dans cette pile représentent et activent les effets sur le champ de bataille.

- **Contingence (Urd):** lorsqu'une Condition est déclarée, les runes sont placées sur cette pile, et activées.

- **En Main (Skuld):** le joueur garde sur cette pile les runes qui seront utilisées pour créer des effets pendant le tour de jeu.

- **Vide (Ginungagap):** ici est placée la rune du Vide, lorsqu'elle n'est pas utilisée sur une autre pile.

- **Essence:** ici est placé le sac de runes. Les joueurs tirent les runes depuis ce sac.

- **Ètourdi:** c'est une pile de "blessure", dont on peut récupérer graduellement (Récupération)

- **Blessures:** si toutes les runes sont sur cette pile ou en dessous, le Héros est considéré comme inconscient. La pile de Blessures possède 3 "voies", à travers lesquelles les runes peuvent passer. Le Norn doit décider quelle voie sera utilisée dans la campagne, avant de débuter la saga.

    La voie du haut (blanche) offre un challenge plus difficile, chaque rune ne passant dans la pile de Blessures qu'une fois. Chaque rune représente donc 3 points de vie (Stun, Blessures, Mort).

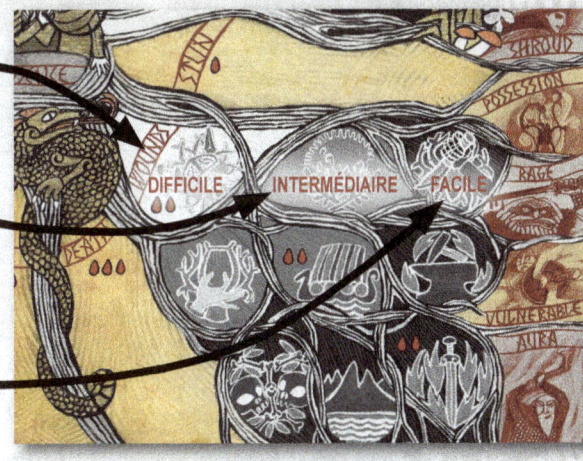

    La voie du milieu (grise) offre un challenge intermédiaire, avec 3 cases Blessures pour les runes. Chaque rune représente alors 5 points de vie (Stun, Blessure [1], Blessure [2], Blessure [3], Mort).

    La voie du bas (noire) offre un challenge plus facile, avec 5 cases Blessures pour les runes. Chaque rune représente alors 7 points de vie (Stun, Blessure [1], Blessure [2], Blessure [3], Blessure [4], Blessure [5], Mort)

- **Mort:** les runes s'arrêtent sur cette pile lorsque sont appliqués des dégâts Physiques ou Mentaux. Le Héros meurt lorsque toutes ses runes sont dans cette pile.

- **Èpuisement:** les dégâts Spirituels ne s'arrêtent pas à la pile Mort. A la place, les runes descendent dans Drain. Les effets de Soin n'affectent pas les runes de cette pile. Toutes les heures (ou un autre intervalle de temps, défi ni par le Norn), une rune de cette pile retourne dans la pile Mort. Pour toute la durée d'un combat, toute rune qui fi nit dans Drain ne peut plus être utilisée jusqu'à la fi n du combat.

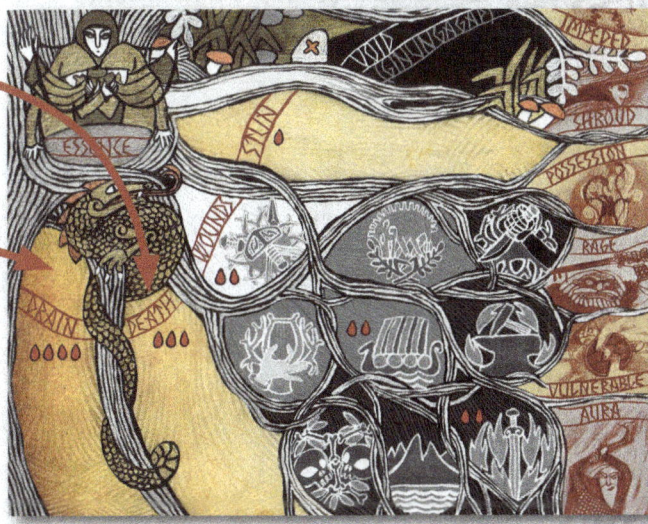

LA RUNE DU VIDE

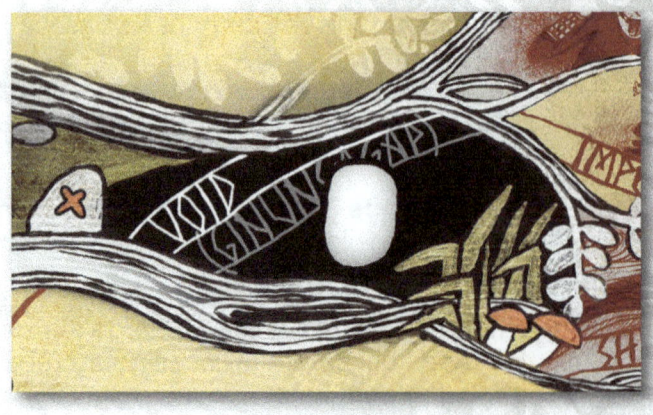

La 25ème rune du set du Destin des Nornes est la Rune du Vide, blanche, qui a sa propre pile sur le Tapis de Jeu.

La Rune du Vide est différente pour chaque joueur. Elle est gravée pendant la création du Héros avec un Trait (Physique, Mental, Spirituel), un Pouvoir Actif, un Pouvoir Passif, et une Compétence, basés sur l'archétype de personnage. En général, les Habitants n'utilisent pas de rune du vide.

TRAIT PAR DÉFAUT | TRAIT CHOISI PAR LE HÉROS

La Rune du Vide est tirée à chaque fois que le Héros doit consulter sa Destinée (pour des tests de Compétences ou au début d'un tour de combat). Elle est traitée comme un bonus à la Destinée (mais n'augmente pas la valeur numérique de celle-ci).

La Rune du Vide ne peut pas se voir assigner de dégâts, et ne peut pas être utilisée dans un Sacrifice. Elle ne peut jamais se trouver dans les piles Stun, Blessures, Mort ou Drain. Elle ne représente également pas l'Essence, donc seules les runes de l'Essence comptent pour déterminer si un Héros est inconscient ou mort.

La Rune du Vide peut être déplacée dans la pile "En Jeu" depuis la pile "En Main" comme toute autre rune (en tant qu'action générique, ou de chaine de runes actives)

Elle peut également être utilisée dans la pile de Contingence, comme n'importe quelle autre rune.

Pendant la phase de Fin de Tour de combat ou après qu'un test de Compétence ait été effectué, la Rune du Vide est replacée dans la pile du Vide. La seule exception à cette règle s'applique si la Rune du Vide fait partie d'une chaine de runes comportant les Métas "Maintien" et "Ouvert", que le Héros garde dans la pile "En Jeu" à la fin du tour de combat.

UTILISER DES RUNES

LES BASES

Il n'est pas obligatoire pour un Héros de jouer une rune pour les actions où le résultat est certain. Cela inclut, par exemple, des actions comme marcher sur la route, sauter, avoir une conversation amicale, etc. Cependant, lorsqu'un Héros veut effectuer une action qui peut échouer, ou qui influencera les gens autour de lui, les runes doivent être consultées.

Consulter les runes commence par un Tirage (tirer un nombre de runes égal à la Destinée du Héros). Les runes sont ensuite placées dans la pile "En Main" sur le Tapis de Jeu. En fonction de ce qu'ils veulent faire, les joueurs placeront leur runes depuis la pile "En Main" jusqu'à la pile "En Jeu". Les détails de ces actions sont expliqués dans les sections Compétences et Pouvoirs Actifs (pages 91 et 100).

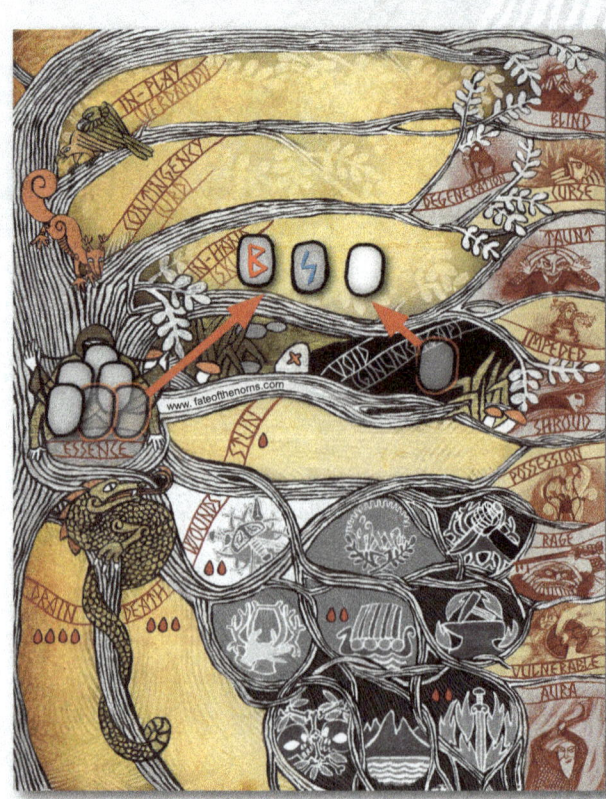

TRANSFORMATION DE RUNES

N'importe quand, deux runes représentant le même Trait peuvent être combinées pour créer une rune d'un Trait différent. Le cas le plus commun est lorsqu'une action générique ou un test de compétence, où un certain Trait est désirable, sont effectués, ou lorsque des Métas sont appliquées.

Exemple: Ulrik essaie de grimper un mur de pierre, quelque chose qu'il peut ou non réussir. Il consulte donc sa Destinée, et tire 4 runes (nombre de runes égal à sa Destinée): une rune Physique, deux runes Mentales, une rune Spirituelle. Le Norn a demandé deux runes Physiques pour réussir l'action. Ulrik peut transformer ses deux runes Mentales pour créer une deuxième rune Physique, ce qui lui donne les deux runes requises pour grimper son mur.

COMPÉTENCES

Les compétences sont les capacités innées ou acquises après un long entraînement, qui s'utilisent généralement hors d'un combat. Le niveau d'un Héros dans une compétence dépend de son Rang de Compétence. Les Rangs de Compétence varient en général entre 1 et 4, avec le rang 2 représentant un très bon niveau d'aptitude. Les Héros ne doivent inscrire sur leur feuille de personnage que les compétences qu'ils possèdent à un Rang de 1 ou plus.

Un Héros peut tenter d'utiliser n'importe quelle Compétence, même s'il a un Rang de 0. Dans ce cas, il se base sur la chance, ou la possibilité qu'il ait déjà vu quelqu'un utiliser cette aptitude dans le passé.

Certaines Compétences sont naturellement plus difficiles à maîtriser que d'autres. Apprendre à contacter les esprits, par exemple, est plus difficile que d'apprendre à nager. Certaines compétences ont donc des modificateurs inhérents de difficulté.

Voir page 292 pour une liste exhaustive des Compétences.

TESTS DE COMPÉTENCES

Si un Héros ou Habitant veut faire un test de compétence, il est résolu (calculé) comme suit:

1) Le Norn détermine quelle(s) compétence(s) peut être tentée pour un challenge donné.

2) Le Norn détermine alors la difficulté, qui peut être boostée si la compétence en question possède un modificateur de difficulté.

- Succès = 0
- Trivial = 1
- Facile = 2
- Modéré = 3
- Difficile = 4
- Improbable = 5

3) Le Norn détermine le Trait requis, en fonction de la compétence et de la façon dont laquelle le Héros veut résoudre l'action. Parfois, une coopération scénaristique entre Norn et Héros se met en place. Par exemple, le Norn peut décider qu'ouvrir une serrure devrait être un test Physique ou Mental. En fonction de l'explication du Héros sur la façon dont il essaie d'ouvrir la serrure, le Norn décidera quel Trait est utilisé. Par exemple, si le joueur explique qu'un mentor a appris à leur personnage à ouvrir une serrure, cela sera un test Mental. Si le Héros déclare que leur personnage utilisera sa dextérité hors du commun pour ouvrir, le Norn peut demander un test Physique. Le Norn est juge final pour le Trait utilisé en fonction des circonstances.

4) Le Héros tire un nombre de runes égal à son score de Destinée (tout Héros peut faire une tentative, même s'il a un rang de 0 dans la compétence utilisée). Pour un test de compétence, la Rune du Vide est également déplacée de la pile du Vide vers la pile "En Main".

5) Pour chaque rune correspondant au Trait requis, le score de difficulté est réduit de 1; pour chaque Rang de Compétence, la difficulté est réduite de 1. Si la difficulté est réduite à 0 ou moins, alors la compétence est utilisée avec succès. Certaines compétences offrent des effets additionnels pour tous les succès inférieurs à 0 (compter le nombre de succès). Si le challenge n'a pas été réduit à 0, il peut tout de même y avoir succès partiel:

- (1) = Succès imparfait, le résultat final n'est pas ce qui était prévu
- (2) = Succès marginal, petit progrès en vue du résultat final

Exemple 1: Atla veut forcer une serrure. Elle n'a aucun Rang dans une Compétence de forçage de serrure, mais a observé des autres le faire. Le Norn déclare que c'est une tâche Physique Difficile [4] pour elle. Forcer des serrures a également un modificateur inhérent de difficulté de +1, ce qui monte la difficulté totale à 5. Atla a un score de Destinée de seulement 4, donc si elle tire 4 runes Physiques, le mieux qu'elle puisse espérer est un succès imparfait (pas d'ouverture, mais peut-être des dommages au verrou, au coffre ou à son contenu).

Exemple 2: Thorvald tente de déchiffrer un présage, et utilise la compétence "Signes et Présages". Le Norn déclare que le challenge est Spirituel Facile [2]. Thorvald tire sa Destinée de 5 runes, et tire 4 runes Spirituelles. Le challenge voit sa difficulté réduite de 2 à -2, ce qui donne un succès. Mais la valeur de -2 lui donne deux succès supplémentaires, qu'il peut utiliser pour avoir une réponse plus précise du Norn.

Exemple 3: Brynjolf veut sauter par dessus un ravin. Le Norn a déterminé que c'est un test Physique de la compétence Athlétisme, d'une difficulté Modérée [3]. Brynjolf a un Rang d'Athlétisme de 1, ce qui réduit la tentative à un test Physique Facile [2]. Brynjolf tire maintenant sa destinée de 2 runes (+ sa rune du Vide). Il tire une rune Physique et une rune Mentale. La rune Physique réduit la difficulté à 1, pas assez pour un succès parfait mais assez proche pour que le Norn juge que le saut a été presque réussi, et Brynjolf s'accroche au bord du ravin avec les mains

TESTS DE COMPÉTENCES OPPOSÉS

Si deux individus s'affrontent dans un test de compétence opposé, ils suivront tous les deux les règles définies pour les tests de compétences. Celui qui réduit le plus la difficulté prend l'avantage.

Exemple: Aurnir et Bjorn font un bras de fer. Le Norn détermine que c'est un test Physique. Bjorn a la compétence Bagarre au rang 1, et le Norn décide qu'elle est applicable pour ce test de force. Cela donne déjà 1 succès à Bjorn. Les deux Héros effectuent un Tirage: Bjorn a une Destinée de 1 et tire une rune Spirituelle, sa Rune de Vide étant une rune Mentale; aucune des deux runes ne l'aide. Aurnir doit tirer au moins une rune Physique pour un match nul, et 2 runes Physiques pour gagner.

POUVOIRS PASSIFS

Les Pouvoirs Passifs sont des pouvoirs et capacités considérés latents. Ils donnent des bonus pour d'autres activités, génèrent des effets continus, et peuvent parfois donner des actions gratuites. Les Pouvoirs Passifs individuels pour chaque Héros et Habitant sont listés dans leurs descriptions.

TYPES DE POUVOIRS PASSIFS

Certains pouvoirs interagissent avec des Pouvoirs Passifs, et dans ces cas là, il est utile de connaître la nature de ces Pouvoirs Passifs. Le type de Pouvoir Passif est indiqué entre accolades "{}".

{Inné}: ces aptitudes sont innées, et opèrent à un niveau subconscient.

{Enchantement}: ces aptitudes sont conférées à travers la magie, et sont des altérations permanentes au Héros.

{Enchantement Runique}: ces capacités représentent une magie plus puissante qu'un simple enchantement. Ces compétences sont annulées si une rune identique est jouée dans les 8m (5 cases). L'effet de la rune reprend lorsque les deux runes sont écartées de plus de 8m (5 cases).

POUVOIRS ACTIFS

Les Pouvoirs Actifs sont des capacités dont l'activation nécessite le déplacement d'une rune des piles "En Main" ou "Contingence" vers la pile "En Jeu". Ils causent des effets qui doivent être résolus (en une ou plusieurs étapes).

Pendant le combat, un Pouvoir Actif permettra au Héros de produire un ou plusieurs effets, comme par exemple faire des dégâts, soigner, etc. Un Pouvoir Actif peut aussi inclure une ou plusieurs actions génériques, comme par exemple combiner un Mouvement avec une Attaque.

L'adrénaline et l'énergie qui imprègnent un combat permettent des exploits épiques (représentés par des Métas). On suppose que l'effet d'un Pouvoir Actif peut durer indéfiniment dans un environnement calme et avec de la concentration. (page 230)

En dehors du combat, un Pouvoir Actif peut être déclenché à volonté, mais aucune Méta ne peut être utilisée pour en amplifier les effets, à part la Méta "Maintien".(page 105)

PUISSANCE DIVINE

Les Immortels Einherjar et Fils de Muspel ont l'option avancée d'utiliser la Puissance Divine (PD). Elle représente un pouvoir au delà de la compréhension des mortels, et est représentée sur la table de jeu par des jetons.

Toute puissance supérieure, incluant les Habitants contrôlés par le Norn, ayant accès à la PD, accumulera ces jetons. En dehors du combat, chaque puissance supérieure déclare clairement à combien de jetons de PD le Héros ou Habitant a accès: c'est ce qu'on appelle la Puissance Divine Initiale (PDI).

Le niveau de PD rajoute des succès automatiques aux tests de Compétences (comme avec les Rangs), et permet aux Immortels des exploits épiques qui montent au dessus de la difficulté Improbable [5], comme par exemple courir le long d'un mur ou se tenir au milieu des flammes.

Si une catastrophe naturelle tue quelqu'un ayant plus de 0 PD, il sera ressuscité à la source de son pouvoir (où il est devenu immortel à l'origine): Valhalla pour les Einherjar, et Glassisvellir pour les Fils de Muspel. Le seul moyen de tuer un Immortel est de drainer ses PD à 0 avant de donner le coup de grâce.

Un Immortel commence le combat avec un nombre de PD égale à leur PDI. En général, durant le combat, un ou plusieurs jetons sont reçus durant la phase d'Entretien, et dans certains cas, des Pouvoirs Passifs ou Actifs en donneront d'autres. Ces jetons peuvent être dépensés en une variété d'effets pendant le combat.

Effet	Coût en PD	Condition d'utilisation
+6 Dégâts Physiques ou Parade	1	Lorsqu'on inflige des dégâts
+3 Dégâts Mentaux ou Spirituels	1	Lorsqu'on inflige des dégâts
+2 Esquive	1	Lorsqu'on reçoit des dégâts
+6 Soin	1	N'importe quand
Déplacement d'une case (1,5m)	1	Phase d'Action ou d'Entretien
Initiative: + ou -1	1	Phase d'Entretien
Réaliser une action générique sans utiliser de rune	6	Phase d'Action
Tirer une rune	10	Phase de Tirage

A chaque fois qu'un pouvoir de Puissance Divine est utilisé, le total de PD est réduit. Certains pouvoirs et effets peuvent même enlever de la PD aux combattants. Les points de PD peuvent être réduits à moins que les PDI, et même à 0.

Exemple: Nott, une Fille de Muspel, a une PDI de 2. Tous ses tests de Compétences gagnent automatiquement +2 succès. Elle débute un combat avec une Sentinelle d'Or des Aesir. Au début du combat, alors que l'Initiative est déterminée, elle prend deux perles colorées pour représenter ses 2 PD. Pendant la phase d'Entretien, elle a un Pouvoir Passif qui lui donne +2 PD, elle ajoute donc deux perles à son tas de PD. Pendant cette même phase d'Entretien, elle dépense 1 PD pour changer son Initiative et passer devant la Sentinelle, un mouvement risqué, car avoir 0 PD pourrait signifier la mort d'un Immortel.

LE COMBAT

Dans un monde Viking sur le point de subir Ragnarok, la fin des temps, le combat et la guerre jouent des rôles dominants.

Le Système de Jeu Runique ™ est utilisé pour gérer la mécanique de combats et les actions des combattants. Lorsqu'un combat se déclenche, la première étape est de déterminer l'ordre d'Initiative des combattants (Héros et Habitants). Des tours de combat s'ensuivent, et se répètent jusqu'à ce qu'un camp soit victorieux.

INITIATIVE

Les actions de combat ne se passent pas toutes en même temps. La première étape est donc de déterminer dans quel ordre les combattants vont agir; cela s'appelle l'Initiative.

Pour déterminer l'Initiative, un jeton représentant chaque combattant est mis dans un sac (petites cartes/ papiers où sont écrits les noms des personnages, ou des noms génériques comme "Héros 1", "Habitant 1", "Habitant 2", etc...). Les jetons sont ensuite tirés aléatoirement, un par un, et disposés à la suite. Le premier combattant agira en premier, puis le deuxième, etc., jusqu'à ce que tous les combattants aient fait leurs actions dans la phase de combat.

> HÉROS 1
>
> HABITANT 1
>
> HABITANT 2
>
> HÉROS 2

L'initiative est déterminée: le Héros 1 joue ses actions de la phase 1, après quoi les Habitants 2 et 1 feront de même, suivis par Héros 2. L'ordre est répété pour les phases suivantes du combat.

Pendant la phase d'Entretien, un combattant peut jouer une rune (de "En main" vers "En Jeu") pour monter ou descendre d'une place dans l'ordre d'initiative. Il existe aussi des Pouvoirs Passifs permettant de rendre l'ordre plus dynamique entre chaque tour.

Exemple: Bjorn (Héros 2) possède le Pouvoir Passif "Tacticien", qui lui permet de monter d'un rang dans l'Initiative. Dans le diagramme ci-dessous, il l'utilise, en passant devant le voleur qui lui fait face (Habitant 1).

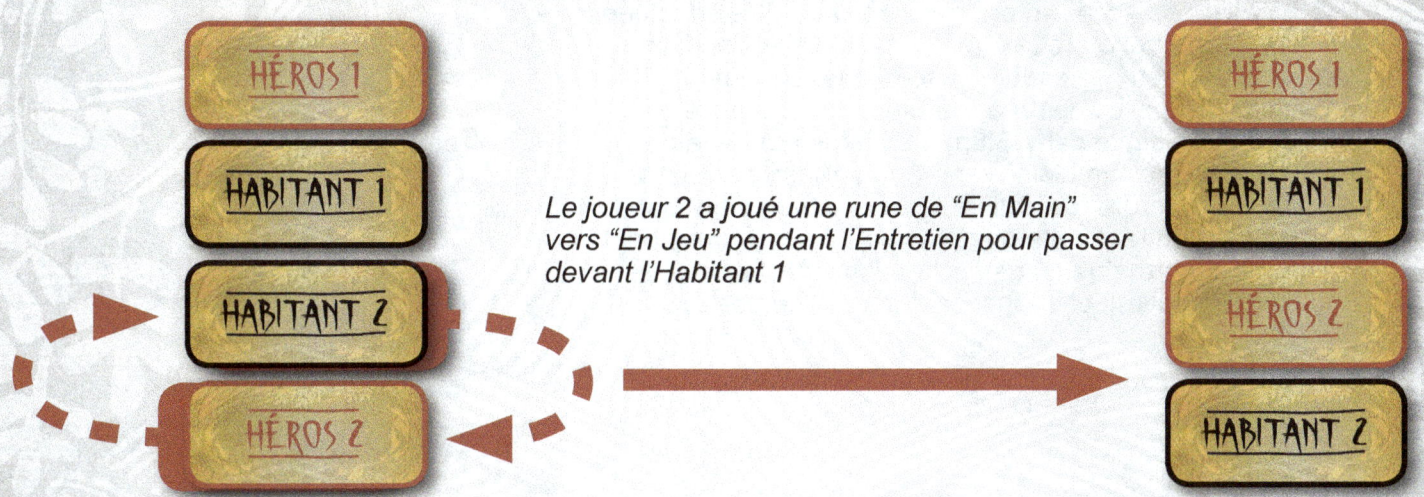

Le joueur 2 a joué une rune de "En Main" vers "En Jeu" pendant l'Entretien pour passer devant l'Habitant 1

SURPRISE

Dans certains cas, un camp peut préparer l'engagement du combat pour avoir un avantage d'initiative sur l'adversaire.

Si le Norn détermine qu'un camp a pris l'autre par surprise, les jetons d'Initiative pour les deux camps sont séparés; la pile des attaquants est placée en premier (dans l'ordre de leur choix), et la pile des défenseurs "surpris" en deuxième (tirage aléatoire). L'ordre peut tout de même changer lors des phases d'Entretien, grâce à des Pouvoirs Passifs ou autres capacités. Ces capacités passent outre la règle générale d'Initiative.

LES PHASES DE COMBAT

1) **Tirage**
2) **Entretien**
3) **Actions**
4) **Fin de Tour**

Chaque combattant doit effectuer une action pour terminer chaque phase, dans l'ordre d'initiative.

Lorsque la phase de Tirage débute, le premier combattant dans l'ordre d'initiative tire ses runes, puis le deuxième, jusqu'à ce que tous les combattants aient tirés leurs runes. La phase d'Entretien débute alors pour le combattant ayant l'initiative. Cet ordre est répété jusqu'à ce que toutes les phases aient été complétées pour tous les combattants.

TIRAGE: Pendant cette phase, le Héros doit consulter sa Destinée (tirer aléatoirement de sa pile d'Essence un nombre de runes égal à son pointage de Destinée), et placer les runes tirées dans la pile "En Main". Si le Héros possède moins de runes dans Essence que son score de Destinée, il tire un nombre réduit de runes. Si la Rune de Vide du joueur se trouve dans sa pile du Vide, elle est également placée dans la pile "En Main".

ENTRETIEN: Les actions d'entretien peuvent être effectuées dans n'importe quel ordre (ex: mouvement libre, conditions, altération d'état, etc.). Pendant cette phase, chaque combattant récupère une rune (de Stun vers Essence, si une rune est présente dans Stun). Le Héros peut également jouer une rune (de "En Main" vers "En Jeu") pour bouger d'un cran dans l'ordre d'initiative. Aucune action d'attaque n'est autorisée durant cette phase, même si une condition particulière le permettrait. Les déclarations d'action de Contingence peuvent être lancées durant cette phase.

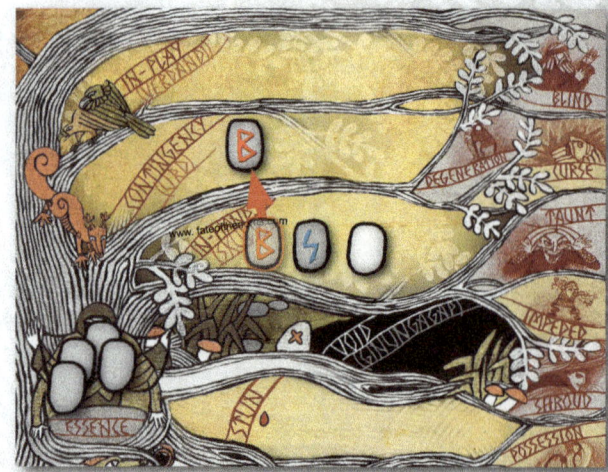

ACTION: Dans cette phase, les joueurs peuvent effectuer des actions génériques (ou Pouvoirs Actifs) en jouant des runes ou des chaines de runes depuis leur pile "En Main" vers leur pile "En Jeu". Toute rune présente dans la pile "En Main" peut être utilisée pour se défendre si le Héros est attaqué durant cette phase. Des déclarations d'action de Contingence peuvent également être lancées.

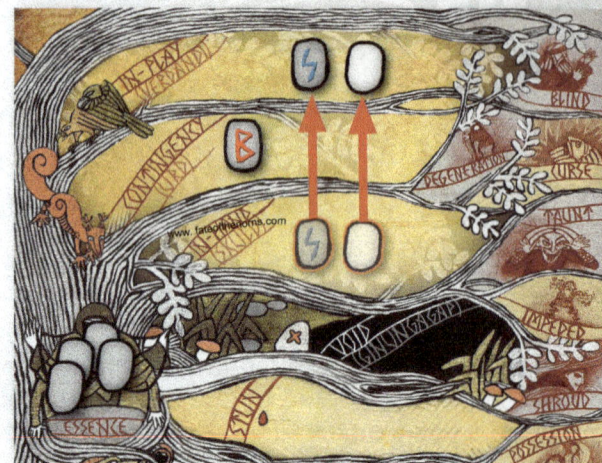

FIN DE TOUR: Pendant cette phase, toutes les chaines de runes n'ayant pas de Méta "Maintien" ou "Ouverte" retournent dans la pile Essence. Toutes les runes non encore jouées (pile "En Main") retournent également dans la pile Essence. La Rune du Vide retourne dans le pile du Vide, sauf si elle fait partie d'une chaine de rune Maintenue ou Ouverte au delà du tour de combat en cours.

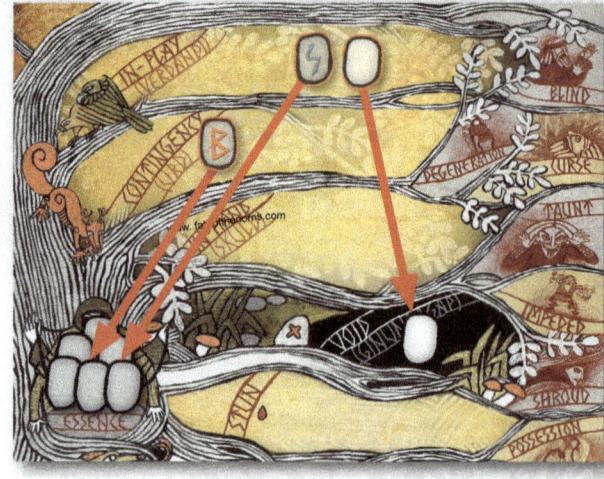

ACTIONS GÉNÉRIQUES

Une action générique est une action que tout le monde peut effectuer, comme par exemple se déplacer, sauter, attaquer, se défendre, boire, etc. Un Héros peut tenter n'importe quelle action, mais c'est au Norn de décider quelle rune doit être jouée pour l'effectuer. Dans la plupart des cas, n'importe quelle rune peut être utilisée, mais pour certaines actions que le Norn estime fortement dépendantes d'un Trait en particulier, le Norn choisira le Trait devant être joué (Physique, Mental ou Spirituel).

Exemple 1: un Héros veut se déplacer de 2 cases (3m); le Norn autorise l'utilisation de n'importe quelle rune.

Exemple 2: un Héros souhaite sauter par dessus un gouffre béant: le Norn détermine qu'une rune Physique doit être jouée pour effectuer le saut.

Il est impossible de faire une liste exhaustive de toutes les actions génériques possibles, donc seules les plus communes seront décrites ici:

- Déplacement générique
- Attaque générique
- Défense générique
- Demi-tour générique
- Poussée générique
- Evaluation de l'adversaire générique
- Soin Spirituel générique
- Appel d'un Pouvoir Supérieur générique

ARRONDIR LES NOMBRES

Lorsqu'on effectue des divisions, les fractions devraient être arrondies vers le haut par défaut. Dans certains cas spéciaux, on arrondit vers le bas, mais ces cas sont explicitement signalés.

Certains Pouvoirs Actifs incluent des actions génériques dans leur exécution (voir plus loin).

DÉPLACEMENT

Jouer n'importe quelle rune pour effectuer un déplacement. Les Héros peuvent se déplacer d'un nombre de cases égal à leur taille (1 case = 1,5 m). Appliquer tous les modificateurs liés à l'encombrement par une armure, ou le terrain (voir tableaux ci-dessous).

Armure 1 taille plus petite que le porteur	Pas de pénalité de mouvement
Armure de même taille que le porteur	Mouvement -1 case
Armure 1 taille plus grande que le porteur	Demi-mouvement

Eau peu profonde	Mouvement -1 case
Neige fraîche profonde	Demi-mouvement
Trébuchant dans le noir	Mouvement réduit à 1 case

Exemple: un Héros de taille 4 peut se déplacer de 4 cases pour chaque rune jouée.

ATTAQUE

L'action d'attaque générique est utilisée pour infliger des dégâts, en utilisant les deux mains. Si chaque main tient une arme indépendante, les dégâts des deux armes sont additionnés. Avec des armes plus grandes, le Héros peut devoir initier l'attaque générique avec une rune Physique.

Arme/bouclier de taille inférieure au porteur	Une main	Jouer n'importe quelle rune
Arme/bouclier de même taille que le porteur	Une main	Jouer une rune Physique
Arme/bouclier 1 taille plus grande que le porteur	Deux mains	Jouer n'importe quelle rune
Arme/bouclier 2 tailles plus grande que le porteur	Deux mains	Jouer une rune Physique

La cible de l'attaque réduira les dégâts par sa valeur de Facteur de Protection (FP) qui correspond au Trait des dégâts infligés (Physique, Mental, Spirituel)

Exemple: Freki, un Héros de taille moyenne (4), attaque avec une épée longue (taille 4) dans une main, et un bouclier renforcé à pointe (taille 3) dans l'autre. Puisqu'une des armes est de la même taille que lui, il devra jouer une rune physique pour attaquer avec les deux mains (si les deux armes étaient plus petites que lui, il pourrait jouer n'importe quelle rune). Il fera 2 points de dégâts avec l'épée longue, et 1 point avec le bouclier, pour un total de 3 points de dégâts Physiques.

DÉFENSE

Contrairement aux autres actions génériques, qui doivent être effectuées lors du tour du Héros, l'action générique de Défense peut être effectuée n'importe quand, lorsque le Héros est attaqué.

Si le Facteur de Protection n'est pas suffisant pour réduire les dégâts subis à 0, une rune peut être jouée pour effectuer une action de Défense; n'importe quelle rune peut être jouée si le bouclier ou l'arme utilisée est de même classe de taille que l'utilisateur (ou inférieure, cf tableau ci dessus). Dans le cas contraire, une rune Physique doit être jouée.

L'action de Défense représente la somme des valeurs de Parade et d'Esquive correspondantes au Trait des dégâts infligés (Physique, Mental, ou Spirituel). L'action de Défense gagne également +1 si la rune utilisée pour l'effectuer est de même Trait que les dégâts subis.

 **DEFENSE = PARADE** (pour le Trait approprié) **+ ESQUIVE + 1**
(si la rune utilisée est de même Trait que les dégâts)

Un défenseur peut effectuer plus d'une action de Défense contre une attaque (Action ou Pouvoir Actif): il doit jouer une rune pour chaque action de Défense qu'il veut effectuer, et additionner les valeurs de Défense. Tout point de défense restant est perdu à la fin de l'action, ou si une autre attaque survient. L'action de Défense peut être effectuée sur une attaque dans le dos, mais est considérée comme une Action Faible (voir page 100).

Les dégâts de sources Mentales ou Spirituelles utilisent principalement l'esquive pour la défense. Ces Traits sont très rares, et viendront principalement d'objets magiques.

Exemple 1: Harald va recevoir 3 dégâts Physiques d'une flèche. Il n'a pas d'objet en main avec des valeurs de parade supérieures à 0. Il n'a également pas d'armure. Harald décide de jouer deux runes Physiques, pour réduire les dégâts reçus de 2.

Exemple 2: Hovi est attaqué, avec 7 points de dégâts Physiques. Son Facteur de Protection de 1 les réduit à 6. Il manie un bouclier de taille moyenne (Parade 3) et une épée (Parade +1). Il peut jouer une rune de "En Main" vers "En Jeu" pour se défendre. S'il joue une rune physique, les dégâts seront réduits de 5 points (valeurs de parade de l'épée et du bouclier de 4, +1 car il a joué une rune physique contre des dégâts Physiques).

DEMI-TOUR

Lorsqu'un adversaire se déplace à distance de frappe, le défenseur peut jouer une rune (de "En Main" vers "En Jeu") pour se retourner et lui faire face. Ceci est considéré comme une action d'Interruption, et peut être effectué pendant la phase d'Action d'un autre combattant. L'action peut être effectuée en réponse à une attaque, et se produit avant que l'attaque soit résolue.

Faire face à un adversaire qui frappe dans le dos permet d'utiliser une action de Défense, alors qu'être attaqué dans le dos ne permet qu'une Défense Faible (voir page 100).

POUSSÉE

Si un combattant veut en pousser un autre, il doit jouer une rune Physique pour tenter la poussée sur un adversaire de même taille ou de taille inférieure. Sur un adversaire plus grand, deux runes Physiques doivent être jouées. Celui qui subit la poussée peut jouer une rune Physique pour contrer et annuler la poussée.

2 runes physiques jouées pour pousser un adversaire plus grand

EVALUER L'ADVERSAIRE

En jouant une rune Mentale, un Héros peut évaluer le niveau d'un adversaire, après l'avoir observé durant au moins un tour de combat. Un Pouvoir Actif peut être évalué, en jouant deux runes Mentales. Le Norn décide quels détails il doit partager, depuis le nom de la capacité, jusqu'aux effets des chaines de runes.

SOIN SPIRITUEL

Lorsqu'il se fait soigner, un Héros peut jouer une rune Spirituelle (depuis "En Main" vers "En Jeu") pour augmenter le soin reçu de +1.

APPELER UN POUVOIR SUPÉRIEUR

Pendant Ragnarok, les puissances supérieures (Dieux, Jotuns, Alfar, Dvergar, Vaettir, etc.) sont prises d'un intérêt tout particulier pour les mortels. Ils savent que des héros à la renommée épique seront des atouts de choix pour la bataille finale. Un mortel peut gagner l'attention d'un pouvoir supérieur lorsqu'il en a grand besoin; si celui-ci intervient, le héros lui sera redevable.

Invoquer un pouvoir supérieur est toujours une affaire périlleuse. Pour ce faire, une rune Spirituelle doit être jouée, et un Sacrifice Ultime +1 est requis (voir plus loin). Parfois, l'appel du Héros provoquera plutôt la colère de la puissance supérieure. Le résultat est obtenu par un Tirage aléatoire du Norn (Destinée: 4), et la consultation des tables s'appliquant à la requête du Héros.

Si l'invocation est appropriée, et dirigée vers un être qui a une influence claire sur l'entourage immédiat du Héros, le score de Destinée du Tirage peut être augmenté de +1 (décision du Norn). Le Norn peut également tirer plus de runes, pour représenter une relation spéciale que le Héros pourrait avoir avec une des puissances supérieures. Un combattant ne peut appeler un pouvoir supérieur qu'une seule fois par combat.

Puissances supérieures très réceptives (créature souveraine, Vaettie, Alfar, Svart Alfar, Dvergar)

Tirage	Résultat
0 runes Spirituelles	Pas d'effet
1 rune Spirituelle	Irrité: la requête se retourne contre le Héros, réponse indirecte forte
2 runes Spirituelles	Aide mineure indirecte sur le champ de bataille
3 runes Spirituelles	Aide modérée indirecte sur le champ de bataille
4 runes Spirituelles	Intervention directe modérée

Puissances supérieures distantes (Aesir, Vanir, Jotun des glaces, Jotun de Muspel)

Tirage	Résultat
0 runes Spirituelles	Pas d'effet
1 rune Spirituelle	Pas d'effet
2 runes Spirituelles	Irrité: la requête se retourne contre le Héros, réponse indirecte mineure
3 runes Spirituelles	Aide subtile indirecte sur le champ de bataille
4 runes Spirituelles	Intervention majeure directe

Si la Puissance Supérieure est irritée, une réponse mineure indirecte peut infliger l'altération d'état Possession. Si elle est de bonne humeur, la puissance supérieure peut envoyer au groupe une créature comme un loup géant pour les aider, en tant qu'aide mineure. Une intervention directe se traduira par l'arrivée de la puissance supérieure ou d'un de ses puissants serviteurs sur le champ de bataille, pour y semer le chaos.

ACTIONS GÉNÉRIQUES FAIBLES

Certaines actions génériques sont dites "faibles". Cela veut dire que la valeur numérique finale de l'action, après que tous les modificateurs aient été appliqués, est divisée par deux (arrondi vers le haut). Une attaque faible, par exemple, inflige la moitié des dégâts.

POUVOIRS ACTIFS, CHAINES DE RUNES, MÉTAS

Pendant la phase d'Action, le premier joueur dans la file d'initiative joue des runes dans la pile "En Jeu", pour créer des effets sur le champ de bataille. Les autres joueurs peuvent jouer des runes dans leur pile "En Jeu" en autodéfense s'ils ont été attaqués (voir action de Défense et Pouvoir Actif {Interruption}, p. 112 et 101 respectivement).

POUVOIRS ACTIFS ET SOURCES

Un Pouvoir Actif va créer un ou plusieurs effets, comme par exemple infliger des dégâts, soigner, réduire la taille d'un adversaire, etc. Un Pouvoir Actif peut également inclure une ou plusieurs actions génériques, comme par exemple combiner un Déplacement et une Attaque.

Un Pouvoir Actif peut combiner des effets et des actions génériques: chaque effet unique ou action générique est alors appelé une Source. L'effet de certains facteurs externes, comme les Métas ou les Pouvoirs Passifs, peut s'appliquer soit sur le Pouvoir Actif en entier, soit sur des Sources individuelles. Le facteur externe spécifiera comment il s'applique, mais par défaut, l'effet est appliqué sur le Pouvoir Actif en entier.

Certains Pouvoirs Actifs et Passifs incluent des actions génériques. Dans ces cas, toute condition préalable de Trait spécifique est annulée.

Exemple: un Pouvoir Actif "Attaque Puissante" spécifie qu'une "action d'attaque est effectuée". Le Pouvoir Actif annulera le fait que le Héros doit jouer une rune physique s'il a une trop grande arme (taille 6). Tant que le combattant tient une arme maniable pour sa taille, le pouvoir sera activé (un Héros de taille 4 ne pourra pas activer la capacité avec une arme trop grande pour manier normalement, comme une taille 7).

TYPES DE POUVOIRS ACTIFS

Certaines capacités interagissent avec des types de Pouvoirs Actifs, et dans ces cas là il est important de connaître la nature du Pouvoir Actif en question. Certains Pouvoirs Actifs se comportent différemment en fonction de leur type.

Les différents types de Pouvoirs Actifs et leur effet sur le gameplay sont:

{Manoeuvre}: C'est le type basique de Pouvoir Actif. Il n'a pas de modificateur, avantage ou inconvénient.

{Posture}: Une posture est le style de combat du Héros, la façon de tenir ses armes ou de placer ses pieds. Un Héros peut avoir plus d'une posture dans son Essence, mais il ne peut y en avoir qu'une seule dans la pile "En Jeu". Les Postures ont une Méta "Maintien" gratuite par défaut, leur effet est donc maintenu sans que le Héros doive jouer d'autre rune.

Exemple: Turbog a tiré la rune qui lui permet de prendre une Posture Agressive. Il peut jouer la rune pour prendre la posture et bénéficier de ses avantages immédiatement. A la fin du tour, il peut choisir de garder la rune "En Jeu", comme elle possède une Méta "Maintien" par défaut.

{Interruption}: les chaines de runes doivent normalement être jouées durant le tour individuel de chaque joueur. Cela dit, un Pouvoir Actif avec le type {Interruption} autorise une chaine de runes à être jouée pendant le tour d'un autre combattant. Le timing est similaire à celui d'une rune placée dans la pile Contingence: l'effet en cours (chaine de runes active de l'autre combattant) doit être résolu avant que la chaine de runes {Interruption} soit résolue. La seule exception se produit si le Pouvoir Actif {Interruption} contient une action de Défense. Dans ce cas, l'action est résolue en même temps que la chaine de runes active de l'autre combattant qui inflige les dégâts.

Exemple: Turbog se fait attaquer par un adversaire qui a utilisé une Attaque Puissante (= action d'Attaque avec +2 dégâts). Plutôt que d'effectuer une action de Défense générique, Turbog joue le Pouvoir Actif "Parade Mobile" (une action de Défense et un Déplacement), qui possède le descripteur {Interruption}. L'Attaque Puissante commence à se résoudre, en assignant des dégâts, puis la Parade Mobile applique son effet comme une action de défense. Une fois l'Attaque Puissante terminée, l'action de Déplacement de la Parade Mobile peut être résolue.

{Sort}: La Concentration booste ce type de Pouvoir Actif. Si un {Sort} est activé alors qu'un ennemi est à côté du lanceur, celui-ci peut jouer n'importe quelle rune pour interrompre et annuler l'activation de ce Pouvoir Actif. Un effet qui a déjà été activé avec succès ne peut être interrompu.

Exemple: Vanadis lance son sort "Brise Os", mais un ennemi adjacent a l'option de jouer une rune de "En Main" vers "En Jeu" pour annuler ce sort. Une stratégie plus prudente pour Vanadis serait de jouer d'abord une rune pour se déplacer hors de portée de son adversaire, puis de lancer son sort.

{Sort de Rune}: Les sorts de runes sont des sorts spéciaux, qui ajoutent des propriétés additionnelles à un Pouvoir Actif possédant déjà des propriétés {Sort}: une Méta peut être changée de "Portée" à "Amplifié" et vice-versa en effectuant un Sacrifice Mineur +1 lorsqu'une chaine de runes est activée.

Exemple: Le Pouvoir Actif "Maîtrise du Vent" de Jokull possède les Métas suivantes: Amplifié Portée Maintien. Si Jokull ne possède que deux runes Physique pour des Métas, mais a besoin d'une Méta Portée, il peut effectuer un Sacrifice Mineur +1 et jouer une ou les deux runes Physiques qu'il possède pour les Métas Portée dont il a besoin.

{Sort de Seith}: Les sorts de Seith sont des sorts spéciaux, et ajoutent des propriétés additionnelles à un Pouvoir Actif possédant déjà des propriétés {Sort}: la puissance des Seithkona (sorcières) réside dans la perte de contrôle. Pour chaque niveau de Possession dont elle souffre, elle peut gratuitement ajouter une Méta Amplifié, Portée ou Zone à tous ses sorts de Seith.

Exemple: Vanadis s'est infligée une Possession de niveau 1. Elle souffre maintenant des effets de cette altération d'état à ce niveau, et peut aussi ajouter une Méta gratuite à tous ses sorts de Seith (Amplifié, Portée, ou Zone).

{Sort de Chanson}: Les sorts de Chanson sont des sorts spéciaux, et ajoutent des propriétés additionnelles à un Pouvoir Actif possédant déjà des propriétés {Sort}: il ne peut y en avoir qu'un en même temps, et ils offrent une Méta de Zone gratuite. Les Métas de Zone ne font pas la différence entre alliés et ennemis. En effectuant un Sacrifice Mineur +1, le Héros peut décider qui dans la Zone d'effet sera affecté par chaque effet Source.

Exemple: Fjori lance le Sort de Chanson "Cauchemars du Muspelheim", qui inflige des dégâts à tout le monde autour de lui. Il a beaucoup d'ennemis dans la zone d'effet, mais malheureusement beaucoup d'alliés aussi. Pour n'infliger des dégâts qu'à ses adversaires, il doit effectuer un Sacrifice Mineur +1.

{Change-forme}: La cible de ce sort voit son corps changer de forme, ce qui lui accorde toutes les caractéristiques physiques de la nouvelle forme. Tous les Pouvoirs Actifs, Passifs et Compétences sont retenus. L'équipement et les objets portés se mêlent à la nouvelle forme, n'accordant donc plus de bénéfices, et ne peuvent être portés. Les attributs les plus généralement remplacés par un changement de forme sont la Taille, le Déplacement, le Facteur de Dégâts d'attaque à main nue, la Portée, et tout Facteur de Protection naturel.

Exemple: Turbog change sa forme et devient un chien. Sa taille passe à 3, ses Déplacements à 12 (en incluant l'attribut "Quadrupède"), et ses dégâts d'attaque à main nue passent à un Facteur de Dégâts de +2 Physique. Ses armes et son armure se fondent dans sa nouvelle forme, et ne donnent plus de bonus.

{Transformation}: Le corps, esprit et âme sont mêlés dans la nouvelle forme, ce qui accorde non seulement les caractéristiques de cette forme, mais également ses pouvoirs et ses compétences. Tous les Pouvoirs Actifs et Passifs sont temporairement perdus, tout comme les Compétences, et sont remplacées par ceux de la nouvelle forme. La cible du sort de Transformation doit prendre les tableaux de Pouvoirs Actifs, Passifs et Compétences, et sélectionner de nouvelles Compétences et Pouvoirs en fonction de son Essence. Si les équipements originels peuvent être portés sur la nouvelle forme, ils peuvent être utilisés. Sinon, ils sont absorbés dans la nouvelle forme, et ne peuvent être utilisées ni fournir de bonus.

Exemple: Turbog se transforme en faucon. Ses Pouvoirs Actifs, Passifs, Compétences, ainsi que les bonus de l'équipement qu'il portait, sont annulés. Il garde les mêmes scores d'Essence et de Destinée. Le Héros doit donc utiliser les tableaux de Pouvoirs et Compétences, et choisir un nombre de Pouvoirs Actifs, Passifs, et Compétences égal à son score d'Essence.

{Portail}: Un nouveau combattant est invoqué. Il débute au bas de la file d'initiative, et le lanceur du sort doit choisir son Essence et sa Destinée (basées sur son niveau). Le lanceur doit utiliser le tableau de Pouvoirs et Compétences et en choisir en fonction de l'Essence du combattant. Ce combattant Tire ses runes au début de la prochaine Phase d'Action (en fonction de sa Destinée). Le Héros qui a invoqué le nouveau combattant le contrôle.

Exemple: Vanadis utilise son Pouvoir Actif "Portail des Os" pour invoquer un nouveau combattant, un squelette qui sort du sol à côté d'elle. Le Pouvoir octroie à ce squelette un niveau 6, et elle peut choisir ses niveaux de Destinée et d'Essence (pour le niveau 6, les combinaisons valides sont Essence 4 et Destinée 1, ou Essence 2 et Destinée 2). Elle choisit des Compétences et Pouvoirs en fonction de ces scores sur la table de Pouvoirs et Compétences des squelettes.

{Sort d'Alka}: Ce Pouvoir Actif invoque un Alka, qui altère la nature du champ de bataille. Un Alka est une zone où la barrière entre les mondes s'amincit, laissant une partie de l'essence de ces royaumes s'infiltrer sur le champ de bataille (spécifié dans le pouvoir Actif). Le contrôleur de l'effet place des jetons sur la zone de jeu, pour marquer la zone et l'effet de l'Alka dans chaque case. Un seul jeton peut être placé sur une case. Les Alka ne peuvent pas se chevaucher, et la priorité est donnée au premier Alka invoqué.

Le nombre de cases transformées en Alka est spécifié dans la description du Pouvoir. Les Alkas doivent être contigus: chaque nouvelle zone doit toucher une zone précédemment désignée. Quiconque se trouve ou passe à travers un Alka doit prendre un jeton par case d'Alka qu'il a traversé, et le mettre sur son Tapis de Jeu. Pour chaque jeton, l'effet est résolu comme spécifié dans la description du Pouvoir Actif. Les jetons sur le champ de bataille ne sont pas régénérés, sauf si l'Alka possède une Méta Maintien ou Ouvert (voir Métas, p. 105).

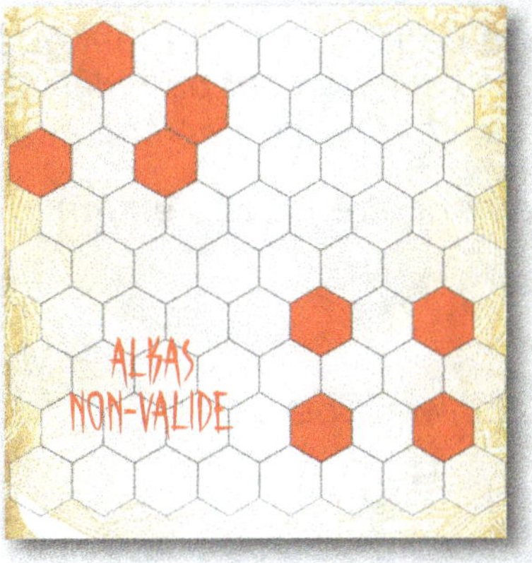

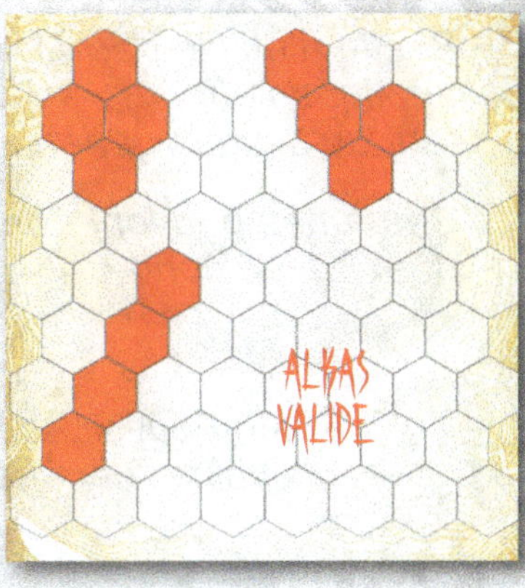

CHAINES DE RUNES

Les Pouvoirs Actifs sont représentés par des chaines de runes. Une chaine de runes est composée d'une ou plusieurs runes, regroupées pour créer un effet.

Voici l'anatomie d'une chaine de runes:

- La première rune est la racine, et définit l'effet appliqué (= le Pouvoir Actif joué)
- Les runes restantes (à côté de la rune racine) sont jouées à angle droit (90 degrés, voir diagramme ci-dessous), et sont désignées comme des runes Métas. Les Métas sont des runes qui modifient l'effet de la rune racine. Il n'y a aucune limite au nombre de Métas qui peuvent être jouées dans une chaine de runes (plus sur les Métas: voir p. 105).

Pour déterminer la signification des runes racine, consulter la description du Pouvoir utilisé, qui liste l'effet de la racine et des métas. La rune est liée à un Pouvoir Actif quand le Héros est créé. Les effets de la racine et des Métas sont listés dans la description du Héros.

Le Héros a une Destinée de 5, plus la Rune du Vide. Il décide de créer 3 chaines de runes pour 3 effets différents. Tiwaz et Fehu sont des Pouvoirs Actifs avec Métas, et Raidho est jouée en tant qu'action générique (ou Pouvoir Actif sans Méta).

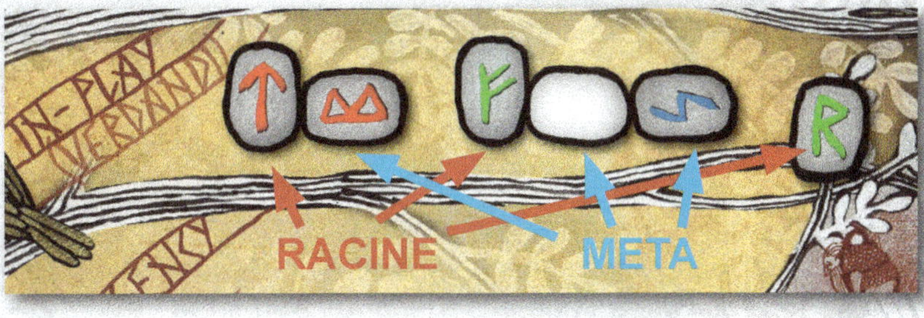

*Exemple: si la rune Tiwaz est liée à l'effet "infligez Facteur de Dégâts +4 Physique [Méta : **Amplifié** **Portée** **Amplifié**]", alors la racine de cette chaine de runes représente 4 points de dégâts Physiques infligés. Si une rune Physique ou Spirituelle est jouée comme Méta, la racine est Amplifiée (dans cet exemple, Berkano applique la Méta Amplifié). Si une rune Mentale est jouée en Méta, alors l'effet Portée est appliqué. Dans l'exemple ci dessus, la racine est Amplifiée une fois, elle infligera donc 8 points de dégâts Physiques.*

Les Héros et le Norn doivent choisir comment il vont jouer les runes qu'ils ont "En Main" une fois le Tirage effectué. Les runes peuvent être jouées de plusieurs façons différentes à chaque tour.

*Exemple: après avoir consulté sa Destinée, Vanadis la Seithkona se retrouve avec , la rune Physique "Ing" et la rune Mentale "Eihwas" (cet exemple ignore la Rune du Vide). Elle a maintenant plusieurs options pour ce tour. Elle peut invoquer le Pouvoir Actif "Brise Os", lié à sa rune , qui fait 4 points de dégâts Physiques [méta: **Amplifié** **Portée** **Maintien**]. Elle aura alors également la possibilité d'utiliser en tant que Méta Mentale, pour améliorer Brise Os en lui donnant la Méta Portée. Les deux runes représentent alors une chaine de runes, avec Ing en racine et Eihwas en méta. Si elle n'utilise pas de méta, elle peut utiliser la rune en tant que Pouvoir Actif "Réduction" [méta: **Maintien** **Portée** **Maintien**].*

Si elle n'utilise pas 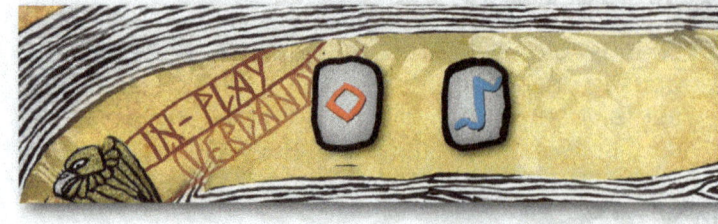 , elle peut l'utiliser en tant que Méta Physique sur le sort Réduction, ce qui applique l'effet **Maintien**. Si elle ne veut pas utiliser de Pouvoir Actif, ses runes peuvent être jouées en tant qu'actions génériques, comme un déplacement ou une attaque.

Ses runes peuvent également être jouées en tant que Compétences. Les combinaisons valides de ces deux runes sont:

- Ing Pouvoir Actif, Eihwas Pouvoir Actif (2 chaines de runes)

- Ing Pouvoir Actif, Eihwas utilisée en méta (1 chaine de runes)

- Eihwas Pouvoir Actif, Ing utilisée en méta (1 chaine de runes)

- Ing utilisée en action générique, Eihwas en Pouvoir Actif (2 chaines de runes)

- Ing utilisée en action générique, Eihwas utilisée en action générique (2 chaines de runes)

- Et toute combinaison valide pour utiliser des Compétences, avec une ou deux runes. Elle peut également garder les runes dans la pile "En Main", pour des actions de Défense potentielles. Elle peut également placer les runes dans la pile Contingence, et déclarer une condition qui déclenchera la chaine active.

MÉTAS

Les Métas sont ajoutés aux runes racines pour former des chaines de runes qui améliorent un Pouvoir Actif. Les métas agissent sur toute la chaine, et sont cumulables, sauf exceptions spécifiées dans la description de la Méta.

AMPLIFIÉ

Une fois l'effet résolu, le résultat final est doublé (x2). Si les attributs d'un objet (comme Facteur de Dégâts, Portée, Concentration, etc.) comptent dans l'effet final, seuls le FD, la Parade et l'Esquive seront inclus dans le modificateur Amplifié. Des métas Amplifié additionnelles ajoutées à la chaine de runes augmenteront le multiplicateur (x3, x4, ...).

Exemple: un Héros joue une rune racine "Attaque Puissante", qui indique "effectuer une action d'attaque avec un bonus de +2 dégâts Physiques". Si le Héros ajoute une Méta Amplifié, alors l'effet final sur la chaine de rune sera une attaque avec double dégâts de l'arme, et un bonus de +4 Physique, le tout en une seule attaque.

ZONE

Par défaut, l'effet d'une rune racine est appliqué sur une cible, ou bien une zone de 1,5mx1,5mx1,5m (1 case). Une Méta Zone étendra l'effet à une sphère de 3m (2 cases). Tout combattant dans la zone est affecté par l'effet de la rune, allié comme ennemi. Chaque Méta additionnelle pourra soit étendre l'effet de 2 cases supplémentaires (3m), soit autoriser le Héros à limiter l'effet à ses alliés uniquement, ou à ses ennemis uniquement.

Exemple: la racine d'une chaine avec 2 métas de Zone ajoutées affectera la case centrale, et toutes les cases dans un rayon de 6m (4 cases). Toutes les cibles valides du sort devront en résoudre l'effet.

Exemple: la racine d'une chaine avec 1 méta Zone et 1 méta Amplifié veut dire que toute cible dans un rayon de 2 cases sera affectée par un effet Amplifié.

CANNIBALISME

Une chaine de runes jouée avec cette méta autorise le Héros à prendre 2 métas valides dans la pile "En Jeu", et à les ajouter à sa chaine de runes. Quand cette méta est jouée, un Sacrifice Majeur +1 doit être effectué. Pour chaque Cannibalisme déjà dans la chaine de runes, un Sacrifice Majeur additionnel doit être effectué.

Exemple: Gunnlaud a débuté une chaine de runes au tour précédent, avec Ansuz 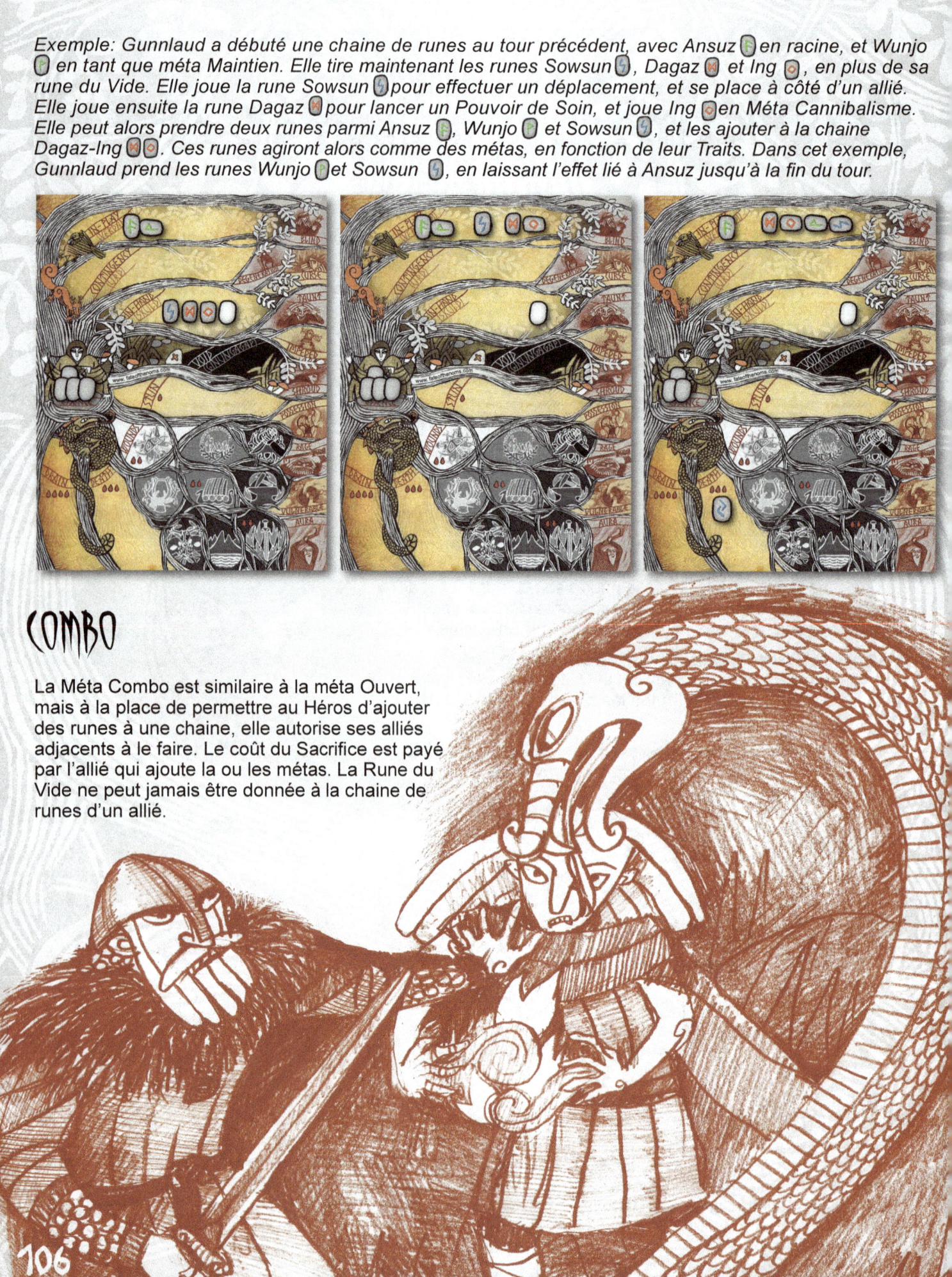 en racine, et Wunjo en tant que méta Maintien. Elle tire maintenant les runes Sowsun , Dagaz et Ing , en plus de sa rune du Vide. Elle joue la rune Sowsun pour effectuer un déplacement, et se place à côté d'un allié. Elle joue ensuite la rune Dagaz pour lancer un Pouvoir de Soin, et joue Ing en Méta Cannibalisme. Elle peut alors prendre deux runes parmi Ansuz , Wunjo et Sowsun , et les ajouter à la chaine Dagaz-Ing . Ces runes agiront alors comme des métas, en fonction de leur Traits. Dans cet exemple, Gunnlaud prend les runes Wunjo et Sowsun , en laissant l'effet lié à Ansuz jusqu'à la fin du tour.

COMBO

La Méta Combo est similaire à la méta Ouvert, mais à la place de permettre au Héros d'ajouter des runes à une chaine, elle autorise ses alliés adjacents à le faire. Le coût du Sacrifice est payé par l'allié qui ajoute la ou les métas. La Rune du Vide ne peut jamais être donnée à la chaine de runes d'un allié.

ECHO

La méta Echo permet de replacer toute la chaine de runes dans la pile "En Main" immédiatement après que la chaine ait été résolue (ignorer les Métas Ouvert et Maintien). La rune utilisée pour l'Echo est placée dans la pile Drain (= Sacrifice Ultime +1). La Rune du Vide ne peut pas être utilisée comme méta Echo.

Exemple: Eirik tire 3 runes: Mann 🄼*, Sowsun* 🅂 *et Berkano* 🄱*, ainsi que sa rune du Vide. La rune du Vide inflige un Facteur de Dégâts +4 Physiques à un ennemi [méta:* **Echo** **Amplifié** **Amplifié***], amplifié à +8 dégâts Physiques avec la rune Sowsun* 🅂 *et Berkano* 🄱 *ajouté en tant que méta Echo. Une fois que l'ennemi a pris les dégâts, Berkano* 🄱 *est placée dans la pile Drain, et la Rune du Vide et Sowsun* 🅂 *sont replacée dans la pile "En Main". La phase d'Action d'Eirik n'est pas terminée, il peut toujours jouer les deux runes qui viennent de revenir dans sa pile "En Main" pour plus d'effets dans ce tour. Il joue alors une seconde chaine de runes avec la rune du Vide en racine, Sowsun* 🅂 *en Amplifi é, et Mann* 🄼 *en Echo. Ceci placera ensuite Mann* 🄼 *dans la pile Drain, et retournera Sowsun* 🅂 *et la rune du Vide dans "En Main" pour encore plus d'effets et de amusement.*

MAINTIEN

Durant la phase de Fin de Tour (voir page 96), une chaine de runes est en général enlevée de la pile "En Jeu", à moins qu'elle comporte une rune méta de Maintien, qui lui autorise à rester effective après la fin du tour (comme un Pouvoir Passif, qui reste toujours effectif). Aucune rune supplémentaire ne peut alors être ajoutée à la chaine. Tout effet Maintenu de dégâts ou de soin est déclenché durant la phase d'Entretien du combattant. Si la chaine de runes prend des dégâts et perd la méta Maintien, la chaine de runes est démantelée pendant la phase de Fin de Tour. Une chaine de runes Maintenue peut être annulée à tout moment, en remettant toutes les runes la composant dans la pile d'Essence.

Exemple: Le Pouvoir Actif "Etreinte de la Terre" indique "toucher pour infliger +2 dégâts Physiques et limiter les déplacements de l'ennemi de -2". Si elle est maintenue, la pénalité de mouvement s'applique à tout moment, et la victime prendra des dégâts pendant chaque phase d'Action du lanceur de sort, tant que la méta Maintien sera dans la chaine de runes.

MULTI

L'effet du Pouvoir Actif peut maintenant affecter +2 cibles différentes sur le champ de bataille. La portée de l'effet pour toutes les cibles est maintenant de 5 cases pour un {Sort}, ou la portée minimale d'une arme utilisée pour une {Manoeuvre}. Des métas Multi additionnelles multiplieront les effets de portée et de nombre de cibles.

Exemple: un sort inflige +4 dégâts Mentaux à un ennemi. Par défaut, cela veut dire une cible adjacente. Avec une méta Multi, l'effet pour cibler 3 combattants différents sur le champ de bataille, dans un rayon de 5 cases.

Exemple: Turbog effectue une Attaque Tourbillonnante [Méta: Arme Multi Multi], en portant une arme d'allonge 2. Il joue une rune Mentale et une rune Spirituelle en tant que Méta, déclenchant ainsi un double Multi. Il peut donc toucher jusqu'à 5 ennemis dans un rayon de 4 cases.

OUVERT

Une Méta Ouvert marche presque comme une méta Maintien. La seule différence est que la chaine de runes ainsi maintenue peut accepter de nouvelles runes en tant que Métas pendant les prochains tours! Cette versatilité a tout de même un coût: lorsque la méta Ouvert est jouée, un Sacrifice Mineur +1 doit être effectué.

Chaque nouvelle méta doit être ajoutée à la droite de la méta Ouvert. Pour chaque méta ajoutée, un Sacrifice Mineur doit être effectué, égal à 2 plus le nombre de runes à droite de la méta Ouvert.

Exemple: Fjori débute un Sort de Chanson appelé Cauchemars du Muspelheim [Méta: Amplifié Zone Ouvert]. Il joue la chaine de runes avec sa Rune du Vide (équivalente à une rune Physique sur son personnage), ajoutant une méta Amplifié, puis joue une rune Spirituelle pour ajouter la méta Ouvert. Pour cela, il doit placer une rune dans la pile Stun pour effectuer le Sacrifice Mineur +1. A la fin du tour, l'effet persiste. Durant la phase d'Entretien du prochain tour, il récupère dans Essence la rune qui était dans Stun. Pendant la phase d'action, Fjori ajoute une méta Zone à sa chaine de rune Ouverte, et doit donc payer un Sacrifice Mineur +2, et placer 2 runes de sa pile Essence dans la pile Stun.

PORTÉE

Par défaut, l'effet d'une rune racine s'applique sur une cible adjacente ou sur le lanceur du sort (sauf si le Pouvoir indique autrement). La méta Portée étend la portée de l'effet de 10 cases. Chaque méta de Portée additionnelle peut soit ajouter 10 cases supplémentaires à la portée effective, soit transformer la ligne de portée en un rayon, appliquant l'effet de la rune racine sur toutes les cibles de cette ligne.

Exemple: jouer une méta Portée sur une chaine de runes comportant déjà une méta Zone crée un effet distant de boule, qui se concentre sur un point focal distant au lieu de la case où se trouve le lanceur.

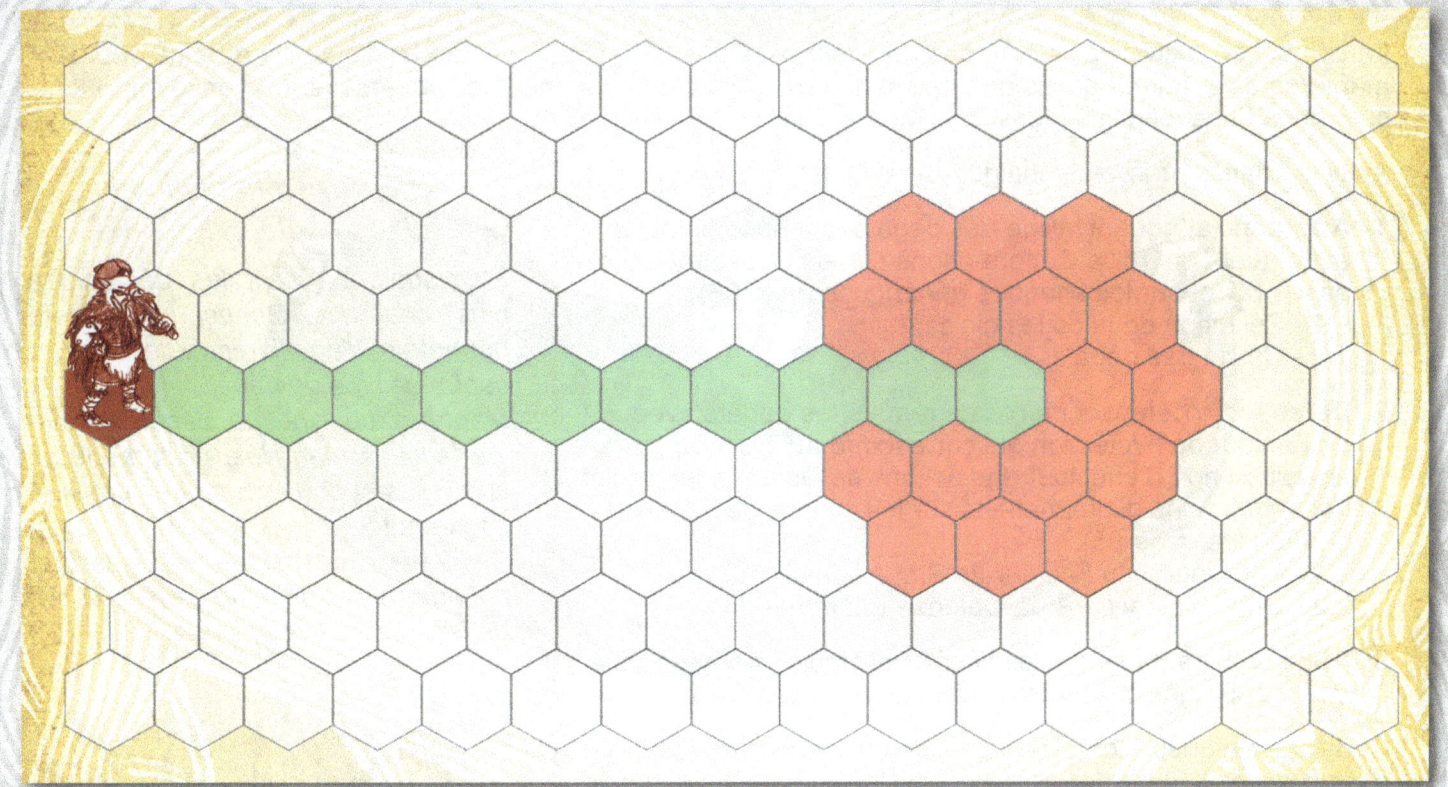

ARME

Ajoutez un des effets Méta que les armes dont vous êtes équipés produisent. Les effets méta d'armes sont en général basés sur le type de l'arme: une arme contondante causera généralement la méta "Renverser", qui applique l'altération d'état Vulnérabilité à la victime, alors qu'une arme perçante ajoutera l'effet Gore, qui applique l'altération Dégénération, et une arme tranchante l'effet Coupe Jarret, qui appliquera l'altération Entravement.

Exemple: un Pouvoir Actif appelé Attaque Puissante lance une attaque avec un bonus de dégâts Physiques +2 [méta: Amplifié Multi Arme]. Si une méta Arme est ajoutée à cette chaine (dans ce cas, une rune Spirituelle), et que l'arme maniée est une arme perçante qui ajoute l'effet Gore, l'effet final sera: infliger dégâts de l'arme +2 et l'altération d'état Dégénération de niveau +1.

TESTS DE COMPÉTENCES PENDANT LE COMBAT

Un test de Compétence s'effectue différemment selon que l'on soit dans un combat ou hors de celui-ci (voir page 91). Le Norn peut par exemple déclarer qu'une certaine compétence prend trop de temps pour être exécutée en combat, et décider qu'elle ne peut tout simplement pas être tentée.

Pour utiliser une Compétence, le joueur doit déclarer quelle compétence il veut utiliser, puis jouer une rune pour lancer le test. Le Norn fixe alors un niveau de difficulté, et le joueur déplace des runes de "En Main" vers "En Jeu" pour générer des succès. Une rune d'un Trait différent génère 1 succès, une rune du même Trait 2, et la rune liée à la compétence en question génère 3 succès.

*Exemple: pour atteindre un archer ennemi, Turbog veut utiliser sa compétence Athlétisme pour empiler des caisses afin d'atteindre un toit. Le Norn décide que le test de compétence sera un test Physique **Modéré [3]**. Si Turbog a la rune liée à la Compétence Athlétisme dans la pile "En Main", il peut la jouer, ou sinon combiner une rune Physique et une autre pour réussir le test.*

ATTAQUES ET DÉGÂTS

Le combat se résume à vaincre ses adversaires. Dans le Système de Jeu Runique, il y a beaucoup de manières de le faire. La plus directe est de réduire la pile d'Essence de l'adversaire, et d'envoyer toutes ses runes dans les piles Blessures, Mort et Drain.

Activités dans l'ordre pour infliger des dégâts:

1. **Attaque:** l'attaquant inflige des dégâts, annonce combien et de quel Trait (plus d'informations sur les Pouvoirs Actifs page 100, et sur les attaques génériques page 96).
   1.1 - Sélection de la ou les cibles.
   1.2 - Calcul des dégâts.

2. **Défense:** le défenseur tente de réduire les dégâts avec un Facteur de Protection qui correspond au Trait, puis choisit ou non d'effectuer des actions de Défense en jouant des runes (plus d'informations sur les actions de Défense génériques page 98).
   2.1 - Application du Facteur de Protection.
   2.2 - Choix des actions de Défense (ou non).

3. **Appliquer les dégâts:** si les dégâts sont toujours supérieurs à 0, ils sont appliqués aux runes du défenseur sur son Tapis de Jeu.

Certaines attaques n'infligent pas de dégâts, mais impliquent des effets spéciaux et des altérations d'état, comme par exemple réduire la taille d'un adversaire, ou le désarmer (voir page 118).

> ### Les dégâts peuvent prendre la forme de chacun des 3 Traits
>
> *Physiques: ce sont les dégâts les plus courants. Beaucoup d'objets permettent d'améliorer ou de protéger contre ce type de dégât.*
> *Mentaux: ce type de dégât entrave les facultés mentales, perturbant les stratégies et pouvoirs tout en causant des dégâts.*
> *Spirituels: c'est un type de dégât rare, qui envoie les runes au delà de la pile de Mort, dans la pile Drain.*

ATTAQUER

Attaquer et infliger des dégâts sont considérés comme une seule et même action. Une cible doit d'abord être sélectionnée dans une zone ou à une portée atteignable, puis l'effet de l'attaque est résolu.

CIBLER

L'attaquant doit déclarer qui sera la cible de son attaque.
Certains Pouvoirs Actifs possèdent des métas (Zone, Multi)
qui permettent de toucher plus d'un combattant.
Pour les armes de mêlée, la distance de ciblage maximale
est déterminée par la valeur de Portée de l'arme. Chaque
point de portée ajoute +1 case à la portée de l'attaque.
Les armes à distance ont des portées plus importantes (ex:
5 cases pour une arme de jet, 10 cases pour une arme à
projectiles).
Ces portées peuvent être multipliées par 2 si une rune
additionnelle est jouée, ou par 3 si deux runes sont jouées, etc.

CALCULER LES DÉGÂTS

Quand des dégâts sont infligés, il est important de noter le Trait associé au dégât. Son type, Physique,
Mental ou Spirituel, influencera la défense qui peut être établie par le combattant ciblé.

Si un Pouvoir Actif inflige des dégâts de plusieurs sources, mais du même Trait, ils sont additionnés
avant de passer à la phase de Défense. Si un Pouvoir Actif possède deux ou plusieurs sources de
dégâts de Trait différent, chacun doit être calculé séparément. Les dégâts sont ensuite assignés au
défenseur, et l'étape de Défense débute.

*Exemple: un Skui des Ombres lance un sort qui inflige 4 dégâts Physiques et 2 dégâts Mentaux à Sygin.
Sygin devra gérer les deux types de dégâts séparément, en effectuant par exemple deux actions de
Défense pour essayer de réduire les deux sources de dégâts.*

ATTAQUER AVEC UNE ARME À LONGUE PORTÉE

Attaquer avec une arme à distance est risqué si jamais un combattant se trouve à portée de l'attaquant
avec une arme de mêlée. L'adversaire peut en effet jouer n'importe quelle rune en réponse à l'action
d'Attaque, et l'annuler.

DÉGÂTS ET BONUS DE PERÇAGE

Certains pouvoirs offrent des bonus de dégâts et/ou des bonus de perçage, qui sont classés en deux catégories:

1) Bonus d'arme: ces bonus sont ajoutés à l'arme utilisée dans l'action d'Attaque. Ils ont un Trait
spécifique, par défaut Physique si non spécifié.

2) Bonus d'action ou de Pouvoir: ces bonus sont ajoutés à chaque activation d'un Pouvoir Actif ou d'une
action d'Attaque. Le bonus prend automatiquement le Trait du Pouvoir Actif ou de l'Attaque. S'il y a plus
d'une source de dégâts, les bonus sont divisés entre les sources, à la discrétion du Héros.

SE DÉFENDRE

La Défense dépend également du Trait. Seules les valeurs de défense dont le Trait correspond à celui
des dégâts peuvent être utilisées pour les réduire. La première étape est de réduire les dégâts par le
Facteur de Protection, et s'il en reste, le défenseur peut choisir d'effectuer des actions de Défense.

APPLIQUER UN FACTEUR DE PROTECTION

Le Facteur de Protection d'une armure, s'il correspond au Trait des dégâts subis, réduit automatiquement les dégâts, sans avoir besoin de jouer de rune.

Exemple: un Skui des Ombres lance un sort qui inflige 4 dégâts Physiques et 2 dégâts Mentaux à Sygin. Elle possède un FP Physique de +1 grâce à son armure, et aucun FP contre les dégâts Mentaux. Après avoir appliqué ses FP, elle doit toujours faire face à 3 dégâts Physiques et 2 dégâts Mentaux.

ACTIONS DE DÉFENSE

Après que les FP aient été appliqués, les autres options de défense sont les actions de Défense (décrites en page 98), ou des Pouvoir Actifs de type {Interruption} qui donnent des bonus de défense (voir page 101 pour plus de détails sur l'{Interruption}).

L'action de Défense fonctionne comme ceci:

Le défenseur doit jouer une rune pour faire une action de Défense. Les bonus de Parade et d'Esquive s'ajoutent à la valeur de défense finale, et si la rune jouée est de même Trait que les dégâts infligés au Héros, un bonus de +1 s'applique.

DEFENSE = PARADE (pour le Trait approprié) **+ ESQUIVE + 1**
(si la rune utilisée est de même Trait que les dégâts)

Une action de défense peut être effectuée en tant que réponse, après s'être vu assigner des dégâts. Plus d'une action de Défense peut être effectuée contre une action générique ou un Pouvoir Actif. Si un Pouvoir Actif comprend plusieurs actions d'attaque (Sources, voir page 100), l'action de Défense s'applique à la somme des Sources, pas aux Sources séparées une par une.

Exemple 1: un Skui des Ombres lance un sort qui inflige 4 dégâts Physiques et 2 dégâts Mentaux à Sygin. Elle possède un FP Physique de +1 grâce à son armure, et aucun FP contre les dégâts Mentaux. Après avoir appliqué ses FP, elle doit toujours faire face à 3 dégâts Physiques et 2 dégâts Mentaux. Grâce à ses Pouvoirs Passifs et à son équipement, Sygin possède un bonus de Parade de +4 (Physique) et une Esquive de +1. Elle active alors un Pouvoir Actif {Interruption}, lié à une rune Mentale, qui effectue une action de Défense avec un bonus de parade Physique de +2. Les valeurs résultantes sont donc:

- *Contre dégâts Physiques: +4 Parade +2 bonus de Parade = +6*
- *Contre dégâts Mentaux: +1 (à cause de la rune Mentale jouée pour l'action de Défense).*

Le bonus d'Esquive de +1 peut s'appliquer à n'importe quelle Source de dégâts (Physique ou Mental). Sygin choisit de l'appliquer aux dégâts Mentaux, portant son score final de Défense à 6 Physique et 2 Mental: elle ne prend aucun dégât.

Exemple 2: un Zélote manie deux épées courtes, et effectue une Attaque Puissante (Pouvoir Actif) sur Alfdis. Le pouvoir Attaque Puissante se traduit par une action d'attaque avec un bonus de +2 dégâts. Chaque épée courte inflige FD 1 (1 dégât), et le Zélote possède un Pouvoir Passif qui octroie un bonus de dégâts de +1 quand il inflige des dommages Physiques.

Les dégâts infligés totaux sont donc de 5 (les armes infligent 1+1 =2, le Pouvoir Passif +1, et le Pouvoir Actif +2). Alfdis porte une armure de fourrure qui réduit les dégâts de 1 (FP=1), il en reste donc 4. Alfdis décide d'effectuer une Parade Parfaite (Pouvoir Actif {Interruption}, qui peut donc être jouée pendant le tour d'un adversaire), avec un bonus de +2 pour une action de Défense. Alfdis possède une arme avec une valeur de Parade de 0, et un bouclier avec une valeur de Parade de 3. Son total de défense est donc de +2+3 = 5, Alfdis ne prend aucun dégât.

ATTAQUÉ PAR DERRIÈRE

Les actions de Défense peuvent être réalisées si la personne est attaquée dans le dos, mais sont considérées comme "faibles" (voir page 100). Chaque combattant a 3 cases "face" et 3 cases "dos".

BONUS DE DÉFENSE

Les actions de Défense peuvent recevoir des bonus, en deux catégories:

1) Bonus de Parade: ces bonus sont ajoutés à une action de Défense. Ils sont spécifique à un Trait. Si le Trait n'est pas spécifié, il est Physique par défaut.
2) Bonus d'Esquive: ces types de bonus s'appliquent contre tous les Traits. L'Esquive s'ajoute toujours à toutes les actions de Défense.

APPLIQUER LES DÉGÂTS

Les dégâts qui n'ont pas été réduits sont enfin appliqués aux runes du défenseur. Les runes sont déplacées vers le bas du Tapis de Jeu, d'un nombre de piles égal à la valeur des dégâts subis.

Les dégâts sont gérés différemment selon leur Trait (Physique/Mental/Spirituel). Les dégâts Physiques sont le point de repère, et les dégâts Mentaux et Spirituels sont définis par leurs différences avec le modèle de dégâts Physiques.

Une fois que tous les dégâts ont été appliqués aux runes, le Norn doit regarder si le Héros est toujours vivant. Si toutes les runes du défenseur se trouvent dans les piles Mort ou Drain, celui-ci est décédé. S'il reste des runes dans la pile Blessures, il est inconscient. En revanche, s'il y a toujours des runes dans la pile Stun et au dessus, il est toujours en combat.

Lorsque les dégâts sont appliqués à la dernière rune, peu importe la valeur des dégâts restant à infliger, la rune s'arrêtera dans la zone la plus haute de la pile Blessures. Au tour suivant, si le combattant n'a pas été soigné, cette rune descendra d'une case par phase d'Entretien, vers la pile Mort.

Attention: la Rune du Vide ne se voit jamais assigner de dégâts, et n'entre pas en jeu pour savoir si un combattant est inconscient ou mort.

DÉGÂTS PHYSIQUES

La première rune à être déplacée est celle qui se trouve dans la pile la plus basse (voir le diagramme ci-contre, qui classe les piles de la plus basse [1] à la plus haute [8]). Les dégâts physiques ignorent la pile Drain, les runes ne peuvent pas aller au delà de la pile Mort.

Quand une rune passe sur la pile Blessure, elle suit l'une des trois voies de difficulté, selon le choix du Norn en début de partie (voir page 87 pour les détails des zones de la pile Blessures).

Si une rune est descendue au maximum (pile Mort), et qu'il reste des dégâts à appliquer, une nouvelle rune est sélectionnée dans la pile la plus basse possible, et cette rune descend sur le Tapis de Jeu.

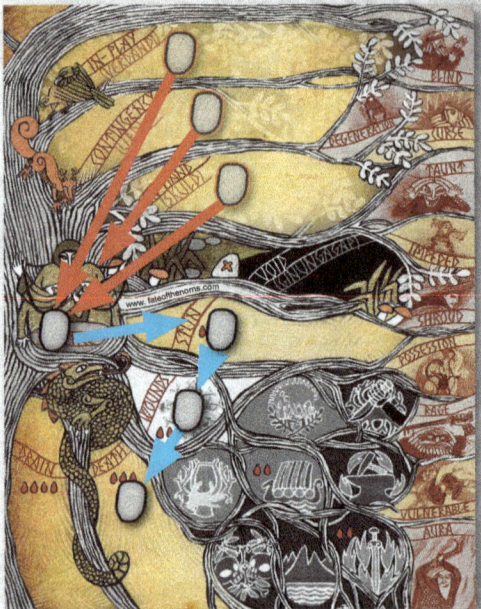

Les runes situées dans les piles "En Jeu", "En Main" ou Contingence passent par la pile d'Essence lorsqu'elles subissent des dégâts. Depuis l'Essence, elles descendent comme indiqué dans les piles Stun, Blessures et Mort.

Exemple: Jokull débute le tour de combat, encerclé par des trolls. Il a 6 points d'Essence et 2 de Destinée, ainsi que sa fidèle Rune du Vide (représentant une rune Mentale, selon son archétype). Le Norn a décidé que la campagne utilise la pile de Blessures du milieu, celle avec 3 zones

Après avoir consulté sa Destinée, le tapis de jeu de Jokull ressemble à ça:

L'attaque du troll inflige 11 points de dégâts Physiques. L'armure de Jokull à un FP de +2 Physique, ce qui réduit les dégâts de 2. Il reste donc 9 points de dégâts à gérer. Jokull décide d'effectuer une action de Défense, avec sa rune Physique: il pare donc +1 (rune Physique vs dégâts Physiques) et +3 grâce à la valeur de parade de son bouclier. 4 points de dégâts sont donc annulés, il en reste 5. Son Tapis de Jeu à la fin de l'action ressemble à ça:

5 points de dégâts restent donc à gérer. Jokull prend alors une rune aléatoirement dans la pile la plus basse contenant des runes (dans ce cas, Essence). A chaque fois que la rune descend d'une case/pile, 1 point de dégât a été pris en compte. Une fois qu'une rune atteint le fond, la pile Mort, il doit choisir une nouvelle rune, et répéter le processus jusqu'à ce que tous les dégâts aient été gérés.

Jokull doit donc prendre une rune et la descendre de 5 cases:

Un second troll attaque Jokull avec un tronc d'arbre (FD: 5) dans une main, et un Espadon (FD: 3, Perçage +2) dans l'autre. Ce puissant Guerrier Troll possède un Pouvoir Passif qui octroie +1 dégât Physique lorsqu'il attaque. Le troll attaque, et inflige 9 points de dégâts (5+3+1) Physiques, et ignore 2 points d'armure à cause du Perçage. L'armure de Jokull est inefficace contre ce coup.

Les runes de Jokull sont déplacées depuis la pile la plus basse en contenant, ici Essence de nouveau.

Une sorcière Troll lance ensuite un sort à Jokull pour lui briser les os. Elle inflige 4 points de dégâts Physiques, avec un Perçage de 8. Elle possède également un bâton qui lui apporte +1 Concentration. Elle amplifie cet effet deux fois, pour un total de 12 points de dégâts, et un incroyable score de perçage de 24! Avec sa Concentration, elle augmente ses dégâts à 13.

Déplacer une rune de Blessures à Mort permet de gérer 1 point de dégât. Vu qu'il n'y a plus de runes dans Blessures, la prochaine pile est Stun. Pas de runes ici, donc il prend des runes de Essence jusqu'à ce qu'il n'y en ait plus. Il reste alors 1 point de dégât à prendre en compte, de nouveau assigné à la pile la plus basse: "En Main". La rune descend d'une pile, dans Essence.

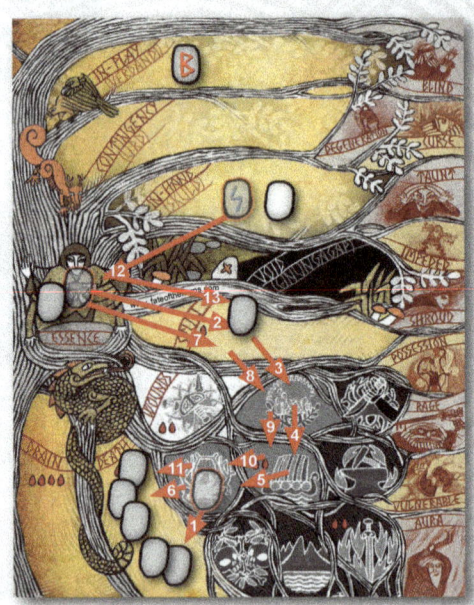

Si la prochaine attaque inflige 3 points de dégâts ou plus, elle sera réduite à 2 points, car la dernière rune ne peut pas descendre plus, et doit s'arrêter à la case la plus haute de la pile Blessure. Jokull est inconscient, et toute attaque reçue ensuite descendra sa rune restante dans la pile Mort, le tuant.

DÉGÂTS MENTAUX

Les dégâts Mentaux se traitent de la même façon que les dégâts Physiques, à une exception: lorsqu'un dégât Mental est infligé, l'attaquant doit choisir une des piles de la victime, entre "En Jeu", "En Main" ou Contingence. Les dégâts Mentaux s'appliquent en premier à la pile choisie. Si toutes les runes de la pile sont retirées et qu'il reste des dégâts à traiter, ils sont résolus comme des dégâts Physiques. Comme d'habitude, une victime peut essayer de se défendre contre les dégâts Mentaux.

Le défenseur peut choisir les runes des piles "En Jeu", "En Main" ou Contingence qui seront affectées par les dégâts.

Si la pile choisie ne contient plus de runes après une action de Défense, les dégâts sont traités comme des dégâts Physiques.

Exemple: Jokull reçoit un sort qui lui inflige 3 points de dégâts Mentaux. L'attaquant choisir la pile "En Jeu", car Jokull y possède une chaine de runes maintenue que l'attaquant veut interrompre. La chaine de runes est longue de 3 runes (la rune Mentale est la méta Amplifié, et la rune Physique est la méta Maintien).

Jokull joue une rune Mentale (de "En Main" vers "En Jeu") pour réduire les dégâts de 1 (action de Défense).

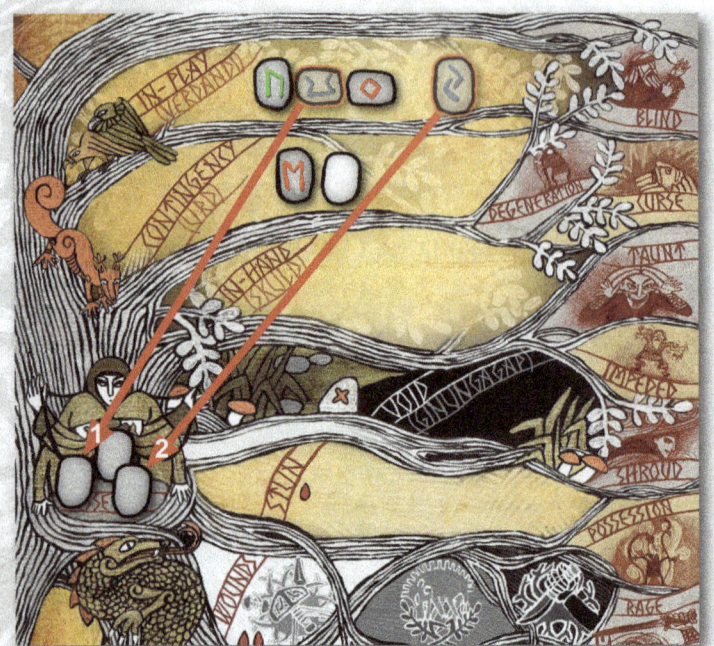 

Jokull ne prend maintenant que 2 points de dégâts. Il choisit de les assigner aux deux runes qui feront en sorte que son Pouvoir Maintenu reste en activité (bien qu'il perde la méta Amplifié).

DÉGÂTS SPIRITUELS

Les dégâts Spirituels se traitent exactement comme les dégâts Physiques, à l'exception près que les runes ne s'arrêtent pas dans la pile Mort, et peuvent descendre dans la pile Drain.

CONTRES

Il est possible de se défendre des Pouvoirs Actifs qui créent des effets particuliers au lieu d'infliger des dégâts, avec un contre. Chaque Pouvoir créant une altération d'état non désirée peut être contré. Pour effectuer un contre, le Héros doit jouer la rune appropriée, de "En Main" vers "En Jeu". En jouant la rune appropriée, l'effet est annulé. Si un Pouvoir Actif est amplifié, le contre doit l'être également, en jouant plus de runes du même type.

Exemple: Vanadis lance Réduction sur ton adversaire. Ce Pouvoir lui permet de diminuer la catégorie de taille de son adversaire. Le contre est [Contre: P], ce qui veut dire qu'une rune Physique doit être jouée pour éviter cet effet. Si l'adversaire n'a pas de rune Physique en main, ou choisit de ne pas la jouer, l'effet est appliqué. Si Vanadis a Amplifié la chaine de runes, le contre est alors [Contre: PP], ce qui veut dire que deux runes Physiques doivent être jouées pour éviter l'effet.

COMBAT À MAINS NUES

Certains Héros, Habitants, et la plupart des monstres utilisent leur corps pour infliger des dégâts. La règle de base pour donner des coups de poings, de pieds, de dents, de griffes ou n'importe quelle attaque utilisant le corps, est: le Facteur de Dégâts de base est égal à la taille du combattant -3. Un humain de taille 4, par exemple, inflige FD 1 avec une action d'attaque utilisant uniquement son corps. La portée de base est de 1, mais les grandes créatures peuvent avoir des bonus.

AUGMENTER LES DÉGÂTS (RÈGLE OPTIONNELLE)

Après que tous les dégâts aient été calculés, et avant que la défense soit déclarée, l'attaquant peut jouer une rune additionnelle (du Trait correspondant aux dégâts infligés) pour augmenter les dégâts de +1. Le personnage peut jouer toutes les runes qu'il veut, du moment qu'elles le sont lors de la même action d'attaque.

SOIGNER

Lors d'un soin, les runes suivent la direction opposée des dégâts. Les runes se déplacent vers le haut, depuis la pile la plus haute entre Mort et Essence. S'il y a plusieurs runes sur une même pile, le personnage soigné peut choisir laquelle remonter.

Exemple: Vanadis veut soigner son compagnon Jokull. Elle joue une chaine de runes qui le soigne de 4 points. La seule rune qu'il a dans la pile Blessure remonte en premier, et une fois qu'elle a atteint Essence, Jokull peut déplacer des runes de sa pile Mort, jusqu'à ce que tous les points de soin aient été pris en compte.

Son tapis de jeu après le soin ressemblera à ça:

Lorsqu'ils sont soignés, les personnages peuvent jouer une rune Spirituelle (de "En Main" vers "En Jeu", pour augmenter le score final de soin de +1. Le personnage peut jouer de cette façon autant de runes Spirituelles qu'il veut.

Le soin ne peut pas affecter les runes présentes dans la pile Drain (plus d'informations page 121).

CONCENTRATION

La Concentration agit comme un bonus pour tous les Pouvoirs Actifs de type {Sort}. Toutes les valeurs numériques de ces sorts sont boostées par la Concentration totale du Héros. S'il y a plus d'une Source (cf. page 100), la Concentration doit être distribuée parmi les sources, à la discrétion du Héros. La Concentration s'applique une fois que les métas ont été résolues, elle ne peut pas être appliquée plusieurs fois ou être amplifiée.

Exemple 1: Fjori débute un Sort de Chanson, qui boost la vitesse de mouvement de +4 et lui permet de marcher sur des surfaces liquides. Il a une Concentration de +2, et peut donc avoir un bonus de mouvement de +6.

Exemple 2: Vanadis lance un Sort de Seith qui inflige 2 dégâts Spirituels à un ennemi, et la soigne de +4. Comme il y a deux Sources, elle peut partager ses 3 points de Concentration comme elle le souhaite, par exemple en boostant les dégâts de +2 (pour un total de 4), et en boostant son soin de +1 (pour un total de 5).

SACRIFICE

Certains Pouvoirs requièrent un Sacrifice pour être activés. Il y a plusieurs types de Sacrifice, avec généralement une valeur numérique associée (ex: Sacrifice Mineur +2), qui indique combien de runes doivent être déplacées d'une pile supérieure vers une pile de dégâts. Si la chaine de runes visée par un Sacrifice est Amplifiée, alors le coût du Sacrifice doit lui aussi être amplifié de +1 pour chaque méta jouée.

SACRIFICE MINEUR

Déplacer une rune d'Essence (ou d'une pile supérieure) vers la pile Stun. Indiqué par une goutte de sang sur le Tapis de Jeu.

SACRIFICE MODÉRÉ

Déplacer une rune d'Essence (ou d'une pile supérieure) vers la pile Blessures. Indiqué par deux gouttes de sang sur le Tapis de Jeu. Si la voie de Blessures utilisée comporte plusieurs cases, celle du milieu est utilisée.

SACRIFICE MAJEUR

Déplacer une rune d'Essence (ou d'une pile supérieure) vers la pile Mort. Indiqué par trois gouttes de sang sur le Tapis de Jeu.

SACRIFICE ULTIME

Déplacer une rune d'Essence (ou d'une pile supérieure) vers la pile Drain. Indiqué par quatre gouttes de sang sur le Tapis de Jeu.

Exemple: Olaf le Seithkarl lance un sort qui requiert un Sacrifice. Le Pouvoir Actif inflige +6 dégâts Spirituels, mais comporte la mention Sacrifice Modéré +2. Olaf décide d'amplifier la chaine de runes, doublant les dégâts à 12, mais augmentant le Sacrifice Modéré à +3. S'il ajoute une autre méta Amplifié, alors les dégâts atteindront 18, avec un Sacrifice Modéré de +4. S'il n'a que 3 runes dans son Essence, il devra payer le quatrième Sacrifice d'une des piles supérieures ("En Main", Contingence, "En Jeu").

ENSANGLANTÉ

Certaines capacités et Pouvoirs se déclenchent lorsque quelqu'un est dans un état "ensanglanté".
Un combattant se trouve dans cet état lorsque la moitié de ses runes totales sont dans les piles Stun, Blessures, Mort et Drain (arrondir vers le haut).

LA PILE DE DRAIN

Les dégâts s'arrêtent normalement à la pile Mort, sauf s'ils sont de type Spirituel, auquel cas les runes descendent au delà de la pile Mort, vers leur destination finale: la pile Drain.

Les Pouvoirs Actifs et Passifs ne peuvent interagir avec les runes de la pile Drain; les pouvoirs de Soin n'affecteront donc que les piles Mort et au dessus. Les runes de la pile Drain ne peuvent en sortir qu'avec le temps. Pour chaque heure de jeu qui passe, une rune peut être remontée de la pile Drain vers la pile Mort. Le Norn peut changer la période de temps nécessaire en fonction des circonstances de jeu et de la campagne jouée.

LA PILE DE CONTINGENCE

Dans certains cas, un Héros peut vouloir qu'une chaine de runes ne soit déclenchée que plus tard, en fonction d'une condition particulière. La pile de Contingence est utilisée pour ces types de chaines de runes.

Les actions de Contingence peuvent être déclarées pendant les phases d'Entretien et d'Action: pour chaque action générique ou Pouvoir Actif qu'un Héros veut effectuer, il doit jouer une chaine de runes dans la pile Contingence, et déclarer à voix haute la condition. Plus tard dans ce tour de combat, si la condition est remplie, l'effet de la chaine de runes se déclenche immédiatement.

Une fois l'effet résolu, la chaine de runes est déplacée dans "En Jeu", pour indiquer que la Contingence a été utilisée pour ce tour de combat. A la fin de tous les tours de combat, pendant la phase de Fin de Tour, les chaines de runes dans la pile Contingence retournent dans la pile d'Essence.

Il y a des limitations à la Contingence:

- Les métas qui maintiennent une chaine au delà de la fin d'un tour (Maintien, Ouvert, etc.) ne sont pas autorisées.
- Une condition qui se remplit instantanément ne peut être déclarée. Par exemple, un combattant qui est debout ne peut annoncer en condition qu'il effectue une attaque "lorsqu'il est debout": le coup est invalide, car la condition est déjà remplie.

Un combattant peut jouer autant de contingences qu'il veut, tant qu'il déplace un nombre correspondant de runes dans la pile de Contingence.

Exemple: Hagar est au début de l'Initiative, et veut faire en sorte que ses alliés survivent le combat contre les Draugar qui les entourent. Il a tiré trois runes, ainsi que sa Rune du Vide. Sa rune Mentale est un pouvoir de Soin, auquel il peut appliquer une méta Portée (rune Physique), mais à ce moment, tous les membres de son groupe ont toute leur vie. Il décide qu'il utilisera ces runes plus tard dans le tour de combat, lorsque ses alliés prendront inévitablement des dégâts des Draugar.

Il joue la chaine de runes dans la pile de Contingence, et déclare qu'elle sera déclenchée si l'un de ses alliés prend plus de 2 points de dégâts. Il ne veut pas qu'un de ses alliés soit hors de portée pour ce sort: il joue donc sa Rune de Vide dans la pile Contingence, en tant qu'action de Déplacement, et déclare qu'elle se déclenchera si un allié se déplace à plus de 10 cases de lui.

Plus tard dans le tour, son alliée Helga prend 6 points de dégâts par un coup de griffe de Draugar. Immédiatement après qu'elle ait pris les dégâts, Hagar doit résoudre sa contingence. La première chose qu'il fait est de s'assurer qu'Helga est à portée de son sort. Si elle l'est, le Soin lui est appliqué, et la chaine de runes est déplacée dans la pile "En Jeu".

ALTÉRATIONS D'ÉTAT

Il y a différents types d'altérations d'état, bénéfiques ou néfastes. Certaines altérations bénéfiques peuvent être appliquées sur soi-même, ou sur des alliés consentants. Les altérations nocives blessent la cible, et sont utilisées dans les attaques.

Lorsqu'un Pouvoir, Actif ou Passif, applique une altération d'état, le Contre (la rune qui doit être jouée par la cible pour contrer l'altération) est spécifié. Si la rune listée n'est pas jouée au moment de l'application, l'altération d'état est considérée comme active sur la cible.

Lorsqu'une altération est active sur une cible, les effets sont immédiatement appliqués. Certains sont continus, d'autres se déclenchent à certains moments (comme la phase d'Entretien d'un adversaire). Un jeton/rune/etc. que personne n'utilise pas est alors placé sur la case d'altération correspondante, sur le Tapis de Jeu.

INTENSITÉ	POSITION
1	De face (0 degrés)
2	De face, sur le côté (90 degrés)
3	Sur le dos, sur le côté (90 degrés)
4	Sur le dos (0 degrés)

Si le niveau d'altération augmente (plus de 1), la rune est tournée de 90 degrés pour indiquer une intensité de niveau 2, ou sur le côté et retournée pour le niveau 3, et finalement tournée d'encore 90 degrés pour indiquer le niveau 4.

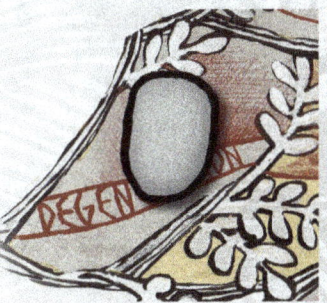

Certaines altérations déclenchent un effet plus important à intensité maximale (niveau 4); l'effet est listé dans la description de l'altération.

Les altérations d'état ne sont pas éternelles. Durant chaque phase d'Entretien, après que l'effet ait été déclenché, la cible a l'opportunité d'effectuer un Sacrifice Mineur +1 pour réduire l'intensité de 1. Pendant la phase d'Entretien, un seul Sacrifice par altération peut être effectué. Une fois le Sacrifice effectué, la rune est tournée pour indiquer la diminution de niveau d'intensité.

Certains événements peuvent augmenter ou diminuer l'intensité de certaines altérations. Ils sont listés dans leur description. Si l'Intensité est réduite à 0, la rune ou le jeton utilisé(e) est enlevé de la zone d'altération.

Le Norn peut également introduire des altérations de Malédiction qui ne peuvent être supprimées par des mécaniques de jeu standard. Ces altérations seront levées à travers le gameplay, ou les quêtes des Héros. Pour indiquer une Malédiction, un jeton peut être placé sur la case correspondante.

Lexique:

Contre:	Liste les runes qui doivent être jouées pour éviter l'altération
Augmentation d'intensité:	Liste quelles conditions permettent l'augmentation de l'intensité
Diminution d'intensité:	Liste quelles conditions permettent la diminution de l'intensité ("standard "= 1 niveau d'Intensité automatique par phase d'Entretien)
Effet bonus à intensité max:	Liste les changements de l'altération lorsque son intensité atteint 4

Exemple d'altération bénéfique: Vanadis débute le combat en lançant Voile du Seith, qui lui donne 2 niveaux de Voile. Elle prend une rune ou un jeton inutilisé, et la place sur la case Voile de face, sur le côté pour indiquer le niveau 2.

Exemple d'altération nocive: Sigfried est la cible d'une attaque qui inflige l'altération Dégénération pour 1 tour. Le Contre est une rune Mentale, mais Sigfried n'en possède pas dans sa pile "En Main". L'effet devient actif, et Sigfried doit prendre une rune inutilisée et la placer sur la case Dégénération de son Tapis de Jeu, à l'intensité 1. Pendant sa prochaine phase d'Entretien, il subit 12 points de dégâts de l'altération, et peut effectuer un Sacrifice Mineur +1. Il le fait, et l'altération se dissipe, il peut enlever la rune de la case.

AURA

[Bénéfique]

Contre:	Aucun contre pour cette altération.
Augmentation d'intensité:	Si la cible le désire (max. +1 niveau par tour).
Diminution d'intensité:	Si la cible le désire (max. +1 niveau par tour).
Effet bonus à intensité max:	Double la portée et les dégâts.

Description: un objet ou Pouvoir peut octroyer l'altération Aura, une aura élémentale (froid extrême, chaleur extrême ou effet similaire) qui entoure la cible, et affecte une zone de 2 cases. Tout combattant dans la zone d'effet prend des dégâts équivalents à la moitié de leur niveau (arrondir vers le haut). La valeur de FP d'armure et les actions défensives ne peuvent pas réduire les dégâts. Les dégâts sont Physiques par défaut, mais le Source de l'altération d'Aura peut spécifier un Trait différent.

AVEUGLEMENT

[Néfaste]

Contre:	Spécifié dans la description du Pouvoir qui cause l'altération. Par défaut, 1 rune Physique par niveau d'Intensité.
Augmentation d'intensité:	Spécifié dans la description du Pouvoir qui cause l'altération.
Diminution d'intensité:	Toute rune jouée pendant l'Entretien réduit l'intensité de 1 (max. 1 runes jouée).
Effet bonus à intensité max:	Le coût devient la moitié du niveau de Destinée de la cible.

Description: Cette altération émousse les sens (vue, ouïe, odorat, toucher et goût). Pour effectuer toute action requérant de la perception sensorielle dans le tour, le Héros doit déplacer un quart de ses runes de Destinée de "En Main" vers "En Jeu" avant de jouer tout Pouvoir Actif ou action générique qui nécessitent d'avoir une cible. Les métas de Zone permettent de passer outre cette condition. Une fois le coût payé, les actions peuvent être effectuées comme d'habitude.

MALÉDICTION

[Néfaste]

Contre:	Spécifié dans la description du Pouvoir qui cause l'altération
Augmentation d'intensité:	Défini par le Norn.
Diminution d'intensité:	Défini par le Norn.
Effet bonus à intensité max:	Défini par le Norn.

Description: Le Norn définit l'altération et ses effets. L'altération peut représenter tout ce dont le Norn a besoin, qui n'est pas couvert par les autres runes. Le Norn doit également définir comment l'altération peut être supprimée.

DÉGÉNÉRATION

[Néfaste]

Contre:	Spécifié dans la description du Pouvoir qui cause l'altération. Par défaut, 1 rune Physique par niveau d'Intensité.
Augmentation d'intensité:	L'intensité de cette altération ne peut pas être augmentée.
Diminution d'intensité:	Toute rune jouée pendant l'Entretien réduit l'intensité de 1 (max. 1 rune jouée).
Effet bonus à intensité max:	Dégâts doublés.

Description: L'altération de Dégénération représente de nombreuses situations où la santé (Physique, Mentale ou Spirituelle) décline progressivement. La Dégénération peut inclure, par exemple, être en feu, empoisonné, avoir une plaie béante et saigner, etc.
Pendant l'Entretien, la victime de cet effet se voit infliger un nombre de dégâts égal à son niveau divisé par 2. L'armure et les actions défensives ne peuvent pas réduire ces dégâts.

ENTRAVEMENT

[Néfaste]

Contre:	Spécifié dans la description du Pouvoir qui cause l'altération. Par défaut, 1 rune Physique par niveau d'Intensité.
Augmentation d'intensité:	L'intensité de cette altération ne peut pas être augmentée.
Diminution d'intensité:	Toute rune jouée pendant l'Entretien réduit l'intensité de 1 (max. 1 rune jouée).
Effet bonus à intensité max:	Effet doublé.

Description: L'altération d'Entravement cause une perte de mobilité de la cible, qui réduit sa capacité de mouvement de moitié.

POSSESSION

[Néfaste]

Contre:	Une rune Spirituelle par niveau d'intensité.
Augmentation d'intensité:	Par un Pouvoir Actif.
Diminution d'intensité:	Toute rune Spirituelle jouée pendant l'Entretien réduit l'intensité de 1 (max. 1 rune jouée).
Effet bonus à intensité max:	L'intensité ne peut être réduite sans qu'un Pouvoir Actif soit utilisé par quelqu'un d'autre pour la réduire.

Description: Un esprit se bat pour le contrôle du corps de la victime (le Norn détermine la nature et la disposition de cet esprit). Avec chaque niveau d'intensité, un nouveau Trait est refusé à la victime. Au niveau 1, le Norn tire une rune aléatoirement d'un sac plein, et déclare quel Trait a été détourné par la Possession. A partir de là, tant que la Possession est active, toutes les runes correspondant à ce Trait, lorsqu'elles sont dans la pile "En Main", sont contrôlées par l'esprit (Norn). Le Norn peut jouer ces runes, et effectuer des actions pour le Héros pendant sa phase d'Action. Au niveau 2, le Norn tire un autre Trait (différent du premier), qui sera contrôlé par l'esprit. Au niveau 3, tous les Traits (à l'exception de la Rune du Vide) sont contrôlées par l'esprit. Au niveau 4, l'intensité ne peut être réduite par la victime possédée: des forces extérieures doivent venir à l'aide du possédé (par exemple un allié possédant un Pouvoir Actif qui réduit l'altération Possession). Au niveau 3, la victime ne peut utiliser que sa Rune du Vide pour combattre la possession, en utilisant un Pouvoir Actif qui réduit l'intensité de l'altération, ou en invoquant un objet magique. Si la Rune de Vide est liée au Trait Spirituel, elle peut également être utilisée lors de la phase d'Entretien pour combattre l'intensité de la possession.

Type d'esprit: tirer une rune.

- **P:** Agressif; veut tuer le combattant le plus proche.
- **M:** Fou; actions aléatoires.
- **S:** Autonome: a son propre agenda

Tirer de nouveau:
- **P:** veut se faire des alliés, en aidant l'un ou l'autre côté de la bataille en cours.
- **M:** veut s'enfuir, fuit le combat pour commencer une nouvelle vie dans son nouveau corps.
- **S:** prend son temps, et rejoint le camp des vainqueurs.

RAGE

[Bénéfique]

Contre:	Aucun contre pour cette altération (les cibles non-consentantes peuvent jouer une rune Spirituelle).
Augmentation d'intensité:	Intensité +1 lors de la phase de Fin de Tour, si la cible reçoit ou inflige des dégâts pendant le tour de combat.
Diminution d'intensité:	Intensité -2 lors de la phase de Fin de Tour, si la cible ne reçoit ou n'inflige aucun dégât pendant le tour de combat.
Effet bonus à intensité max:	Santé et FP doublés. Bonus de mouvement et de dégâts. Ne peut distinguer les amis des ennemis, attaque le combattant le plus proche.

Description: La cible d'une altération de Rage ne peut plus fuir, utiliser d'arme à distance ou effectuer des actions de Défense. La cible inflige un bonus de dégâts égal à 1+ le nombre de runes dans ses piles de dégâts (Stun, Blessures, Mort, Drain). Pendant l'Entretien, la cible reçoit un Facteur de Protection pour tous les Traits égal au nombre de runes dans sa pile de Mort. Les actions de déplacements sont boostées de 2 + le nombre de runes dans les piles de dégâts.

VOILE

[Bénéfique]

Contre:	Déplacer un nombre de runes égal à un quart de la Destinée de "En Main" vers "En Jeu" (arrondir vers le haut).
Augmentation d'intensité:	Intensité +1 lors de la phase de Fin de Tour, si la cible n'a pas été visée par un Pouvoir Actif pendant le tour de combat.
Diminution d'intensité:	Intensité -1 immédiatement après que la cible ait été visée par un combattant (coût du Voile payé), et ait résolu avec succès un Pouvoir Actif ou une action générique (non contrée, et avec des dégâts infligés supérieurs à 0). Le combattant ne peut pas réduire l'intensité de Voile plus d'une fois par tour de cette façon. Les effets de Zone ne réduisent pas le Voile.
Effet bonus à intensité max:	Le coût monte à la moitié de la Destinée du combattant.

Description: La cible de l'altération Voile est plus difficile à détecter (camouflage, invisibilité, etc.). Tout combattant (à part la personne concernée) qui veut viser un individu Voilé avec un Pouvoir Actif ou une action générique doit déplacer un quart des runes représentant sa Destinée depuis "En Main" vers "En Jeu". Une fois ce coût payé, les actions peuvent être effectuées comme d'habitude dans le tour. A intensité maximum, le coût monte à la moitié de la valeur de Destinée.

PROVOCATION

[Bénéfique]

Contre:	Déplacer un nombre de runes égal à un quart de la Destinée de "En Main" vers "En Jeu" pour ignorer cet effet pendant le tour.
Augmentation d'intensité:	Intensité +1 lorsque le provocateur joue une rune M (max. 1 niveau par tour).
Diminution d'intensité:	Intensité -1 lorsqu'un adversaire joue 2 runes M pendant le tour de combat, pour contrer l'effet (max. 1 niveau d'intensité par tour).
Effet bonus à intensité max:	Triple la zone d'effet, à 12 cases. Portée de l'ennemi -2 (minimum 1).

Description: Le bénéficiaire d'une Provocation attire toute l'agression d'un champ de bataille sur lui. Toute personne dans un rayon de 4 cases doit utiliser toutes ses runes pour attaquer le provocateur, à moins de jouer un quart de sa Destinée pour ignorer l'effet pour ce tour de combat.
Une personne affectée par plus d'une altération de Provocation ne doit gérer que l'altération la plus puissante (qui dure le plus longtemps). En cas d'égalité, la personne peut choisir quelle provocation l'affectera.

VULNÉRABILITÉ

[Néfaste]

Contre:	Spécifié dans la description du Pouvoir qui cause l'altération.
Augmentation d'intensité:	L'intensité de cette altération ne peut pas être augmentée.
Diminution d'intensité:	Toute rune jouée pendant l'Entretien réduit l'intensité de 1 (max. 1 rune jouée).
Effet bonus à intensité max:	Réduit à un quart toutes les défenses (FP, Parade, Esquive) (arrondir vers le bas).

Description: La victime est placée dans une position gênante (à terre, accrochée, étourdie, etc.). L'altération Vulnérabilité réduit les actions défensives: les bonus de défense (FP, Parade, Esquive) sont réduits de moitié (arrondir vers le bas).

TAILLE ET FORME

Toutes les créatures ne sont pas de la même taille. Certaines sont minuscules et difficile à voir, alors que d'autres sont massives et imposantes. La capacité de déplacement de base d'un Héros est égal à sa taille par défaut. La Taille affecte également la taille des objets qui peuvent être portés ou maniés.

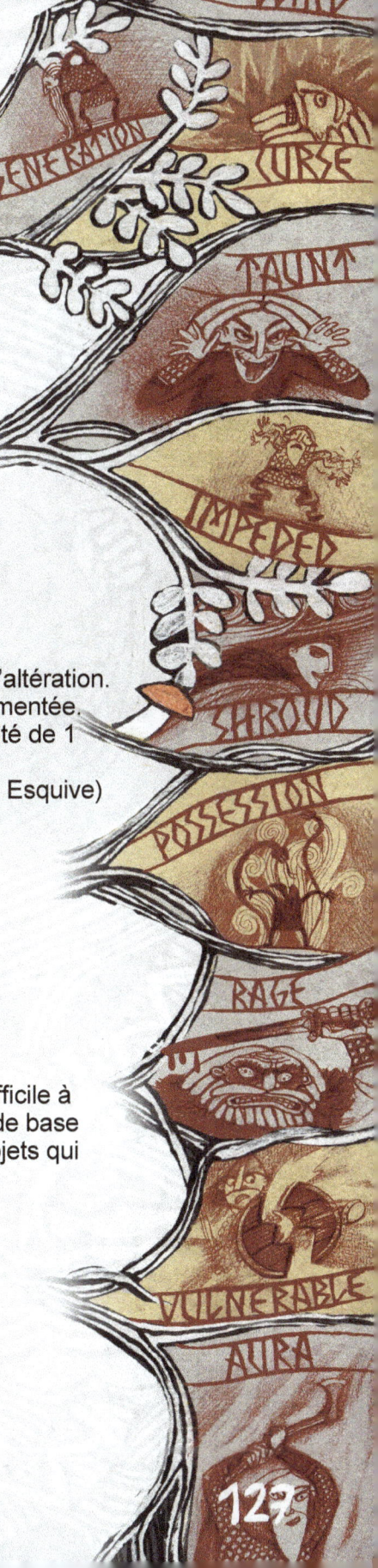

Catégorie de Taille	Description	Hauteur/Longueur	Exemple de créature
1	Minuscule (2)	Moins de 30 cm	Chat
2	Minuscule	30-60 cm	Petit chien
3	Petit	60-120 cm	Loup
4	Moyen	120-210 cm	Humain
5	Grand	210-300 cm	Cheval
6	Géant	300-390 cm	Ours polaire
7	Géant (2)	390-480 cm	Ogre
8	Géant (3)	480-570 cm	Jeune Kraken
Etc…	Etc.	Etc.	Etc.

DÉGÂTS NATURELS BASÉS SUR LA TAILLE

Chaque créature peut infliger des dégâts en combat à mains nues, ou par des moyens naturels (dents, griffes, etc.). Le Facteur de Dégâts par défaut est Taille -3, avec une valeur minimale de 1. Un humain de taille 4, par exemple, peut attaquer avec ses poings et ses pieds, et inflige un DF de 1. Les grosses créatures gagnent des avantages manifestes, une créature de taille 13 infligeant alors 10 dégâts naturels.

PORTÉE EN FONCTION DE LA TAILLE

Les créatures exceptionnellement grandes gagnent un bonus à leur Portée. S'ils manient une arme, ce bonus s'ajoute à celui de l'arme. A partir de la taille 6, les créatures gagnent un bonus de +1 à leur Portée inhérente. A la taille 10, le bonus augmente à +2. Toutes les 4 classes de taille au dessus, la Portée augmente à nouveau.

QUADRUPÈDES

Certains quadrupèdes se déplacent sur leurs quatre pattes. Cet avantage leur permet de doubler leur bonus de Déplacement. Par défaut, les quadrupèdes ne peuvent porter d'armes, et utilisent en général griffes et dents.

Exemple: un Loup de taille 3 peut se déplacer de 3 cases, mais comme il possède l'attribut Quadrupède, son Déplacement de base est boosté à 6.

POSITIONNEMENT DANS LA ZONE DE JEU

CASES "DOS"

CASES "FACE"

Si les joueurs utilisent des figurines et une Zone de Jeu pour représenter la position des Héros et Habitants, certaines règles doivent être suivies. Un hexagone (une case) représente 1,5m dans le monde du jeu. Une seule figurine à la fois (combattant de taille 2 ou plus) peut occuper une case. Un combattant de taille 9 ou plus occupera 2 cases. Les Déplacements et Portées des armes sont exprimés en cases.

Le positionnement est important lorsqu'on utilise une Zone de Jeu. Chaque combattant possède 3 cases "face" et 3 cases "dos". S'ils sont attaqués dans le dos, seuls des actions de Défense Faibles peuvent être effectuées. Les Héros peuvent se retourner pendant leur propre tour, mais doivent pour cela jouer une rune d'action générique.

PORTER ET UTILISER DE L'ÉQUIPEMENT

Avec tellement de tueries à exécuter en si peu de temps, il vaut mieux avoir les bons outils!

Chaque Héros et Habitant peut être équipé avec une arme par main (ou une seule grande arme), un set d'armure, et un objet accessoire. Ils peuvent porter plus, mais ne peuvent profiter que des bénéfices de ce qu'ils ont équipé. Certaines Capacités/états dans le jeu peuvent permettre à un Héros de porter plus ou moins d'objets que la norme.

Résumé

Arme/bouclier de taille inférieure au porteur	Une main	Jouer n'importe quelle rune
Arme/bouclier de même taille que le porteur	Une main	Jouer une rune Physique
Arme/bouclier 1 taille plus grande que le porteur	Deux mains	Jouer n'importe quelle rune
Arme/bouclier 2 tailles plus grande que le porteur	Deux mains	Jouer une rune Physique
Armure 1 taille plus petite que le porteur	Pas de pénalité de mouvement	
Armure de même taille que le porteur	Mouvement -1 case	
Armure 1 taille plus grande que le porteur	Demi-mouvement	

ARMES

Les armes de même classe de Taille que leur porteur (ou plus petites) sont considérées comme armes à une main. Des armes plus grandes sont considérées comme armes à deux mains.

La taille maximale de cet équipement est Taille du Héros +2. La taille normale d'un humain est 4, donc toute arme de catégorie 6 ou inférieure peut être utilisée. Les armes plus petites que le porteur peuvent être utilisées en jouant n'importe quelle rune.

Pour utiliser une arme de même taille que le Héros (à une main), une rune Physique doit être jouée. N'importe quelle rune peut être jouée pour utiliser une arme à deux mains, jusqu'à une Taille supérieure de +1 à celle du Héros. Une rune Physique doit être jouée pour utiliser à deux mains une arme de Taille supérieure de +2 à celle du Héros.

ARMES DE JET

Toute arme de même taille ou plus petite que le Héros peut être lancée sur 5 cases (8m). Des armes plus grandes que le Héros ne peuvent être lancées. Les armes plus petites que le joueur peuvent être lancées en jouant n'importe quelle rune, alors qu'une rune Physique est nécessaire pour lancer une arme de même Taille que le joueur.

ARMES À DISTANCE

La Portée par défaut d'une arme à distance est de 10 cases (15m), et peut être doublée en jouant n'importe quelle rune additionnelle lors d'une attaque.

BOUCLIERS

Les boucliers fonctionnent comme des armes, leur attribut principal étant la Parade. Les rune requises pour les utiliser sont les mêmes que pour les armes. Des boucliers avec une portée plus grande que 0 peuvent être utilisés pour attaquer (si le Facteur de Dégâts modifié est plus grand que 0), mais une arme ou un bouclier de Portée 0 ne peut être utilisé que pour parer.

CONCENTRATION

La Concentration agit comme un bonus pour tous les Pouvoirs Actifs de type {Sort}, une fois que toutes les métas ont été calculées.

Exemple: Vanadis manie une lance de Sorcière, qui lui octroie +2 Concentration. Elle joue un Pouvoir Actif {Sort de Seith} qui inflige +3 Dégâts Spirituels, qu'elle Amplifie. L'effet sera donc de +8 dégâts Spirituels: le pouvoir voit ses dégâts doubler à cause de la Méta Amplifié, et le bonus de Concentration s'ajoute à la fin.

MAINS NUES

Les armes naturelles (griffes, cornes, dents, etc.) et les armes improvisées (chaises, morceaux de bois, etc.) ont un Facteur de Dégâts variable, et une portée de la taille du Héros -3 (minimum 1), ainsi qu'une valeur de Parade de 0. Les créatures de taille 3 et moins infligent 1 dégâts, mais peuvent augmenter cette valeur à l'aide de Capacités et de Pouvoirs.

ARMURE ET ENCOMBREMENT

La taille de l'armure peut varier de -1 à +1 taille par rapport à celle du porteur (ex: un humain de taille 4 peut porter une armure de classe 3, 4 ou 5). Les armures plus grandes que le porteur pénalisent son Déplacement de moitié (après avoir appliqué tous les modificateurs). Une armure de même taille que le porteur pénalise son Déplacement de -1, et une armure plus petite ne pénalise pas le porteur.

Certains Pouvoirs et états dans le jeu permettent aux Héros d'équiper plus ou moins d'armes que prévu.

QUALITÉ DE L'ÉQUIPEMENT

La qualité de l'équipement d'un Héros est indiquée par son Facteur de Qualité (FQ). Plus grand est le FQ, plus l'objet est de qualité, et moins il risque de se briser. Par défaut, si le FQ n'est pas spécifié, il est égal à la taille de l'objet. Lorsqu'un objet normal est empli de propriétés magiques et devient un objet magique, son FQ augmente également.

L'équipement peut être endommagé par des attaques spéciales, ou des événements particuliers. Si un objet est endommagé, son FQ est diminué de moitié, ainsi que toutes les statistiques bénéfiques qu'il apporte (arrondir vers le bas). Si la Portée est réduite à 0, l'arme est inutilisable.

Statistiques bénéfiques:

- Pour une arme: Facteur de Dégâts, Concentration, Portée, Parade.
- Pour une armure: Facteur de Protection, Concentration, Parade.
- Pour un accessoire: FQ.

Un objet magique endommagé garde la moitié de son pouvoir magique (arrondir vers le bas). Le Norn décide quel pouvoir restera.

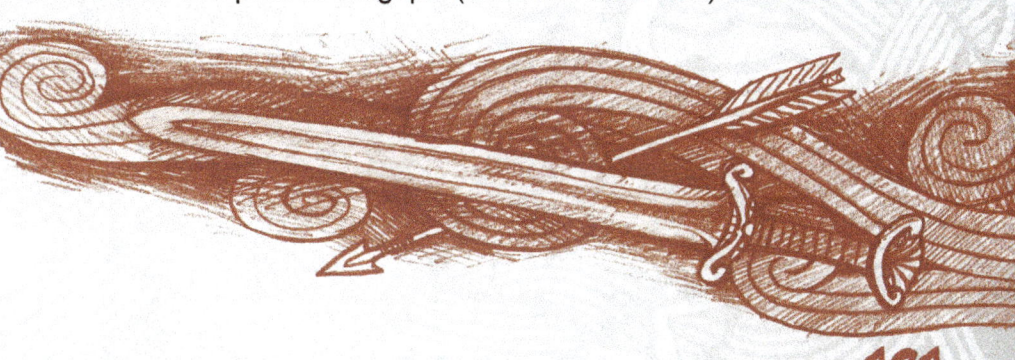

Exemple: Hagar manie une massue magique de FQ 10, avec:

- *Facteur de Dégâts 4*
- *Portée 1*
- *Parade 0*
- *Concentration 0*
- *1 Pouvoir Actif*
- *2 Pouvoirs Passifs.*

Dès que la massue est endommagée, ses pouvoirs sont diminués de moitié. Les statistiques sont réduites à FD 2 et Portée 0 (elle ne peut plus être utilisée pour attaquer), et comme c'est une arme magique, la moitié des Pouvoirs seront désactivés (le Norn en choisit 2).

OBJETS MAGIQUES

Un Héros ne peut gagner les bénéfices d'un Pouvoir Passif insufflé à un objet plus d'une fois. Si le même Pouvoir Passif se retrouve deux fois dans un objet, ou si le Héros possède deux objets avec le même Pouvoir Passif, il ne gagne le bonus de ce Pouvoir qu'une seule fois. Pour activer un Pouvoir Actif, la Rune du Vide doit être jouée.

Un Habitant peut activer un Pouvoir Actif en jouant n'importe quelle rune.

CRÉATION DE PERSONNAGE

Pour jouer au *Destin des Nornes: Ragnarok*, un joueur prend le rôle de Norne et Maître du Jeu, et les autres joueurs doivent créer leurs Héros.

ETAPE 1: NIVEAU

Avant de créer les Héros, le Norn doit décider du niveau de départ de la campagne.

De ce point, les joueurs pourront créer leur personnages, et gagner des niveaux en jouant. Les joueurs peuvent dépenser leurs niveaux en investissant dans la Destinée, et dans l'Essence. Chaque point de Destinée coûte 2 niveaux, et chaque point d'Essence coûte 1 niveau.

Les joueurs qui préfèrent plus de puissance à la longévité et variété des Compétences et Pouvoirs devraient choisir une forte Destinée. Ceux qui préfèrent plus de Pouvoirs et Compétences, mais moins de prévisibilité, devraient opter pour plus d'Essence.

Un Héros avec une Destinée haute et une Essence faible tirera toutes ou presque toutes ses runes lors d'un Tirage. Cela signifie une main plus prévisible à chaque fois, et moins de runes se traduit également par moins de Pouvoirs et Compétences, et donc un jeu moins varié.

Au contraire, un Héros avec une Destinée faible et une Essence forte tirera ses runes d'un plus grand stock, ce qui se traduira par un choix beaucoup plus aléatoire, mais également par plus de Pouvoirs, Compétences, et points de vie.

L'ESSENCE

représente la force vitale, la sagesse et l'expérience d'un individu. Cela se traduit par le nombre de runes qu'il connaît.

LA DESTINÉE

définit l'impact que le héros a sur le monde autour de lui. Cela se traduit par le nombre de runes tirées pour effectuer des actions.

Choix disponibles pour des personnages de bas niveau:

Niveau	Essence	Destinée
3	1	1
4	2	1
5	3	1
6	2	2
6	4	1
7	3	2
7	5	1
8	4	2
8	6	1
9	3	3
9	5	2
9	7	1
Etc.	Etc.	Etc.

Exemple: le Norn décide que la campagne débutera avec des Héros de niveau 20. Le joueur A préfère avoir la versatilité associée avec beaucoup de compétences, et décide donc d'investir dans 12 Essence (coût: 12 niveaux), et 4 Destinée (coût: 8 niveaux). Le joueur B n'aime pas avoir des mains aléatoires, et préfère un style de jeu plus prédictible, et investit donc dans 8 Essence (coût: 8 niveaux), et 6 Destinée (coût: 12 niveaux).

ETAPE 2: ACHAT D AMÉLIORATIONS

Si c'est la première fois que vous jouez, ou si aucun de vos personnages n'a été sélectionné dans les Cieux, passez cette étape, et rendez vous directement à l'étape 3 (page 137).

Si les anciens personnages sont devenus de grands héros, et ont été admis dans les Cieux, vous pouvez utiliser des niveaux pour acheter des améliorations pour le nouveau personnage, en fonction de leur nombre. Vous pouvez acheter autant d'améliorations que vous le désirez, tant que vous avez les pré-requis et que vous payez le coût des niveaux (ce qui réduit les scores d'Essence et de Destinée).

Le Norn peut décider d'interdire certaines améliorations en fonction de la campagne.

Exemple: le joueur A de l'exemple précédent va réduire son Essence de 1, pour pouvoir acheter l'amélioration Fylgia (Essence 11, Destinée 4, et Fylgia, pour un total de 20 niveaux).

Comme vous êtes un héros de grand renom, un(e) Fylgia (esprit gardien incorporel et pur) s'est attaché(e) à vous. Le(la) Fylgia est de sexe opposé à vous, et a une affection considérable pour vous. Il agit sur le monde à travers vous, et est votre conseiller et tuteur.

Pré-requis: 1 ou + Héros aux Cieux.
Coût: 1 niveau.
Bénéfices: Accès aux pouvoirs grisés du tableau d'archétype.

SANG DE TROLL (ASPECT)

Quelque part dans votre lignée ancestrale, votre sang a été amélioré par celui d'un Troll, vous donnant une bonne dose de perspicacité et de robustesse.

Pré-requis: 2 ou + personnages aux Cieux.
Coût: 2 niveaux.
Bénéfices: Accès à la table de pouvoirs Sang de Troll (voir page 186). Vous pouvez maintenant assigner des runes au tableau Sang de Troll comme pour votre tableau d'archétype. Cela n'octroie pas de runes supplémentaires, juste plus de choix dans les Pouvoirs.

LÉGENDE/INFAMIE

Votre lignée est connue dans le monde entier. Vous avez accès à des archétypes spéciaux.

Pré-requis: 3 ou + personnages aux Cieux.
Coût: 0 niveaux.
Bénéfices: Vous pouvez créer un Missionnaire, ou un Ange de la Mort. Plus d'informations sur ces archétypes peuvent être trouvées dans les prochaines aventures du *Destin des Nornes: Ragnarok* (bientôt disponibles sur **www.fateofthenorns.com**).

IMMORTEL (ASPECT)

Vous pouvez jouer un de vos Héros précédents, qui est mort et a été admis dans les Cieux, et s'est habitué à sa nouvelle forme. Vous êtes appelés à servir pour votre Seigneur, Odin ou Surt.

Pré-requis: 5 ou + personnages aux Cieux.
Coût: 3 niveaux.
Bénéfices: Vous pouvez jouer un personnage précédent, mort et admis aux Cieux. Ajoutez un score de Puissance Divine à la feuille de personnage (voir page 93). Le Héros commence avec un score de Puissance Divine Initiale égale à son niveau de Disir -4 (voir page 150). Vous gagnez accès aux tables de Pouvoirs Einherjar/Fils de Muspel (voir page 184). Le choix est basé sur l'allégance du Héros lorsqu'il était en vie (voir la Feuille de Disir, page 150). Vous pouvez assigner des runes dans les tableaux respectifs de la même manière que dans vos tableaux d'Archétype. Une rune ne peut avoir plus d'un Pouvoir/Compétence: ce nouveau tableau offre seulement plus de choix.

ÉTAPE 3: TIRER LES RUNES

La prochaine étape pour créer votre personnage consiste à tirer les runes choisies pour votre Essence, parmi un sac de 24 runes uniques.

Une fois que vous aurez fini de tirer les runes, le Héros aura un certain nombre de runes Physiques, Mentales et Spirituelles. Le nombre de runes de chaque type déterminera les forces et faiblesses de votre personnage pour chaque Trait.

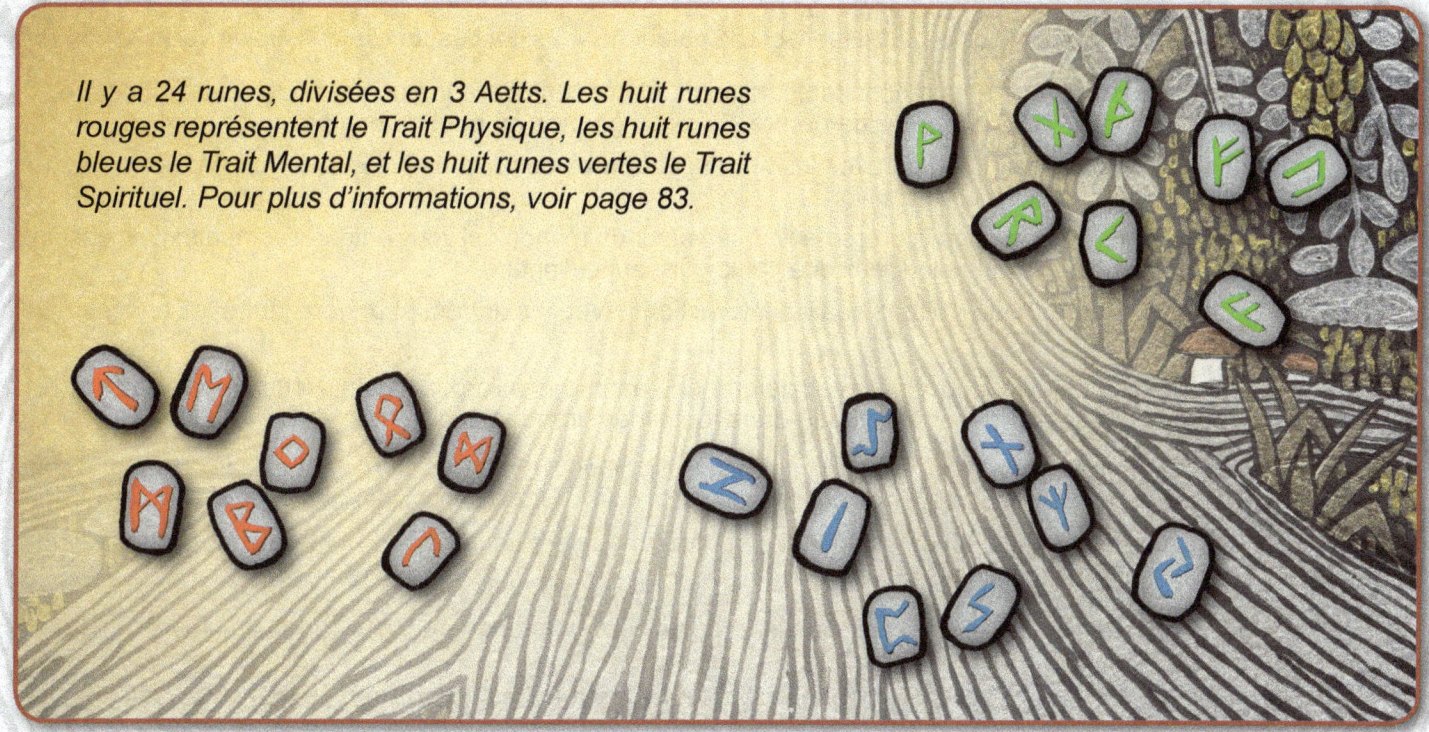

Il y a 24 runes, divisées en 3 Aetts. Les huit runes rouges représentent le Trait Physique, les huit runes bleues le Trait Mental, et les huit runes vertes le Trait Spirituel. Pour plus d'informations, voir page 83.

Si vous voulez jouer un type de Héros spécifique qui nécessite un équilibre particulier entre les différents Traits, le Norn peut vous autoriser à choisir une partie de vos runes au lieu de les tirer aléatoirement.

Exemple: vous demandez au Norn si vous pouvez jouer un Héros très physique, comme Beowulf. Le Norn peut alors vous autoriser à pré-tirer la moitié de votre Essence en tant que runes Physiques (ratio arbitraire). En supposant que vous avez 12 Essence, vous pouvez tirer 6 runes Physiques, et tirer les 6 autres aléatoirement parmi les runes restantes.

Comme les runes sont tirées une par une, le Norn peut vous demander de consulter des tables, pour déterminer vos caractéristiques intangibles, comme la personnalité, les connexions, etc.
Le Norn peut sélectionner toutes/certaines/aucune des tables pour le jeu. Si le nombre de tables requises excède votre score d'Essence, vous pouvez tirer de nouvelles runes, sans toutefois les garder dans votre Essence.
Certains Norns peuvent également autoriser les joueurs à ne pas utiliser les runes pour choisir dans les tables, et laisser les joueurs choisir leurs caractéristiques.

Exemple: dans une campagne de bas niveau, le Norn veut que chaque joueur tire des runes pour leur personnalité, leurs motivations et ambitions, leur statut social, et leurs connexions. Cependant, un des joueurs n'a que 3 Essence (car il a mis beaucoup de points dans la Destinée). Le joueur tirera 3 runes, et consultera les tableaux de personnalité pour la première rune, motivation et ambitions pour la seconde, et statut social pour la troisième. Le joueur tirera ensuite une quatrième rune, temporaire, afin de déterminer ses connexions, mais rejettera cette rune ensuite, comme elle ne fait pas partie de son Essence.

Utilisez les tables suivantes pour une expérience de Jeu de Rôles plus intéressante, et pour créer des Héros différents de ce que vous avez déjà pu jouer.

TABLEAU 1: PERSONNALITÉ

RUNE	DESCRIPTION
	Persuasif: vous êtes un leader informel, avec de grandes aptitudes à rallier les autres à une cause (pas nécessairement la vôtre).
	Divertissant: vous aimez rendre les autres heureux. Vous aimez l'excitation, et vivez pour le moment.
	Artisan: vous essayez toujours d'optimiser le cheminement vers une solution. L'artisanat n'est qu'un moyen d'accomplir quelque chose.
	Artiste: vous appréciez la beauté sensorielle autour de vous. La beauté a beaucoup de valeur à vos yeux.
	Superviseur: vous êtes responsable, logique, et concentré sur le but que vous voulez atteindre. Bien organisé, vous acceptez de perdre si vous y gagnez au bout du compte.
	Social: vous aimez interagir avec les autres, et adorez qu'on vous prête attention. Vous trouvez très plaisante la moindre conversation.
	Défenseur: vous êtes particulièrement observateur du monde qui vous entoure; votre attention est plus attirée par le faible et le silencieux que par le puissant et vantard.
	Loup Solitaire: vous n'aimez pas les interactions avec les autres, et préférez faire les choses à votre façon.
	Chef: vous êtes un leader né, avec de grandes aptitudes à l'organisation. Vous préférez être sous le feu des projecteurs, et être impliqué dans toutes les grandes décisions.
	Inventeur: vous êtes créatif, et développez beaucoup de nouvelles idées, qui pour la plupart en valent le coup. Vous avez tendance à négliger les tâches répétitives, et favorisez les approches nouvelles et non testées.
	Stratège: vous avez un esprit analytique; vous imaginerez souvent de nombreux scénarios avant de choisir la meilleure chose à faire.
	Alchimiste: vous avez un esprit curieux, et souhaitez comprendre l'univers qui vous entoure.
	Fiable: travaille très dur, vous donnez toujours votre maximum dans tout ce que vous faites.
	Caméléon: vous n'avez pas d'identité bien définie, et pouvez adopter différentes personnalités selon la situation.
	Egocentrique: vous devez être le centre de l'attention, être aimé, et les autres doivent passer leur temps à s'occuper de vos besoins.
	Tyran: vous aimez intimider les gens pour qu'ils vous obéissent. Vous devez garder le contrôle de toutes les situations.
	Mentor: vous avez le désir altruiste de répandre la connaissance. Vous pensez que plus de connaissances sont essentielles au bien commun.
	Militant: vous avez de fortes convictions, et défendez les causes qui le méritent (morales, culturelles, fondements de la société).
	Confident: vous prenez le temps de révéler le meilleur des autres. Vous êtes sensible et soutenez les autres.
	Rêveur: vous êtes très créatif, parfois déconnecté de la réalité.
	Cynique: vous aimez soutenir l'option la moins populaire, et préférez regarder et vous concentrer sur les points faibles d'un plan.
	Feignant: vous êtes très bon pour trouver la meilleure façon d'atteindre vos buts avec le moins d'efforts possibles.
	Moralement ambigu: vous choisissez d'ignorer les concepts de bien/mal et générosité/destruction. Ce qui vous guide, c'est votre gain personnel.
	Victime: vous êtes dominé par une phobie de votre choix (arachnophobie, agoraphobie, etc.).

TABLEAU 2: MOTIVATIONS ET AMBITIONS

RUNE	DESCRIPTION
	Identité: votre plus grand souhait est de devenir célèbre/redouté par vos actions.
	Expériences: pour vous, la vie est faite pour ressentir les émotions liées à l'accomplissement de différentes choses.
	Voyage: vous avez un fort désir de voir tout ce que les nombreux mondes d'Yggdrasil ont à offrir.
	Accomplissement: vous souhaitez accomplir des buts tangibles et mémorables, que les Skalds réciteront aux générations futures.
	Casse-cou: la montée d'adrénaline, c'est ce qui fait que la vie vaut le coup d'être vécue.
	Survie: les risques ne valent pas la peine d'être pris. Chaque décision doit conduire au minimum de risques personnels.
	Appétit: aimer la bonne chère, c'est important, et vos plans pour la journée tournent autour du choix de vos repas et boissons.
	Plaisirs de la chair: le plaisir physique domine tous vos autres besoins dans la vie. Vos désirs charnels doivent être étanchés régulièrement.
	Soif de pouvoir: vous pensez que le monde doit être contrôlé et dominé.
	La chasse: vous suivez vos objectifs avec zèle.
	Amour: vous souhaitez partager l'amour, platonique et/ou romantique, dans votre vie.
	Vénération divine: votre vie est dédiée à l'exaltation d'un pouvoir supérieur (Dieu/Jotun).
	Indépendance: vous avez le désir d'être libre et indépendant.
	Joie de vivre: la vie devrait être vécue en profitant de tous les plaisirs. Il est important d'éviter les tâches ennuyeuses et répétitives.
	Conformité: rentrer dans le moule et être considéré comme "normal" dans les cercles sociaux est crucial pour vous.
	Puzzles: l'esprit doit être stimulé. Tout mystère attire votre intérêt et vos efforts.
	Avarice: vous désirez une grande fortune.
	Générosité: on devrait vivre sa vie en essayant de faire du monde un endroit meilleur.
	Vengeance: rien ne vous satisfait plus que d'exercer une revanche sur ceux qui vous ont causé du tort.
	Compétition: la vie est une compétition. Vous transformez tout ce que vous faites et entreprenez en un concours avec vos pairs.
	Extermination: vous avez choisi de débarrasser le monde d'un fléau (vous choisissez lequel), et essayez de le trouver et de le détruire.
	Secret: ce que vous désirez vous fait culpabiliser, vous gardez donc vos motivations cachées à tout moment (vous choisissez votre motivation secrète).
	Fuite: vous avez été traumatisé par le passé, et votre souhait principal est de ne jamais retourner à ce cauchemar (choisissez votre traumatisme).
	Addiction: vous n'avez pas le contrôle: une addiction domine vos motivations et ambitions.

TABLEAU 3: RANG SOCIAL (FORTUNE, ÉDUCATION)

Le joueur et le Norn peuvent discuter des détails de l'ancienne profession du personnage, l'argent qu'il lui reste, les titres de propriété, etc. Le Norn peut également offrir des réductions de difficultés pour des tests de Compétences liés à la profession précédente du personnage.

RUNE	DESCRIPTION
ᛏ	**Thrall:** vous êtres un esclave, la propriété de quelqu'un. En tant qu'esclave, vous avez deux connexions sociales très dignes de confiance et fiables (passer outre l'étape "connexions"), qui vous considèrent comme un frère. Vous débutez le jeu avec 5 skatts. L'identité de votre propriétaire peut être déterminée en tirant une rune dans la table des Connexions Sociales (à la discrétion du Norn).
ᛒ	**Thrall libre:** vous n'êtes plus un esclave, et avez acheté votre liberté. Depuis, vous avez travaillé au service d'un bondi (marchand). Votre salaire a été assez pour vous permettre de vivre. Vous avez 125 skatts, et l'équipement de base, mais aucun titre de propriété.
ᛗ	**Varg (hors-la-loi):** vous avez été banni de votre communauté pour un crime haineux ou une transgression. Aucune loi ne vous protège, et votre massacre n'aurait aucune conséquence. Vous avez perdu votre rang, et le respect de vos anciens amis. Vous devez en trouver de nouveaux parmi ceux qui partagent votre destin. Votre personnage débute avec 150 skatts et l'équipement basique.
ᛘ	**Fermier:** vous étiez fermier avant le commencement de Fimbulvinter. Maintenant, vous improvisez, en utilisant vos compétences pour survivre dans les ténèbres et le froid perpétuels. Vous débutez avec l'équipement à tout faire et 200 skatts.
ᚲ	**Fabricant (produits en tissu):** vous étiez apprenti, et finalement vous êtes mis à votre compte en tant que fabricant de marchandises en tissu de bonne qualité. Comme vous venez de débuter votre carrière d'aventurier, vous n'êtes pas encore certain de savoir si vous devez liquider votre magasin, ou le restructurer pour que quelqu'un d'autre le gère pour vous. Vous débutez avec l'équipement à tout faire et 300 skatts. Si vous gardez votre magasin, vous avez un profit d'environ 1000 skatts par mois.
ᛟ	**Fabricant (produits en cuir):** vous étiez apprenti, et finalement vous êtes mis à votre compte en tant que fabricant de marchandises en cuir de bonne qualité. Comme vous venez de débuter votre carrière d'aventurier, vous n'êtes pas encore certain de savoir si vous devez liquider votre magasin, ou le restructurer pour que quelqu'un d'autre le gère pour vous. Vous débutez avec l'équipement à tout faire et 400 skatts. Si vous gardez votre magasin, vous avez un profit d'environ 1500 skatts par mois.
ᛝ	**Fabricant (produits en métal):** vous étiez apprenti, et finalement vous êtes mis à votre compte en tant que fabricant de marchandises en métal de bonne qualité. Comme vous venez de débuter votre carrière d'aventurier, vous n'êtes pas encore certain de savoir si vous devez liquider votre magasin, ou le restructurer pour que quelqu'un d'autre le gère pour vous. Vous débutez avec l'équipement à tout faire et 500 skatts. Si vous gardez votre magasin, vous avez un profit d'environ 2000 skatts par mois.
ᚱ	**Chasseur:** vous aviez l'habitude de passer des jours et des semaines loin de chez vous, et d'avoir une vie modeste. Avec l'arrivée de Fimbulvinter, la chasse est devenue trop difficile pour vivre correctement. Aucun champ ne pousse plus, et les animaux se font rares à force d'être chassés; le froid peut également être mortel. Vous débutez avec l'équipement de nature et 400 skatts.
ᚾ	**Marchand local:** votre magasin achetait des biens de fabricants et des produits de chasseurs, et les revendait en ville. Vous avez été forcé d'augmenter vos prix depuis l'arrivée de Fimbulvinter. La compétition est rude, et votre magasin ainsi que votre vie ont déjà été menacés. Vous débutez avec l'équipement de marchand et 600 skatts. Si vous gardez votre magasin, vous faites un profit de 3000 skatts par mois. Tirez une rune par mois: si vous tirez une rune Physique, votre magasin est incendié par des compétiteurs agressifs.

RUNE	DESCRIPTION

Marchand d'import: vous achetiez des biens, et les revendiez où ils étaient demandés, à travers tout Midgard. Depuis que Fimbulvinter s'est installé, le voyage à travers les terres est périlleux, à la fois à cause du froid et de la neige, mais également à cause des brigands, et des actions désespérées auxquelles les gens sont réduits. Les amas d'icebergs rendent les traversées par mer de plus en plus risquées. Vous débutez avec l'équipement de marchand, un Drakkar, et 700 skatts. Si vous gardez votre magasin, vous faites un profit de 4000 skatts par mois. Tirez une rune par mois: si vous tirez une rune Physique ou Mentale, votre cargaison mensuelle a été perdue.

Mercenaire: la vie était paisible avant Fimbulvinter, mais maintenant tout le monde veut des mercenaires. Votre profession a prospéré, mais les risques également. Les boulots sont de plus en plus dangereux, et vous avez peur qu'un rival vienne vous trancher la gorge dans votre sommeil. Vous débutez avec l'équipement de guerre, et 300 skatts.

Garde personnel: vous étiez employé par une personne riche, avec une influence considérable. Il y a une semaine, votre employeur a été assassiné, et vous êtes dans une posture délicate: la veuve va-t-elle vous garder à son service, ou allez vous devoir chercher du travail? Vous débutez avec l'équipement de guerre et 500 skatts.

Garde de ville: la ville pour qui vous travailliez payait bien. Depuis, les temps sont devenus plus difficile, et votre salaire a nettement diminué. Vous débutez avec l'équipement de guerre et 400 skatts.

Ermite: vous avez fui pour la solitude il y a des années. La contemplation solitaire vous a donné une perception du fonctionnement du frêne des mondes, Yggdrasil. Avec la tombée de Fimbulvinter, vos méthodes de survie ont commencé à faillir. Des chasseurs ont réduit votre troupeau, les champs ont fané et gelé, et le froid est devenu insupportable. Vous débutez avec l'équipement de nature et 200 skatts.

Guide/coureur: votre profession était de transmettre des messages entre les villes. La paye était bonne, mais avec l'arrivée de Fimbulvinter, vos voyages sont devenus très dangereux. Vous avez même entendu parler de collègues massacrés par des paysans cannibales affamés. Vous débutez avec l'équipement de nature et 300 skatts.

Bureaucrate en ville: Travailler pour la ville locale fut un plaisir pendant de nombreuses années. Maintenant que des temps bien plus durs sont arrivés, les gens vous reprochent les difficultés auxquelles ils font face. La corruption s'est également répandue, les différents bureaucrates veillant sur eux-mêmes avant tout. Vous débutez avec l'équipement d'administrateur et 400 skatts.

Officiel religieux: vous étiez responsable du culte de la Puissance Supérieure que vous serviez (choisir entre Vaettir, Alfar, Dvergar, Dieu, Jotun). Pendant Ragnarok, la Foi a été détruite dans certains cas, et augmentée dans des proportions fanatiques pour d'autres. Vous commencez à réaliser que surveiller vos ouailles s'avère très difficile, voire intenable. Vous débutez avec l'équipement d'administrateur et 400 skatts. Si vous gardez votre temple/bosquet/alka, les dons des fidèles vous apportent 600 skatts par mois. Tirez une rune chaque mois: si c'est une rune Physique, vous ne récupérez que la moitié des dons. Si c'est une rune Mentale, vos dons sont doublés. Si c'est une rune Spirituelle, un zélote fanatique essaie d'usurper votre position.

Explorateur/cartographe: vous avez toujours voulu explorer le monde. Le fait qu'on vous payait pour le faire n'a toujours été qu'un bonus. Depuis que le Soleil et la Lune ont été dévorés par les loups célestes, dessiner des cartes est devenu plus difficile. Vous débutez avec l'équipement de nature et 200 skatts.

Fossoyeur: vous travailliez avec un Ange de la Mort en tant que volontaire. En échange de vos services, votre maîtresse vous a garanti des funérailles appropriées. Vous débutez avec l'équipement basique et 100 skatts.

Héros inconnu: votre vie d'aventures précédente vous a jeté dans celle là. Vox exploits étaient grands, mais ont été oubliés. Vous voulez établir votre place dans le monde. Vous débutez avec l'équipement d'aventure et 400 skatts.

Héros renommé: on vous a toujours engagé pour des missions dangereuses et héroïques. votre réputation vous précède, et vous octroie lit et couvert gratuits. Vous débutez avec l'équipement d'aventure et 600 skatts.

RUNE	DESCRIPTION
	Karl (Duc/Seigneur/Seigneur de guerre): vous êtes responsable d'un vaste territoire, qui inclut plusieurs villes de tailles différentes. Vous êtes le représentant de votre Jarl dans ces villes, et devez faire appliquer sa volonté. Des manoeuvres politiques complexes sont en cours, que vous devez gérer pour maintenir votre place. Si vous gardez le contrôle de votre territoire, votre part de taxes mensuelles est de 5000 skatts. Vous débutez avec l'équipement de seigneur et 1000 skatts. Voir table de gestion mensuelle du territoire.
	Jarl (Roi/Seigneur de guerre/Chef de tribu): vous êtes à la tête d'un royaume. Plusieurs Karls travaillent pour vous, et assurent la paix et la collecte des taxes. Vous devez être vigilant, car votre poste est surveillé par de nombreux compétiteurs, et vous pourriez être la cible de tentatives d'assassinat. Vous devez aussi défendre vos territoires, car les Jarls rivaux cherchent à conquérir tous ceux que vous ne défendrez pas avec zèle. Si vous gardez le contrôle de votre royaume, votre part de taxes est de 10000 skatts par mois, le reste étant consacré à la gestion de votre royaume. Voir la table de gestion mensuelle du territoire.
	Emissaire d'un demi-dieu: vous travaillez pour un Einherjar ou un Fils de Muspel. Ils sont exigeants, mais peuvent vous apporter de l'aide de manière inattendue (à la discrétion du Norn). Depuis le début de Ragnarok, vous êtes occasionnellement appelé pour de dangereuses et épiques missions, qui intéressent les Puissances Supérieures. Vous débutez avec l'équipement d'aventure et 800 skatts.

Tout objet dont l'interprétation est libre peut être négocié avec le Norn (qui a le dernier mot).

Equipement de base:

- Titre de propriété (foyer)
- jeux de vêtements
- Fourrures d'hiver
- Raquettes ou skis
- Sac a dos/coffre de voyage
- Rations pour une semaine
- Casseroles et ustensiles de cuisine
- Corde
- Lanterne et huile

Equipement à tout faire:

- Tout l'équipement basique
- Titre de propriété (terres)
- Petite maison modeste
- Garde robe complète
- Outils de la profession

Equipement de marchand:

- Tout l'équipement à tout faire
- Traineau/charrette de marchand, avec un animal (boeuf, cheval, etc.)

Table de gestion mensuelle du territoire:

Tirer deux runes par mois	
PP	Vous régnez d'une poigne de fer, double taxes ce mois.
PM	Votre territoire s'étend, taxes +20%.
PS	Vous êtes en guerre, taxes -20%.
MM	Un complot pour vous tuer a été découvert.
MS	Vous faites face à une rébellion, pas de taxes ce mois.

Equipement de nature:

- Tout l'équipement à tout faire
- Tente isolée
- Matériel d'escalade
- Bâches de camouflage
- Pièges et équipement de chasse (arc, harpon, etc.)

Equipement d'administrateur:

- Titre de propriété (terres)
- Grande maison confortable
- Tout objet trouvé dans un style de vie luxueux
- Une douzaine d'esclaves (ou moins) pour les tâches ingrates

Equipement de seigneur:

- Titre de propriété (royaume)
- Forteresse (très grande demeure avec fortifications)
- Tout objet trouvé dans un style de vie très luxueux
- Une douzaine d'administrateurs au plus, qui gèrent les villes et territoires
- Des douzaines d'esclaves pour les tâches ingrates

Equipement de guerre:

- Tout l'équipement à tout faire
- 2 armes au choix
- Un set d'armure

Equipement d'aventure:

- *Tout l'équipement à tout faire*
- *Une arme Spectaculaire (bonus de +1 au FD ou à la Parade)*
- *Un set d'armure*

TABLEAU 4: CONNEXIONS SOCIALES

Une connexion est une personne en très bons termes avec le personnage. Elle peut être un frère/soeur, ou un ami proche. Elle peut être appelée en cas de besoin, et le Norn peut inclure cette connexion dans la saga, et doit faire en sorte qu'elle soit dans le même monde.

RUNE	DESCRIPTION
	Thrall: votre connexion sociale est un esclave (pas forcément le votre). Bon pour obtenir de l'aide.
	Travailleur: quelqu'un qui travaille dans l'artisanat ou les services. Bon pour de l'aide, et des connexions aux marchands.
	Voleur: un criminel de carrière. Bon pour avoir des biens pas cher et utiliser ses compétences.
	Mendiant: quelqu'un qui a tout perdu et vit dans les rues. Bon pour avoir des informations.
	Prostituée: une fille de joie. Bon pour certaines informations, et un bon moment.
	Receleur: quelqu'un qui achète et revend des biens au marché noir. Bon pour se procurer des objets spéciaux.
	Barman: le patron d'une taverne. Bon pour certaines informations et pour boire.
	Garde de la ville: travaille pour le seigneur/conseil local. Bon pour des renforts au combat, tant que ca ne compromet pas son travail.
	Chasseur: passe son temps dans la nature à attraper le gibier. Bon pour la connaissance de la nature sauvage et les capacités de chasse.
	Marchand: achète et vend des biens. Bon pour des remises.
	Forgeron: peut forger toutes sortes d'objets. Bon pour des réductions sur les armes et l'armure.
	Servant: au service du Jarl ou du Karl. Bon pour des informations sur les personnalités clé.
	Eleveur: élève un troupeau d'animaux. Bon pour obtenir des chevaux et autres animaux.
	Contrebandier: s'occupe de biens illégaux. Bon pour des services de contrebande.
	Godi: (le Norn décide la déité) un serviteur d'une Puissance Supérieure. Bon pour des informations mystiques et des bénédictions.
	Maître des runes: travaille sur la magie des runes. Bon pour des enchantements et des consultations sur des sujets d'arcanes.
	Mercenaire: prête son épée au plus offrant. Bon pour des renforts ne posant pas trop de questions.
	Druide/homme-médecine: un pratiquant de la magie qui travaille avec la Nature. Bon pour des soins.
	Seithkona: une sorcière qui s'occupe de la magie du monde invisible des esprits. Bon pour des consultations.
	Skald: poète et compositeur. Bon pour chroniquer de grands actes, et répandre des histoires.
	Ange de la Mort: celle qui prépare les morts pour leur dernier voyage. Très bon pour les services funéraires.
	Karl: un seigneur local qui agit comme représentant du Jarl. Bon pour de l'influence (sur des détails).
	Jarl: un seigneur ou roi avec un immense pouvoir. Très bon pour l'influence (à grande échelle).
	Etre d'un autre royaume: (le Norn décide) un être surnaturel. Bon pour de l'aide venant d'autres royaumes.

TABLEAU 5: NOMS

RUNE	HOMME	FEMME
	Bjorn	Ingrid
	Fjorn	Asdis
	Kjorn	Bjork
	Audun	Brynhild
	Baleygr	Dagur
	Biflindi	Inga
	Brunn	Frida
	Dorrud	Anina
	Forni	Asta
	Gaut	Bergveig
	Geldnir	Birna
	Ginarr	Eir
	Gimnir	Daldis
	Harr	Edda
	Hovi	Fjola
	Jolnir	Gerda
	Oski	Halla
	Ragnar	Jora
	Sigurd	Katla
	Svafnir	Loftveig
	Halfdan	Nanna
	Vidurr	Ragna
	Ragna	Sigurlina
	Ingvarr	Ylfa

ÉTAPE 4: CHOIX DE L'ARCHÉTYPE

Une fois vos runes sélectionnés, vous pouvez choisir l'archétype de votre personnage (voir page 159).

La prochaine étape est de lier votre Rune du Vide (la rune blanche) à une des "spécialisations" d'archétype. Chaque spécialisation offre une option de jeu pour le Héros, qui personnalise son archétype.

Un skald, par exemple, peut être un Vagabond, un Poète, ou un Mystique. La spécialisation Vagabond veut dire que le skald est guidé par un sens de l'aventure, et qu'il choisit des compétences qui lui permettent de voyager dans des terres distantes et exotiques.

Un Poète aime être le centre de l'attention, et captiver une audience: ses pouvoirs l'aident à capter l'attention et à la garder.

Un Mystique souhaite explorer la magie contenue dans leurs Sorts de Chanson, et possède des pouvoirs offrant une vie d'explorations magiques.

Une fois votre spécialisation choisie, le Trait, Pouvoir Actif, Pouvoir Passif et Compétence qui y sont listés sont liés à votre Rune du Vide.

La Rune du Vide (Ginungagap) est la 25ème rune du set de runes. Elle est blanche, et n'a pas de symbole. Cette rune se place dans la pile du Vide sur le Plateau de Jeu. Plus d'informations: voir page 88.

Note: Le Pouvoir Actif, Passif, et la Compétence de la Rune du Vide ne débloquent pas de cases dans les grilles de Pouvoirs et Compétences de la prochaine section.

La dernière chose à faire dans l'étape 4 est de définir votre Taille et capacité de Déplacement. Par défaut, la valeur est de 4 pour les deux. Cela dit, certains Pouvoirs et Compétences peuvent altérer ces valeurs.

ETAPE 5: CHOIX DES POUVOIRS ET COMPÉTENCES

Pour chaque rune de l'Essence, un Pouvoir Actif doit être choisi.

Vous débutez au centre du tableau de Pouvoirs Actifs, et pouvez sélectionner tout pouvoir adjacent, au dessus, en dessous, à droite ou à gauche. Les mouvements en diagonale ne sont pas autorisés (cf étoiles rouges sur la figure). La case sélectionnée doit se voir lier une rune. Vous pouvez choisir n'importe quelle rune de votre Essence, et y assigner un Pouvoir Actif. Une fois la rune liée, elle ne peut être assignée à une autre case.

Cross-Archetype Active Powers: Gain access to the Uthednar Active board.	Armageddon Strike	Beckon Yggdrasil	Invigorate Spirit	Fylgia's Kiss (Catharsis) (Manoeuvre) [Amplify Combo Amplify]	Rapid Recovery	Cross-Archetype Active Powers: Gain access to the Skald Active board.
Mobile Stance	Sweeping Trip	Riposte	Evasive Manoeuvre	Roll Into Position	Perfect Parry	Mental Celerity
Wolf Posture	Satisfying Attack	Versatile Combat Manoeuvre	★	Retreating Parry	Disarming Parry	Purge Foreign Spirits [Amplify Combo Amplify]
Narwhal's Posture	Whirlwind Attack	★	MAIDEN OF RATATOSK Active Powers	★	Superior Parry	Purge Vulnerability [Amplify Combo Amplify]
Sly Stance	Boar's Posture	Defensive Stance	★	Goad	Regenerating Block	Purge Degeneration [Amplify Combo Amplify]
Shadow Dance (Invoke the Shadows) [Amplify Combo Amplify]	Visage of Horrors	Sunder Mind	Run Away Laughing	Anthem of Idun (Apples of Idun) (Spell Song) [Amplify Area Area]	Vengeful Parry	Fylgia's Touch (Channelling) (Spell) [Combo Amplify Amplify]
Cross-Archetype Active Powers: Gain access to the Seithkona Active board.	Dance of Blades (Fire Aura) Appearance of weapon damage instead of fire.	Unearthly Resilience	Life Overwhelming	Destroyer of Crowds	Fylgia's Fury (Formulating Attack) [Amplify Convolution Weapon]	Cross-Archetype Active Powers: Gain access to the Galdr Active board.

Une rune liées:

Cross-Archetype Active Powers: Gain access to the Uthednar Active board.	Armageddon Strike	Beckon Yggdrasil	Invigorate Spirit	Fylgia's Kiss (Catharsis) (Manoeuvre) [Amplify Combo Amplify]	Rapid Recovery	Cross-Archetype Active Powers: Gain access to the Skald Active board.
Mobile Stance	Sweeping Trip	Riposte	Evasive Manoeuvre	Roll into Position	Perfect Parry	Mental Celerity
Wolf Posture	Satisfying Attack	Versatile Combat Manoeuvre	★	★	Disarming Parry	Purge Foreign Spirits [Amplify Combo Amplify]
Narwhal's Posture	Whirlwind Attack	★	MAIDEN OF RATATOSK Active Powers	🔶	★	Purge Vulnerability [Amplify Combo Amplify]
Sly Stance	Boar's Posture	Defensive Stance	★	★	Regenerating Block	Purge Degeneration [Amplify Combo Amplify]
Shadow Dance (Invoke the Shadows) [Amplify Combo Amplify]	Visage of Horrors	Sunder Mind	Run Away Laughing	Anthem of Idun (Apples of Idun) (Spell Song) [Amplify Area Area]	Vengeful Parry	Fylgia's Touch (Channelling) (Spell) [Combo Amplify Amplify]
Cross-Archetype Active Powers: Gain access to the Seithkona Active board.	Dance of Blades (Fire Aura) Appearance of weapon damage instead of fire.	Unearthly Resilience	Life Overwhelming	Destroyer of Crowds	Fylgia's Fury (Formulating Attack) [Amplify Convolution Weapon]	Cross-Archetype Active Powers: Gain access to the Galdr Active board.

Deux runes liées:

(répéter)

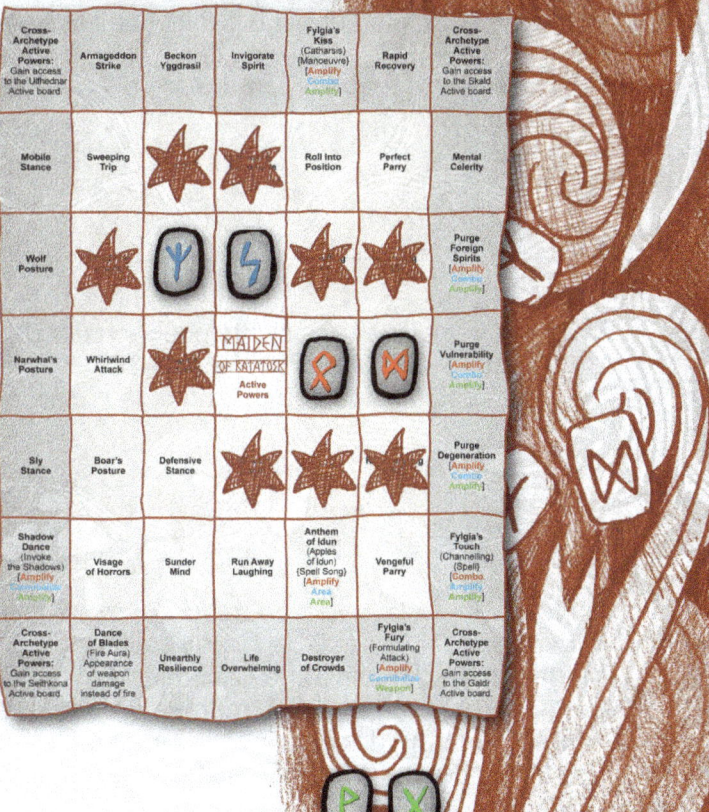

149

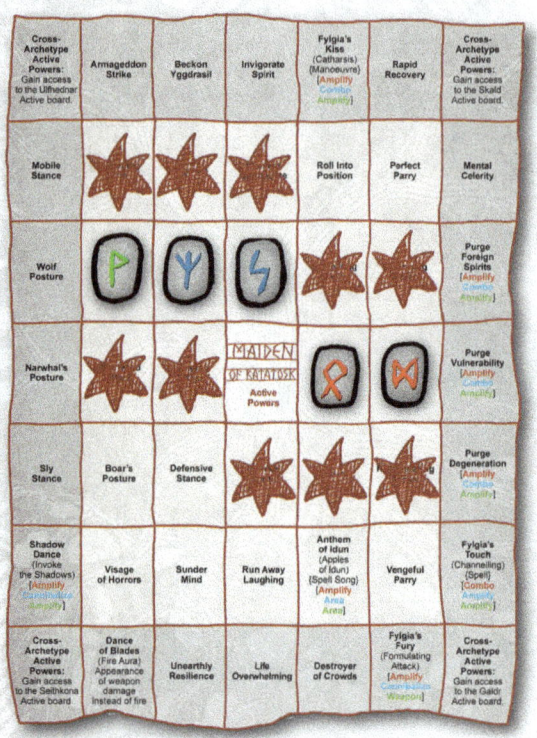
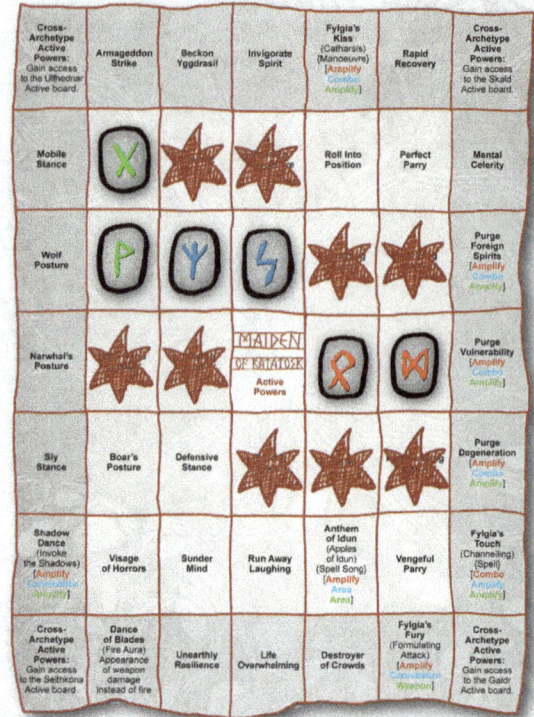

Répétez ensuite l'opération pour les Pouvoirs Passifs et les Compétences. Parfois, ceux-ci peuvent apparaître plus d'une fois sur leurs tableaux. Prendre un Pouvoir Passif ou une Compétence avec le même nom plusieurs fois permet d'additionner ses effets.

A la fin de cette étape, chaque rune d'Essence correspondra à un Pouvoir Actif, un Pouvoir Passif, et une Compétence.

ETAPE 6: ACHAT D'ÉQUIPEMENT

Vous pouvez utiliser vos skatts pour acheter de l'équipement comme armes, armures, et autres commodités. L'équipement peut être trouvé page 299. Si le Norn n'a pas utilisé la table "rang social", une bonne dotation de départ est le niveau du personnage multiplié par 50.

ETAPE 7: THANES ET NIVEAUX

En fonction de la sélection des Pouvoirs Passifs de l'étape 4, votre Héros peut avoir la capacité d'invoquer un thane. Si le Norn l'autorise, vous pouvez commencer l'aventure directement avec votre thane, plutôt que d'avoir à l'acquérir dans le jeu, via le roleplay.
Le thane est créé avec les mêmes étapes que le Héros, mais en suivant seulement les étapes 1 et 4. Le niveau du thane dépendra du nombre d'instances du Pouvoir Passif possédé par le Héros. En général, une instance du Pouvoir Passif donne +3 niveaux au thane.

Exemple: Vanadis la Seithkona peut invoquer un chat en tant que thane familier. Pour chaque instance de son Pouvoir Passif, son thane prend 3 niveaux. Si elle a 3 fois ce Pouvoir, son chat sera de niveau 9.

CRÉATION D'HABITANT

Un Norn devra créer des Habitants pour peupler son monde. La création d'Habitants a été simplifiée pour être plus efficace, car il faut en créer beaucoup dans une saga.

Créer un Habitant est un processus rapide, en 4 étapes:

1. Le Norn choisit le niveau du personnage.

2. Le Norn assigne la Destinée et l'Essence en se basant sur le niveau.

3. Le Norn choisit (ou tire au hasard pour plus de fun) les runes de chaque Habitant.

4. Le Norn choisit un Pouvoir Actif et un Passif pour chaque rune d'Essence. Chaque pouvoir actif doit être assigné à un Trait. Pour activer le pouvoir, le Norn doit jouer une rune du même Trait.

Lorsqu'il y a beaucoup de combattants, il peut être plus facile de gérer des PNJ avec beaucoup de Destinée et peu d'Essence. Cela a un plus grand impact sur le champ de bataille, et rend le jeu plus facile, avec moins de pouvoirs à mémoriser et à gérer.

Les deux différences majeures entre Héros et Habitants sont:

1. Les Habitants n'ont pas de Rune du Vide.

2. Les Habitants ne lient pas leur Pouvoirs Actifs à des runes spécifiques. Ils sont à la place liés à un Trait.

La raison pour laquelle les Pouvoirs ne sont pas liés à des runes spécifiques est pour faciliter la gestion des Habitants par le Norn. Si les pouvoirs étaient liés à des runes spécifiques, le jeu serait ralenti car il faudrait regarder chaque fiche d'Habitant. A la place, il suffit de tirer une rune du bon Trait pour activer le Pouvoir.

GAIN DE NIVEAUX

Les joueurs doivent gérer deux types de niveaux dans Le Destin des Nornes: Ragnarok: le premier est le "niveau de personnage", qui représente le niveau d'avancement du Héros joué actuellement, et le deuxième est le "niveau de Disir", qui représente l'avancement de la lignée du personnage.

NIVEAU DE PERSONNAGE

Lorsqu'un Héros rejoint une campagne/saga, le Norn spécifie à quel niveau il commence. Le Norn notifiera également les Héros lorsqu'ils auront accompli des objectifs clés, et pourront monter de niveau.
Pour chaque nouveau niveau, le joueur peut choisir d'acheter une rune d'Essence (débloquer une nouvelle rune, et y associer un Pouvoir Actif, Passif et Compétence). Ils peuvent également économiser leur niveau, et le dépenser une fois qu'ils en auront gagné un autre, afin d'acheter un point de Destinée.

NIVEAU DE DISIR

Les Disir sont des esprits qui gardent les familles de héros légendaires, et les guident vers la Grandeur. Le niveau de Disir est attaché au joueur (pas à son Héros), et s'accroit avec sa carrière dans Le Destin des Nornes. En fonction de ce niveau, les options de création de Héros se diversifient.

Un Héros qui est mort et a été admis aux Cieux doit être inscrit sur la fiche de Disir. Le premier à être entré dans l'au-delà sera le "Primogéniteur", et la lignée portera son nom. Leur nom, une liste de leurs grands accomplissements, et leur alliance céleste, doivent être indiqués sur la fiche. Le prochain Héros qui entre aux Cieux fera partie de cet arbre généalogique. Les joueurs peuvent ajouter des détails, comme le nom de l'autre parent du Héros. Chaque noeud complété dans l'arbre généalogique représente un niveau de Disir.

Les niveaux de Disir sont utilisés lors de la création de Héros. Si un joueur a un ou plusieurs niveaux de Disir, il peut utiliser l'étape 2 de la création de Héros.

"Le bétail meurt, la famille meurt,
chaque homme est mortel:
mais je sais qu'une chose ne meurt jamais,
la gloire des morts héroïques"

- Le Havamal

AU-DELÀ

Quand un Héros meurt, il peut être repéré par les Valkyries, et porté jusqu'au Valhalla ou à Glassisvellir. Plus un joueur envoie de Héros dans les Cieux, plus il débloque de nouvelles options de jeu à utiliser pour ses prochains Héros. Les niveaux de Disir des joueurs sont conservés entre parties et campagnes de jeu.

Lorsque le corps du Héros est détruit, par immolation ou décomposition, le joueur doit tirer une rune. Le Norn tire un nombre de runes basé sur le type de vie que le Héros a vécu, et les funérailles qu'il a reçu. S'il y a une rune dans la main du Norn identique à celle que le joueur a tiré, le Héros est admis dans les Cieux.

Nombres de runes à tirer par le Norn	Nombre de tirages
Le Héros est mort glorieusement au combat	+1
Le Héros a été enterré ou immolé	+1
Ses alliés ont placé sa possession la plus précieuse dans sa tombe*	+1
Un Ange de la Mort a présidé les funérailles	+2
Actes héroïques narrées par les alliés pendant les funérailles**	+1 par acte
Voler d'un ennemi mort récemment ou piller une tombe	-1 par profanation

* Le Norn décide si c'est bien son bien le plus précieux
** Le Norn décide si l'histoire contée est vraiment basée sur un acte héroïque

GLOSSAIRE

Action d'Attaque: une action générique d'attaque, avec toute arme disponible.

Action de Défense: le fait de jouer une rune pour réduire des dégâts infligés, liés à un Trait.

Action Générique: action simple de tous les jours, que tout le monde peut effectuer.

Aett: huit runes représentant un Trait.

Alka: zone consacrée du sol, mesurant au minimum 1,5x1,5x1,5m (1 case).

Alliés: toutes les unités amicales, incluant le joueur.

Altération: un effet spécial, qui change la façon dont quelqu'un interagit avec le monde qui l'entoure.

Arme Naturelle: une attaque sans armes, qui utilise les pieds, les mains, les dents, etc...

Armure Naturelle: le Facteur de Protection inhérent à la biologie de l'être vivant, qui s'additionne à l'armure portée.

Aspect: un archétype secondaire, possédant ses propres grilles de Pouvoirs et Compétences.

Attaque à mains nues: cf. Arme Naturelle.

Autres alliés: tous les combattants amicaux, à l'exception du joueur.

Blot: voir Sacrifice.

Bonus de dégâts: un bonus appliqué à un Pouvoir Actif infligeant des dégâts.

Bonus de FD: un bonus de dégâts pour une ou plusieurs armes utilisées dans une action d'Attaque.

Chaine Active: Un groupe de runes jouées en même temps (une rune correspond à un effet actif, les autres à des Métas).

Chaine de Runes: cf. chaine active.

Cible: la cible d'un effet.

Classe de Difficulté (CD): mesure de la difficulté d'un test de Compétence.

Concentration: bonus ajouté à l'effet d'un Pouvoir Actif de type {Sort}.

Contingence: des actions qui se produisent plus tard, selon une condition prédéfinie.

Défense: La somme du Facteur de Protection, de l'Esquive, et de la Parade (si applicable).

Dégâts: une valeur numérique, liée à un Trait (Physique, Mental ou Spirituel).

Dégâts/Déplacement de base: La valeur numérique initiale, avant que soient appliqués modificateurs et bonus.

Déplacement: le Déplacement représente le nombre de mètres ou de cases qu'un Héros/Habitant peut parcourir. Par défaut, le Déplacement est égal à la Taille.

Dos: les trois cases de la Zone de Jeu représentant l'arrière du combattant.

Effet: quelque chose qui change l'état d'un Héros, Habitant, ou du monde qui les entoure.

Endommagé: un objet endommagé voit ses attributs divisés par deux (arrondir vers le bas).

Ensanglanté: état d'un personnage lorsque la moitié de ses runes sont dans les piles Stun, Blessures, Mort ou Drain.

Entouré: se dit d'un combattant ayant des adversaires à portée à la fois devant et derrière lui.

Entretien: la seconde phase d'un Tour de Combat.

Equipé: les objets équipés par le combattant, dont il peut tirer les bénéfices (limités à 4 par combattant)

Esquive: un bonus ajouté à l'action de Défense, quelque soit le Trait. Ce bonus s'applique toujours contre les dégâts Physiques, Mentaux, et Spirituels.

Face: les trois cases de la Zone de Jeu représentent l'avant du combattant.

Facteur de Dégâts (FD): le FD représente le montant de dégâts infligés par un effet ou une arme. Chaque point de FD est additionné à l'effet de Pouvoirs Actifs de type {Sort}.

Facteur de Protection (FP): un bonus spécifique à un Trait, qui réduit les dégâts infligés à un personnage, et est ajouté à une action de Défense sans avoir à jouer de runes.

Faible: désigne des actions génériques avec des effets réduits de moitié (arrondir vers le bas) (ex: Déplacement Faible, Attaque Faible, Défense Faible).

Fin de Tour: la quatrième et dernière étape d'un tour de combat.

Habitant: Personnage non-joueur, contrôlé par le Norn.

Héros: Personnage incarné par un joueur.

Infliger des dégâts: un Sort, une Action d'Attaque ou un autre pouvoir/effet peuvent infliger des dégâts.

Initiative: L'ordre dans lequel les combattants agiront pendant un combat.

Interruption: action effectuée en réponse à un autre effet, peu importe l'ordre d'Initiative.

Parade: un bonus ajouté à une action de Défense, spécifique à un Trait.

Perçage: les points de Défense ignorés lors d'une Attaque.

Phase d'Action: la troisième phase du tour de combat, où sont effectuées les actions.

Piles de dégâts: terme désignant les piles sur le Plateau de Jeu qui représentent les dégâts: Drain, Mort, Blessures, et Stun.

Pouvoir: un Pouvoir Actif ou Passif qui génère un effet.

Pouvoir Actif: un pouvoir initié en jouant des runes de la pile En Main vers la pile En Jeu.

Pouvoir Passif: un Pouvoir considéré toujours actif.

Puissance Divine (PD): la puissance supérieure pouvant être utilisée par les êtres immortels.

Puissance Divine Initiale (PDI): la PDI est le montant initial de Puissance Divine qu'un Immortel peut utiliser en dehors d'un combat, et le montant avec lequel il commence un combat.

Qualité (FQ): une mesure de la qualité d'un objet (équipement d'un Héros).

Récupération: déplacement d'une rune de la pile Stun vers la pile Essence pendant la phase d'Entretien d'un tour de combat.

Rune Méta: toutes les runes d'une chaine à part la première (tournées à 90 degrés).

Rune racine: la première rune d'une chaine, qui définit l'effet.

Sacrifice: le coût nécessaire pour activer un effet ou un Pouvoir. Il y a 4 types de sacrifices, qui nécessitent de prendre des runes d'Essence et de les placer dans une pile de dégâts spécifique: Mineur place la rune dans Stun, Modéré dans Blessures, Majeur dans Mort et Ultime dans Drain.

Soin: Restauration de l'Essence, en remontant des runes depuis les piles de dégâts vers la pile d'Essence.

Source: un composant d'un Pouvoir Actif (comme un effet, ou une action générique).

Spécialisation: chaque archétype possède une option de spécialisation, qui détermine à quels pouvoirs la Rune du Vide sera liée.

Style: terme alternatif désignant une Spécialisation.

Taille: représente la taille d'un Héros/Habitant, ou d'un objet (Taille humaine = 4).

Tapis de Jeu: une surface plate de jeu, utilisée pour les runes.

Thane: un compagnon ou serviteur d'un Héros. Les thanes sont contrôlés par le même joueur que le Héros qu'ils servent.

Trait: l'aspect d'un Héros, ou de dégâts infligés. Il y a trois Traits: Physique, Mental, Spirituel.

Wyrd: l'action de tirer une rune pour causer un effet. Wyrd se traduit par "consulter la Destinée". une consultation de Destinée s'effectue lorsque l'issue d'une action peut varier: succès, ou échec. C'est aussi le nom de la première phase du Tour de Combat ("Tirage").

156

HÉROS, HABITANTS ET THANES

Des abréviations sont utilisées dans ce chapitre - particulièrement dans les tableaux - pour présenter des informations sur les grilles de Pouvoirs et Compétences:

- Contre (voir page 118): "[Contre]" suivi du type de rune(s).
- Trait des dégâts (cf. page 113):
    - Physique "P"
    - Mental "M"
    - Spirituel "S"
- Facteur de Dégâts: "FD"
- Facteur de Protection: "FP"

De plus, ces valeurs par défaut s'appliquent:

- Les Runes Métas sont:
    - Placées entre crochets [ ]
    - Codées par couleur
    - Listées dans l'ordre: Physique, Mental, Spirituel
- Trait: Le Trait par défaut est Physique, s'il n'est pas fait mention d'un Trait dans la description.
- Arrondir: Si ce n'est pas précisé, arrondissez vers le bas.
- Sacrifice: Si un Sacrifice est mentionné dans un Pouvoir, c'est   un coût requis pour activer tous les effets du Pouvoir (sauf si spécifié autrement).

DÉFINITIONS DES POUVOIRS

Les descriptions des archétypes et les tableaux peuvent être mentionnés dans les descriptions des Pouvoirs Actifs, Passifs, et des Compétences. Cependant, dans certains cas, l'archétype du Héros listera un Pouvoir possédant des attributs modifiés. Ces attributs remplacent ceux de la description générique de la liste des Pouvoirs.

Exemple: un Pouvoir Actif est listé dans l'archétype d'un Héros en tant que:

Hymne d'Idun
(Pommes d'Idun)
{Sort de Chanson}
[Amplifié Zone Zone]

Cependant, la description du Pouvoir Actif est:

POMMES D'IDUN

Métas:	[Amplifié Zone Maintien]
Type:	{Sort}
Description:	Ce sort enveloppe la cible de lumières étincelantes.
Effet en combat:	Ce sort génère une aura revitalisante qui soigne +4 immédiatement, et soigne +4 à la prochaine action de Déplacement.
Effet hors combat:	Soignez les blessures de quelqu'un. Le sort sera donc modifié en:

HYMNE D'IDUN

Métas:	[Amplifié Zone Zone]
Type:	{Sort de Chanson}
Description:	Ce sort enveloppe la cible de lumières étincelantes.
Effet en combat:	Ce sort génère une aura revitalisante qui soigne +4 immédiatement, et soigne +4 à la prochaine action de Déplacement.
Effet hors combat:	Soignez les blessures de quelqu'un.

ARCHÉ TYPES

Le Livre de Règles *Le Destin des Nornes: Ragnarok* présente cinq archétypes complets. Ils sont décrits en détails, et prêts à être utilisés pour créer Héros et Habitants. Chaque archétype possède trois spécialisations possibles. Le joueur doit choisir une des trois spécialisations, afin que la Rune du Vide puisse être liée à un Pouvoir Actif, un Pouvoir Passif, et une Compétence.

GALDR

Les runes sont des symboles magiques, qui peuvent créer tout un panel d'effets arcaniques. Un Galdr est quelqu'un qui a appris comment manier le pouvoir de la magie runique. La magie runique se trouve sous deux formes: la première consiste à énoncer les runes, tout en les écrivant dans l'air avec un doigt; la deuxième consiste à graver les symboles sur un objet ou une personne, pour lui octroyer des bénédictions des arcanes Apprendre les runes est une entreprise qui rend humble: la plupart du temps, ce sont les runes qui choisissent le Galdr, et pas l'inverse.

Rôle dans le groupe: un Galdr est à la fois un guerrier et un maître des runes. Vu qu'ils peuvent graver celles-ci sur leurs armes et leur armure, ils deviennent des combattants formidables et durables.

Galdr notables: Vilmeid l'Ancien, Sigurd Volsung, Odin (chef des Dieux Aesir).

ENCHANTEUR

Les maîtres des runes Enchanteurs se concentrent sur les effets persistants. Maintenir la magie est un combat contre des forces chaotiques et puissantes. Contrôler l'essence runique est une réussite grandiose.

SORCIER

Les maîtres des runes Sorciers tentent de créer la tempête parfaite: "l'apex runique brille comme l'éclair, momentané, magnifique, et frappant à travers nous...". Ils vivent pour les moment glorieux où ils deviennent les conduits instantanés de la source de magie runique.

DEVIN

Les Devins souhaitent puiser dans le monde au delà du Voile. Les runes sont pour eux le Troisième Oeil désincarné qui les mène à travers le rideau, dans les océans d'énergie pure. Après s'en être délecté, le Devin revient avec des perceptions étonnantes!

Choix de la Rune de Vide:		
	Enchanteur	**Sorcier**	**Devin**
Trait	Physique	Mental	Spirituel
Pouvoir Actif	Appel de l'Yggdrasil {Rune Spell}	Toucher l'Essence {Sort de Rune}	Augure de l'Aura {Sort de Rune}
Pouvoir Passif	Puiser à la Source	Magicien d'albâtre	Le Prix du Progrès
Compétence	Rune: Poteau de Mépris	Intimider	Communier avec les Morts

Pouvoirs Actifs d'autres archétypes: accès au tableau d'Ulfhednar	Furie de Fylgia (Attaque Formulée) [Amplifié Cannibalisme Arme]	Attaque de Flanc	Bouclier Arcanique {Sort de Rune} [Multi Maintien Amplifié]	Manoeuvre de combat Versatile [Amplifié Cannibalisme Amplifié]	Baiser de Fylgia (Catharsis) {Sort de Rune} [Portée Combo Amplifié]	Pouvoirs Actifs d'autres archétypes: accès au tableau de Skald
Attaque Désespérée	Attaque Purificatrice	Posture de l'Ours	Maîtrise du Feu {Sort de Rune}	Purger l'Aveuglement {Sort de Rune}	Aura de Feu {Sort de Rune}	Toucher de Fylgia (Canalisation) {Sort de Rune} [Combo Portée Amplifié]
Posture Agressive	Posture Défensive	Attaque de Précision	Coup Tonitruant	Parade Purificatrice	Purger la Vulnérabilité {Sort de Rune}	Coup Tonitruant Téméraire
Posture Sournoise	Maîtrise de la Pierre {Sort de Rune}	Assaut Agressif	GALDR Pouvoirs Actifs	Rétablissement Rapide {Sort de Rune}	Maîtrise du Vent {Sort de Rune}	Appel du Muspelheim {Sort de Rune} [Echo Amplifié Amplifié]
Brise Os {Sort de Rune} [Portée Combo Amplifié]	Assaut Furieux Revigorant	Lame Runique (Conjuration d'arme) {Sort de Rune}	Enchantement de la chair {Sort de Rune}	Attaque Revigorante	Appel de Jotunheim {Sort de Rune}	Siphon de l'Âme {Sort de Rune}
Déchirer la Chair {Sort de Rune} [Echo Zone Amplifié]	Lier les Âmes Soeurs {Sort de Rune}	Parade Supérieure	Surpuissance {Sort de Rune}	Souffle de Givre {Sort de Rune}	Destruction {Sort de Rune}	Drainer la Vie {Sort de Rune}
Pouvoirs Actifs d'autres archétypes: accès au tableau de Demoiselle de Ratatosk	Chant de Skuld {Sort de Rune}	Vivifier l'Esprit {Sort de Rune}	Dévoreur de Pensées {Sort de Rune}	Célérité Mentale {Sort de Rune}	Résistance Surnaturelle {Sort de Rune}	Pouvoirs Actifs d'autres archétypes: accès au tableau de Seithkona

Pouvoirs Passifs d'autres archétypes: accès au tableau d'Ulfhednar	Invocation d'Effigie	Travailler de concert	Invocation d'Effigie	Compagnon dans la Destinée	Invocation d'Effigie	Pouvoirs Passifs d'autres archétypes: accès au tableau de Skald
Dégainer rapidement	Guerrier Cérébral	Invocation d'Effigie	Rune du Destin	Invocation d'Effigie	Avantage Tactique	Férocité Acculée
Compagnon dans la Guerre	Prouesses Martiales	Tacticien	Rune Explosive	Rune de Bouclier	Pied Léger	Compagnon dans la Magie
Rune des Tempêtes	Précision	Manœuvrabilité de Combat	GALDR Pouvoirs Passifs	Rune de Renforcement	Increvable	Aura d'Influence
Maîtrise des Alkas	Conscience du Combat	Magicien d'Albâtre	Rune de Sang	Rune de Rétribution	Rune de l'Hydromel	Compagnon dans la Vie
Chercheur de Mondes	Guerrier Spirituel	Invocation d'Effigie	Resistance à la Possession	Invocation d'Effigie	Portée des Arcanes	Rune des Os
Pouvoirs Passifs d'autres archétypes: accès au tableau de Demoiselle de Ratatosk	Invocation d'Effigie	Compagnon dans la Mort	Invocation d'Effigie	Consultation Ténébreuse	Invocation d'Effigie	Pouvoirs Passifs d'autres archétypes: accès au tableau de Seithkona

Compétences d'autres archétypes: accès au tableau d'Ulfhednar	Perception	Réparer l'Equipement	Connaissance: Lieux	Etiquette	Négociation	Compétences d'autres archétypes: accès au tableau de Skald
Lire et Ecrire	Connaissance: Arcanes	Monter à cheval	Signes et Présages	Nager	Connaissance: Arcanes	Rune: Poteau de Mépris
Signes et Présages	Navigation	Etiquette	Négociation	Perception	Intimider	Signes et Présages
Rune: Poteau de Mépris	Sentir les Motivations	Connaissance: Personnalités	**GALDR** Compétences	Connaissance: Lieux	Lire et Ecrire	Sentir les Motivations
Négociation	Manipulation Verbale	Lire et Ecrire	Signes et Présages	Rune: Poteau de Mépris	Empathie Animale	Etiquette
Intimider	Connaissance: Arcanes	Rune: Poteau de Mépris	Communion avec les Morts	Réparer l'Equipement	Connaissance: Arcanes	Perception
Compétences d'autres archétypes: accès au tableau de Demoiselle de Ratatosk	Etiquette	Signes et Présages	Connaissance: Personnalités	Négociation	Lire et Ecrire	Compétences d'autres archétypes: accès au tableau de Seithkona

DEMOISELLE DE RATATOSK

Les Demoiselles de Ratatosk sont des filles espiègles, qui vivent leur vie pleinement et au jour le jour. Elles recherchent l'aventure, et se laissent conduire par ses vents. Leur titre est dérivé de l'écureuil céleste, Ratatosk. Il est bien connu pour la discorde qu'il cause, en déformant les messages qu'il porte entre l'aigle céleste et le grand dragon Nidhogg. Beaucoup de groupes d'aventuriers ont eu leur patience mise à rude épreuve par le chaos, la discorde et les ennuis créés par une de ces filles. Cela dit, leur contribution à la sécurité d'une équipe est sans égale. Les Demoiselles de Ratatosk peuvent facilement attirer l'attention des ennemis. Combiné à leur capacité quasiment surhumaine pour éviter les dégâts en combat, elles sont déterminantes pour le succès d'un groupe sur le champ de bataille.

Rôle dans le groupe: Une Demoiselle de Ratatosk incarne l'esprit du chaos et de la discorde. Elle cherche à les exploiter sur le champ de bataille, assurant sa survie et la défaite douloureuse de ses ennemis.

Demoiselles de Ratatosk notables: Gudrun Osvifsdottir, Hildigunnur Starkadardottir, Sygin (femme de Loki).

DANSEUSE DE MORT

Elle utilise sa danse pour inspirer ses alliés et frustrer ses ennemis. Chaque pas de danse lui permet d'esquiver les coups, alors que ses lames trouvent leur cible, en un amalgame parfait de mort et de grâce.

DOMINATRICE DU MÉPRIS

C'est une fleur empoisonnée dans un lit de mauvaises herbes. Brillante, radieuse et mortelle, elle voit sa force augmenter avec le nombre d'adversaires qui l'entourent. Sa capacité à interrompre les stratégies de ses ennemis est son plus grand atout.

EMMERDEUSE

Elle irrite ses adversaires au point de leur causer une frustration insupportable. Ils feront tout ce qui est en leur pouvoir pour faire taire ses insultes et ses moqueries. Alors que leur rage déborde, il font des erreurs... Et elle est prête à en profiter.

	Danseuse de Mort	Dominatrice du Mépris	Emmerdeuse
Choix de la Rune de Vide:			
Trait	Physique	Mental	Spirituel
Pouvoir Actif	Masque de Moquerie	Fragmenter l'Esprit	Parade Insultante
Pouvoir Passif	Danse du Printemps	Prospérer dans la foule	Finesse du Provocateur
Compétence	Jouer	Doigts Légers	Manipulation Verbale

Pouvoirs Actifs d'autres archétypes: accès au tableau d'Ulfhednar	Frappe de l'Armageddon	Appel de l'Yggdrasil	Vivifier l'Espritt	Baiser de Fylgia (Catharsis) {Manoeuvre} [Amplifié Combo Amplifié]	Rétablisse-ment Rapide	Pouvoirs Actifs d'autres archétypes: accès au tableau de Skald
Posture Mobile	Balayage	Riposte	Manoeuvre Evasive	Roulade en Position	Parade Parfaite	Célérité Mentale
Posture du Loup	Attaque Satisfaisante	Manoeuvre de Combat Versatile	Parade Purificatrice	Parade-Retraite	Parade Désarmante	Purger les Esprits Etrangers [Amplifié Combo Amplifié]
Posture du Narval	Attaque Tourbillon-nante	Attaque plongeante	DEMOISELLE DE RATATOSK Pouvoirs Actifs	Parade Insultante	Parade Supérieure	Purger la Vulnérabilité [Amplifié Combo Amplifié]
Posture Sournoise	Posture du Sanglier	Posture Défensive	Sprint Furieux	Provocation	Parade Revigorante	Purger la Dégénération [Amplifié Combo Amplifié]
Danse des Ombres (Invoquer les Ombres) [Amplifié Cannibalisme Amplifié]	Visage des Horreurs	Fragmenter l'Esprit	Fuite en Rigolant	Tirade Purificatrice {Manoeuvre} [Amplifié Amplifié Amplifié]	Parade Vengeresse	Toucher de Fylgia (Canalisation) {Sort} [Combo Amplifié Amplifié]
Pouvoirs Actifs d'autres archétypes: accès au tableau de Seithkona	Danse des Lames (Aura de Feu) Inflige les dégâts de l'arme au lieu du feu	Résistance Surnaturelle	Vitalité Ecrasante	Destructeur des Foules	Furie de Fylgia (Attaque Formulée) [Amplifié Cannibalisme Arme]	Pouvoirs Actifs d'autres archétypes: accès au tableau de Galdr

Pouvoirs Passifs d'autres archétypes: accès au tableau de Galdr	Robuste	Compagnon dans la Destinée	Résistance à la Dégénération	Prospérer dans la Foule	Bénédiction du Provocateur	Pouvoirs Passifs d'autres archétypes: accès au tableau de Skald
Le Prix du Progrès	Danse de l'Eté	Esprit Incassable	Agilité	Défier les Foules	Danse de l'Hiver	Travailler de Concert
Leste	Danser hors de Portée	Précision	Légèreté dans l'Esquive	Finesse du Provocateur	Faire taire les Foules	Compagnon dans la Vie
Dégainer rapidement	Porté par le Sang	Pied Léger	DEMOISELLE DE RATATOSK Pouvoirs Passifs	Provoquer la Discorde	Intouchable	Précision
Compagnon dans la Mort	Âme Incassable	Protecteur	Conscience du Combat	Résistance à la Vulnérabilité	Aura d'Influence	Motivé par la Foule
Etreinte du Fylgia (Se fondre dans les ombres) Vous devenez translucide	Danse de l'Automne	Corps Incassable	Increvable	Retourner la Lame	Danse du Printemps	Guerrier Spirituel
Pouvoirs Passifs d'autres archétypes: accès au tableau de Seithkona	Intouchable	Pied Léger	Prouesses Martiales	Compagnon dans la Guerre	Guerrier Cérébral	Pouvoirs Passifs d'autres archétypes: accès au tableau d'Ulfhednar

Compétences d'autres archétypes: accès au tableau d'Ulfhednar	Manipulation Verbale	Doigts Agiles	Athlétisme	Perception	Survie dans la Nature Sauvage	Compétences d'autres archétypes: accès au tableau de Skald
Furtivité	Jouer	Réparer l'Equipement	Boire/Séduire	Furtivité	Jouer	Survie en milieu Urbain
Sentir les Motivations	Doigts Agiles	Signes et Présages	Manipulation Verbale	Crochetage	Doigts Agiles	Sentir les Motivations
Boire/Séduire	Athlétisme	Sentir les Motivations	**DEMOISELLE DE RATATOSK** Compétences	Athlétisme	Boire/Séduire	Perception
S'échapper	Manipulation Verbale	Négociation	Perception	Survie en milieu Urbain	Sentir les Motivations	Manipulation Verbale
Crochetage	Jouer	S'échapper	Survie dans la Nature Sauvage	Nager	Jouer	Furtivité
Compétences d'autres archétypes: accès au tableau de Seithkona	Furtivité	Boire/Séduire	Athlétisme	Doigts Agiles	Perception	Compétences d'autres archétypes: accès au tableau de Galdr

SEITHKONA

L'énergie du Seith entoure toute chose et toute personne. Seule la Sorcière (Seithkona) peut voir et manipuler ces énergies pour lancer des sorts. Elle canalise l'énergie des esprits du Seith à travers son corps, et les force à faire ce qu'elle veut. Les esprits du Seith ne sont pas dangereux par nature, mais les forcer à la servitude les emplit de ressentiment. De ce fait, les résultats des sorts sont toujours néfastes et destructeurs. La magie de Seith n'est généralement pas visible, et trompeuse par nature. Pour une raison inconnue, les femmes sont plus aptes à canaliser le Seith. Grâce à son pouvoir d'alchimie, la Seithkona peut invoquer un familier (animal inoffensif hôte d'un esprit du Seith piégé). Le maniement des pouvoir du Seith peut être appris par tous, mais peu ont la motivation nécessaire pour maîtriser cet art malfaisant. Tous les hommes voient la magie de Seith comme une pratique honteuse, mais la respectent néanmoins.

Rôle dans le groupe: Une Seithkona est une lanceuse de sort qui inflige principalement des dégâts Spirituels, et des altérations néfastes à distance. Ses arts sombres permettent de détourner une attention non désirée.

Seithkona notables: Svarthofdi, Freya, Gullveig.

TRANSMUTATRICE

Une Seithkona transmutatrice utilise sa magie pour former le monde tangible en invoquant le monde intangible. Ses esprits manipulent la forme à travers une douloureuse coercition, pliant et déformant la matière, ce qui résulte inévitablement en de violentes et douloureuses transformations.

ILLUSIONNISTE

Une illusionniste contrôle les fils du monde invisible: pensées, émotions et foi. Elle peut faire des marionnettes de ses cibles, alors qu'elles sont submergées d'esprits hostiles. Les Phantasmes, des apparitions fantomatiques incorporelles, dansent selon le bon vouloir de la Seithkona.

NÉCROMANCIENNE

La passion de la nécromancienne Seithkona consiste à capturer et manipuler les esprits piégés entre Niflheim et les Cieux. Elle les forge en une arme spirituelle, qui frappe de l'au-delà

Choix de la Rune de Vide:		
	Transmutatrice	**Illusionniste**	**Nécromancienne**
Trait	Physique	Mental	Spirituel
Pouvoir Actif	Des Serpents dans l'Epée {Sort de Seith}	Posséder un Adversaire {Sort de Seith}	Portail des Os
Pouvoir Passif	Aura d'Influence	Maître des Marionnettes	Armurerie Impie
Compétence	Connaissance: Lieux	Connaissance: Arcanes	Communier avec les Morts

Pouvoirs Actifs d'autres archétypes: accès au tableau d'Ulfhednar	**Furie de Fylgia** (Attaque Formulée) [Amplifié Cannibalisme Arme]	**Fléau de la Chair** {Sort de Seith}	**Voile de l'Âme** {Sort de Seith}	**Chaînes de l'Âme** {Sort de Seith}	**Voile Cérébral** {Sort de Seith}	**Pouvoirs Actifs d'autres archétypes:** accès au tableau de Skald
Destruction {Sort de Seith}	**Bâton de Frêne** (Conjuration d'Arme) {Sort de Seith}	**Attaque Perçante**	**Purger la Vulnérabilité** {Sort de Seith}	**Purger les Esprits Etrangers** {Sort de Seith}	**Chant de Skuld** {Sort de Seith}	**Chaînes Cérébrales** {Sort de Seith}
Posture des Arcanes	**Attaque plongeante**	**Posture du Bastion de l'Esprit**	**Un Pas dans les Ombres** {Sort de Seith}	**Posture du Corbeau**	**Déformation de l'Âme** {Sort de Seith}	**Posture du Narval** {Sort de Seith}
Crachat Acide	**Appel de Svartalfheim**	**Invocation des Ombres** {Sort de Seith}	**SEITHKONA** Pouvoirs Actifs	**Siphon de l'Âme** {Sort de Seith}	**Posture Puissance de l'Esprit**	**Canalisation** {Sort de Seith}
Appel de l'Yggdrasil	**Bouclier des Arcanes** {Sort de Seith}	**Frénésie du Seith** {Sort de Seith}	**Brise Os** {Sort de Seith}	**Le Croque-Mitaine arrive** {Sort de Seith}	**Lance Spirituelle** {Sort de Seith}	**Baiser de Fylgia** (Catharsis) {Sort de Seith} [Portée Combo Amplifié]
Augure d'Aura	**Réduction** {Sort de Seith}	**Juxtaposition Ténébreuse** {Sort de Seith}	**Soleil et Lune** {Sort de Seith}	**Portail d'Aberration du Seith** {Sort de Seith}	**Transfert de l'Âme** {Sort de Seith}	**Fuite en Rigolant**
Pouvoirs Actifs d'autres archétypes: accès au tableau de Galdr	**Aura de Feu**	**Déchirer la Chair** {Sort de Seith} [Portée Cannibalisme Amplifié]	**Siphon de l'Âme** {Sort de Seith} [Portée Cannibalisme Amplifié]	**Piques de l'Âme** {Sort de Seith}	**Toucher de Fylgia** (Canalisation) {Sort de Seith} [Combo Portée Amplifié]	**Pouvoirs Actifs d'autres archétypes:** accès au tableau de Demoiselle de Ratatosk

Pouvoirs Passifs d'autres archétypes: accès au tableau d'Ulfhednar	Avantage Tactique	Invocation de Familier	Compagnon dans le Sang	Puits de Sang	Compagnon dans la Magie	Pouvoirs Passifs d'autres archétypes: accès au tableau de Skald
Tacticien	Guerrier Spirituel	Prouesses Enchantées	Invocation de Familier	Négociation avec les Esprits	Puits d'Âmes	Canaliser la Rivière Invisible
Domination de l'Esprit	La Misère appelle la Misère	Sens Affutés	Conduit Spirituel	Pacte d'Outre Tombe	Consultation Ténébreuse	Invocation de Familier
Offrande à Hel	Invocation de Familier	Magicien d'Albâtre	SEITHKONA **Pouvoirs Passifs**	Sang de Sorcière	Invocation de Familier	Esprit Incassable
Invocation de Familier	Le Prix du Progrès	Portée des Arcanes	Esprit en Colère	Possédé	Résistance à la Dégénération	Anneau de la Pénombre
Chercheur de Mondes	Se Fondre dans les Ombres	Résistance à la Vulnérabilité	Invocation de Familier	Increvable	Robuste	Murmure des Âmes
Pouvoirs Passifs d'autres archétypes: accès au tableau de Galdr	Maîtrise des Alkas	Dévorer la Foi	Âme Incassable	Invocation de Familier	Travailler de Concert	Pouvoirs Passifs d'autres archétypes: accès au tableau de Demoiselle de Ratatosk

Compétences d'autres archétypes: accès au tableau d'Ulfhednar	Manipulation Verbale	Empathie Animale	Sentir les Motivations	Perception	Signes et Présages	Compétences d'autres archétypes: accès au tableau de Skald
Signes et Présages	Communier avec les Morts	Déguisement	Langue Silencieuse	Furtivité	Communier avec les Morts	Empathie Animale
Connaissance: Personnalités	Nager	Connaissance: Personnalités	Connaissance: Arcanes	Connaissance: Lieux	Lire et Ecrire	Connaissance: Lieux
Connaissance: Arcanes	Empathie Animale	Sentir les Motivations	SEITHKONA Compétences	Survie dans la Nature Sauvage	Perception	Connaissance: Arcanes
Connaissance: Lieux	Intimider	Manipulation Verbale	Signes et Présages	Survie en milieu Urbain	Etiquette	Connaissance: Personnalités
Sentir les Motivations	Communier avec les Morts	Connaissance: Personnalités	Connaissance: Arcanes	Connaissance: Lieux	Communier avec les Morts	Signes et Présages
Compétences d'autres archétypes: accès au tableau de Galdr	Langue Silencieuse	Empathie Animale	Sentir les Motivations	Perception	Déguisement	Compétences d'autres archétypes: accès au tableau de Demoiselle de Ratatosk

SKALD

Les Skalds apportent de la couleur à la plupart des cultures. Ce sont les bardes, qui ont été bénis par l'Hydromel de la Poésie. Cet hydromel fut fabriqué lorsqu'un être magique nommé Kvasir fut assassiné par deux Dvergar, et son sang mixé avec du miel pour créer l'hydromel magique. Il fut plus tard volé par un géant, qui le garda pour lui. Odin le lui déroba, et lorsqu'il volait par dessus les royaumes d'Yggdrasil sous sa forme d'aigle, des gouttes de l'hydromel débordèrent, et touchèrent certains êtres vivants. Ces êtres apprirent à tisser des chansons magiques, appelées Sorts de Chanson. On les connaît sous le nom de Skalds. Ils chantent des chansons de bataille, qui perturbent leurs adversaires et renforcent le moral de leurs alliés. Ils n'ont besoin que de leurs voix, mais avec des instruments, ils peuvent plier et former la magie pour stupéfier leur audience.

Rôle dans le groupe: Lanceur de sort rusé, le Skald est très rapide, et ses chansons magiques peuvent affecter de grands groupes. La Magie des Sorts de Chanson est bénéfique pour les alliés, et peut semer la confusion chez les ennemis.

Skalds notables: Egil Skallagrimson, Kormak Ogmundarson, Vainamoinen

VAGABOND

Les Skalds Vagabonds dévouent leur vie aux grandes aventures, pour alimenter les sagas qu'ils racontent. Le Vagabond cherche des aventures de plus en plus dangereuses, afin de trouver sa place dans l'histoire.

POÈTE

Le Skald Poète sait s'amuser. Il séduit les filles pour une nuit, et gagne ses chopes de bière et le gîte à la taverne en utilisant ses aptitudes à la musique et au chant.

MYSTIQUE

Le Skald Mystique est intrigué par l'Hydromel de la Poésie qui lui a octroyé ses pouvoirs de Chanson. Il souhaite plonger au plus profond de son art pour en comprendre la source.

Choix de la Rune de Vide:

	Vagabond	Poète	Mystique
Trait	Physique	Mental	Spirituel
Pouvoir Actif	Chevauchée des Valkyries {Sort de Chanson} [Ouvert Zone Amplifié]	La Nuit des Longs Couteaux {Sort de Chanson} [Zone Ouvert Amplifié]	Présence de l'Yggdrasil {Sort de Chanson} [Amplifié Zone Ouvert]
Pouvoir Passif	Prouesses Martiales	Chanteur Suave	Maître des Kennings
Compétence	Sentir les motivations	Survie en milieu urbain	Connaissance: Arcanes

Pouvoirs Actifs d'autres archétypes: accès au tableau d'Ulfhednar	Attaque de Flanc	Attaque Formulée	Attaque Perçante	Posture Sournoise	Baiser de Fylgia (Catharsis) [Zone Combo Amplifié]	Pouvoirs Actifs d'autres archétypes: accès au tableau de Galdr
Charge Mortelle	Posture du Loup	Frapper dans le Dos	Manoeuvre de Combat Versatile	Barrière Imposante	Les Profondeurs de Svartalfheim (Voile Cérébral) [Zone Ouvert Amplifié]	Purger la Vulnérabilité
Attaque Sautée	Attaque Puissante	Charge Volante	Attaque plongeante	Les Plaines de Vanagard (Célérité Mentale) [Amplifié Zone Ouvert]	Les Esclaves de Farbauti (Piques Cérébrales) [Ouvert Amplifié Zone]	Purger l'Aveuglement
Attaque de Précision	Main de Tyr	Mélodie de la Discorde (Fragmenter l'Esprit) [Amplifié Zone Ouvert]	SKALD Pouvoirs Actifs	Les Cauchemars du Muspelheim [Zone Ouvert Amplifié]	Les Neiges de Jotunheim (Chaînes Cérébrales) [Amplifié Zone Ouvert]	Purger le Handicap
Repositionnement	Toucher l'Essence	Posture Forteresse Analytique	Les Pommes d'Idun [Amplifié Zone Ouvert]	Posture Puissance Analytique	Poison de Hvergelmir (Entorse Cérébrale) [Zone Ouvert Amplifié]	Purger la Dégénération
Toucher de Fylgia (Canalisation) [Combo Zone Amplifie]	Chant de Skuld	Dévoreur de Pensée [Amplifié Zone Ouvert]	Bouclier des Arcanes [Zone Ouvert Amplifié]	Manoeuvre Evasive	Ôde à Vanagard (Catharsis) [Ouvert Amplifié Zone]	Purger les Esprits Etrangers
Pouvoirs Actifs d'autres archétypes: accès au tableau de Demoiselle de Ratatosk	Parade-Retraite	Parade Supérieure	Mobile Stance	Furie de Fylgia (Attaque Formulée) [Amplifié Cannibalisme Arme]	Résistance surnaturelle	Pouvoirs Actifs d'autres archétypes: accès au tableau de Seithkona

NB: tous les Pouvoirs Actifs de cette grille comportant des Métas particulières sont de type {Sort de Chanson}, excepté les Pouvoirs de Fylgia.

173

Pouvoirs Passifs d'autres archétypes: accès au tableau d'Ulfhednar	Sadique	Résistance à l'Aveuglement	Communauté du Lapin Blanc	Artisan de la Chanson	Compagnon dans la Vie	Pouvoirs Passifs d'autres archétypes: accès au tableau de Galdr
Increvable	Précision	Manoeuvrabilité de Combat	Guerrier Cérébral	Protecteur	Mentalité de Foule	Compagnon dans la Guerre
Résistance à l'Entravement	Dégainer Rapidement	Prouesses Enchantées	Guerrier des Chansons	Agilité	Perception	Esprit Incassable
Travailler de Concert	Conscience du Combat	Avantage Tactique	**SKALD** Pouvoirs Passifs	Tacticien	Pied Léger	Communauté de la Main Glacée de Hel
Danse de l'Hiver	Direct en courant	Attaquant Bondissant	Porté par la Chanson	Frappeur Furtif	Robuste	Âme Incassable
Férocité Acculée	Danse de l'Eté	Leste	Magicien d'Albâtre	Communauté de l'Oeil Magique	Le Prix du Progrès	Compagnon dans la Magie
Pouvoirs Passifs d'autres archétypes: accès au tableau de Demoiselle de Ratatosk	Compagnon dans la Destinée	Corps Incassable	Communauté des Boucliers d'Argent	Résistance à la Dégénération	Compagnon dans la Mort	Pouvoirs Passifs d'autres archétypes: accès au tableau de Seithkona

Compétences d'autres archétypes: accès au tableau d'Ulfhednar	Connaissance: Arcanes	Boire/Séduire	Connaissance: Personnalités	Manipulation Verbale	Sentir les Motivations	Compétences d'autres archétypes: accès au tableau de Galdr
Connaissance: Lieux	Jouer	Survie en milieu Urbain	Doigts Agiles	Connaissance: Arcanes	Jouer	Etiquette
Signes et Présages	Survie en milieu Urbain	Etiquette	Manipulation Verbale	Perception	Boire/Séduire	Survie en milieu Urbain
Sentir les Motivations	Connaissance: Personnalités	Boire/Séduire	**SKALD** Compétences	Connaissance: Lieux	Négociation	Connaissance: Personnalités
Etiquette	Monter à Cheval	Lire et Ecrire	Sentir les Motivations	Nager	Signes et Présages	Doigts Agiles
Connaissance: Arcanes	Jouer	Manipulation Verbale	Athlétisme	Connaissance: Arcanes	Jouer	Connaissance: Lieux
Compétences d'autres archétypes: accès au tableau de Demoiselle de Ratatosk	Connaissance: Lieux	Sentir les Motivations	Connaissance: Personnalités	Etiquette	Boire/Séduire	Compétences d'autres archétypes: accès au tableau de Seithkona

ULFHEDNAR

Les Ulfhednar incarnent l'agression sans pitié de leurs protecteurs, Skoll et Hati, dont la vie consiste à chasser pour tuer, tout comme leur père Fenrir. Ceux qui suivent cette voie adhèrent à leur philosophie avec grand zèle. Ils incarnent également la mentalité de meute, sachant se coordonner au mieux avec les autres pour abattre leur proie. La Destinée promet qu'après leur chasse sans fin du soleil et de la lune, Skoll et Hati finiront par les attraper et les dévorer. L'agressivité des Ulfhednar est sans pareille, et mettra les adversaires tellement en difficulté qu'ils auront du mal à penser à l'attaque. Si plusieurs Ulfhednar se battent de concert, la bataille se transforme en véritable marée de lames et de sang!

Rôle dans le groupe: Un Ulfhednar est un guerrier-loup, qui possède les pouvoirs étonnants de change-forme et de Modr. Lorsqu'ils se transforment, c'est en un loup, et lorsqu'ils entrent dans un état de Modr, leur rage féroce et primale intensifie leurs prouesses au combat.

Ulfhednar notables: Kvelulf, les guerriers estimés de l'armée de Harald Belle-Chevelure, Hrolf Kraki.

DÉVOREUR D'YEUX

Ce clan de Ulfhednar (Tête de Loup) se fait une spécialité d'ôter les yeux de leurs victimes, parfois même durant le combat. Il est dit dans les textes sacrés que consommer les organes de son ennemi confère une force surnaturelle dans la bataille, et la capacité d'absorber leur Essence.

ENRAGÉ

Ce guerrier Ulfhednar perd tout contrôle sur lui-même pendant la bataille. Cette délivrance est extatique pour le guerrier. Une fois saisis par la rage, leur férocité est sans égal!

WOLFEN

Ces Ulfhednar se sentent plus en phase avec le loup qu'avec l'humain. Ils embrassent la férocité, l'intelligence et l'instinct prédateur de l'esprit du Loup.

	Choix de la Rune de Vide:		
	Dévoreur d'Yeux	**Enragé**	**Wolfen**
Trait	Physique	Mental	Spirituel
Pouvoir Actif	Griffer les Yeux	Posture Agressive	Coup de Boule
Pouvoir Passif	Sadique	Succomber à la rage	Crocs
Compétence	Doigts Légers	Intimider	Chasser/Piéger

Pouvoirs Actifs d'autres archétypes: accès au tableau de Galdr	Baiser de Fylgia (Catharsis) [Zone Combo Amplifié]	Attaque Blessante	Posture du Prédateur	Attaque Revigorante	Attaque Sautée	Pouvoirs Actifs d'autres archétypes: accès au tableau de Skald
Attaque plongeante	Hurlement, La Victoire de Skoll	Attaque Tour-billonnante	Attaque plongeante	Attaque par le Haut	Hurlement, Rallier la Meute	Attaque Puissante Téméraire
Attaque Formulée	Coup Tonitruant Téméraire	Attaque de Précision	Attaque Puissante	Posture de l'Ours	Charge Mortelle	Parade Revigorante
Posture Mobile	Attaque Enragée	Charge Enragée	ULFHEDNAR Pouvoirs Actifs	Forme de Loup de Sang	Mutilation	Toucher de Fylgia (Canalisation) [Combo Zone Amplifié]
Attaque Perçante	Attaque Tour-billonnante Téméraire	Attaque Purificatrice	Coupe-Jarret	Parade Purificatrice	Attaque de Flanc	Attaque Bondissante
Furie de Fylgia (Attaque Formulée) [Amplifié Cannibalisme Arme]	Hurlement, la Victoire d'Hati	Assaut Furieux	Invoquer la Rage	Parade Supérieure	Hurlement, le Croc de Sang	Lancer de Terre
Pouvoirs Actifs d'autres archétypes: accès au tableau de Seithkona	Assaut Agressif	Purger le Handicap	Posture Sournoise	Purger l'Aveuglement	Manoeuvre de Combat Versatile	Pouvoirs Actifs d'autres archétypes: accès au tableau de Demoiselle de Ratatosk

Pouvoirs Passifs d'autres archétypes: accès au tableau de Galdr	Compagnon dans la Guerre	Travailler de Concert	Repousser	Favoriser l'Attaque	Coeur Bestial	Pouvoirs Passifs d'autres archétypes: accès au tableau de Skald
Rendre Impuissant	Esprit Incassable	Frénésie	Conscience du Combat	Robuste	Taille de Géant	Constitution
Dégainer Rapidement	Férocité Acculée	Guerrier Spirituel	Prouesses Martiales	Guerrier Cérébral	Puissance	Avantage Tactique
Agression Irrésistible	Désespoir	Porté par le Sang	ULFHEDNAR Pouvoirs Passifs	Puissance à Mains Nues	Hurlement, le Regroupement de la Meute	Increvable
Cohorte Furieuse	La Misère appelle la Misère	Buveur de Sang	Tacticien	Sens Affutés	Agilité	Enfant de la Nature
Transformation Férale	Âme Incassable	Bondir	Harceler	Brutaliser	Corps Incassable	Faire taire les Foules
Pouvoirs Passifs d'autres archétypes: accès au tableau de Seithkona	Soif de Sang	Compagnon dans le Sang	Compagnon dans la Mort	Carnage Irrésistible	Manoeuvrabilité de Combat	Pouvoirs Passifs d'autres archétypes: accès au tableau de Demoiselle de Ratatosk

Compétences d'autres archétypes: accès au tableau de Galdr	Survie dans la Nature Sauvage	Nager	Furtivité	Perception	Athlétisme	Compétences d'autres archétypes: accès au tableau de Skald
Boire/Séduire	Intimider	Empathie Animale	Navigation	Déguisement	Intimider	Athlétisme
Furtivité	Négociation	Manipulation Verbale	Pister	Chasser/Piéger	Signes et Présages	Furtivité
Athlétisme	Sentir les Motivations	Perception	**ULFHEDNAR** Compétences	Survie dans la Nature Sauvage	Réparer l'Equipement	Perception
Boire/Séduire	Connaissance: Lieux	Furtivité	Athlétisme	Langue Silencieuse	Boire/Séduire	Boire/Séduire
Boire/Séduire	Intimider	Réparer l'Equipement	Nager	Chasser/Piéger	Intimider	Survie dans la Nature Sauvage
Compétences d'autres archétypes: accès au tableau de Seithkona	Chasser/Piéger	Survie dans la Nature Sauvage	Pister	Perception	Athlétisme	Compétences d'autres archétypes: accès au tableau de Demoiselle de Ratatosk

AUTRES ARCHÉTYPES

Les archétypes suivants sont communs dans Le Destin des Nornes, et peuvent être utilisés par le Norn pour créer des Habitants.

ANGE DE LA MORT

L'Ange de la Mort est un individu complexe et mystérieux. Ayant été mortelle, elle a rejoint les rangs des morts-vivants grâce à la bénédiction de Hel, maîtresse de Niflheim. L'Ange de la Mort ressemble à un humain en de nombreux aspects, mais maîtrise des capacités mystérieuses de Nécromancie. L'Ange de la Mort est une figure importante dans les communautés, qui préside les funérailles et est consultée pour les sujets traitant de la vie après la mort. L'au-delà est extrêmement important, et ses compétences peuvent aider un être récemment décédé à entrer aux Cieux. Sa relation avec sa maîtresse divine est mystérieuse pour la plupart des gens, étant donné que l'Ange de la Mort dirige les âmes loin de Hel et de Niflheim.

Sa connaissance de l'anatomie rend chacune de ses frappes mortelles, et sa connaissance des poisons et des maladies ajoute à son répertoire mortel. La plupart des gens sont très prudents autour d'elle, car la mettre en colère pourrait se traduire par un voyage soudain vers l'autre monde.

BERSERKER

Un Berserker est un guerrier béni par la Colère des Dieux. Dans sa rage, il perd tout contrôle et devient une machine à tuer, frappant ses ennemis avec la force de deux fois quatre hommes. Ils n'ont pas besoin d'armure, car ni fer ni feu ne peuvent toucher leur peau lorsqu'ils sont consumés par la rage. Des gens ont tenté de calmer les feux du Berserker en les poussant dans l'eau glaciale, mais l'eau fut vaporisée par la colère furieuse dans le coeur du Berserker. Jeter des femmes nues sur le chemin du Berserker a également échoué à calmer leur divin courroux.

Dans certains cas, un Berserker peut se transformer en un puissant Sanglier ou Ours. Après que sa rage ait été totalement épuisée, le guerrier est affaibli pour un temps. On raconte qu'un Roi a envoyé cinq Berserker pour conquérir un royaume voisin, et ils y sont parvenus, en massacrant toute l'armée ennemie.

Leur rage est spirituelle par nature, car c'est une forme moindre de celle qui habite le dieu Thor.

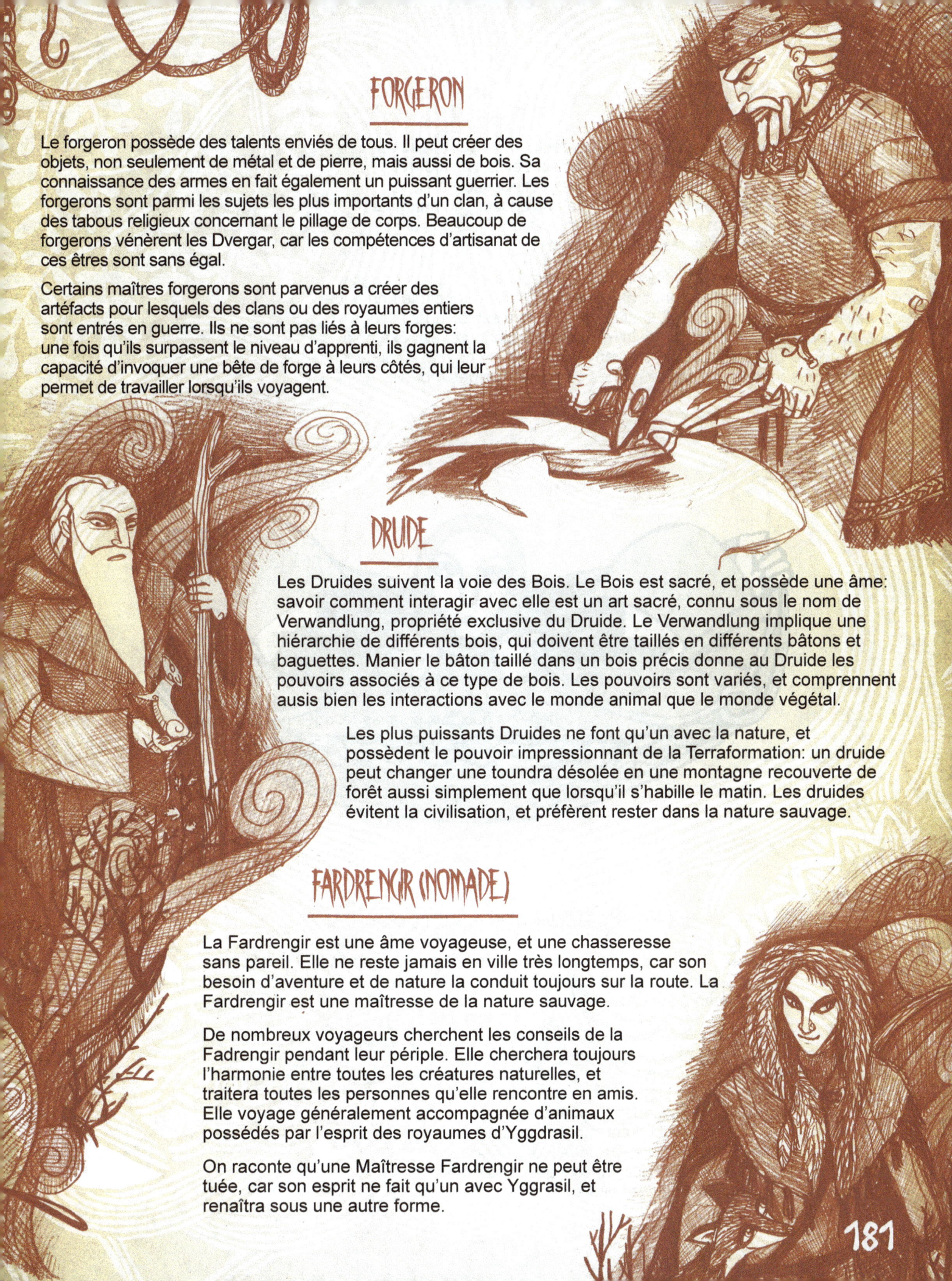

FORGERON

Le forgeron possède des talents enviés de tous. Il peut créer des objets, non seulement de métal et de pierre, mais aussi de bois. Sa connaissance des armes en fait également un puissant guerrier. Les forgerons sont parmi les sujets les plus importants d'un clan, à cause des tabous religieux concernant le pillage de corps. Beaucoup de forgerons vénèrent les Dvergar, car les compétences d'artisanat de ces êtres sont sans égal.

Certains maîtres forgerons sont parvenus a créer des artéfacts pour lesquels des clans ou des royaumes entiers sont entrés en guerre. Ils ne sont pas liés à leurs forges: une fois qu'ils surpassent le niveau d'apprenti, ils gagnent la capacité d'invoquer une bête de forge à leurs côtés, qui leur permet de travailler lorsqu'ils voyagent.

DRUIDE

Les Druides suivent la voie des Bois. Le Bois est sacré, et possède une âme: savoir comment interagir avec elle est un art sacré, connu sous le nom de Verwandlung, propriété exclusive du Druide. Le Verwandlung implique une hiérarchie de différents bois, qui doivent être taillés en différents bâtons et baguettes. Manier le bâton taillé dans un bois précis donne au Druide les pouvoirs associés à ce type de bois. Les pouvoirs sont variés, et comprennent ausis bien les interactions avec le monde animal que le monde végétal.

Les plus puissants Druides ne font qu'un avec la nature, et possèdent le pouvoir impressionnant de la Terraformation: un druide peut changer une toundra désolée en une montagne recouverte de forêt aussi simplement que lorsqu'il s'habille le matin. Les druides évitent la civilisation, et préfèrent rester dans la nature sauvage.

FARDRENGIR (NOMADE)

La Fardrengir est une âme voyageuse, et une chasseresse sans pareil. Elle ne reste jamais en ville très longtemps, car son besoin d'aventure et de nature la conduit toujours sur la route. La Fardrengir est une maîtresse de la nature sauvage.

De nombreux voyageurs cherchent les conseils de la Fadrengir pendant leur périple. Elle cherchera toujours l'harmonie entre toutes les créatures naturelles, et traitera toutes les personnes qu'elle rencontre en amis. Elle voyage généralement accompagnée d'animaux possédés par l'esprit des royaumes d'Yggdrasil.

On raconte qu'une Maîtresse Fardrengir ne peut être tuée, car son esprit ne fait qu'un avec Yggrasil, et renaîtra sous une autre forme.

181

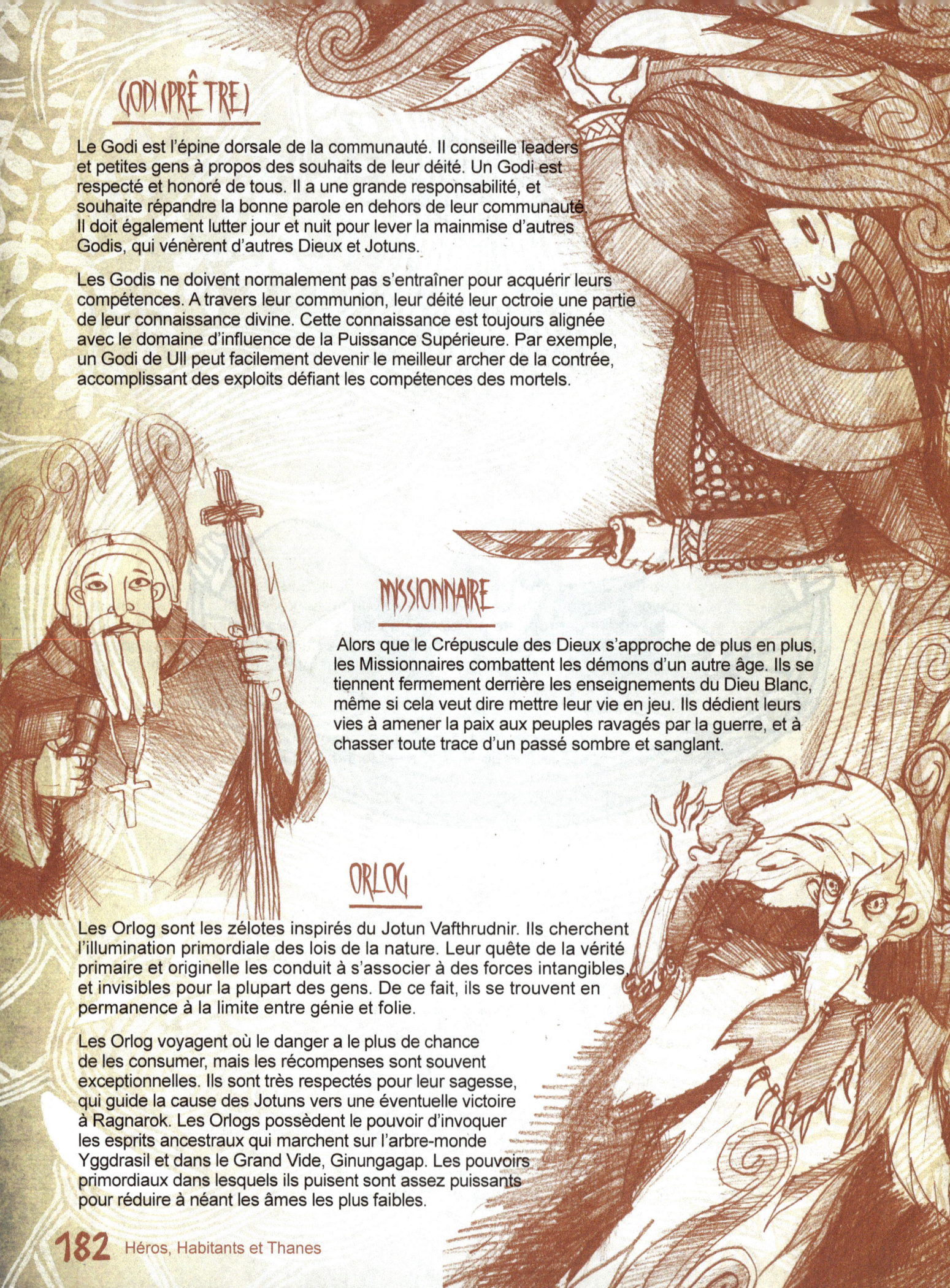

GODI (PRÊTRE)

Le Godi est l'épine dorsale de la communauté. Il conseille leaders et petites gens à propos des souhaits de leur déité. Un Godi est respecté et honoré de tous. Il a une grande responsabilité, et souhaite répandre la bonne parole en dehors de leur communauté. Il doit également lutter jour et nuit pour lever la mainmise d'autres Godis, qui vénèrent d'autres Dieux et Jotuns.

Les Godis ne doivent normalement pas s'entraîner pour acquérir leurs compétences. A travers leur communion, leur déité leur octroie une partie de leur connaissance divine. Cette connaissance est toujours alignée avec le domaine d'influence de la Puissance Supérieure. Par exemple, un Godi de Ull peut facilement devenir le meilleur archer de la contrée, accomplissant des exploits défiant les compétences des mortels.

MISSIONNAIRE

Alors que le Crépuscule des Dieux s'approche de plus en plus, les Missionnaires combattent les démons d'un autre âge. Ils se tiennent fermement derrière les enseignements du Dieu Blanc, même si cela veut dire mettre leur vie en jeu. Ils dédient leurs vies à amener la paix aux peuples ravagés par la guerre, et à chasser toute trace d'un passé sombre et sanglant.

ORLOG

Les Orlog sont les zélotes inspirés du Jotun Vafthrudnir. Ils cherchent l'illumination primordiale des lois de la nature. Leur quête de la vérité primaire et originelle les conduit à s'associer à des forces intangibles, et invisibles pour la plupart des gens. De ce fait, ils se trouvent en permanence à la limite entre génie et folie.

Les Orlog voyagent où le danger a le plus de chance de les consumer, mais les récompenses sont souvent exceptionnelles. Ils sont très respectés pour leur sagesse, qui guide la cause des Jotuns vers une éventuelle victoire à Ragnarok. Les Orlogs possèdent le pouvoir d'invoquer les esprits ancestraux qui marchent sur l'arbre-monde Yggdrasil et dans le Grand Vide, Ginungagap. Les pouvoirs primordiaux dans lesquels ils puisent sont assez puissants pour réduire à néant les âmes les plus faibles.

VOYOU

"Lorsque tout échoue, volez et poignardez dans le dos." Tel est la philosophie du Voyou. Le Voyou préfère utiliser la ruse et la furtivité à la force brute et la franchise. Ils profitent d'une vie facile, et essaient de gagner le plus possible avec un minimum d'efforts. De nombreux Voyous vénèrent le Dieu Farceur, Loki, où les Alfar Sombres. Pour gagner une réputation en tant que Voyou, chacun d'entre eux doit voyager jusqu'à Svartalfheim, pour prouver sa valeur. Lorsqu'ils y sont, et visitent les nombreuses cités des ombres, ils apprennent des meilleurs voleurs et meurtriers: on raconte qu'à Svartalfheim, votre épée peut vous être volée de votre main sans que vous vous en rendiez compte. La vie est aisée pour les Voyous lorsqu'ils retournent à Midgard, chaque personne étant une proie pour eux..

FILS DE FENRIR

Les Dieux possèdent un puissant arsenal de guerriers, des Berserkers aux Stalos, mais les géants contrent cette force avec une menace dont le simple nom sème la terreur: les Fils de Fenrir. Pas totalement animaux, mais trop sauvages pout être qualifiés d'humains, ces guerriers féroces emplissent de peur le coeur de leurs ennemis. Certains de leurs pouvoirs sont surnaturels, venant tout droit de l'esprit du Loup Eternel. Ils tirent leur nom du demi-dieu dévoreur de Dieux Fenrir. Tout comme leur divinité, ils cherchent à apporter la ruine aux civilisations de l'humanité. Ils refusent de porter des armures, symboles d'une société répressive. Les Fils de Fenrir comptent sur leurs armes tranchantes et perçantes pour répandre le sang de leurs ennemis. Leur pouvoir le plus effrayant est leur capacité à se soigner en buvant le sang de leurs ennemis tombés.

STALO

Si les Bersekers sont les maîtres du combat non contrôlé, le Stalo en est l'opposé. Il exécute des manoeuvres contrôlées, ses armes paralysant et confondant ses adversaires. Chacun de ses mouvement est unique, et les Stalos passent leurs connaissances à leurs fils, et aux fils de leurs fils. Ils font la même chose pour leurs armes et leur armure, leur art restant dans la famille. Leurs armes et armures sont également symboles de leur statut.

On raconte que la première génération de familles à apprendre cet art furent formées par le Père de Toute Chose, Odin. A ce jour, ils sont connus comme défenseurs de l'humanité contre l'injustice et l'oppression.

ASPECTS

EINHERJAR

Lorsqu'un Héros digne de chansons épiques tombe au combat, il ou elle peut être choisi(e) pour rejoindre les rangs des quelques guerriers d'élite qui participeront à la bataille finale entre les Dieux et les Jotuns.

Les guerriers choisis par les Valkyries et amenés au Valhalla sont appelés Einherjar. Ils sont les élus d'Odin, et sa nécromancie lui permet de les rendre immortels. Leur corps et leur âme devient immortel, et ils s'entraînent et boivent jusqu'à la guerre finale.

Les premiers jours d'un Einherjar sont troublés: ses émotions peuvent être étouffées ou amplifiées, entraînant des changements d'humeur imprévisibles. S'ajuster à un corps immortel peut être perturbant, et les souvenirs de sa mort violente peuvent venir hanter le Héros. Avec le temps, néanmoins, l'Einherjar s'affirme, et développe des compétences de combat d'une puissance incommensurable.

Mécanique de résurrection récente:
Le Norn peut demander au joueur d'un Héros Einherjar de tirer une rune, lorsque se produit une situation qui pourrait conduire l'immortel à perdre son calme (ex.: insulte, échec, frustration). Si une rune Mentale ou Physique est tirée, le Héros entre dans une crise de rage:

- Le Héros effectue un Sacrifice Ultime +1
- Le Tapis de Jeu du Héros doit recevoir l'altération Rage, d'intensité 4
- Le Norn tire l'Initiative pour tous les êtres présents à côté de l'Einherjar, et le combat débute.

La pire période d'ajustement est la première semaine, où les crises de rage peuvent être très fréquentes. Le temps passant, le guerrier apprend à maîtriser ses émotions sauvages. Une fois qu'un nombre maximum de runes descendent dans la pile Drain à cause de crises de rage, le Héros ne peut plus perdre son calme avant qu'au moins une rune ne soit sortie de la pile Drain.

Pendant la première semaine après leur résurrection, le Héros peut avoir un maximum de 3 runes dans Drain. La deuxième semaine, cette valeur tombe à 2. Pour le reste du mois, elle passe à 1. Après qu'un mois se soit écoulé, l'Einherjar peut contrôler ses émotions aussi bien que lorsqu'il était mortel.

Ruée de l'Immortel	Attaque de l'Immortel	Férocité de l'Immortel
Parade de l'Immortel	**EINHERJAR** Pouvoirs Actifs	Regard noir de l'Immortel
Régénération de l'Immortel	Concentration de l'Immortel	Sprint de l'Immortel

Aptitude Affûtée	Modr de l'Immortel	Aptitude Affûtée
Bénédiction de l'Immortel	**EINHERJAR** Pouvoirs Passifs	Présence de l'Immortel
Vide de l'Immortel	Purification de l'Immortel	Force Vitale de l'Immortel

Bagarre	Endurance	Intimider
Réparer l'Équipement	**EINHERJAR** Compétences	Athlétisme
Connaissance: Arcanes	Connaissance: Lieux	Connaissance: Personnalités

Colonne de Feu étincelante de l'Immortel	Attaque de l'Immortel	Brillance de l'Immortel
Parade de l'Immortel	**FILS DE MUSPEL** Pouvoirs Actifs	Regard noir de l'Immortel
Régénération de l'Immortel	Concentration de l'Immortel	Sprint de l'Immortel

Aptitude Affûtée	Harmonie de l'Immortel	Aptitude Affûtée
Bénédiction de l'Immortel	**FILS DE MUSPEL** Pouvoirs Passifs	Perception de l'Immortel
Vide de l'Immortel	Purification de l'Immortel	Force Vitale de l'Immortel

Communier avec les Morts	Perception	Empathie Animale
Furtivité	**FILS DE MUSPEL** Compétences	Déguisement
Connaissance: Arcanes	Connaissance: Lieux	Connaissance: Personnalités

FILS DE MUSPEL

De puissants guerriers tués lors d'une bataille peuvent être choisis par les Valkyries, et amenés à Glassisvellir pour combattre lors de la dernière bataille de Ragnarok. Ces guerriers sont appelés Fils de Muspel. Emergeant du lac de feu (la Gueule de Surt), les Fils de Muspel renaissent dans un nouveau corps, et partent en pélerinage à travers les mondes d'Yggdrasil afin de parfaire leurs compétences dans tous les environnements, et contre tous les types d'ennemis.

Après leur résurrection, leurs sens sont hyper-sensibles, mais une fois leur pélerinage achevé, les Fils de Muspel ne font plus qu'un avec l'arbre cosmique, ce qui leur octroie l'omniscience, et une résilience cosmique.

Mécanique de résurrection récente:
Le Norn peut demander au joueur d'un Fils de Muspel de tirer une rune s'il se produit une situation qui sature les sens du Héros (ex.: lumière vive soudaine, sons puissants, odeurs détestables, etc.). Si une rune Spirituelle ou Physique est tirée, le Fils de Muspel se referme sur lui-même, et embrasse la flamme intérieure:

- Le Héros effectue un Sacrifice Ultime +1
- Le Plateau de Jeu du Héros doit recevoir les altérations Aveuglement et Aura, à l'intensité 4

La pire période d'ajustement est la première semaine, où les saturations sensorielles peuvent être fréquentes. Alors que le temps passe, les perceptions reviennent lentement à des intensités soutenables. Une fois qu'un nombre maximum de runes descendent dans la pile Drain à cause de saturations sensorielles, le Héros ne peut plus en subir d'autres avant qu'au moins une rune ne soit sortie de la pile Drain.

Pendant la première semaine après leur résurrection, le Héros peut avoir un maximum de 3 runes dans Drain. La deuxième semaine, cette valeur tombe à 2. Pour le reste du mois, elle passe à 1. Après qu'un mois se soit écoulé, le Fils de Muspel peut contrôler ses perceptions aussi bien que lorsqu'il était mortel.

Chant de Skuld [Cannibalisme Zone Amplifié]	Troll SMASH (Assaut Agressif) [Amplifié Cannibalisme Arme]	Lier les âmes soeurs
Puiser de la Nature (Posture des arcanes) [Amplifié Cannibalisme Amplifié]	SANG DE TROLL Pouvoirs Actifs	Regard noir du Troll (Lance Spirituelle) [Portée Cannibalisme Amplifié]
Conjuration d'illusion de Troll	Posture Fracassante (Posture Agressive) [Amplifié Cannibalisme Amplifié]	Lier la Destinée

Aptitude Affûtée	Sang de Sorcière	Aptitude Affûtée
Taille de Géant	SANG DE TROLL Passive Powers	Taille de Géant
Aptitude Affûtée	Magicien d'albâtre	Aptitude Affûtée

Nager	Bagarre	Boire/Séduire
Intimider	SANG DE TROLL Compétences	Chasser/ Piéger
Perception	Survie dans la Nature Sauvage	Pister

SANG DE TROLL

Quelque part dans votre lignée, peut-être aussi récemment que chez vos parents, votre sang a été mêlé à celui d'un Troll.

Le Sang de Troll, de lui-même, porte de nombreuses caractéristiques bénéfiques, mais quelque chose de spécial se produit lorsqu'il est mélangé avec du sang humain... Une espèce unique et très spéciale est créée, possédant des propriétés magiques. Les êtres de sang mêlé ressemblent à des humains, mais avec des traits exagérés, et des yeux qui semblent briller d'une lueur dorée à faible lumière.

Les pouvoirs se manifestent très tôt dans la vie, mais ne sont maîtrisés qu'à l'adolescence. Beaucoup regardent les sang-mêlés avec un mélange d'admiration et de peur, et les pouvoirs et dispositions de ceux-ci varient beaucoup. Certains utilisent leurs pouvoirs pour le bien de la société, mais beaucoup utilisent leurs avantages pour dominer les humains inférieurs, et les utiliser comme des pions, voire même des esclaves.

Le plus célèbre pouvoir des Sang de Troll est leur capacité à manipuler le tissu de la magie. Ce sont les maîtres de la création de petits sorts, qui avec le temps deviennent de proportions épiques.

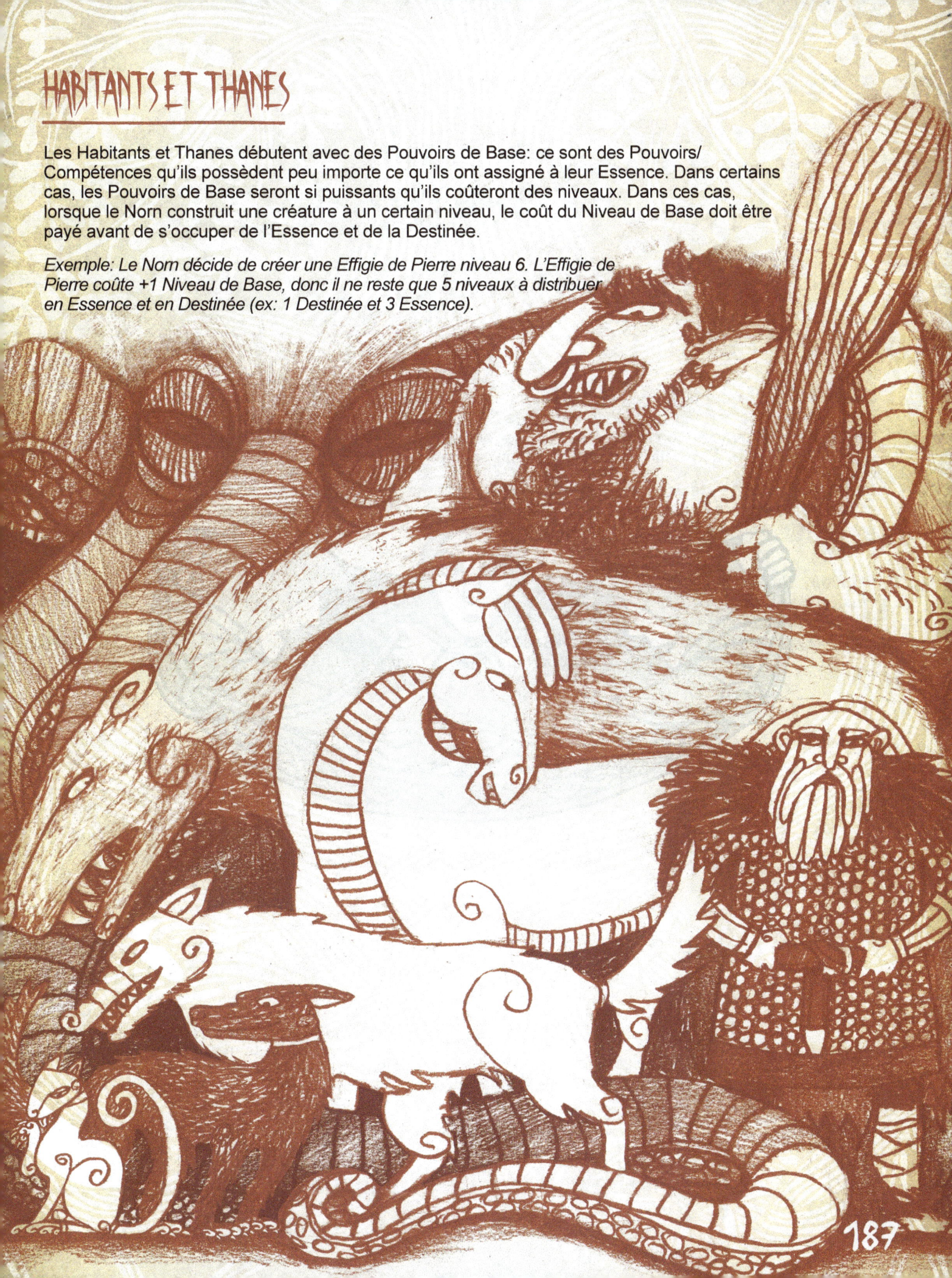

HABITANTS ET THANES

Les Habitants et Thanes débutent avec des Pouvoirs de Base: ce sont des Pouvoirs/Compétences qu'ils possèdent peu importe ce qu'ils ont assigné à leur Essence. Dans certains cas, les Pouvoirs de Base seront si puissants qu'ils coûteront des niveaux. Dans ces cas, lorsque le Norn construit une créature à un certain niveau, le coût du Niveau de Base doit être payé avant de s'occuper de l'Essence et de la Destinée.

Exemple: Le Norn décide de créer une Effigie de Pierre niveau 6. L'Effigie de Pierre coûte +1 Niveau de Base, donc il ne reste que 5 niveaux à distribuer en Essence et en Destinée (ex: 1 Destinée et 3 Essence).

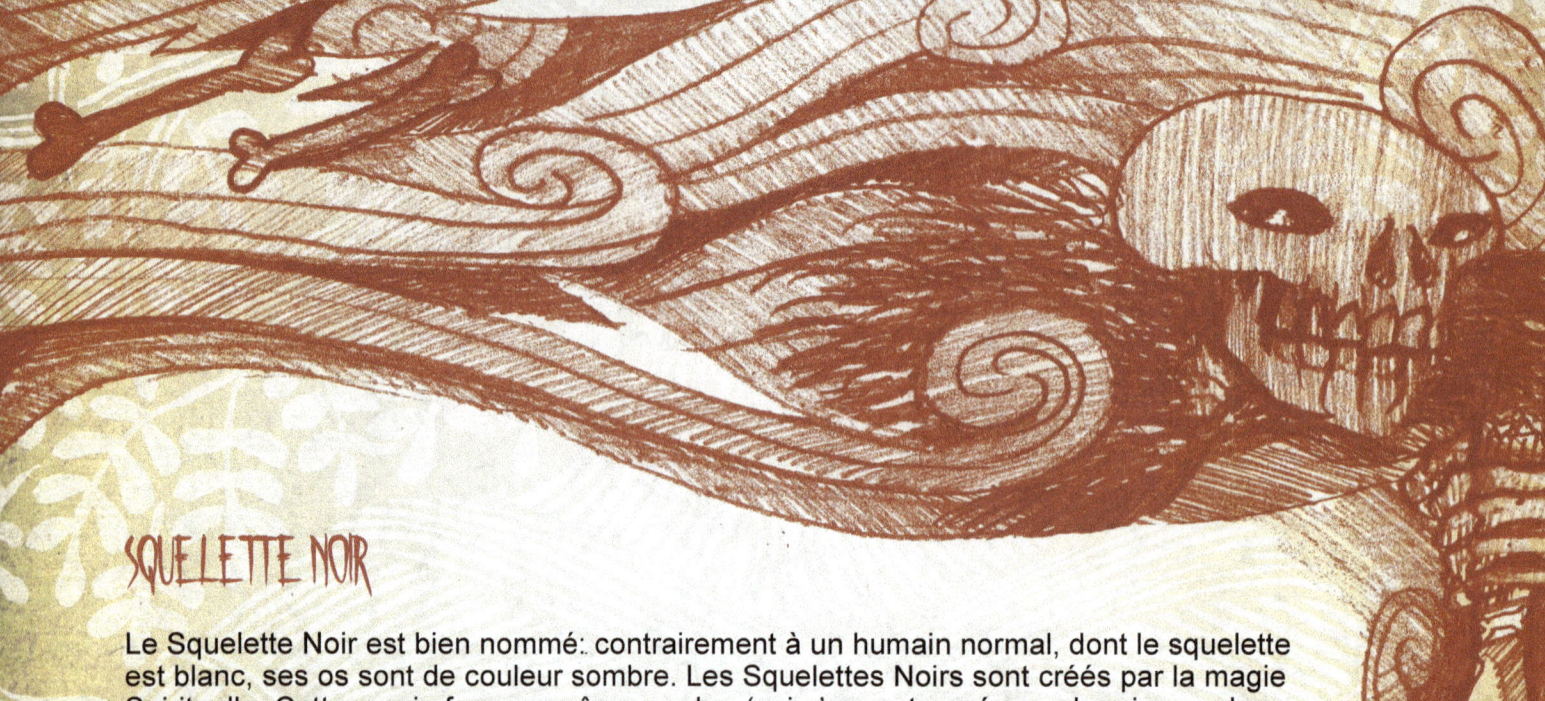

SQUELETTE NOIR

Le Squelette Noir est bien nommé: contrairement à un humain normal, dont le squelette est blanc, ses os sont de couleur sombre. Les Squelettes Noirs sont créés par la magie Spirituelle. Cette magie force une âme perdue (qui n'a pas trouvé son chemin vers les Cieux ou Niflheim) à investir un corps d'os temporaire.

Le Squelette Noir est d'une nature temporaire, et sa longévité est directement liée au Sort et à la personne qui l'a invoqué. Les Squelettes Noirs sont de puissants guerriers, car ils peuvent être équipés d'armes d'outre-tombe et entrer dans la bataille avec un équipement complet.

Pouvoirs de Base: *Aucun*
Niveau de Base: *0*
Taille/Déplacement: *4/4*
Type d'Equipement: *Aucun (les squelettes de bas niveau peuvent avoir des armes/armures cassées, et ceux de haut niveau conjureront une bonne arme).*

Assaut Furieux	Attaque perçante	Coupe-Jarret	Frappe des Ombres	Conjuration d'Arme
Griffer les Yeux	Attaque Puissante	Attaque plongeante	Frapper dans le Dos	Attaque Blessante
Appel de Niflheim	Assaut Agressif	**SQUELETTE NOIR** Pouvoirs Actifs	Charge Mortelle	Destructeur des Foules
Drainer la Vie	Aura de Glace	Brise Os	Lance Spirituelle	Résistance Surnaturelle
Piques de l'Âme	Chaînes de l'Âme	Voile de l'Âme	Déformation de l'Âme	Fléau de la Chair

Aptitude Affutée	Aptitude Affutée	Prouesses Martiales	Aptitude Affutée	Aptitude Affutée
Aptitude Affutée	Soif de Sang	Increvable	Puissance à Mains Nues	Aptitude Affutée
Harceler	Brutaliser	**SQUELETTE NOIR** Pouvoirs Passifs	Puissance	Bondir
Aptitude Affutée	Buveur de Sang	Esprit en Colère	Légèreté dans l'Esquive	Aptitude Affutée
Aptitude Affutée	Aptitude Affutée	Aptitude Affutée	Aptitude Affutée	Aptitude Affutée

Langue Silencieuse	Communier avec les Morts	Communier avec les Morts	Communier avec les Morts	Connaissance: Personnalités
Perception	Langue Silencieuse	Communier avec les Morts	Connaissance: Personnalités	Endurance
Perception	Perception	**SQUELETTE NOIR** Compétences	Endurance	Endurance
Perception	Pister	Intimider	Connaissance: Lieux	Endurance
Pister	Intimider	Intimider	Intimider	Connaissance: Lieux

CROISÉ

Le Croisé est un des champions suréquipés d'une cause étrangère. Ses valeurs et le regard qu'il porte sur la vie sont étrangères et incompréhensibles. Raisonner avec l'un d'entre eux peut être un challenge très difficile. Les Croisés ont une volonté de fer, et traitent les gens différents d'eux avec mépris et dédain. Bien entraînés, vétérans de nombreuses batailles, et très bien équipés, ce sont des adversaires redoutables.

Pouvoirs de Base: Aucun
Niveau de Base: 0
Taille/Déplacement: 4/4
Type d'Equipement: Martial

Charge Mortelle	Charge de Taureau	Attaque Perçante	Posture Défensive	Piliers de la Foi (Posture du Narval) [Amplifié Amplifié Maintien]
Posture du Prédateur	Posture Agressive	Attaque plongeante	Attaque Satisfaisante	Pommes d'Idun
Assaut Furieux	Assaut Agressif	CROISÉ Pouvoirs Actifs	Parade Purificatrice	Catharsis
Attaque Revigorante	Posture de l'Ours	Attaque par en Haut	Attaque Purificatrice	Sprint Purificateur
Croisade (La Nuit des Longs Couteaux) [Maintien Zone Zone]	Attaque de Flanc	Attaque Désespérée	Désarmement	Inspiration Divine (Chant de Skuld) [Amplifié Zone Amplifié]

Aptitude Affutée	Prouesses Martiales	Guerrier Cérébral	Prouesses Martiales	Aptitude Affutée
Rendre Impuissant	Bondir	Guerrier Spirituel	Bastion	Bastion
Harceler	Bondir	CROISÉ Pouvoirs Passifs	Aura d'Influence	Bastion
Brutaliser	Bondir	Tacticien	Bastion	Bastion
Aptitude Affutée	Avantage Tactique	Tacticien	Puissance	Aptitude Affutée

Athlétisme	Bagarre	Bagarre	Bagarre	Boire/Séduire
Endurance	Intimider	Intimider	Intimider	Réparer l'Equipement
Endurance	Endurance	CROISÉ Pouvoirs Actifs	Navigation	Réparer l'Equipement
Endurance	Lire et Ecrire	Perception	Sentir les Motivations	Réparer l'Equipement
Pister	Survie en milieu Urbain	Nager	Survie dans la Nature Sauvage	Manipulation Verbale

EFFIGIE

Une Effigie est une créature fabriquée en bois ou en pierre. C'est généralement une petite statue, animée d'une "vie" magique grâce à la magie runique. L'esprit et l'âme de l'Effigie ne sont pas réels, mais improvisés par la Magie Runique, ce qui permet à l'Effigie d'imiter un être conscient. Cela dit, son existence est définie par son créateur, et elle a des difficultés à agir par elle-même. Le but de sa vie est de suivre les ordres de son créateur.

EFFIGIE DE BOIS

Une Effigie de Bois est créée pour servir son maître. Elle est agile et rapide, et utilisée pour des missions qui nécessitent ces qualités. Si elle est déployée en combat, elle détourne en général l'attention vers elle, protégeant ainsi son maître. Alors que la statue bouge, le bois enchanté émet une mélodie magique.

Pouvoirs de Base:	*Aucun*
Niveau de Base:	*0*
Taille/Déplacement:	*1/1*
Type d'Equipement:	*Aucun*

Vitalité Ecrasante	**Vivifier l'Esprit**	**La Nuit des Longs Couteaux** {Sort de Chanson} [Zone Ouvert Amplifié]	**Repositionne-ment**	**Fuite en Rigolant**
Pommes d'Idun	**Les Cauchemars du Muspelheim** {Sort de Chanson} [Zone Ouvert Amplifié]	**La Chevauchée des Valkyries** {Sort de Chanson} [Ouvert Zone Amplifié]	**Les Plaines de Vanagard** (Célérité Mentale) {Sort de Chanson} [Amplifié Zone Ouvert]	**Sprint Furieux**
Mutilation	**Manoeuvre de Combat Versatile**	**EFFIGIE DE BOIS** **Pouvoirs Actifs**	**Ôde à Vanagard** (Catharsis) {Sort de Chanson} [Ouvert Amplifié Zone]	**Sprint Purificateur**
Posture du Prédateur	**Parade Insultante**	**Parade Purificatrice**	**Manoeuvre Evasive**	**Parade-Retraite**
Parade Parfaite	**Parade-Retraite**	**Parade Supérieure**	**Frapper dans le Dos**	**Conjuration d'Arme**

Aptitude Affûtée	Porté par la Chanson	Chanteur Suave	Guerrier des Chansons	Aptitude Affûtée
Âme Incassable	Conscience du Combat	Agilité	Magicien d'Albâtre	Défier les Foules
Esprit Incassable	Danser hors de Portée	EFFIGIE DE BOIS **Pouvoirs Passifs**	Défier les Foules	Leste
Corps Incassable	Pied Léger	Provoquer la Discorde	Robuste	Faire Taire la Foule
Aptitude Affûtée	Férocité Acculée	Finesse du Provocateur	Légèreté dans l'Esquive	Aptitude Affûtée

Langue Silencieuse	Perception	Perception	Perception	Signes et Présages
S'échapper	Perception	Perception	Perception	Jouer
Pister	Pister	EFFIGIE DE BOIS **Compétences**	Pister	Pister
Furtivité	Endurance	Endurance	Endurance	Nager
Sentir les Motivations	Endurance	Endurance	Endurance	Sentir les Motivations

193

EFFIGIE DE PIERRE

Les Effigies de Pierre sont créées pour effectuer des travaux difficiles et porter des objets lourds. S'ils sont utilisés en combat, ils sont généralement déployés pour protéger leur maître des attaques. Ils créent en général des interférences entre leur créateur et ses ennemis.

Pouvoirs de Base: *FP +1 Physique; Soin +1 pendant l'Entretien*
Niveau de Base: *+1*
Taille/Déplacement: *1/1*
Type d'Equipement: *Aucun*

Repositionne-ment	Attaque Satisfaisante	Attaque de Précision	Parade Supérieure	Appel de Jotunheim
Attaque Revigorante	Posture du Loup	Attaque plongeante	Posture du Sanglier	Assaut Agressif
Saisie	Attaque Puissante	**EFFIGIE DE PIERRE** **Pouvoirs Actifs**	Enchantement de la Chair	Charge du Taureau
Attaque Désespérée	Posture du Sanglier	Attaque Tour-billonnante	Posture du Narval	Posture Agressive
Aura de Glace	Balayage	Attaque Tour-billonnante Téméraire	Catharsis	Souffle de Givre

Aptitude Affûtée	Aptitude Affûtée	Rune du Destin	Aptitude Affûtée	Aptitude Affûtée
Aptitude Affûtée	Bastion	Âme Incassable	Bastion	Aptitude Affûtée
Increvable	Surpuissance	EFFIGIE DE PIERRE Pouvoirs Passifs	Corps Incassable	Légèreté dans l'Esquive
Aptitude Affûtée	Bastion	Esprit Incassable	Bastion	Aptitude Affûtée
Aptitude Affûtée	Aptitude Affûtée	Rune de Renforcement	Aptitude Affûtée	Aptitude Affûtée

Langue Silencieuse	Perception	Perception	Perception	Signes et Présages
Perception	Perception	Perception	Perception	Perception
Pister	Pister	EFFIGIE DE PIERRE Compétences	Pister	Pister
Endurance	Endurance	Endurance	Endurance	Endurance
Sentir les Motivations	Endurance	Endurance	Endurance	Sentir les Motivations

EFFIGIE D'OR

Les Effigies d'Or sont les gardiens animés d'Asgard. Ils ont les ordres stricts d'appréhender ou de tuer quiconque n'est pas un Aesir, ou n'a pas été invité à Asgard par un Dieu Aesir.

Pouvoirs de Base: *Esquive +3*
Niveau de Base: *+3*
Taille/Déplacement: *1/1*
Type d'Equipement: *Aucun*

Repositionne-ment	Attaque Satisfaisante	Attaque de Précision	Riposte	Posture du Sanglier
Attaque Revigorante	Attaque Tour-billonnante	Attaque plongeante	Posture du Prédateur	Chant de Skuld
Saisie	Attaque Puissante	**EFFIGIE D'OR** Pouvoirs Actifs	Soleil et Lune	Aura de Feu
Attaque Désespérée	Posture Agressive	Catharsis	Crachat Acide	Conjuration d'Arme
Posture de l'Ours	Parade Désarmante	Souffle de Givre	Des Serpents dans l'Epée	Main de Tyr

Aptitude Affutée	Aptitude Affutée	Aptitude Affutée	Aptitude Affutée	Aptitude Affutée
Aptitude Affutée	Aptitude Affutée	Âme Incassable	Aptitude Affutée	Aptitude Affutée
Aptitude Affutée	Esprit Incassable	**EFFIGIE D OR** Pouvoirs Passifs	Corps Incassable	Aptitude Affutée
Aptitude Affutée	Aptitude Affutée	Résistance à la Possession	Aptitude Affutée	Aptitude Affutée
Aptitude Affutée	Aptitude Affutée	Aptitude Affutée	Aptitude Affutée	Aptitude Affutée

Langue Silencieuse	Perception	Perception	Perception	Signes et Présages
Perception	Perception	Perception	Perception	Perception
Pister	Pister	**EFFIGIE D OR** Compétences	Pister	Pister
Endurance	Endurance	Endurance	Endurance	Endurance
Sentir les Motivations	Endurance	Endurance	Endurance	Sentir les Motivations

FAMILIER

Certains pratiquants de la magie savent comment lier une âme perdue possédant des aptitudes magiques avec un animal possédant une essence magique innée, pour créer un thane connu sous le nom de Familier. Des animaux comme les chats, les serpents et les corbeaux font de bons familiers, à cause de leur nature mystique innée. Une fois qu'une âme perdue est entrée dans l'animal, celui-ci peut communiquer mentalement avec la Seithkona qui l'a lié. L'âme débloque également les énergies mystiques latentes de l'animal, que celui-ci peut partager avec son maître.

CORBEAU

Le Corbeau est un choix de Familier établi, portant le manteau de la Sagesse et de la Perception des arcanes. Lié à un esprit, il devient un puissant allié magique, même s'il ne fera pas face aux adversaires directement. La force du corbeau consiste à éviter la confrontation directe, et en sa capacité à renforcer les pouvoirs magiques d'un lanceur de sorts.

Pouvoirs de Base: Vol, Déplacement +2
Niveau de Base: 0
Taille/Déplacement: 1/3
Type d'Equipement: Aucun

Repositionne-ment	Vivifier l'Esprit	Pommes d'Idun	Vitalité Ecrasante	Fuite en Rigolant
Roulade en Position	Catharsis	Manoeuvre Evasive	Parade Purificatrice	Sprint Furieux
Posture Sournoise	Posture du Sanglier	**CORBEAU** Pouvoirs Actifs	Vivifier l'Esprit	Vitalité Ecrasante
Visage des Horreurs	Parade-Retraite	Parade Supérieure	Célérité Mentale	Dévoreur de Pensées
Posture Forteresse Analytique	Résistance Surnaturelle	Parade Vengeresse	Parade Parfaite	Posture Puissance Analytique

Aptitude Affutée	Aptitude Affutée	Conférer la Perception	Aptitude Affutée	Aptitude Affutée
Aptitude Affutée	Compagnon dans le Sang	Magicien d'Albâtre	Compagnon dans la Mort	Aptitude Affutée
Conférer la Sagesse	Communauté de l'Oeil Magique	CORBEAU Pouvoirs Passifs	Compagnon dans la Magie	Conférer l'Illumination
Aptitude Affutée	Compagnon dans la Vie	Sang de Sorcière	Compagnon dans la Destinée	Aptitude Affutée
Aptitude Affutée	Aptitude Affutée	Motivation non désirée	Aptitude Affutée	Aptitude Affutée

Empathie Animale	Empathie Animale	Athlétisme	Perception	Partage de Compétence (Langue Silencieuse)
Empathie Animale	Empathie Animale	Athlétisme	Perception	Perception
Doigts Agiles	Signes et Présages	CORBEAU Pouvoirs Actifs	Perception	Doigts Agiles
Connais-sance: Lieux	Connais-sance: Lieux	Athlétisme	Connais-sance: Per-sonnalités	Langue Silencieuse
Furtivité	Furtivité	Athlétisme	Furtivité	Furtivité

199

CHAT

Le Chat est un choix de Familier établi, ayant la réputation de faciliter la communion entre le monde des esprits et le monde des vivants. Lié à un esprit, il devient un puissant allié magique, même s'il ne fera pas face aux adversaires directement. La force du chat consiste à éviter la confrontation directe, et en sa capacité à renforcer les pouvoirs magiques d'un lanceur de sorts.

Pouvoirs de Base: Quadrupède
Niveau de Base: 0
Taille/Déplacement: 1/2
Type d'Equipement: Aucun

Repositionne-ment	Vivifier l'Esprit	Pommes d'Idun	Vitalité Ecrasante	Fuite en Rigolant
Roulade en Position	Catharsis	Manoeuvre Evasive	Parade Purificatrice	Sprint Furieux
Posture Sournoise	Posture du Sanglier	CHAT Pouvoirs Actifs	Vivifier l'Esprit	Vitalité Ecrasante
Piques de l'Âme	Parade-Retraite	Parade Supérieure	Célérité Mentale	Posséder un adversaire
Posture Bastion de l'Esprit	Résistance Surnaturelle	Parade Vengeresse	Parade Parfaite	Posture Puissance de l'Esprit

Aptitude Affûtée	Pied Léger	Conférer la Conviction	Aptitude Affûtée	Aptitude Affûtée
Aptitude Affûtée	Compagnon dans le Sang	Magicien d'Albâtre	Compagnon dans la Mort	Aptitude Affûtée
Conférer la Foi	Communauté de l'Oeil Magique	CHAT Pouvoirs Passifs	Compagnon dans la Magie	Conférer l'Illumination
Aptitude Affûtée	Compagnon dans la Vie	Sang de Sorcière	Compagnon dans la Destinée	Aptitude Affûtée
Aptitude Affûtée	Aptitude Affûtée	Alliance des Ombres	Pied Léger	Aptitude Affûtée

Empathie Animale	Empathie Animale	Athlétisme	Perception	Partage de Compétence (Langue Silencieuse)
Empathie Animale	Empathie Animale	Athlétisme	Perception	Perception
Signes et Présages	Signes et Présages	CHAT Compétences	Perception	Signes et Présages
Connaissance: Lieux	Furtivité	Athlétisme	Connaissance: Personnalités	Langue Silencieuse
Partage de Compétence (Furtivité)	Furtivité	Athlétisme	Furtivité	Furtivité

SERPENT

Le Serpent est un choix de Familier établi, ayant la réputation d'agression magique. Lié à un esprit, il devient un puissant allié magique, et peut même parfois directement faire face à des adversaires. La force du serpent consiste à tendre des embuscades, et en sa capacité à renforcer les pouvoirs magiques d'un lanceur de sorts.

Pouvoirs de Base: Venin (Pouvoir Passif "Brutaliser")
Niveau de Base: 0
Taille/Déplacement: 2/2
Type d'Equipement: Aucun

Attaque plongeante	Vivifier l'Esprit	Pommes d'Idun	Vitalité Ecrasante	Fuite en Rigolant
Constriction (Déchirer la chair) [Maintien Amplifié Amplifié]	Catharsis	Manoeuvre Evasive	Parade Purificatrice	Sprint Furieux
Bond Sauvage	Mutilation	SERPENT Pouvoirs Actifs	Vivifier l'Esprit	Vitalité Ecrasante
Crachat Acide	Parade-Retraite	Parade Supérieure	Célérité Mentale	Posséder un adversaire
Attaquant Bondissant	Résistance Surnaturelle	Parade Vengeresse	Parade Parfaite	Posture Puissance de l'Esprit

Aptitude Affutée	Compagnon dans la Vie	Sang de Sorcière	Compagnon dans la Destinée	Aptitude Affutée
Aptitude Affutée	Repousser	Alliance des Ombres	Communauté de la Main Glacée de Hel	Légèreté dans l'Esquive
Conférer la Foi	Communauté de l'Oeil Magique	**SERPENT** Pouvoirs Passifs	Compagnon dans la Magie	Conférer l'Illumination
Crocs	Puissance	Conférer la Conviction	Taille de Géant	Puissance à Mains Nues
Aptitude Affutée	Compagnon dans le Sang	Magicien d'Albâtre	Compagnon dans la Mort	Aptitude Affutée

Partage de Compétence (Langue Silencieuse)	Intimider	Intimider	Intimider	Partage de Compétence (Perception)
Signes et Présages	Signes et Présages	Intimider	Perception	Perception
Signes et Présages	Signes et Présages	**SERPENT** Compétences	Perception	Langue Silencieuse
Athlétisme	Athlétisme	Partage de Compétence (Perception)	Furtivité	Furtivité
Partage de Compétence (Connaissance: Arcanes)	Athlétisme	Furtivité	Furtivité	Partage de Compétence (S'échapper)

GUERRIER VÉTÉRAN

Les Guerriers Vétérans sont des aventuriers et des mercenaires qui ont participé à de nombreuses batailles au fil des ans. Ils entrent dans chaque combat avec une stratégie qui leur permettra de parvenir à la victoire. Ils sont pragmatiques, et on peut raisonner avec eux. Beaucoup de ces âmes ont trouvé la paix dans les terres, et ont développé des compétences dans les arts mystiques. Leurs capacités peuvent aller de la magie Skalde au mysticisme druidique.

Pouvoirs de Base: Aucun
Niveau de Base: 0
Taille/Déplacement: 4/4
Type d'Equipement: Martial

Posture Mobile	Posture Défensive	Posture Agressive	Posture du Prédateur	Posture Sournoise
Catharsis	Frapper dans le Dos	Attaque plongeante	Attaque Purificatrice	Posture Bastion de l'Esprit
Attaque Satisfaisante	Attaque Puissante	GUERRIER VÉTÉRAN **Pouvoirs Actifs**	Attaque Désespérée	Posture Forteresse Analytique
Parade Purificatrice	Assaut Agressif	Attaque Revigorante	Enchantement de la chair	Pommes d'Idun
Manoeuvre de Combat Versatile	Posture du Loup	Posture de l'Ours	Posture du Narval	Posture du Sanglier

Rune du Destin	Aptitude Affûtée	Puissance	Aptitude Affûtée	Aptitude Affûtée
Rune des Os	Compagnon dans la Mort	Prouesses Martiales	Conférer la Conviction	Buveur de Sang
Désespoir	Avantage Tactique	**GUERRIER VÉTÉRAN** Pouvoirs Actifs	Désespoir	Férocité Acculée
Corps Incassable	La Misère appelle la Misère	Pied Léger	Conférer la Sagesse	Soif de Sang
Aptitude Affûtée	Aptitude Affûtée	Porté par le Sang	Aptitude Affûtée	Aptitude Affûtée

Nager	Boire/Séduire	Navigation	Doigts Agiles	Endurance
Perception	Sentir les Motivations	Réparer l'Equipement	Endurance	Connaissance: Personnalités
Négociation	Perception	**GUERRIER VÉTÉRAN** Compétences	Bagarre	Survie dans la Nature Sauvage
Connaissance: Arcanes	Manipulation Verbale	Intimider	Survie en milieu Urbain	Bagarre
Furtivité	Connaissance: Lieux	Athlétisme	Intimider	Chasser/Piéger

HAUGBUI

Les Haugbui sont les morts qui ont été maudits, et liés au monde des vivants.
Ils sont attachés à un lieu spécifique, pour garder quelque chose, ou remplir une obligation. Les raisons de leur attachement peuvent être aussi simple qu'un amour non avoué, ou aussi sinistres qu'une malédiction d'une Seithkona ou d'un Galdr qui les auraient invoqués pour garder leur maison.

On peut parfois leur parler, mais ils n'ont peu de patience, ni de tolérance pour les gens belliqueux. Ils sont obligés de suivre leurs ordres ou leur but, mais sont conscients, et peuvent choisir de remplir ces ordres comme ça les arrange.

Pouvoirs de Base: *Aucun*
Niveau de Base: *0*
Taille/Déplacement: *4/4*
Type d'Equipement: *Antre*

Appel de Niflheim	Juxtaposition Ténébreuse	Un Pas dans les Ombres	Voile de l'Âme	Conjuration d'Arme
Hurlement, la Victoire de Skoll	Piques de l'Âme	Déformation de l'Âme	Posture de la Puissance de l'Esprit	Toucher des Ténèbres
Chaînes de l'Âme	Destruction	**HAUGBUI** **Pouvoirs Actifs**	Canalisation	Soleil et Lune
Bond Sauvage	Mutilation	Siphon de l'Âme	Posture du Bastion de l'Esprit	Posséder un Adversaire
Pommes d'Idun	Coup de Boule	Lance Spirituelle	Posture du Narval	Avortement Spirituel

Aptitude Affutée	Prospérer dans la Foule	Esprit en Colère	Motivé par la Foule	Aptitude Affutée
Rune de Rétribution	Pied Léger	Malédiction de l'Haugbui	Increvable	Buveur de Sang
Prouesse Enchantée	Malédiction de l'Haugbui	**HAUGBUI** Pouvoirs Passifs	Malédiction de l'Haugbui	Légèreté dans l'Esquive
Magicien d'Albâtre	Canaliser la Rivière Invisible	Malédiction de l'Haugbui	Puissance	Transformation Inférieure dans la Mort (Haugbui)
Aptitude Affutée	Chercheur de Mondes	Conduit Spirituel	Crocs	Aptitude Affutée

Intimider	Endurance	Endurance	Endurance	Bagarre
Furtivité	Manipulation Verbale	Connaissance: Lieux	Perception	Perception
Furtivité	Connaissance: Personnalités	**HAUGBUI** Compétences	Connaissance: Arcanes	Rune: Poteau de Mépris
Furtivité	Langue Silencieuse	Communier avec les Morts	Perception	Perception
Signes et Présages	Communier avec les Morts	Communier avec les Morts	Communier avec les Morts	Sentir les Motivations

KOBOLD

Natifs du royaume de Nidavellir, les Kobolds sont des créatures mal comprises, qu'on pense souvent être dangereuses et imprévisibles. Néanmoins, ceux qui prennent le temps de parler à un Kobold avec dignité, étiquette et respect trouveront en eux un allié très puissant.

Le Kobold est une créature capricieuse de la lignée des Fées. Curieux et gentil à la base, le Kobold souffre d'une grande susceptibilité et d'un mépris pour toute action malpolie ou insulte. Si un Kobold en a après vous, vous faire pardonner peut être une épreuve longue et douloureuse.

Les Kobolds possèdent de grands pouvoirs d'illusion, de furtivité, de télékinésie et de changement de forme. Ils sont souterrains, et peuvent facilement survivre dans le froid et les ténèbres de profondes cavernes.

Pouvoirs de Base: *Illusion: hors de combat, le Kobold peut prendre la forme d'un humanoïde de taille 2 à 4. Tout contact physique rompt l'illusion. Seuls les êtres de plus bas niveau que le Kobold peuvent être sous l'emprise de l'illusion.*

Niveau de Base: 0
Taille/Déplacement: 3/3
Type d'Equipement: Fée

Sprint Purificateur	Catharsis	Déséquilibrer	Pommes d'Idun	Appel de l'Yggdrasil
Repositionnement	Voile Cérébral	Juxtaposition Ténébreuse	Maîtrise de la Pierre	Appel de Niflheim
Transformation (Loup)	Frappe des Ombres	**KOBOLD** **Pouvoirs Actifs**	Maîtrise du Vent	Appel de Jotunheim
Fuite en Rigolant	Posture Mobile	Invoquer les Ombres	Maîtrise du Feu	Appel du Muspelheim
Un Pas dans les Ombres	Barrière Imposante	Parade-Retraite	Voile de l'Âme	Appel de Svartalfheim

Aptitude Affutée	Aptitude Affutée	Motivé par la Foule	Aptitude Affutée	Aptitude Affutée
Aptitude Affutée	Avantage Tactique	Danser Hors de Portée	Se Fondre dans les Ombres	Aptitude Affutée
Tacticien	Agilité	**KOBOLD** Pouvoirs Passifs	Pied Léger	Porté par le Sang
Aptitude Affutée	Harceler	Direct en courant	Sens Affutés	Maîtrise des Alkas
Aptitude Affutée	Aptitude Affutée	Attaquant Bondissant	Aptitude Affutée	Aptitude Affutée

Manipulation Verbale	Doigts Agiles	Doigts Agiles	Doigts Agiles	Réparer l'Equipement
Furtivité	Manipulation Verbale	Doigts Agiles	Réparer l'Equipement	Survie dans la Nature Sauvage
Furtivité	Furtivité	**KOBOLD** Compétences	Etiquette	Langue Silencieuse
Furtivité	Négociation	S'échapper	Perception	Jouer
Négociation	S'échapper	S'échapper	S'échapper	Perception

	Charge Volante (Attaque plongeante) [Amplifié Amplifié Amplifié]	Rétablisse-ment Rapide
Posture Mobile		
Piétiner les Foules (Charge Mortelle) Pas d'arme nécessaire [Amplifié Amplifié Amplifié]	**CHEVAL DE GUERRE** Pouvoirs Actifs	Piétinement Satisfaisant (Assaut Furieux Revigorant) [Amplifié Amplifié Amplifié]
Coup de Boule	Mutilation	Charge Bondissante (Attaque Bondissante) [Amplifié Amplifié Amplifié]

Puissance à Mains Nues	Taille de Géant	Légèreté dans l'Esquive
Sabots (Crocs)	**CHEVAL DE GUERRE** Pouvoirs Passifs	Increvable
Puissance	Taille de Géant	Pied Léger

Endurance	Empathie Animale	Endurance
Athlétisme	**CHEVAL DE GUERRE** Compétences	Endurance
Perception	Athlétisme	Endurance

CHEVAL DE GUERRE

Les Chevaux de Guerre devenaient de plus en plus populaires chez les guerriers Vikings avant l'arrivée de Ragnarok.

L'innovation des combats à cheval vient de l'extérieur de Midgard, dans les terres du Sud. Depuis la tombée de Fimbulvinter, voyager sur les terres, même à cheval, est devenu dangereux. Toutefois, même pendant cette période sombre et froide, les Croisés du Sud arrivent avec leur cavalerie pour répandre le Bon Mot de leur Dieu Blanc.

Les Chevaux de Guerre ne sont pas seulement entraînés pour porter un guerrier à la bataille, mais également pour ne pas paniquer durant le combat. Certains des chevaux les mieux entraînés agissent comme une extension de leur cavalier, et deviennent des armes redoutables sur le champ de bataille.

Pouvoirs de Base: *Quadrupède*
Niveau de Base: *+3, niveau max. 24*
Taille/Déplacement: *6/12*
Type d'Equipement: *Monture*

Charge de Taureau	Attaque plongeante	Attaque de Flanc
Attaque Désespérée	**BANDIT** Pouvoirs Actifs	Frappe dans le Dos
Sprint Furieux	Manoeuvre de Combat Versatile	Attaque Purificatrice

Corps Incassable	Mentalité de Foule	Soif de Sang
Désespoir	**BANDIT** Pouvoirs Passifs	Férocité Acculée
Favoriser l'Attaque	Porté par le Sang	Bondir

Manipulation Verbale	Intimider	Connais-sance: Lieux
Doigts Agiles	**BANDIT** Compétences	Crochetage
Furtivité	S'échapper	Survie en Milieu Urbain

BANDIT

Les bandits représentent les modestes humains qui n'ont pas réussi à se tailler une vie décente pendant les temps difficiles de Fimbulvinter. Ils ont perdu leur échoppe, peut-être même leur maison, et sont passés dans un mode de vie survivaliste. Un bandit supplie, vole, ment et triche pour parvenir à maintenir une vie misérable. Ils sont désespérés, ce qui les rend très dangereux.

Ceux qui font preuve de générosité et de sympathie envers ces âmes opprimées pourront éventuellement gagner leur affection, voire même leur loyauté.

Pouvoirs de Base: Aucun
Niveau de Base: 0, niveau max. 24
Taille/Déplacement: 4/4
Type d'Equipement: Minimal

OURS POLAIRE

L'Ours Polaire est un chasseur solitaire, d'une agressivité et d'une férocité inégalées dans Midgard. Il utilise son camouflage naturel pour surprendre sa proie et la tuer rapidement. Depuis la tombée de Fimbulvinter, ces bêtes jouissent d'un statut quasi surnaturel, et on raconte même que certains peuvent souffler un nuage de froid mortel.

Pouvoirs de Base:	*Aucun*
Niveau de Base:	*0*
Taille/Déplacement:	*4/4*
Type d'Equipement:	*Aucun*

Attaque par en haut	Attaque Purificatrice	Posture Agressive	Posture du Prédateur	Aura de Glace
Attaque Tour-billonnante	Attaque plongeante	Mutilation	Coupe-Jarret Revigorant	Frapper l'Arme
Attaque Puissante	Bond Sauvage	OURS POLAIRE Pouvoirs Actifs	Attaque Blessante Revigorante	Charge Mortelle
Assaut Agressif	Souffle de Givre	Coup Tonitruant	Assaut Furieux Revigorant	Attaque Enragée
Souffle de Givre	Attaque Revigorante	Résistance Surnaturelle	Posture de l'Ours	Enchantement de la Chair

Aptitude Affutée	Aptitude Affutée	Increvable	Aptitude Affutée	Aptitude Affutée
Aptitude Affutée	Légèreté dans l'Esquive	Taille de Géant	Puissance à mains nues	Aptitude Affutée
Repousser	Taille de Géant	OURS POLAIRE Pouvoirs Passifs	Taille de Géant	Corps Incassable
Aptitude Affutée	Puissance	Taille de Géant	Crocs	Aptitude Affutée
Aptitude Affutée	Aptitude Affutée	Brutaliser	Aptitude Affutée	Aptitude Affutée

Chasser/ Piéger	Survie dans la Nature Sauvage	Perception	Survie dans la Nature Sauvage	Athlétisme
Endurance	Pister	Perception	Pister	Bagarre
Intimider	Intimider	OURS POLAIRE Compétences	Intimider	Intimider
Chasser/ Piéger	Pister	Perception	Pister	Athlétisme
Endurance	Survie dans la Nature Sauvage	Perception	Survie dans la Nature Sauvage	Bagarre

KRAKEN POLAIRE

Le Kraken Polaire est une véritable horreur des mers. Il est agressif, affamé, et capable d'attaquer même des Drakkars humains. Il se sent à l'aise même dans 3 mètres d'eau, ce qui lui permet d'attaquer des docks et des voyageurs qui ne se doutent de rien le long des côtes. Avant Ragnarok, le Kraken Polaire ne se trouvait que dans les mers, mais pour une raison inexplicable, depuis la tombée de Fimbulvinter, on peut maintenant le trouver dans des rivières d'eau douce et des lacs. Certains supposent que c'est l'agitation de Jormungand qui a poussé ces bêtes de l'océan à la folie.

Pouvoirs de Base: *Tentacules: Les actions d'attaque sont amplifiées 5 fois (dégâts x5).*
Aquatique: doit effectuer un Sacrifice Ultime +1 par minute s'il est hors de l'eau.

Niveau de Base: *+4*
Taille/Déplacement: *4/4*
Type d'Equipement: *Antre*

Attaque Blessante Revigorante	Charge Mortelle	Attaque Tour-billonnante	Invoquer la Rage	Tirade Purificatrice
Posture Agressive	Saisir	Destructeur des Foules	Chanson du Rusalki	Masque de Moquerie
Assaut Agressif	Mutilation	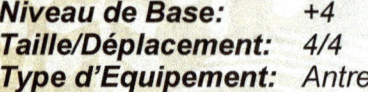**KRAKEN POLAIRE** **Pouvoirs Actifs**	Bond Sauvage	Parade Désarmante
Attaque Blessante	Bouclier Aquatique	Coup de Boule	Manoeuvre de Combat Versatile	Désarmer
Posture du Sanglier	Attaque Purificatrice	Attaque Satisfaisante	Parade Purificatrice	Riposte

Aptitude Affutée	Aptitude Affutée	Défier les Foules	Aptitude Affutée	Aptitude Affutée
Aptitude Affutée	Esquive Glissante	Taille de Géant	Crocs	Aptitude Affutée
Puissance à Mains Nues	Taille de Géant	**KRAKEN POLAIRE** Pouvoirs Passifs	Taille de Géant	Légèreté dans l'Esquive
Aptitude Affutée	Excellent Nageur	Taille de Géant	Puissance	Aptitude Affutée
Aptitude Affutée	Aptitude Affutée	Prospérer dans la Foule	Aptitude Affutée	Aptitude Affutée

Nager	Perception	Perception	Perception	S'echapper
Nager	Pister	Perception	Pister	Survie dans la Nature Sauvage
Nager	Nager	**KRAKEN POLAIRE** Compétences	Survie dans la Nature Sauvage	Endurance
Nager	Furtivité	Navigation	Langue Silencieuse	Bagarre
Nager	Athlétisme	Bagarre	Bagarre	Bagarre

215

ABERRATION DU SEITH

Une Aberration du Seith est une
perversion d'une magie déjà dépravée. Les
Aberrations du Seith apparaissent généralement lorsqu'il y a une grande
concentration d'esprits en colère, grâce à un sort qui leur permet de passer à travers le
Voile et de devenir à moitié matériels. Lorsqu'elle se matérialise dans le monde tangible,
une aberration du Seith apparait comme un très grand humanoïde avec des membres très
longs. Son corps ressemble à une masse de fantômes tournoyants.

Une Aberration du Seith ne peut pas faire quoi que ce soit de positif ou bénéfique: en son coeur, elle est
remplie de colère et de haine. Tous ses pouvoirs sont donc destructeurs, et indéniablement maléfiques.

Pouvoirs de Base: Essence du Fantôme
  Pas d'armure (ne peut pas en porter)
Niveau de Base: 0
Taille/Déplacement: 4/4
Type d'Equipement: Aucun

Posture du Prédateur	Destruction {Sort de Seith}	Lance Spirituelle {Sort de Seith}	Siphon de l'Âme {Sort de Seith}	Conjuration d'Arme {Sort de Seith}
Sprint Furieux	Mutilation	Canalisation {Sort de Seith}	Transfert de l'Âme {Sort de Seith}	Posséder un Adversaire {Sort de Seith}
Coup de Boule	Bond Sauvage	ABERRATION DU SEITH **Pouvoirs Actifs**	Toucher des Ténèbres {Sort de Seith}	Vivifier l'Esprit {Sort de Seith}
Piques de l'Âme {Sort de Seith}	Déformation de l'Âme {Sort de Seith}	Toucher des Ténèbres {Sort de Seith}	Bouclier des Arcanes {Sort de Seith}	Frénésie du Seith
Juxtaposition Ténébreuse {Sort de Seith}	Voile de l'Âme {Sort de Seith}	Chaînes de l'Âme {Sort de Seith}	Posture du Narval	Appel de Niflheim

Aptitude Affutée	Aptitude Affutée	Domination de l'Esprit	Aptitude Affutée	Aptitude Affutée
Aptitude Affutée	Aptitude Affutée	Esprit en Colère	Aptitude Affutée	Aptitude Affutée
Conduit Spirituel	Possédé	ABERRATION DU SEITH — Pouvoirs Passifs	Pied Léger	Agilité
Aptitude Affutée	Possédé	Âme Incassable	Aptitude Affutée	Aptitude Affutée
Aptitude Affutée	Aptitude Affutée	Murmure des Âmes	Aptitude Affutée	Aptitude Affutée

Déguisement	Furtivité	Intimider	Endurance	Endurance
Déguisement	Furtivité	Intimider	Endurance	Endurance
Communier avec les Morts	Communier avec les Morts	ABERRATION DU SEITH — Compétences	Communier avec les Morts	Communier avec les Morts
Signes et Présages	Signes et Présages	Intimider	Communier avec les Morts	Communier avec les Morts
Perception	Perception	Intimider	Communier avec les Morts	Communier avec les Morts

SKUI

Les Skui sont un peuple de la lignée des Fées. Chaque royaume majeur des branches d'Yggdrasil possède une race distincte de Skui. Ces créatures malicieuses se délectent de la souffrance des autres. Malgré leurs pouvoirs, les Skui ne sont jamais devenus une menace pour un royaume, à cause de leur nature chaotique, et de leur incapacité à voir au delà de leur prochain plaisir sadique.

SKUI DE FEU

Cette race de Skui vient du royaume ardent du Muspelheim: ce sont de petites fées avec des ailes orange et rouge vif. Leurs cheveux sont couleur de rouille, et leurs yeux dorés. Leur plus redoutable pouvoir est leur capacité à faire danser incontrôlablement leurs adversaires. Cette danse est épuisante, et peut conduire à une mort prématurée dans de nombreux cas. Plus ses ennemis perdent le contrôle, plus le Skui de Feu est joyeux.

Pouvoirs de Base: *Vol: Déplacement +2*
Niveau de Base: *0*
Taille/Déplacement: *2/4*
Type d'Equipement: *Fée*

Frappe de l'Armageddon	Entorse Cérébrale {Sort de Chanson} [Amplifié Zone Amplifié]	Déformation de l'Âme {Sort de Chanson} [Amplifié Zone Amplifié]	Parade-Retraite	Purger le Handicap
Avortement Spirituel	Flammes de l'Agonie (Fléau de la Chair) {Sort de Chanson} [Zone Amplifié Amplifié]	Cauchemars du Muspelheim {Sort de Chanson} [Amplifié Amplifié Zone]	Sprint Furieux	Purger les Esprits Etrangers
Flammes Dansantes (Hurlement, la Victoire de Skoll) {Sort de Chanson} [Amplifié Combo Zone]	Flammes Captivantes (Posséder un Adversaire) {Sort de Chanson} [Amplifié Maintien Zone]	SKUI DE FEU Pouvoirs Actifs	Caresse des Flammes (Pommes d'Idun) {Sort de Chanson} [Amplifié Amplifié Zone]	Purger la Dégénération
Chant de Skuld	Appel du Muspelheim	Aura de Feu	Flammes Purificatrices (Catharsis) {Sort de Chanson} [Amplifié Amplifié Zone]	Purger la Vulnérabilité
Conjuration d'Illusion de Troll	Dévoreur de Pensées	Maîtrise du Feu	Lancer de Terre	Réduction

Danse de l'Automne	Aptitude Affutée	Maître des Kennings	Aptitude Affutée	Danse de l'Eté
Aptitude Affutée	Maîtrise des Alkas	Magicien d'Albâtre	Conférer la Foi	Aptitude Affutée
Artisan des Chansons	Esprit en Colère	SKUI DE FEU Pouvoirs Passifs	Compagnon dans la Vie	Motivé par la Foule
Aptitude Affutée	Défier les Foules	Compagnon dans la Magie	Pied Léger	Aptitude Affutée
Danse de l'Hiver	Aptitude Affutée	Chanteur Suave	Aptitude Affutée	Danse du Printemps

Empathie Animale	Crochetage	Endurance	Négociation	Signes et présages
Communier avec les Morts	Déguisement	S'échapper	Etiquette	Connaissance: Personnalités
Boire/Séduire	Doigts Agiles	SKUI DE FEU Compétences	Connaissance: Arcanes	Perception
Manipulation Verbale	Lire et Ecrire	Jouer	Sentir les Motivations	Connaissance: Lieux
Rune: Poteau de Mépris	Jouer	Jouer	Jouer	Furtivité

219

SKUI DES OMBRES

Cette race de Skui est originaire du royaume ténébreux de Svartalfheim: ce sont de petites Fées avec des ailes noires d'où sortent de fines lignes de fumée noire. Leurs cheveux sont couleur de rouille, et leurs yeux complètement noirs. Leur pouvoir le plus redoutable est leur capacité de dévorer la lumière. Ils utilisent leur magie pour couvrir des zones entières de ténèbres insondables, à travers lesquelles ils peuvent voir normalement. Les pauvres âmes piégées dans ces ténèbres deviennent alors très faciles à tourmenter, mutiler ou tuer.

Pouvoirs de Base: *Vol: Déplacement +2*
Niveau de Base: *0*
Taille/Déplacement: *2/4*
Type d'Equipement: *Aucun*

Des Serpents dans l'Epée	Voile Cérébral	Fléau de la Chair	Piques Cérébrales	Posture des Arcanes
Attaque de Précision	Voile de l'Âme	Invoquer les Ombres	Piques de l'Âme	Purger le Handicap
Toucher l'Essence	Appel du Muspelheim	**SKUI DES OMBRES** Pouvoirs Actifs	Appel de Svartalfheim	Purger l'Aveuglement
Attaque Perçante	Chaînes de l'Âme	Coupe-Jarret	Chaînes Cérébrales	Purger la Vulnérabilité
Chant de Skuld	Déséquilibrer	Pommes d'Idun	Catharsis	Lier les âmes sœurs

Aptitude Affûtée	Aptitude Affûtée	Manoeuvrabilité en Combat	Aptitude Affûtée	Aptitude Affûtée
Aptitude Affûtée	Maîtrise des Alkas	Magicien d'Albâtre	Conférer la Foi	Aptitude Affûtée
Conférer la Perception	Esprit en Colère	**SKUI DES OMBRES** Pouvoirs Passifs	Compagnon dans la Vie	Motivé par la Foule
Aptitude Affûtée	Défier les Foules	Compagnon dans la Magie	Pied Léger	Aptitude Affûtée
Aptitude Affûtée	Aptitude Affûtée	Direct en Courant	Aptitude Affûtée	Aptitude Affûtée

Empathie Animale	Crochetage	Endurance	Négociation	Signes et Présages
Communier avec les Morts	Déguisement	S'échapper	Etiquette	Connaissance: Personnalités
Boire/Séduire	Doigts Agiles	**SKUI DES OMBRES** Compétences	Connaissance: Arcanes	Perception
Manipulation Verbale	Lire et Ecrire	Furtivité	Sentir les Motivations	Connaissance: Lieux
Rune: Poteau de Mépris	Furtivité	Furtivité	Furtivité	Langue Silencieuse

TROLL

Les Trolls sont de grandes créatures pesantes et brutes, vivant dans plusieurs royaumes: Jotunheim, Nidavellir et Vanagard. Ils se transforment en pierre indestructible à la lumière du soleil (ou autres sources de lumière puissantes et chaudes). Ils ne peuvent être tués que dans leur forme de chair et de sang. Les ténèbres perpétuelles de Fimbulvinter leur ont offert la liberté. Leur portée incroyable, couplée à leur penchant pour les armes lourdes, leur permet de dominer le champ de bataille contre beaucoup d'adversaires inférieurs.

Les Trolls sont des maîtres de la Nature, et même leurs plus grandes villes sont intégrées à l'environnement autour d'eux. Ils utilisent leurs sens affutés et leur intelligence sauvage pour tendre des pièges et embusquer leurs proies. Ils sont reconnus pour construire des pièges dans des zones ou les proies ont le plus de chances de passer, comme par exemple des ponts.

Pouvoirs de Base: Aucun
Niveau de Base: +2
Taille/Déplacement: 6/6
Type d'Equipement: Martial ou Antre

Destructeur des Foules	Attaque Tour-billonnante Téméraire	Coup Tonitruant Téméraire	Attaque Puissante Téméraire	Appel de Jotunheim
Assaut Agressif	Posture de l'Ours	Posture Agressive	Attaque Enragée	Charge Enragée
Attaque Satisfaisante	Troll SMASH (Attaque Puissante) [Amplifié Amplifié Amplifié]	TROLL Pouvoirs Actifs	Attaque Purificatrice	Hurlement, la Victoire d'Hati
Attaque perçante	Attaque par en haut	Manoeuvre de Combat Versatile	Charge Mortelle	Hurlement, le Croc de Sang
Attaque plongeante	Charge Volante	Attaque Désespérée	Invoquer la Rage	Forme de Loup de Sang

Aptitude Affutée	Aptitude Affutée	Aptitude Affutée	Aptitude Affutée	Aptitude Affutée
Aptitude Affutée	Désespoir	Puissance	Brutaliser	Aptitude Affutée
Aptitude Affutée	Taille de Géant	TROLL Pouvoirs Passifs	Bondir	Aptitude Affutée
Aptitude Affutée	Buveur de Sang	Harceler	Rendre Impuissant	Aptitude Affutée
Aptitude Affutée	Aptitude Affutée	Aptitude Affutée	Aptitude Affutée	Aptitude Affutée

Connais-sance: Lieux	Intimider	Intimider	Intimider	Survie dans la Nature Sauvage
Athlétisme	Nager	Intimider	Survie dans la Nature Sauvage	Chasser/Piéger
Boire/Séduire	Pister	TROLL Compétences	Chasser/Piéger	Chasser/Piéger
Bagarre	Bagarre	Perception	Navigation	Chasser/Piéger
Bagarre	Bagarre	Perception	Nager	Réparer l'Equipement

RUSALKI DE L'HIVER

Les Rusalki sont des esprits de magnifiques jeunes femmes à la peau d'albâtre et aux cheveux d'émeraude, qui habitent dans les eaux enchantées. Ce sont des créatures saisonnières, dont l'apparence et la personnalité sont gouvernées par le cycle été/hiver. Leur beauté est captivante en été, mais en hiver, elles sont transformées en l'incarnation de la terreur. Leur personnalité passe aussi d'amical et généreux à vicieux et xénophobe. Depuis la tombée de la nuit et de l'hiver perpétuels, leur humeur a dégénéré en une rage psychotique.

Les Rusalki préfèrent tendre des embuscades en eau profonde, où elles peuvent avoir l'avantage de leur élément sur leur proie. Elles n'utilisent pas d'armes ou d'armures, préférant la magie et la puissance de leur corps.

Pouvoirs de Base: *Aquatique: doit effectuer un Sacrifice Ultime +1 par minute passée hors de l'eau*
Niveau de Base: *0*
Taille/Déplacement: *5/5*
Type d'Equipement: *Antre*

Chanson de l'Hiver (Hurlement, la Victoire de Skoll) {Sort de Chanson} [Amplifié Combo Maintien]	**Dévoreur de Pensées**	**Déformation de l'Âme**	**Chanson des Dents Grinçantes** (La Nuit des Longs Couteaux) {Sort de Chanson} [Amplifié Combo Maintien]	**Chant de Skuld**
Enchantement de la Chair	**Coup de Boule**	**Chanson du Rusalki**	**Bouclier Aquatique**	**Pommes d'Idun**
Mutilation	**Bond Sauvage**	RUSALKI DE L'HIVER **Pouvoirs Actifs**	**Visage des Horreurs**	**Tirade Purificatrice**
Vitalité Ecrasante	**Provocation**	**Parade Insultante**	**Masque de Moquerie**	**Fuite en Rigolant**
Posture Sournoise	**Parade Parfaite**	**Manoeuvre Evasive**	**Posture du Poisson** (Posture du Sanglier) [Amplifié Amplifié Maintien]	**Invoquer la Rage**

Finesse du Provocateur	Aptitude Affutée	Puissance à Mains Nues	Aptitude Affutée	Bénédiction du Provocateur
Aptitude Affutée	Esquive Glissante	Excellent nageur	Artisan de la Chanson	Aptitude Affutée
Puissance	Crocs	**RUSALKI DE L'HIVER** Pouvoirs Passifs	Porté par la Chanson	Chanteur Suave
Aptitude Affutée	Légèreté dans l'Esquive	Increvable	Maître des Kennings	Aptitude Affutée
Danse de l'Hiver	Aptitude Affutée	Guerrier des Chansons	Aptitude Affutée	Provoquer la Discorde

Manipulation Verbale	Manipulation Verbale	Intimider	Athlétisme	Athlétisme
Nager	Perception	Perception	Athlétisme	Survie dans la Nature Sauvage
Nager	Nager	**RUSALKI DE L'HIVER** Compétences	Survie dans la Nature Sauvage	Survie dans la Nature Sauvage
Nager	Endurance	Jouer	Jouer	Jouer
S'échapper	Connaissance: Arcanes	Connaissance: Lieux	Connaissance; Personnalités	Jouer

LOUP

Les Loups de Midgard sont devenus plus gros, plus nombreux et plus meurtriers depuis l'avènement de Ragnarok. Comme s'ils avaient senti la victoire des Loups Célestes Skoll et Hati, les loups communs de l'Arctique ont poussé les humains hors de leur territoire. Plus audacieux, ils travaillent en meute, pour attaquer encore plus d'humains en même temps. Malgré le froid et la neige, et malgré le fait que la plupart des autres animaux se dirigent vers l'extinction, les loups sont devenus plus grands et plus forts ces dernières années.

Les loups utilisent leurs sens affûtés pour embusquer leurs proies. Utilisant la force du nombre, leur vitesse et leur morsure vicieuse, ils parviennent généralement à trouver un bon repas. Dans certaines cultures, vaincre un loup en combat singulier, voire même le dompter pour l'avoir comme thane, est un signe de grande force.

Les chiens de chasse et autres canins peuvent utiliser les Pouvoirs et Tableaux des Loups.

Pouvoirs de Base: *Quadrupède*
Niveau de Base: *+1*
Taille/Déplacement: *4/8*
Type d'Equipement: *Aucun*

Posture du Prédateur	Goûter la Chair (Attaque de Précision) [Amplifié Amplifié Amplifié]	Eviscérer (Mutilation) [Amplifié Amplifié Amplifié]	Mâchoire Plongeante (Attaque Sautée) [Amplifié Amplifié Amplifié]	Sprint Furieux
Morsure Puissante (Attaque Puissante) [Amplifié Amplifié Amplifié]	Hurlement, le Croc de Sang	Coup de Boule	Hurlement, Rallier la Meute	Sprint Purificateur
Crocs Mortels (Charge Mortelle) [Amplifié Amplifié Amplifié]	Bond Sauvage	**LOUP** Pouvoirs Actifs	Mutilation	Parade Purificatrice
Parade-Retraite	Saisir	Morsure Plongeante (Attaque plongeante) [Amplifié Amplifié Amplifié]	Fuite en Rigolant	Buveur de Sang (Attaque Purificatrice) [Amplifié Amplifié Amplifié]
Morsure Lacérante (Attaque Blessante) [Amplifié Amplifié Amplifié]	Posture Agressive	Bond Rugissant (Assaut Agressif) [Amplifié Amplifié Amplifié]	Frappe arrière (Frapper dans le Dos) [Amplifié Amplifié Amplifié]	Attaque de la meute (Attaque de Flanc) [Amplifié Amplifié Amplifié]

LOUP — Pouvoirs Passifs

Aptitude Affutée	Férocité Acculée	Sens Affutés	Constitution	Aptitude Affutée
Désespoir	Mentalité de Foule	Agilité	Frappeur Bondissant	Compagnon dans la Mort
Puissance	Crocs	**LOUP** Pouvoirs Passifs	Brutaliser	Harceler
Puissance à Mains Nues	Légèreté dans l'Esquive	Buveur de Sang	Taille de Géant	Conscience du Combat
Aptitude Affutée	Direct en Courant	Soif de Sang	Porté par le Sang	Aptitude Affutée

LOUP — Compétences

Chasser/ Piéger	Survie dans la Nature Sauvage	Perception	Survie dans la Nature Sauvage	Athlétisme
Endurance	Pister	Perception	Pister	Bagarre
Intimider	Intimider	**LOUP** Compétences	Intimider	Intimider
Chasser/ Piéger	Pister	Perception	Pister	Athlétisme
Endurance	Survie dans la Nature Sauvage	Perception	Survie dans la Nature Sauvage	Bagarre

ZÉLOTE

Ragnarok a produit de nombreux individus extrémistes. Ils sont dévots, et leur foi en la doctrine qu'ils professent ne faiblit pas. On ne peut pas les forcer à faire des choses, ou les contrôler. Les Zélotes fanatiques peuvent avoir des croyances très diverses, depuis la religion jusqu'aux théories socio-économiques. La plupart sont de l'huile inflammable juste en attente d'une allumette.

Pouvoirs de Base: Aucun
Niveau de Base: 0
Taille/Déplacement: 4/4
Type d'Equipement: Minime

Vivifier l'Esprit	Inciter les Foules (Hurlement, Rallier la Meute) [Amplifié Amplifié Amplifié]	Attaque Purificatrice	Parade Purificatrice	Appel de l'Yggdrasil
Aura Divine (Catharsis) [Amplifié Zone Amplifié]	Frapper dans le Dos	Attaque plongeante	Parade Supérieure	Attaque Puissante Téméraire
Appel de l'Yggdrasil	Catharsis	ZÉLOTE Pouvoirs Actifs	Parade Parfaite	Attaque Puissante
Toucher du Divin (Catharsis) [Amplifié Zone Amplifié]	La Nuit des Longs Couteaux	Attaque Satisfaisante	Rétablissement Rapide	Dévoreur de Pensées
Vitalité Ecrasante	Rétablissement Rapide	Toucher l'Essence	Roulade en Position	Appel de Niflheim

Travailler de Concert	Dégainer Rapidement	Conférer l'Illumination	Frénésie	Cohorte Furieuse
Le Prix du Progrès	Conférer la Conviction	Mentalité de Foule	Conférer la Sagesse	Succomber à la Rage
Constitution	Avantage Tactique	**ZÉLOTE** Pouvoirs Passifs	Désespoir	Soif de Sang
Communauté du Lapin Blanc	Communauté de l'Oeil Magique	Compagnon dans la Mort	Communauté des Boucliers d'Argent	Communauté de la Main Glacée de Hel
Guerrier Spirituel	Compagnon dans la Guerre	Compagnon dans la Vie	Compagnon dans la Destinée	Guerrier Cérébral

Connaissance: Arcanes	Connaissance: Lieux	Connaissance: Personnalités	Connaissance: Personnalités	Connaissance: Personnalités
Bagarre	Sentir les Motivations	Doigts Agiles	Sentir les Motivations	Connaissance: Personnalités
Intimider	Intimider	**ZÉLOTE** Compétences	Survie en milieu Urbain	Rune: Poteau de Mépris
Endurance	Perception	Signes et Présages	Manipulation Verbale	S'échapper
Communier avec les Morts	Signes et Présages	Signes et Présages	Signes et Présages	Communier avec les Morts

POUVOIRS ACTIFS

Cette section liste tous les Pouvoirs Actifs utilisés par les Héros et Habitants. Voici un exemple:

NOM DU POUVOIR

Métas: [Méta Physique Méta Mentale Méta Spirituelle]
Type: {Type de Pouvoir Actif}
Description: Description visuelle de l'effet du Pouvoir Actif
Effet en combat: Effet du Pouvoir Actif en combat.
Effet hors combat: Effet du Pouvoir Actif en dehors d'un combat. Le Norn jugera de l'amplitude et de la durée de l'effet, en fonction des situations. En général, lorsque le Pouvoir affecte une cible vivante, les cibles d'un niveau inférieur subiront tout l'effet, les cibles d'un même niveau la moitié, et les cibles de plus haut niveau un quart ou rien du tout.

Note: les manœuvres qui impliquent des actions d'attaque peuvent être exécutées avec des armes de mêlée ou à distance, si ce n'est pas spécifié autrement.

Note: tous les effets ont une Portée de 1 (case adjacente) s'il n'est pas spécifié autrement.

Note: certains effets n'indiquent pas la cible (comme par exemple "Soin +1"). par défaut, l'effet s'applique aux alliés (soi-même, ou tout allié à portée).

Note: les Pouvoirs Actifs comportant plusieurs effets (par exemple Attaque et Soin) ne supposent pas de dépendances (il n'y a pas besoin d'infliger des dégâts avec l'Attaque pour déclencher l'effet du Soin).

APPEL DE JOTUNHEIM

Métas: [Amplifié Amplifié Amplifié]
Type: {Sort d'Alka}
Description: Ce sort fragilise la barrière entre Jotunheim et le monde dans lequel vous êtes. La zone désignée est instantanément prise dans un blizzard de neige et de glace. Ce sort ne peut être utilisé si vous êtes déjà à Jotunheim.
Effet en combat: Créez un Alka de 4 cases, qui induit l'altération Dégénération avec une intensité de +1 [Contre: P], et l'altération Entravement avec une intensité de +1 [Contre: P].
Effet hors combat: Créez un rapprochement entre les Mondes, ce qui crée un bloc de glace d'environ 3x3x3m. Il peut être utilisé comme pont ou comme barrière. Seul un bloc peut exister à la fois. Le bloc ne peut pas être créé par dessus de la matière (vivante ou non).

APPEL DE MUSPELHEIM

Métas: [Amplifié Amplifié Amplifié]
Type: {Sort d'Alka}
Description: Ce sort fragilise la barrière entre Muspelheim et le monde dans lequel vous êtes. La zone désignée entre en éruption, libérant des geysers de magma et de vapeur sulfureuse toxique et aveuglante. Ce sort ne peut être utilisé si vous êtes déjà à Muspelheim.
Effet en combat: Créez un Alka de 4 cases, qui induit l'altération Dégénération avec une intensité de +1 [Contre: P], et l'altération Aveuglement avec une intensité de +1 [Contre: P].
Effet hors combat: Créez un rapprochement entre les Mondes, ce qui crée une zone de lumière et de chaleur de 300m3.

APPEL DE NIFLHEIM

Métas: [Amplifié Amplifié Amplifié]
Type: {Sort d'Alka}
Description: Ce sort fragilise la barrière entre Niflheim et le monde dans lequel vous êtes. La zone désignée commence à aspirer les âmes à travers le voile.
Effet en combat: Créez un Alka de 4 cases, qui inflige 4 points de dégâts Spirituels.
Effet hors combat: Créez une zone jusqu'à 13m de diamètre, où aucun résident de Niflheim ne peut entrer. Cette zone est annulée si n'importe quelle action (physique ou magique) traverse les limites de la barrière.

APPEL DE SVARTALFHEIM

Métas: [Amplifié Amplifié Amplifié]
Type: {Sort d'Alka}
Description: Ce sort fragilise la barrière entre Svartalfheim et le monde dans lequel vous êtes. La zone désignée plonge dans les ténèbres, absorbant toute lumière qui la touche. Ce sort ne peut être utilisé si vous êtes déjà à Svartalfheim.
Effet en combat: Créez un Alka de 4 cases, qui induit l'altération Aveuglement avec une intensité de +1 [Contre: P]. La zone couverte par l'Alka bloque le champ de vision: aucune attaque à distance ne peut la traverser, y entrer ou en sortir.
Effet hors combat: Créez un rapprochement entre les Mondes, ce qui crée une zone de 2000m3 où l'intensité lumineuse est réduite de 75%.

APPEL D'YGGDRASIL

Métas: [Amplifié Amplifié Amplifié]
Type: {Sort d'Alka}
Description: Ce sort fragilise la barrière entre le frêne des mondes Yggdrasil et le monde dans lequel vous êtes. La zone désignée est instantanément prise dans des énergies cosmiques tourbillonnantes, qui s'attachent à quiconque les traversent, altérant leur présence. Ce sort ne peut être utilisé si vous êtes déjà sur le frêne des mondes.
Effet en combat: Créez un Alka de 4 cases, qui induit l'altération Aura avec une intensité de +1, ainsi que l'altération Voile avec une intensité de +1.
Effet hors combat: Vous pouvez percevoir de l'état de santé d'Yggdrasil, et avoir des visions d'événements monumentaux en train de se produire sur les mondes perchés sur ses branches et ses racines.

ASSAUT AGRESSIF

Métas: [Amplifié Multi Arme]
Type: {Manœuvre}
Description: Déchainez une rafale de coups puissants pour repousser votre adversaire.
Effet en combat: Effectuez une action d'Attaque Faible avec un bonus de dégâts de +1 P, et repoussez un adversaire de 2 cases. L'adversaire peut contrer la poussée en jouant une rune Physique par case qu'il souhaite contrer.
Effet hors combat: Permet de frapper de son arme avec une grande précision.

ASSAUT FURIEUX

Métas: [Amplifié Multi Arme]
Type: {Manœuvre}
Description: Vous tentez de déséquilibrer votre adversaire, brisant sa défense lors de vos prochaines attaques.
Effet en combat: Effectuez une action d'Attaque Faible avec un bonus de dégâts de +1 P, et appliquez l'altération Vulnérabilité d'intensité +1 [Contre: P].
Effet hors combat: Vous avez un esprit calculateur, qui vous permet de voir comment rendre vulnérables les gens qui ne le paraissent pas.

ASSAUT FURIEUX REVIGORANT

Métas: [Amplifié Multi Arme]
Type: {Manœuvre}
Description: Vous tentez de déséquilibrer votre adversaire, brisant sa défense lors de vos prochaines attaques.
Effet en combat: Effectuez une action d'Attaque Faible avec un bonus de dégâts de +1 P, Soin +1, et appliquez l'altération Vulnérabilité d'intensité +1 [Contre: P].
Effet hors combat: Vous avez un esprit calculateur, qui vous permet de voir comment rendre vulnérables les gens qui ne le paraissent pas.

ATTAQUE BONDISSANTE

Métas: [Amplifié Multi Arme]
Type: {Manœuvre}
Description: Sautez en l'air, au dessus des combattants, et attaquez un adversaire en atterrissant. L'atterrissage est douloureux, et vous inflige des dégâts.
Effet en combat: Effectuez une action de Déplacement avec un bonus de +1, considérée comme un saut(hauteur max. 3m, majeure partie du saut au dessus d'1,5m), puis effectuez une action d'Attaque. La manœuvre requiert un Sacrifice Modéré +1.
Effet hors combat: Vous pouvez sauter plus loin et plus haut qu'un humain athlétique, ce qui vous permet de sauter à 150% de votre score de Déplacement.

ATTAQUE BLESSANTE

Métas: [Amplifié Multi Arme]
Type: {Manœuvre}
Description: Tentez de causer à l'adversaire une blessure profonde en lui infligeant un puissant coup.
Effet en combat: Effectuez une action d'Attaque Faible avec un bonus de dégâts de +1 P, et appliquez à votre adversaire l'altération Dégénération +1 [Contre: P].
Effet hors combat: Vous avez une bonne connaissance de l'anatomie. Vous savez où appuyer pour faire mal, ce qui est utile si vous voulez torturer quelqu'un.

ATTAQUE BLESSANTE REVIGORANTE

Métas: [Amplifié Multi Arme]
Type: {Manœuvre}
Description: Infligez une coupure profonde, qui causera une blessure ouverte.
Effet en combat: Effectuez une action d'Attaque Faible, Soin +1, et appliquez l'altération Dégénération +1 [Contre: P].
Effet hors combat: Vous avez une bonne connaissance de l'anatomie. Vous savez où appuyer pour faire mal, ce qui est utile si vous voulez torturer quelqu'un.

ATTAQUE DE FLANC

Métas: [Amplifié Multi Arme]
Type: {Manœuvre}
Description: Gagnez un bonus d'attaque lorsque votre cible est déjà menacée par un autre combattant.
Effet en combat: Effectuez une action d'Attaque, avec un bonus de dégâts de +3 si quelqu'un d'autre a déjà attaqué la cible durant ce tour.
Effet hors combat: Lors d'un test de Compétence, vous gagnez +1 succès, si une autre personne essaie de faire le même test que vous, qu'il a un niveau de Compétence plus élevé que le votre, et que vous avez au moins 1 niveau dans la Compétence requise.

ATTAQUE DE L'IMMORTEL

Métas: [Amplifié Multi Arme]
Type: {Manœuvre}
Description: L'attaque puise dans le lien entre vous et votre Royaume, vous remplissant de Puissance.
Effet en combat: Effectuez une action d'Attaque, et gagnez +2 Puissance Divine.
Effet hors combat: Vous avez la force de huit hommes (pour porter des objets).

ATTAQUE DE PRÉCISION

Métas: [Amplifié Multi Arme]
Type: {Manœuvre}
Description: L'attaquant sait attaquer au bon moment pour trouver une ouverture et infliger un coup puissant.
Effet en combat: Effectuez une action d'Attaque avec un bonus de dégâts de +1 P, et Perçage +2.
Effet hors combat: Vous savez capitaliser sur les moments de faiblesse des autres.

ATTAQUE DÉSESPÉRÉE

Métas: [Amplifié Multi Arme]
Type: {Manœuvre}
Description: Votre adrénaline monte, alors que vous souffrez de blessures graves. Vos dernières forces vous permettent de déclencher une puissante attaque.
Effet en combat: Si Ensanglanté, vous effectuez une attaque avec un bonus de +4 dégâts P.
Effet hors combat: Vous pouvez canaliser la douleur pour vous aider à accomplir vos objectifs.

ATTAQUE ENRAGÉE

Métas: [Amplifié Amplifié Amplifié]
Type: {Manœuvre}
Description: Vous avez l'écume aux lèvres, et êtes habité de la puissance incroyable des Trolls en colère.
Effet en combat: Effectuez une action d'Attaque Faible avec un bonus de +1 dégâts, et infligez-vous l'altération Rage +1.
Effet hors combat: Vous êtes très persistant en ce qui concerne l'intimidation. Si vous échouez un test d'intimidation, vous pouvez effectuer un Sacrifice Ultime pour réessayer.

ATTAQUE FORMULÉE

Métas: [Amplifié Multi Arme]
Type: {Manœuvre}
Description: Vous étudiez tous les combattants et, en utilisant une attaque, vous déplacez dans une position supérieure pour le prochain échange.
Effet en combat: Effectuez une action d'Attaque Faible avec un bonus de dégâts de +1 P, et déplacez vous de +/-1 dans l'Initiative. Le reste de votre phase d'Action n'est pas affecté, et vous ne gagnez pas de nouvelle phase d'Action.
Effet hors combat: Vous avez une aptitude particulière dans les situations sociales pour savoir quand parler pour gagner un avantage sur les autres.

ATTAQUE PAR EN HAUT

Métas: [Amplifié Multi Arme]
Type: {Manœuvre}
Description: Prenez avantage de la hauteur. Lorsque vous attaquez depuis une monture, un point plus élevé, ou que vous êtes tout simplement plus grand que votre adversaire, votre attaque est plus dévastatrice.
Effet en combat: En attaquant depuis un point plus élevé (monture, terrain, ou Héros avec une Taille supérieure à l'adversaire), gagnez un bonus de +3 dégâts Physiques.
Effet hors combat: Vous êtes expert dans le maniement de votre monture, et pouvez exécuter des actions plus complexes tout en la chevauchant.

ATTAQUE PERÇANTE

Métas: [Amplifié Multi Arme]
Type: {Manœuvre}
Description: L'attaquant étudie son adversaire pour toute ouverture laissée par sa dernière attaque, et tout défaut dans son armure. Capitalisant là dessus, l'attaquant peut ignorer certaines défenses.
Effet en combat: Effectuez une action d'Attaque avec un bonus de perçage de +4.
Effet hors combat: Repérez les vulnérabilités des différents styles de combat, et les défauts dans les armures.

ATTAQUE PLONGEANTE

Métas: [Amplifié Multi Arme]
Type: {Manœuvre}
Description: Vous équilibrez parfaitement mobilité et agression, en attaquant un endroit depuis un autre.
Effet en combat: Effectuez une action de Déplacement Faible et une action d'Attaque (dans n'importe quel ordre).
Effet hors combat: Vous êtes très fort pour bondir, ce qui vous permet d'attraper de petites proies (comme des poissons) à mains nues.

ATTAQUE PUISSANTE

Métas: [Amplifié Multi Arme]
Type: {Manœuvre}
Description: L'attaquant utilise son arme avec une grande précision, pour infliger une frappe puissante.
Effet en combat: Effectuez une action d'Attaque avec un bonus de dégâts de +2 P.
Effet hors combat: Une frappe d'arme peut être effectuée avec grande précision.

ATTAQUE PUISSANTE TÉMÉRAIRE

Métas: [Amplifié Multi Arme]
Type: {Manœuvre}
Description: Vous vous poussez jusqu'à vos derniers retranchements pour utiliser votre arme avec grande précision et aptitude, infligeant un puissant coup à votre adversaire.
Effet en combat: Effectuez un Sacrifice Mineur +1 pour faire une Attaque avec un bonus de dégâts de +3 P.
Effet hors combat: Vous pouvez dépasser vos limites, et être meilleur pour certaines actions.

ATTAQUE PURIFICATRICE

Métas: [Amplifié Multi Arme]
Type: {Manœuvre}
Description: Vous purifiez votre corps, en vous transférant la force vitale de votre ennemi.
Effet en combat: Effectuez une action d'Attaque Faible, soignez-vous ou un allié adjacent de +1, et réduisez l'intensité d'une altération d'état de -1. Des adversaires non consentants peuvent jouer une rune de n'importe quelle couleur par niveau d'intensité qu'ils veulent contrer).
Effet hors combat: Atténuez votre souffrance, en l'appliquant à un autre être vivant.

ATTAQUE REVIGORANTE

Métas: [Amplifié Multi Arme]
Type: {Manœuvre}
Description: Régénérez votre force vitale tout en frappant votre adversaire.
Effet en combat: Effectuez une action d'Attaque, Soin +1, Récupération +2
Effet hors combat: Atténuez votre douleur en l'appliquant à quelqu'un d'autre.

ATTAQUE REVIGORANTE AVEUGLANTE

Métas: [Amplifié Multi Arme]
Type: {Manœuvre}
Description: Visez la tête d'un adversaire, et tentez d'endommager ses yeux ou ses oreilles.
Effet en combat: Effectuez une action d'Attaque Faible, Soin +1, et appliquez l'altération Aveuglement +1 [Contre: P].
Effet hors combat: Vous comprenez le danger de la perte de vue ou d'ouïe, et avez des réflexes impressionnants lorsqu'il s'agit de protéger vos sens d'un assaut.

ATTAQUE SATISFAISANTE

Métas: [Amplifié Multi Arme]
Type: {Manœuvre}
Description: Restaurez votre force vitale tout en infligeant un coup dévastateur à votre ennemi.
Effet en combat: Effectuez une action d'Attaque et gagnez +2 Soin.
Effet hors combat: Atténuez votre propre douleur, en l'appliquant à un autre être vivant.

ATTAQUE SAUTÉE

Métas: [Amplifié Multi Arme]
Type: {Manœuvre}
Description: Vous sautez dans les airs, frappant un adversaire normalement hors de portée. Les sauts normaux peuvent être au maximum de 1,5m, mais cette manœuvre spéciale vous permet de sauter beaucoup plus haut.
Effet en combat: Effectuez un Déplacement Faible verticalement, et une action d'Attaque.
Effet hors combat: Vous pouvez sauter à la verticale jusqu'à la moitié de vote score de Déplacement (arrondir vers le haut). Chaque point de Déplacement est équivalent à 1,5m.

ATTAQUE TOURBILLONNANTE

Métas: [Amplifié Multi Arme]
Type: {Manœuvre}
Description: Frappez plusieurs adversaires à portée.
Effet en combat: Effectuez une action d'Attaque Faible avec un bonus de dégâts de +1 P sur max. 3 adversaires à portée.
Effet hors combat: Vous excellez dans les actions Physiques nécessitant un mouvement en arc (manier une pioche, une hache de bûcheron, etc.).

ATTAQUE TOURBILLONNANTE TÉMÉRAIRE

Métas: [Amplifié Multi Arme]
Type: {Manœuvre}
Description: Attaquez plusieurs adversaires à portée d'un seul coup.
Effet en combat: Effectuez un Sacrifice Mineur +2 pour faire une action d'Attaque sur jusqu'à 3 adversaires à portée.
Effet hors combat: Vous excellez dans les actions Physiques nécessitant un mouvement en arc (manier une pioche, une hache de bûcheron, etc.).

AUGURE DE L AURA

Métas: [Portée Amplifié Portée]
Type: {Sort}
Description: Voyez quelqu'un comme il est réellement, lisez-le tel un livre ouvert. Devant vos yeux, ses talents sont révélés.
Effet en combat: Ce sort révèle un Pouvoir Actif aléatoire de la cible désignée, qui peut remplacer pendant le reste du combat l'Augure de l'Aura. La rune liée à ce sort devient liée au pouvoir choisi, et acquiert tous ses aspects, y compris les métas. Si le sort révèle plus d'un pouvoir (méta Amplifié), le pouvoir à cloner peut être choisi.
Effet hors combat: Vous avez la capacité de lire l'aura de quelqu'un, vous révélant son plus grand talent.

AURA DE FEU

Métas: [Amplifié Amplifié Amplifié]
Type: {Sort}
Description: Vous êtes enveloppé d'une aura de feu. Le feu blesse les gens autour de vous, mais ni vous, ni votre équipement ne sont affectés.
Effet en combat: Appliquez l'altération Aura d'intensité +1 et infligez +4 dégâts P à un ennemi adjacent.
Effet hors combat: Enveloppez votre peau d'une gangue de flammes, éclairant un rayon de 10m.

AURA DE GLACE

Métas: [Amplifié Amplifié Amplifié]
Type: {Sort}
Description: Vous êtes enveloppé d'une aura de froid extrême et de givre. Ce froid blesse les gens autour de vous, mais ni vous ni votre équipement ne sont affectés.
Effet en combat: Gagnez l'altération Aura +1, et infligez l'altération Entravement +1 à un ennemi adjacent [Contre: P].
Effet hors combat: Enveloppez votre peau d'une couche protectrice absorbant le froid, vous fournissant un confort absolu dans des conditions arctiques.

AVORTEMENT SPIRITUEL

Métas: [Portée Zone Amplifié]
Type: {Sort}
Description: Vous pourrissez de l'intérieur, tout en essayant d'extraire l'âme de votre victime.
Effet en combat: Effectuez un Sacrifice Ultime +2 pour infliger +4 dégâts S, et appliquez l'altération Possession +2 sur votre victime [Contre: 1 S par niveau].
Effet hors combat: Effectuez un Sacrifice Ultime pour maudire quelqu'un que vous détestez, d'une certaine façon (malchance, ennuis financiers, etc.). Leur prochain effort dans le domaine ciblé échouera.

BALAYAGE

Métas: [Amplifié Multi Arme]
Type: {Manœuvre}
Description: Vous pouvez déséquilibrer plusieurs adversaires à portée.
Effet en combat: Appliquez Entravement +1 sur jusqu'à 3 adversaires à portée [Contre: P]. La victime peut contrer un niveau d'entravement en jouant une rune Physique.
Effet hors combat: Impressionnez un public avec vos capacités athlétiques.

BARRIÈRE IMPOSANTE

Métas:	[Portée Amplifié Amplifié]
Type:	{Sort d'Alka}
Description:	Créez un mur de glace continu de 3m de hauteur. La glace jaillit du sol, et s'élève en quelques secondes. Quiconque se trouve en dessous du mur de glace naissant se retrouvera au sommet, dominant le champ de bataille.
Effet en combat:	Créez un Alka de 4 cases, qui crée un mur de glace de 1,5m d'épaisseur.
Effet hors combat:	Créez un mur de glace à volonté. Avec une concentration continue, vous pouvez maintenir au maximum 6m linéaires.

BOND SAUVAGE

Métas:	[Amplifié Amplifié Amplifié]
Type:	{Interruption}
Description:	Vous écartez armes et armure, préférant perfectionner vos aptitudes au combat naturel.
Effet en combat:	Si vous ne portez ni arme ni armure, vous pouvez effectuer une action de Défense avec un bonus de +4 Parade.
Effet hors combat:	Vous ne faites qu'un avec la nature. Tous les tests de Compétences impliquant des éléments de la nature ou des animaux sauvages reçoivent +1 succès.

BOUCLIER AQUATIQUE

Métas:	[Amplifié Maintien Maintien]
Type:	{Sort}
Description:	Entourez votre cible d'un cyclone d'eau, qui dévie les coups physiques qui le ciblent.
Effet en combat:	Effectuez un Sacrifice Mineur +1 et gagnez FP +2 P, lorsque vous êtes au moins à demi submergé dans l'eau.
Effet hors combat:	Ralentissez les mouvement d'un autre être vivant à proximité dans l'eau.

BOUCLIER DES ARCANES

Métas:	[Multi Maintien Amplifié]
Type:	{Sort}
Description:	Créez un dôme chatoyant autour de vous ou d'un allié, qui vous protège de la prochaine attaque.
Effet en combat:	Gagnez FP+2 P, FP+1 S et FP+1 M contre la prochaine attaque (une fois par tour de combat si Maintenu).
Effet hors combat:	Créez un espace consacré de 5m de diamètre, où les esprits égarés ne peuvent entrer. Le rituel prend une heure de préparation, et fonctionne tant que ceux qui se trouvent dans l'espace consacré ne causent pas de dommages.

BRILLANCE DE L'IMMORTEL

Métas: [Amplifié Amplifié Amplifié]
Type: {Posture}
Description: L'immortel s'illumine soudain d'une lueur presque aussi brillante que l'épée de Surt.
Effet en combat: Si vous avez au moins 1 point de Puissance Divine, et êtes sous intensité maximale de l'altération Voile, chaque chaine de runes active qui cible un adversaire lui inflige également +2 Aveuglement.
Effet hors combat: Vous pouvez créer une flamme autour de votre corps, qui illumine un rayon de 70m, et met feu aux objets inflammables qui vous touchent (bois, cuir, etc.).

BRISE OS

Métas: [Portée Zone Amplifié]
Type: {Sort}
Description: Appliquez une grande et douloureuse force sur les os de la victime, fracturant les plus gros et pulvérisant les plus petits.
Effet en combat: Infligez +4 dégâts P et ignorez 8 points de Défense.
Effet hors combat: Vous avez la capacité de fracturer un os que vous touchez.

CANALISATION

Métas: [Portée Portée Amplifié]
Type: {Sort}
Description: Transférez une altération à quelqu'un d'autre.
Effet en combat: Réduit l'intensité d'une altération sur vous même, et applique cette altération à un niveau de +1 sur un autre combattant [Contre: S].
Effet hors combat: Vous pouvez décharger un fardeau social sur quelqu'un d'autre. Votre personnage invente une histoire qui fait passer une autre personne comme coupable de vos crimes.

CATHARSIS

Métas: [Portée Zone Amplifié]
Type: {Sort}
Description: Soignez et purifiez quelqu'un.
Effet en combat: Soin +4, et réduction de l'intensité d'une altération de -1.
Effet hors combat: Soigne la plupart des poisons et des maladies.

CAUCHEMAR DU MUSPELHEIM

Métas: [Zone Maintien Amplifié]
Type: {Sort}
Description: Ce sort crée un petit portail, à travers lequel passe l'atmosphère du Muspelheim.
Effet en combat: Ce sort requiert un Sacrifice Mineur +1 et rend l'air ambiant étouffant de chaleur, infligeant +2 dégâts M, ignorant +2 Défense M, et infligeant l'altération Dégénération +1.
Effet hors combat: Créez de petites ouvertures vers le Muspelheim, qui génèrent de la lumière et de la chaleur, mais également des traces de vapeur toxiques à l'odeur immonde.

CÉLÉRITÉ MENTALE

Métas: [Maintien Amplifié Zone]

Type: {Sort}

Description: Votre esprit devient aussi agile que le vent. Vous insufflez à un allié ou à vous-même une meilleure protection contre une attaque de ce tour de combat.

Effet en combat: Gagnez FP +1 M, Esquive +1 et Soin +2. Tous ces effets peuvent être déclenchés une fois par tour de combat, en tant qu'effet {Interruption} (au choix du combattant).

Effet hors combat: Boostez vos capacités cognitives pour un court moment, ce qui vous octroie une perception plus aigue sur un problème donné.

CHAINES CÉRÉBRALES

Métas: [Portée Zone Amplifié]

Type: {Sort}

Description: Injectez des illusions dans l'esprit de la victime, lui faisant croire qu'il est piégé ou ralenti par le monde autour de lui, ce qui rend ses réponses plus lentes.

Effet en combat: Infligez +2 dégâts M et appliquez l'altération Entravement avec une intensité de +1 [Contre: M].

Effet hors combat: Lisez les pensées superficielles de quelqu'un, et découvrez si le désir en fait partie.

CHAINES DE L'ÂME

Métas: [Portée Zone Amplifié]

Type: {Sort}

Description: Enchaînez l'âme de la victime avec des liens spectraux, son corps maintenant surchargé par des fers d'un autre monde.

Effet en combat: Infligez +2 dégâts S et appliquez l'altération Entravement +1 [Contre: S].

Effet hors combat: Examinez l'âme de quelqu'un, pour y détecter la présence d'avarice.

CHANSON DU RUSALKI

Métas: [Amplifié Amplifié Amplifié]

Type: {Sort}

Description: Le chanteur entame une chanson discordante, qui rend furieux les ennemis et soigne le chanteur.

Effet en combat: La cible de ce sort doit être au moins à demi-submergée dans l'eau. Appliquez +1 Provocation à vous ou un allié adjacent et soignez-vous (ou lui) de +5.

Effet hors combat: Détectez la présence jusqu'à 150m de créatures hostiles dans une étendue d'eau que vous touchez.

CHANT DE SKULD

Métas: [Portée Zone Amplifié]

Type: {Interruption}

Description: Votre chant atteint les oreilles d'une puissante Norne, qui vous octroie sa perception, à un coût.

Effet en combat: Effectuez un Sacrifice Mineur +2, et la cible du sort peut immédiatement tirer une rune.

Effet hors combat: Vous recevez des présages de l'avenir, une fois par jour.

CHARGE DU TAUREAU

Métas: [Amplifié Amplifié Amplifié]
Type: {Manœuvre}
Description: Chargez quelqu'un pour le repousser.
Effet en combat: Effectuez une action de Mouvement, et repoussez un adversaire de 2 cases. L'adversaire peut contrer la poussée en jouant une rune P par case qu'il veut contrer.
Effet hors combat: Lancez vous contre quelqu'un ou quelque chose, le faisant bouger ou tomber.

CHARGE ENRAGÉE

Métas: [Amplifié Amplifié Amplifié]
Type: {Manœuvre}
Description: Vous êtes consommé par la rage tout en chargeant vos ennemis. Ils reculent, horrifiés par votre apparence, qui reflète la violence grouillant à l'intérieur de vous.
Effet en combat: Effectuez une action de Déplacement et infligez-vous l'altération Rage +1.
Effet hors combat: Vous êtes très persistant en ce qui concerne la bagarre. Si vous échouez un test de bagarre, vous pouvez effectuer un Sacrifice Ultime pour réessayer.

CHARGE MORTELLE

Métas: [Amplifié Amplifié Arme]
Type: {Manœuvre}
Description: Vous chargez vos adversaires tout en les attaquant.
Effet en combat: Effectuez une action de Déplacement avec un bonus de +2, et vous pouvez passer à travers des cases occupées. Si vous maniez une arme de mêlée, êtes plus grand que votre adversaire, et n'avez pas encore attaqué pendant ce tour, vous pouvez effectuer une Attaque Faible avec un bonus de +1 pour chaque adversaire que vous "traversez". Vous ne pouvez terminer votre Déplacement sur une case occupée.
Effet hors combat: Vous êtes doué, plus rapide et plus efficace pour les tâches répétitives.

CHARGE VOLANTE

Métas: [Amplifié Multi Arme]
Type: {Manœuvre}
Description: Vous équilibrez parfaitement mobilité et agression, en attaquant un endroit depuis un autre.
Effet en combat: Effectuez une action de Déplacement et une action d'Attaque Faible avec un bonus de +1 P (dans n'importe quel ordre).
Effet hors combat: Vous êtes très fort pour bondir, ce qui vous permet d'attraper de petites proies (comme des poissons) à mains nues.

CHEVAUCHÉE DES VALKYRIES

Métas: [Maintien Zone Amplifié]
Type: {Sort}
Description: Les pieds de la cible sont entourés de vents surnaturels, qui accélèrent ses mouvements.
Effet en combat: Toutes les actions de Déplacement ont un bonus de +2.
Effet hors combat: Augmentez votre vitesse de mouvement pendant les longs voyages.

COLONNE DE FEU ÉTINCELANTE DE L'IMMORTEL

Métas: [Amplifié Multi Portée]

Type: {Sort}

Description: Invoquez un pilier de feu immaculé depuis le ciel, qui brûle vos adversaires et soigne vos alliés.

Effet en combat: Si vous avez au moins 1 point de Puissance Divine, et êtes sous intensité maximum de l'altération Voile, les ennemis affectés par la colonne reçoivent 4 points de dégâts S et +1 à l'altération Aveuglement [Contre: S], les alliés gagnent +8 soin et peuvent réduire l'intensité d'une altération qui les frappe de 1.

Effet hors combat: Vous invoquez des boules de feu de 3m de diamètre qui tombent du ciel, explosant et enflammant tout objet inflammable qu'elles touchent. La précision est grossière, et vous ne pouvez frapper pas frapper d'objets plus petits qu'une maison ou un drakkar. Vous pouvez créer une boule de feu par PDI et par heure.

CONCENTRATION DE L'IMMORTEL

Métas: [Amplifié Maintien Maintien]

Type: {Manœuvre}

Description: L'Immortel puise dans le lien entre lui et son Royaume, le remplissant de Puissance.

Effet en combat: Gagnez +2 Concentration pour votre prochain sort de ce tour, et +2 Puissance Divine.

Effet hors combat: Vous pouvez sentir la présence d'une source de magie à moins de 150m.

CONJURATION D'ARME

Métas: [Maintien Maintien Maintien]

Type: {Sort}

Description: Vous créez une arme en bois ou en pierre à partir de rien. La qualité de l'arme est basée sur vos Traits.

Effet en combat: Créez une arme avec un Facteur de Dégâts égal à votre Trait Spirituel (dégâts P), une Portée égale à votre Trait Mental (minimum 1), et une valeur de Parade égale à votre trait Physique. La taille de l'arme est égale à sa Portée, et elle peut être équipée et maniée en utilisant n'importe quelle rune. Les dégâts peuvent être convertis en dégâts Spirituels ou Mentaux lors de la conjuration, mais le lanceur du sort doit effectuer un Sacrifice Ultime +1, et diminue de moitié le FD de l'arme.

Effet hors combat: Crée une arme depuis rien.

CONJURATION D'ILLUSION DE TROLL

Métas: [Maintien Amplifié Portée]

Type: {Portail}

Description: votre sort manifeste une illusion impeccablement réaliste de Troll à vos côtés.

Effet en combat: Invoquez un Troll (niveau +6) qui se bat avec vous. Vous contrôlez ses actions.

Effet hors combat: Vous pouvez créer de petites illusions de monstres qui s'agitent sous un lit ou derrière une porte pour effrayer les gens.

COUP DE BOULE

Métas: [Amplifié Multi Amplifié]
Type: {Manœuvre}
Description: Tentez de désorienter l'adversaire, avec une attaque à mains nues.
Effet en combat: Effectuez une attaque à mains nues, et appliquez l'altération Vulnérabilité +1 [Contre: P].
Effet hors combat: Frapper quelqu'un (d'un niveau inférieur à vous) à la tête l'assomme.

COUP DESTRUCTEUR

Métas: [Amplifié Multi Arme]
Type: {Manœuvre}
Description: Concentrez votre attaque sur l'arme ou l'armure d'un adversaire.
Effet en combat: Effectuez une action d'Attaque Faible, avec un bonus de +1 dégâts P, et appliquez la condition "endommagée" à un objet porté par l'adversaire. Cet objet doit avoir un FQ à celui de votre arme. [Contre: P].
Effet hors combat: Vous savez comment sont fabriqués les objets, et votre talent vous permet de voir comment détruire le plus efficacement un objet. (arme, armure, porte, etc.).

COUPE-JARRET

Métas: [Amplifié Multi Arme]
Type: {Manœuvre}
Description: L'attaquant cible les jambes, tentant d'handicaper et ralentir son adversaire.
Effet en combat: Effectuez une action d'Attaque Faible avec un bonus de dégâts de +1 P, et appliquez l'altération Entravement +1 [Contre: P].
Effet hors combat: Vous comprenez les dangers d'une perte de mobilité. Vous avez trouvé un moyen de vous déplacer plus facilement dans la neige et dans l'eau.

COUPE-JARRET REVIGORANT

Métas: [Amplifié Multi Arme]
Type: {Manœuvre}
Description: L'attaquant cible les jambes, tentant d'handicaper et ralentir son adversaire.
Effet en combat: Effectuez une action d'Attaque Faible avec un bonus de dégâts de +1 P, appliquez l'altération Entravement +1 [Contre: P], Soin+1.
Effet hors combat: Vous comprenez les dangers d'une perte de mobilité. Vous avez trouvé un moyen de vous déplacer plus facilement dans la neige et dans l'eau.

COUP TONITRUANT

Métas: [Amplifié Multi Arme]
Type: {Manœuvre}
Description: Tentez de repousser votre adversaire en arrière en portant votre coup.
Effet en combat: Effectuez une action d'Attaque et repoussez votre adversaire d'une case [Contre: P].
Effet hors combat: Déplacez des objets avec facilité: vous comprenez l'utilisation de leviers, poulies, contrepoids et autres mécanismes permettant de le faire.

COUP TONTRUANT TÉMÉRAIRE

Métas: [Amplifié Multi Arme]
Type: {Manœuvre}
Description: Jetez vous sur votre victime, la repoussant en arrière.
Effet en combat: Effectuez un Sacrifice Mineur +1 pour effectuer une action d'Attaque, et pousser votre adversaire vers l'arrière de 2 cases [Contre: 1 P par case].
Effet hors combat: Vous maîtrisez la technique d'ouverture de porte dite de "puissant coup d'épaule".

CRACHAT ACIDE

Métas: [Maintien Maintien Maintien]
Type: {Change-forme}
Description: Fait devenir acide la salive de la cible, et en fait une forme d'attaque efficace.
La cible peut cracher de l'acide en tant qu'action d'Attaque à mains nues.
L'acide fait également dés dégâts au lanceur du sort, en commençant à attaquer sa bouche.
Effet en combat: Les actions d'Attaque peuvent utiliser le crachat d'acide. Inflige 5 dégâts avec une Portée de 1, et applique l'altération Dégénération avec une intensité de 1 [Contre: P]. Le lanceur voit sa Dégénération augmenter de +1 par phase d'Entretien.
Effet hors combat: La salive de la cible se transforme en substance acide, capable de traverser 2,5cm de fer en une minute. L'acide est beaucoup moins efficace sur d'autres substances (chair, pierre, verre, etc.).

DÉCHIRER LA CHAIR

Métas: [Portée Zone Amplifié]
Type: {Sort}
Description: Ce sort horrible crée de petites bouches déformées à la surface de la peau des victimes. Les dents commencent à dévorer sa peau et ses entrailles.
Effet en combat: Infligez +3 dégâts P, tout en ignorant 2 Défense, et appliquez l'altération Dégénération [Contre: M].
Effet hors combat: Envoyez un frisson dans le dos d'une autre personne. Elle tremble, mais ne voit rien.

DÉFORMATION DE L ÂME

Métas: [Portée Zone Amplifié]
Type: {Sort}
Description: Ce sort déforme et tourmente l'âme de la victime.
Effet en combat: Infligez +2 dégâts S et appliquez l'altération Dégénération +1 [Contre: S].
Effet hors combat: Examinez l'âme de quelqu'un, pour y détecter la présence de peur.

DÉSARMEMENT

Métas: [Amplifié Multi Arme]
Type: {Manœuvre}
Description: Concentrez votre attaque sur l'arme d'un adversaire, lui faisant la lâcher.
Effet en combat: Effectuez une action d'Attaque Faible et désarmez votre adversaire. Vous pouvez diriger la chute de l'arme sur une des cases adjacentes à l'adversaire.
La victime peut contrer le désarmement en jouant une rune Physique.
Effet hors combat: Vous savez comment faire tomber des objets avec un minimum d'effort et de force.

DÉSÉQUILIBRER

Métas:	[Amplifié Amplifié Amplifié]
Type:	{Manœuvre}
Description:	L'attaquant court à côté d'un ennemi, en tentant de le faire trébucher.
Effet en combat:	Effectuez une action de Déplacement et appliquez l'altération Entravement +1 [Contre: P].
Effet hors combat:	Vous comprenez les dangers d'une perte de mobilité. Vous avez trouvé un moyen de vous déplacer plus facilement dans la neige et dans l'eau.

DES SERPENTS DANS L'ÉPÉE

Métas:	[Amplifié Maintien Amplifié]
Type:	{Sort}
Description:	Transformez l'arme tenue par un ennemi adjacent en serpent aux crocs pointus.
Effet en combat:	Transformez une arme de taille 3 adjacente à vous en un serpent agressif [Contre: S], qui inflige +3 dégâts P et Perçage +2 à son porteur.
Effet hors combat:	Transformez des brindilles en serpents inoffensifs pendant un court moment sauf si votre concentration est maintenue).

DESTRUCTEUR DES FOULES

Métas:	[Amplifié Multi Arme]
Type:	{Manœuvre}
Description:	Etre complètement encerclé vous donne un avantage, vous permettant d'utiliser les corps et armes de vos adversaires et de les retourner contre eux.
Effet en combat:	Effectuez une action d'Attaque avec un bonus de dégâts de +1 P par paire d'adversaires adjacents.
Effet hors combat:	Vous êtes particulièrement apte à vous déplacer à vitesse normale dans des foules compactes.

DESTRUCTION

Métas:	[Multi Portée Amplifié]
Type:	{Sort}
Description:	Séparez violemment et douloureusement une âme de son corps.
Effet en combat:	Infligez +2 dégâts S et +4 dégâts P.
Effet hors combat:	Aidez un esprit consentant à se séparer de son corps (au cas où un événement magique a lié les deux).

DÉVOREUR DE PENSÉES

Métas:	[Portée Zone Amplifié]
Type:	{Sort}
Description:	L'effet de ce sort transperce l'esprit de la victime, lui causant une douleur d'agonie alors que ses pensées sont éparpillées en morceaux. Ces pensées vous soignent dans le même temps, emplissant votre esprit.
Effet en combat:	Infligez 2 dégâts M, et Soin +4.
Effet hors combat:	Faites perdre le fil de ses pensées à quelqu'un.

DRAINER LA VIE

Métas:	[Portée Zone Amplifié]
Type:	{Sort}
Description:	Absorbez la vigueur et la force de votre victime, et remplacez les par une décrépitude douloureuse.
Effet en combat:	Infligez 4 dégâts P et soignez vous de +4.
Effet hors combat:	Fait ressentir à quelqu'un une amplification des effets de l'âge (articulations plus faibles, dos douloureux, etc.).

ENCHANTEMENT DE LA CHAIR

Métas:	[Maintien Amplifié Zone]
Type:	{Sort}
Description:	Votre peau prend l'éclat d'une substance dure, comme le bois ou le fer. Vous ou un allié gagnez une meilleure protection contre une attaque de ce tour de combat.
Effet en combat:	Gagnez un bonus de FP de +2 et de Parade de +4. Ces effets peuvent être déclenchés (ensemble) une fois par tour en tant qu'effet {Interruption}.
Effet hors combat:	Boostez votre résistance physique à des substances toxiques pour un court moment (fumée, champignons vénéneux, etc.).

ENTORSE CÉRÉBRALE

Métas:	[Portée Zone Amplifié]
Type:	{Sort}
Description:	Fait ressortir des pensées douloureuses chez votre victimes, infligeant une douleur prolongée du corps, de l'esprit et de l'âme.
Effet en combat:	Inflige +2 dégâts M et applique l'altération Dégénération +1 [Contre: P].
Effet hors combat:	Lisez les pensées superficielles de quelqu'un, et découvrez si la peur en fait partie.

FÉROCITÉ DE L'IMMORTEL

Métas:	[Amplifié Amplifié Amplifié]
Type:	{Posture}
Description:	L'immortel est empli du pouvoir destructeur de cent haches.
Effet en combat:	Si vous avez au moins 1 point de Puissance Divine, et êtes sous l'intensité maximale de l'altération Rage, vous pouvez manier un objet de taille jusqu'à deux fois supérieure à vous comme arme. Le FD et la Portée de l'objet sont égaux à sa taille, et sa valeur de Parade vaut la moitié de sa taille.
Effet hors combat:	Vous pouvez déchirer les mâts des bateaux et les poutres maîtresses de structures en bois aussi facilement que si vous dégainiez votre arme.

FLÉAU DE LA CHAIR

Métas: [Portée Zone Amplifié]

Type: {Sort}

Description: Rend vos cibles victimes d'une vile nécrose, qui les rend vulnérables à tout type de blessure et d'influence. Cette magie vous permet également de forcer l'âme de l'adversaire à vous obéir.

Effet en combat: Vous infligez +1 niveau d'intensité pour Vulnérabilité [Contre: S] et Possession [Contre: S] à un adversaire.

Effet hors combat: Ce sort diminue la résolution de la victime. Lorsqu'elle effectue un test de Compétence opposé, elle perd un succès.

FORME DE LOUP DE SANG

Métas: [Maintien Maintien Maintien]

Type: {Change-forme}

Description: Vous hurlez, et en quelques secondes vous transformez en un loup géant, de la taille d'un cheval. Tout objet inanimé que vous portez se fond dans votre nouvelle forme.

Effet en combat: Vous vous transformez en Loup de Sang géant. Vous perdez vos armes et armures (absorbées dans la nouvelle forme), et gagnez: taille +2, Déplacement Quadrupède (x2), Facteur de Protection +2 P. Vos actions d'attaque sont la Morsure du Buveur de Sang, qui inflige +3 dégâts P, et vous soigne de +2 (le soin ne se déclenche que sur la première attaque du tour). Tous les Pouvoirs Actifs et Passifs restent les mêmes. Les Passifs doivent être appliqués aux nouveaux attributs.

Effet hors combat: Transformez vous en Loup de Sang à volonté.

FRAGMENTER L ESPRIT

Métas: [Portée Zone Amplifié]

Type: {Sort}

Description: Assaillez l'esprit de la victime d'une cacophonie de voix. Ce mur de son ne peut être ignoré facilement.

Effet en combat: Infligez +3 dégâts M, et ignorez +2 Défense M.

Effet hors combat: Créez une voix dans l'esprit de quelqu'un, qui marmonne de manière incohérente. La victime n'arrivera pas à en déterminer la source.

FRAPPE DE L ARMAGEDDON

Métas: [Amplifié Multi Arme]

Type: {Manœuvre}

Description: Utilisez votre tourment pour canaliser votre souffrance en une attaque.

Effet en combat: Effectuez une action d'Attaque avec un bonus de +2 FD et +4 Perçage par rune dans votre pile de Drain.

Effet hors combat: Lors de tests de Compétences Physiques, vous gagnez un bonus de +1 si vous avez au moins une rune dans Drain.

FRAPPE DANS LE DOS

Métas: [Amplifié Multi Arme]
Type: {Manœuvre}
Description: Vous savez prendre avantage d'une victime qui ne se doute de rien.
Effet en combat: En attaquant un adversaire par derrière, effectuez une action d'Attaque avec un bonus de +3 P.
Effet hors combat: Frapper une victime par derrière alors qu'elle a la tête découverte (ou pas de casque) la met instantanément KO. La victime doit être de même niveau, ou de niveau inférieur.

FRAPPE DES OMBRES

Métas: [Amplifié Multi Arme]
Type: {Manœuvre}
Description: Cette manœuvre est difficile à exécuter, et requiert un investissement personnel, mais vous permet de frapper puis vous fondre dans les ombres.
Effet en combat: Effectuez un Sacrifice Mineur +2 pour effectuer une action d'Attaque, et appliquez-vous l'altération Voile +1.
Effet hors combat: Vous pouvez réaliser des manœuvres très rapides.

FRAPPER L ARME

Métas: [Amplifié Amplifié Amplifié]
Type: {Manœuvre}
Description: Concentrez votre attaque sur le bras ou la main de votre adversaire, les forçant à lâcher leur arme.
Effet en combat: Appliquez la condition "Endommagé" sur l'arme d'un adversaire à portée [Contre: P]. Le FQ de l'arme doit être inférieur ou égal au FQ de ou des armes que vous maniez. L'adversaire est ensuite désarmé [Contre: P], et son arme atterrit sur une case adjacente. Avoir contré l'endommagement de l'arme ne permet pas de contrer le désarmement.
Effet hors combat: Vous avec une capacité impressionnante pour attraper ou frapper des objets rapides.

FRÉNÉSIE DU SEITH

Métas: [Amplifié Zone Maintien]
Type: {Sort de Seith}
Description: Les esprits vagabonds n'ayant pas trouvé leur chemin vers Niflheim sont maîtrisés par votre sort, et rendus frénétiques. Leur présence alimentera vos pouvoirs occultes.
Effet en combat: Si vous souffrez de Possession, gagnez +1 Concentration jusqu'à la fin du tour, les esprits sont rendus frénétiques par votre sort et dansent autour de vous.
Effet hors combat: Faites danser un cadavre.

FUITE EN RIGOLANT

Métas: [Amplifié Amplifié Amplifié]
Type: {Manœuvre}
Description: Courez, et occupez-vous de vos blessures en même temps.
Effet en combat: Effectuez une action de Déplacement, et un Soin +4.
Effet hors combat: Effectuez des tâches complexes tout en vous déplaçant.

GRIFFER LES YEUX

Métas: [Amplifié Multi Arme]
Type: {Manœuvre}
Description: Visez la tête de vos ennemis, en essayant de leur endommager les yeux ou les oreilles.
Effet en combat: Effectuez une action d'Attaque Faible avec un bonus de dégâts de +1 P, et appliquez l'altération Aveuglement d'intensité +1 [Contre: P].
Effet hors combat: Vous comprenez le danger de la perte de vue ou d'ouïe, et avez des réflexes impressionnants lorsqu'il s'agit de protéger vos sens d'un assaut.

HURLEMENT, LA VICTOIRE D'HATI

Métas: [Amplifié Combo Amplifié]
Type: {Sort d'Alka }
Description: Lorsque vous êtes transformé et enragé, votre hurlement invoque la bénédiction d'Hati sur vous, et une malédiction sur les ennemis qui vous entourent. Vous devenez l'essence de l'Esprit du prédateur, et le souffle magique qui s'échappe de vos mâchoires transforme en dents de loup tous les petits débris qui vous entourent, avant de les projeter sur vos ennemis pour les lacérer.
Effet en combat: Si vous êtes transformé ou avez changé de forme, et que vous souffrez de l'altération Rage à l'intensité maximale, appliquez vous l'altération Aura +1, et créez une Alka de 6 cases infligeant l'altération Dégénération [Contre: P].
Effet hors combat: Votre hurlement impressionne une Puissance Supérieure (non divine), vous octroyant ainsi des conditions plus favorables.

HURLEMENT, LA VICTOIRE DE SKOLL

Métas: [Amplifié Combo Zone]
Type: {Sort}
Description: Lorsque vous êtes transformé, si vous avez déjà infligé des dégâts pendant ce tour de   combat, invoquez la colère de Skoll sur votre adversaire.
Effet en combat: Le hurlement sème la terreur dans le coeur de vos adversaires: ils subissent +3 dégâts S et l'altération Possession +1.
Effet hors combat: Votre hurlement impressionne une Puissance Supérieure (non divine), vous octroyant ainsi des conditions plus favorables.

HURLEMENT, LE CROC DE SANG

Métas: [Amplifié Combo Zone]
Type: {Sort}
Description: Vous hurlez, et invitez vos alliés à se joindre à ce glorieux hymne des loups, qui renforce les aptitudes au combat de la meute.
Effet en combat: Les cibles de ce sort gagnent un bonus de dégâts de +4 P à une action d'Attaque par tour, et +4 Parade pour une action de Défense par tour.
Effet hors combat: Votre hurlement bestial sème la terreur chez votre proie, la faisant fuir, et vous permettant de la rabattre dans votre piège.

HURLEMENT, RALLIER LA MEUTE

Métas: [Amplifié Combo Zone]
Type: {Sort}
Description: Hurlez, et invitez vos alliés à se joindre à ce glorieux hymne des loups, qui régénère et soigne.
Effet en combat: Les cibles du sort gagnent immédiatement Soin +3, Récupération +2 et gagnent un bonus de +4 en Déplacement pour leur prochaine action.
Effet hors combat: Hurlez pour vous identifier auprès des autres âmes soeurs qui suivent les voies de la nature (Ulfhednar, Fils de Fenrir, Druides, etc.).

INVOCATION DES OMBRES

Métas: [Amplifié Amplifié Portée]
Type: {Sort}
Description: Les ombres s'intensifient, et dansent autour de vous.
Effet en combat: Infligez l'altération Aveuglement +1 à un ennemi adjacent, et infligez-vous l'altération Voile +1.
Effet hors combat: Vous pouvez dissimuler votre présence à des yeux indiscrets, en étendant et intensifiant les ombres existantes autour de vous.

INVOQUER LA RAGE

Métas: [Amplifié Amplifié Amplifié]
Type: {Manœuvre}
Description: Vous commencez à mordre dans votre bouclier, alors que vous allez chercher au fin fond de votre âme une intense douleur, colère, et furie. Les gens autour de vous ne peuvent ignorer les vagues d'agression qui émanent de votre personne.
Effet en combat: Infligez-vous l'altération Rage +1, ainsi que l'altération Provocation +1.
Effet hors combat: Laissez vous contrôler par votre colère, ce qui vous permet de traverser les ennuis en ignorant les obstacles sur votre chemin.

JUXTAPOSITION TÉNÉBREUSE

Métas: [Portée Amplifié Maintien]
Type: {Sort}
Description: Echangez votre position avec quelqu'un d'autre à portée. Une fois les positions échangées, un fantôme illusoire vous ressemblant émerge de votre corps. Les adversaires peuvent être déroutés et l'attaquer à votre place. A moins que l'effet soit maintenu, vous et votre adversaire échangez de nouveau votre position à la fin du tour de combat.
Effet en combat: Echangez votre place avec une personne qui vous est adjacente (les cibles non-consentantes peuvent jouer une rune Spirituelle pour contrer cet effet), et créez un double fantomatique illusoire (33% de chances qu'un ennemi l'attaque à votre place). Si le fantôme est touché, il ne subit aucun dégât mais se dissipe. Durant la phase de Fin de Tour, les deux effets cessent sauf si le sort est Maintenu (les positions des deux combattants sont à nouveau échangées si le sort n'est pas Maintenu).
Effet hors combat: Echangez les positions respectives de deux objets, situés à moins d'un mètre de vous.

LANCER DE TERRE

Métas: [Amplifié Amplifié Amplifié]
Type: {Manœuvre}
Description: Lancez de la terre dans les yeux de votre adversaire.
Effet en combat: Effectuez une action de Déplacement, et appliquez l'altération Aveuglement +1 [Contre: P]..
Effet hors combat: Vous comprenez le danger de la perte de vue ou d'ouïe, et avez des réflexes impressionnants lorsqu'il s'agit de protéger vos sens d'un assaut.

LANCE SPIRITUELLE

Métas: [Portée Zone Amplifié]
Type: {Sort}
Description: Attrapez l'âme perdue la plus proche, et dirigez toute sa furie et sa frustration vers l'esprit de votre victime. La fureur de l'esprit en colère est suffisante pour passer à travers une résistance.
Effet en combat: Infligez +2 dégâts S et ignorez +4 Défense S.
Effet hors combat: Créez des sons étranges, surnaturels et déconcertants en tourmentant un esprit, ses cris transcendant son monde pour passer dans le monde mortel.

LA NUIT DES LONGS COUTEAUX

Métas: [Maintien Zone Amplifié]
Type: {Sort}
Description: Augmente les aptitudes martiales de la cible.
Effet en combat: Les actions d'Attaque infligent +2 dégâts P.
Effet hors combat: Ce sort vous permet d'augmenter le rendement physique de la cible (le bois est coupé plus vite, le minerai extrait plus vite, un navire est construit plus rapidement, etc.).

LE CROQUE-MITAINE ARRIVE

Métas: [Portée Zone Amplifié]
Type: {Sort}
Description: Canalisez le pouvoir du Seith en vous en un violent et douloureux rituel. Vous êtes empli d'une présence sombre et maléfique, qui aide à canaliser les esprits que vous transformez en sorts.
Effet en combat: Effectuez un Sacrifice Majeur +1 et gagnez +2 Concentration pour votre prochain sort. Infligez-vous Possession +1. Le rituel fait s'agiter violemment votre corps, vous permettant d'effectuer également un Déplacement Faible.
Effet hors combat: Vous contraignez une âme perdue à collaborer à votre rituel, vous octroyant +1 niveau de Communion avec les Morts, si vous effectuez un Sacrifice Ultime +1.

LE MALHEUR APPELLE LE MALHEUR

Métas: [Amplifié Multi Arme]
Type: {Manœuvre}
Description: Faites en sorte que tout le monde reçoive sa part de châtiment.
Effet en combat: Effectuez une action d'Attaque avec un bonus de dégâts de +3 P contre un adversaire, si vous avez déjà infligé des dégâts à l'un de ses alliés pendant ce tour de combat.
Effet hors combat: Lorsque vous vous battez à mains nues, vous savez retenir vos coups, afin de ne pas infliger de dégâts sérieux à votre adversaire.

LIER LA DESTINÉE

Métas: [**Portée** **Multi** **Maintien**]
Type: {Sort}
Description: Créez un lien entre vous et un autre combattant (consentant ou non). Si un lien existe avec au moins un autre individu, la douleur subie est inférieure pour tous les participants au lien, et la souffrance que vous subissez sera ressentie par tous ceux qui le partagent.
Effet en combat: Si ce sort vous lie avec un autre combattant, vous prendrez la moitié des dégâts reçus, et chaque personne liée à vous subira l'autre moitié. Les participants non-consentants peuvent jouer une rune S pour contrer ce sort.
Effet hors combat: Créez un fort sens de l'empathie chez quelqu'un, de sorte qu'ils ressentent votre souffrance.

LIER LES ÂMES SOEURS

Métas: [**Portée** **Multi** **Maintien**]
Type: {Sort}
Description: Créez un lien entre vous et un allié consentant. Le lien ne peut pas être créé sur un combattant non consentant. Les partenaires partagent les dégâts de manière égale (les dégâts sont divisés entre les différents membres). Lorsqu'un membre du lien est soigné, tous les membres sont soignés d'autant.
Effet en combat: Ce sort crée un lien avec un allié. Tout dégât subi par un membre du lien est divisé par le nombre de membres (arrondir vers le haut) et appliqué à tous les membres. Lorsqu'un des membres est soigné, tous les partenaires du lien sont soignés du même montant.
Effet hors combat: Fermez les yeux, et voyez ce qu'un des membres du lien voit.

MAIN DE TYR

Métas: [**Maintien** **Maintien** **Maintien**]
Type: {Sort}
Description: Ce sort crée une main fantomatique sans corps, que vous pouvez utiliser comme la votre. Elle reste à vos côtés, ne s'éloignant pas de plus d'1m.
Effet en combat: La nouvelle main est automatiquement équipée d'une arme de votre inventaire. Vos actions d'Attaque utilisent les trois mains à l'unisson.
Effet hors combat: Invoquez une main fantomatique qui reste à 1m de vous. Elle peut vous aider dans toutes les tâches que vous devez effectuer.

MAÎTRISE DE LA PIERRE

Métas: [**Amplifié** **Portée** **Maintien**]
Type: {Sort de Rune}
Description: La Pierre obéit à vos ordres, se moulant autour de vous ou d'un allié, comme une seconde peau.
Effet en combat: FP +1 P.
Effet hors combat: Déplacez ou façonnez la pierre, à raison de 50cm3 par minute.

MAÎTRISE DU FEU

Métas: [Amplifié Portée Maintien]
Type: {Sort de Rune}
Description: Ce sort transforme une torche ou un feu de joie innocent en une arme terrifiante. Les flammes deviennent fortes et furieuses, comme si des vents mystiques les attisaient.
Effet en combat: Transforme votre torche (ou toute autre source de feu adjacente) en un Fouet de Feu, qui inflige +4 dégâts P et immole les ennemis (Dégénération +1 [Contre: P]).
Effet hors combat: Altérez la taille et l'intensité d'un feu proche de vous. Une bougie peut brûler aussi fort qu'une torche.

MAÎTRISE DU VENT

Métas: [Amplifié Portée Maintien]
Type: {Sort de Rune}
Description: Le Vent répond à votre appel, soufflant sur le champ de bataille lorsque vous expirez.
Effet en combat: Touchez un combattant pour lui infliger +4 dégâts P, et le repousser de 4 cases. L'adversaire peut jouer une rune M par case qu'il souhaite contrer.
Effet hors combat: Une rafale de vent peut être invoquée et dirigée selon votre bon plaisir.

MANOEUVRE DE COMBAT VERSATILE

Métas: [Amplifié Amplifié Amplifié]
Type: {Manœuvre}
Description: Passez d'une posture agressive à une posture défensive en un clin d'oeil.
Effet en combat: Effectuez une action d'Attaque avec un bonus de +1 dégâts P, ou une action de Défense avec +1 Parade.
Effet hors combat: Contrôlez le mouvement de votre corps, et changez de direction en plein milieu d'un mouvement, sans perte d'équilibre ou de précision.

MANOEUVRE ÉVASIVE

Métas: [Amplifié Amplifié Amplifié]
Type: {Interruption}
Description: Vous êtes adepte à l'esquive de dégâts Mentaux, Spirituels, et surtout Physiques.
Effet en combat: Effectuez une action de Défense Faible avec un bonus de +1 Parade et +1 Esquive.
Effet hors combat: Vous avez un sixième sens (recevez un présage) pour détecter quelqu'un qui a l'intention de vous blesser spirituellement ou mentalement.

MASQUE DE MOQUERIE

Métas: [Amplifié Amplifié Amplifié]
Type: {Interruption}
Description: Lorsque vous vous défendez d'une attaque, vous pouvez utiliser leur colère et leur frustration à leur avantage. Tout en les conduisant à des niveaux plus importants d'antagonisme, vous vous moquez d'eux, les provoquez, ce qui rend leurs attaques prédictibles et facilement évitables.
Effet en combat: Effectuez une action de Défense Faible avec un bonus de Parade +1 par niveau de l'altération Provocation que vous subissez.
Effet hors combat: Lorsque quelqu'un est furieux, vous avez la capacité de le forcer à dire ou faire quelque chose qu'il regrettera.

MUTILATION

Métas: [Amplifié Multi Amplifié]
Type: {Manœuvre}
Description: Cette attaque à mains nues crée un immense carnage.
Effet en combat: Sans arme, effectuez une action d'Attaque avec un bonus de dégâts de +3 et perçage +2.
Effet hors combat: Vous excellez lors de compétitions physiques comme le bras de fer.

PARADE DE L'IMMORTEL

Métas: [Amplifié Amplifié Amplifié]
Type: {Interruption}
Description: Cette parade puise dans le lien entre vous et votre Royaume, vous remplissant de Puissance.
Effet en combat: Effectuez une action de Défense et gagnez +2 Puissance Divine.
Effet hors combat: Gagnez une seconde de bonus (par rapport à un mortel) pour réagir à un danger immédiat.

PARADE DÉSARMANTE

Métas: [Amplifié Amplifié Amplifié]
Type: {Interruption}
Description: Parez un coup, et désarmez l'arme de mêlée à une main qui vient de vous frapper.
Effet en combat: Effectuez une action de Défense et désarmez l'arme à une main de votre adversaire. Vous pouvez diriger la chute de l'arme sur une des cases adjacentes à l'adversaire. La victime peut contrer le désarmement en jouant une rune Physique.
Effet hors combat: Vous avec une capacité impressionnante pour attraper ou frapper des objets rapides.

PARADE INSULTANTE

Métas: [Amplifié Amplifié Amplifié]
Type: {Interruption}
Description: La tentative de parade est accompagnée d'un rictus sarcastique, d'insultes, de gestes grossiers et d'un mépris généralisé pour l'adversaire.
Effet en combat: Effectuez une action de Défense Faible, avec un bonus de Parade de +1, et appliquez-vous l'altération Provocation +1.
Effet hors combat: Vous savez comment prendre les gens à rebrousse poil; avec seulement quelques provocations, vous pouvez devenir le centre de beaucoup d'animosité.

PARADE PARFAITE

Métas: [Amplifié Amplifié Echo]
Type: {Interruption}
Description: Votre défense peut être maintenue tant que vous êtes prêt à en payer le prix.
Effet en combat: Effectuez une action de Défense, avec un bonus d'Esquive équivalent au nombre de runes que vous avez dans la pile Drain.
Effet hors combat: Vous êtes particulièrement bon pour négocier quand votre vie est en jeu. Vos talents vous octroient un bonus de +1 à la compétence Négociation, lorsque vous êtes dans une situation de vie ou de mort.

PARADE PURIFICATRICE

Métas: [Amplifié Amplifié Amplifié]
Type: {Interruption}
Description: Bloquer une attaque vous permet de purifier votre corps, esprit et âme.
Effet en combat: Effectuez une action de Défense Faible avec un bonus de Parade de +1, et réduisez l'intensité d'une altération qui vous affecte de -1. Vous pouvez également diminuer l'intensité d'une altération qui affecte un ennemi adjacent. Les adversaires non consentants peuvent jouer une rune par niveau d'intensité qu'ils veulent contrer.
Effet hors combat: Vous possédez un sens du danger inné, qui vous donne une fraction de seconde de plus pour réagir face à une menace imminente.

PARADE-RETRAITE

Métas: [Amplifié Amplifié Amplifié]
Type: {Interruption}
Description: Bloquez une attaque, et roulez loin de votre adversaire.
Effet en combat: Effectuez une action de Défense Faible et un Déplacement Faible.
Effet hors combat: Vos réflexes félins vous permettent de bondir hors de danger au bon moment.

PARADE REVIGORANTE

Métas: [Amplifié Amplifié Amplifié]
Type: {Interruption}
Description: Régénérez votre force vitale en esquivant une attaque.
Effet en combat: Effectuez une action de Défense, Soin +1, Récupération +2.
Effet hors combat: Lorsque vous évitez une situation périlleuse, votre destinée à tendance à la tourner en quelque chose de positif.

PARADE SUPÉRIEURE

Métas: [Amplifié Amplifié Amplifié]
Type: {Interruption}
Description: Bloquez les attaques dirigées contre vous.
Effet en combat: Effectuez une action de Défense avec un bonus de +2 Parade.
Effet hors combat: Vos réflexes félins vous permettent de bondir hors de danger au bon moment.

PARADE VENGERESSE

Métas: [Amplifié Amplifié Amplifié]
Type: {Interruption}
Description: Bloquez les attaques dirigées contre vous, et jetez vous sur votre adversaire, le repoussant en arrière.
Effet en combat: Effectuez une Action de Défense et repoussez votre adversaire d'une case [Contre: P].
Effet hors combat: Utilisez la force de quelqu'un contre lui, dirigeant son corps dans la direction de votre choix.

PIQUES CÉRÉBRALES

Métas: [Portée Zone Amplifié]
Type: {Sort}
Description: Chaque pensée traversant la tête de votre victime lui cause une douleur cuisante, le distrayant et le détachant de ce qui l'entoure.
Effet en combat: Infligez +2 dégâts M et appliquez l'altération Vulnérabilité avec une intensité de +1 [Contre: M].
Effet hors combat: Lisez les pensées superficielles de quelqu'un, et déterminez si la vengeance en fait partie.

PIQUES DE L'ÂME

Métas: [Portée Zone Amplifié]
Type: {Sort}
Description: Place l'âme de la victime dans un appareil de torture spectral ressemblant à une Vierge de Fer, en faisant une proie facile pour de futures attaques et sorts.
Effet en combat: Infligez +2 dégâts S et appliquez l'altération Vulnérabilité +1 [Contre: S].
Effet hors combat: Examinez l'âme de quelqu'un, pour y détecter la présence de colère.

POMMES D'IDUN

Métas: [Amplifié Zone Maintien]
Type: {Sort}
Description: Ce sort enveloppe la cible de lumières étincelantes.
Effet en combat: Ce sort génère une aura revitalisante qui soigne +4 immédiatement, et soigne +4 à la prochaine action de Déplacement.
Effet hors combat: Soignez les blessures de quelqu'un.

PORTAIL D'ABERRATION DU SEITH

Métas: [Maintien Amplifié Portée]
Type: {Portail}
Description: Votre sort invoque une tempête tourbillonnante d'esprits, qui se fondent en une masse humanoïde à moitié tangible.
Effet en combat: Invoquez une aberration du Seith (niveau +6) qui se bat pour vous (cous contrôlez ses actions).
Effet hors combat: Votre niveau de Compétence "Communion avec les Morts" augmente de 1.

PORTAIL DES OS

Métas: [Maintien Amplifié Portée]
Type: {Portail}
Description: Votre sort invoque un Squelette Noir, qui émerge du sol à vos côtés.
Effet en combat: Invoquez un squelette noir (niveau +6) qui se bat pour vous (cous contrôlez ses actions).
Effet hors combat: Animez un tas d'os, qui vous servira.

POSSÉDER UN ADVERSAIRE

Métas: [Amplifié Amplifié Amplifié]
Type: {Sort}
Description: Le sort force un esprit perdu à envahir le corps d'un autre.
Effet en combat: Infligez +2 dégâts S, et infligez l'altération Possession +1 sur un adversaire [Contre: S].
Effet hors combat: Effectuez un exorcisme, et extirpez un esprit étranger d'un être possédé. Le rituel prend 30 minutes.

POSTURE AGRESSIVE

Métas: [Amplifié Amplifié Amplifié]
Type: {Posture}
Description: Vous prenez une posture de combat qui infligera de plus gros dégâts à vos ennemis.
Effet en combat: Lorsque vous faites une Action d'Attaque, votre adversaire est repoussé d'une case. La victime peut jouer une rune Physique pour contrer la poussée. Si elle n'est pas contrée, vous pouvez immédiatement effectuer un Sacrifice Mineur +1 pour vous déplacer dans la case qui vient d'être libérée.
Effet hors combat: Evitez certaines situations tendues en adoptant une posture très agressive, qui peut intimider les autres et les pousser à ne pas vous confronter.

POSTURE DÉFENSIVE

Métas: [Amplifié Amplifié Amplifié]
Type: {Posture}
Description: Vous prenez une posture de combat destinée à éviter les coups.
Effet en combat: Bonus de FP +1.
Effet hors combat: Vous évitez les dégâts Physiques mineurs en vous laissant aller avec le coup, dans la plupart des cas.

POSTURE DE LA PUISSANCE DE L'ESPRIT

Métas: [Amplifié Amplifié Amplifié]
Type: {Posture}
Description: Adoptez une position qui améliore les attaques Spirituelles.
Effet en combat: Lorsque vous infligez des dégâts Spirituels, obtenez un bonus de dégâts de +1 S.
Effet hors combat: Contrôlez l'humeur des autres. Il sont de l'argile entre vos mains, et vous sculptez leur comportement.

POSTURE DE L'OURS

Métas: [Maintien Amplifié Maintien]
Type: {Manœuvre}
Description: Votre comportement change, et cherche à imiter l'Ours sacré. Vous ignorez les attaques plus facilement.
Effet en combat: Gagnez +1 Facteur de Protection.
Effet hors combat: Vous sentez quand quelqu'un complote contre vous (vous recevez un présage, que vous devez interpréter).

POSTURE DES ARCANES

Métas: [Amplifié Amplifié Amplifié]
Type: {Posture}
Description: Retirez votre esprit du champ de bataille pendant un moment, pour vous aider à vous concentrer sur vos effets magiques.
Effet en combat: Effectuez un Sacrifice Majeur +1 pour recevoir un bonus de +2 en Concentration.
Effet hors combat: Lorsque vous avez besoin d'une concentration maximale, vous pouvez entrer dans une transe qui repousse les distractions et bruits ennuyeux.

POSTURE DU BASTION DE L'ESPRIT

Métas: [Amplifié Amplifié Amplifié]
Type: {Posture}
Description: Adoptez une posture qui vous octroie de la défense contre les attaques Spirituelles.
Effet en combat: Sacrifice Mineur +1 pour gagner un bonus de FP de +1 S.
Effet hors combat: Masquez vos émotions et votre âme à quelqu'un qui essaie d'analyser votre langage corporel.

POSTURE DU CORBEAU

Métas: [Maintien Amplifié Maintien]
Type: {Manœuvre}
Description: Changez votre comportement au combat pour faciliter le lancer de sorts.
Effet en combat: Si vous avez un Pouvoir Actif Maintenu ou Ouvert, ils gagnent +1 Concentration.
Effet hors combat: Vous pouvez sentir les courants de magie dans l'air, et détecter la présence de sorts dans un rayon de 8m.

POSTURE DU LOUP

Métas: [Maintien Amplifié Maintien]
Type: {Manœuvre}
Description: Changez votre comportement au combat, pour atténuer les dégâts Mentaux reçus.
Effet en combat: Effectuez un Sacrifice Mineur +1 pour gagner FP +1 M.
Effet hors combat: Vous savez masquer vos traces, et minimiser les chances d'être suivi. Les tentatives de pistages dirigées contre vous subissent une pénalité de -1 dans les Tests.

POSTURE DU NARVAL

Métas: [Maintien Amplifié Maintien]
Type: {Manœuvre}
Description: Changez votre comportement de combat, pour faciliter la résistance aux dégâts Spirituels.
Effet en combat: Effectuez un Sacrifice Mineur +1 pour gagner +1 FP S.
Effet hors combat: Votre sens du danger détecte les menaces lorsque vous voyagez sur l'eau. Vous recevez parfois un présage avant d'embarquer pour un long voyage en bateau.

POSTURE DU PRÉDATEUR

Métas: [Amplifié Amplifié Amplifié]
Type: {Posture}
Description: Prenez une posture de combat vous permettant d'infliger plus de souffrance à vos ennemis.
Effet en combat: Les actions d'Attaque gagnent +1 dégât P et +2 Perçage.
Effet hors combat: Vous êtes très bon pour chasser et attraper de petites proies.

POSTURE DU SANGLIER

Métas: [Maintien Amplifié Maintien]
Type: {Manœuvre}
Description: Changez votre comportement de combat, pour faciliter l'esquive des attaques. Imitez la créature mythique que respectent même les Jotuns et les Dieux.
Effet en combat: Effectuez un Sacrifice Mineur +2 pour gagner un bonus d'Esquive +1.
Effet hors combat: Vous pouvez sentir quand vos amis sont en danger. S'ils le sont, peu importe la distance, vous recevez un présage que vous devez interpréter.

POSTURE FORTERESSE ANALYTIQUE

Métas: [Amplifié Amplifié Amplifié]
Type: {Posture}
Description: Prenez une posture qui vous octroie une meilleure défense contre les attaques Mentales.
Effet en combat: Gagnez un bonus de FP de +1 M en effectuant un Sacrifice Mineur +1.
Effet hors combat: Masquez vos expressions et vos pensées de quelqu'un qui essaie d'analyser votre langage corporel.

POSTURE MOBILE

Métas: [Amplifié Amplifié Amplifié]
Type: {Posture}
Description: Prenez une posture de combat qui augmente votre mobilité sur le champ de bataille.
Effet en combat: Les actions d'Attaque gagnent +1 Portée et vous gagnez +1 Déplacement.
Effet hors combat: Vous pouvez vous déplacer plus vite que a normale pour un bref moment, plongeant pour éviter les ennuis.

POSTURE PUISSANCE ANALYTIQUE

Métas: [Amplifié Amplifié Amplifié]
Type: {Posture}
Description: Prenez une posture qui augmente vos dégâts d'attaques Mentales.
Effet en combat: Lorsque vous infligez des dégâts Mentaux, gagnez un bonus de FD de +1 M.
Effet hors combat: Vous êtes impitoyable, implacable, et un maître stratège lorsque vous jouez à des jeux cérébraux comme le Hnefatafl.

POSTURE SOURNOISE

Métas:	[Amplifié Amplifié Amplifié]
Type:	{Posture}
Description:	Prenez une posture extrêmement ardue, qui vous octroie de la défense contre toute forme d'attaque, mais est épuisante à maintenir.
Effet en combat:	Sacrifice Mineur +2 pour gagner Esquive +1.
Effet hors combat:	Masquez vos forces et faiblesses à quelqu'un essayant de vous examiner.

POUVOIRS ACTIFS D'AUTRES ARCHÉTYPES

Métas:	N/A
Type:	N/A
Description:	Vous gagnez accès au tableau de Pouvoirs Actifs d'un autre archétypes, et choisissez un Pouvoir Actif de ce tableau (en commençant par le milieu). Vous avez maintenant accès à ce tableau.
Effet en combat:	N/A
Effet hors combat:	N/A

PRÉSENCE DE L'YGGDRASIL

Métas:	[Maintien Zone Amplifié]
Type:	{Sort}
Description:	Augmentez les pouvoirs magiques de la cible, si elle choisit d'embrasser les courants mystiques d'Yggdrasil.
Effet en combat:	Les cibles touchées obtiennent +1 Concentration si elles effectuent un Sacrifice Mineur +1.
Effet hors combat:	Augmentez l'intensité magique de la cible (ses sorts ont un effet plus important).

PROVOCATION

Métas:	[Amplifié Multi Arme]
Type:	{Manœuvre}
Description:	L'attaquant porte un coup de manière à humilier son ennemi.
Effet en combat:	Effectuez une action d'Attaque faible avec un bonus de dégâts de +1 P, et appliquez-vous l'altération Provocation +1.
Effet hors combat:	Vous pouvez capter l'attention de quelqu'un depuis l'autre côté d'une pièce. En utilisant des expressions faciales et des gestes simples, vous pouvez les intriguer assez pour qu'il vienne vous voir.

PURGER LA DÉGÉNÉRATION

Métas:	[Portée Zone Amplifié]
Type:	{Sort}
Description:	La rosée purifiante de Vanagard se répand dans l'air, soulageant une altération nocive et guérissant corps, esprit et âme.
Effet en combat:	Soin +4, et Dégénération -2.
Effet hors combat:	Soignez les hémorragies, empoisonnements et maladies.

PURGER L AVEUGLEMENT

Métas: [Portée Zone Amplifié]
Type: {Sort}
Description: La rosée purifiante de Vanagard se répand dans l'air, soulageant une altération nocive et guérissant corps, esprit et âme.
Effet en combat: Soin +4, et Aveuglement -2.
Effet hors combat: Soignez les aveugles.

PURGER LA VULNÉRABILITÉ

Métas: [Portée Zone Amplifié]
Type: {Sort}
Description: La rosée purifiante de Vanagard se répand dans l'air, soulageant une altération nocive et guérissant corps, esprit et âme.
Effet en combat: Soin +4, et Vulnérabilité -2.
Effet hors combat: Soignez les maladies liées au froid, telles la pneumonie, les engelures, etc.

PURGER LE HANDICAP

Métas: [Portée Zone Amplifié]
Type: {Sort}
Description: La rosée purifiante de Vanagard se répand dans l'air, soulageant une altération nocive et guérissant corps, esprit et âme.
Effet en combat: Soin +4, et Entravement -2.
Effet hors combat: Soignez les membres fracturés.

PURGER LES ESPRITS ÉTRANGERS

Métas: [Portée Zone Amplifié]
Type: {Sort}
Description: La rosée purifiante de Vanagard se répand dans l'air, soulageant une altération nocive et guérissant corps, esprit et âme.
Effet en combat: Soin +4, et Possession -2.
Effet hors combat: Effectuez l'exorcisme d'un esprit possédant un être vivant.

RÉDUCTION

Métas: [Maintien Portée Maintien]
Type: {Sort}
Description: Ce sort réduit la taille d'un être intelligent. La victime réduite garde ses pouvoirs et compétences, et peut utiliser la plupart (le Norn décide).
Effet en combat: Réduisez la taille d'un être vivant de 1, et réévaluez son équipement (l'équipement devenu trop grand tombe) [Contre: S]. Quiconque se retrouve réduit à taille 0 se transforme en grenouille, lâchant tout son équipement et avec un Déplacement de base de 0 (les compétences et pouvoirs, ainsi que l'Essence et la Destinée restent). La victime doit jouer une rune pour ramasser ses armes, une pour son armure, et une pour s'en revêtir.
Effet hors combat: Réduisez votre propre taille, jusqu'à 3 classes.

REGARD NOIR DE L'IMMORTEL

Métas: [Multi Amplifié Multi]

Type: {Sort}

Description: Ce sort effraie les êtres inférieurs en votre présence, et puise dans le lien entre vous et votre Royaume, vous remplissant de Puissance.

Effet en combat: Infligez +2 dégâts S et gagnez +2 Puissance Divine.

Effet hors combat: Intimidez n'importe quel mortel (+2 succès dans un test de Compétence opposé).

RÉGÉNÉRATION DE L'IMMORTEL

Métas: [Amplifié Amplifié Amplifié]

Type: {Sort}

Description: Ce sort vous soigne, et puise dans le lien entre vous et votre Royaume, vous remplissant de Puissance.

Effet en combat: Soin +4, Puissance Divine +2

Effet hors combat: Guérit des blessures sérieuses en quelques secondes. Un os fracturé se ressoudera en moins de 10 secondes.

REPOSITIONNEMENT

Métas: [Amplifié Amplifié Amplifié]

Type: {Manœuvre}

Description: Placez-vous à un endroit avantageux pour la suite du combat.

Effet en combat: Effectuez une action de Déplacement et gagnez +/-1 Initiative. Ceci n'affecte pas le reste de votre phase d'Action en cours, et ne vous octroie pas de nouvelle phase d'Action lors de ce tour.

Effet hors combat: Vous avez un don pour vous trouver au bon endroit au bon moment.

RÉSISTANCE SURNATURELLE

Métas: [Amplifié Maintien Maintien]

Type: {Sort}

Description: Ayant conclu un pacte avec une Puissance Supérieure, celle-ci vous accorde une résistance physique surnaturelle.

Effet en combat: Effectuez un Sacrifice Ultime +1 pour gagner FP +4 P et +1 Parade.

Effet hors combat: Effectuez un Sacrifice Ultime +1 pour ne pas vous blesser lors d'une chute depuis max. 15m.

RÉTABLISSEMENT RAPIDE

Métas: [Amplifié Portée Maintien]

Type: {Sort}

Description: La rosée d'Yggdrasil pénètre l'air ambiant, revigorant tous ceux qu'elle touche.

Effet en combat: Soin +4 et +/-1 Initiative. Ceci n'affecte pas le reste de votre phase d'Action en cours, et ne vous octroie pas de nouvelle phase d'Action lors de ce tour.

Effet hors combat: Revigorez l'esprit de quelqu'un, lui donnant une vision plus positive de sa situation actuelle.

RIPOSTE

Métas: [Amplifié Amplifié Amplifié]
Type: {Interruption}
Description: Bloquez une attaque, et contre-attaquez un combattant à portée (pas forcément le même).
Effet en combat: Effectuez une action de Défense faible avec un bonus de +1 en Parade, puis une action d'Attaque Faible avec un bonus de +1 FD.
Effet hors combat: Vous pouvez démoraliser ceux qui essaient de vous démoraliser vous-même.

ROULADE EN POSITION

Métas: [Amplifié Amplifié Amplifié]
Type: {Interruption}
Description: Bloquez une attaque, et repositionnez vous dans une position plus efficace pour le restant du combat.
Effet en combat: Effectuez une action de Défense Faible avec un bonus de Parade de +1, et gagnez +/-1 Initiative. Ceci n'affecte pas le reste de votre phase d'Action en cours, et ne vous octroie pas de nouvelle phase d'Action lors de ce tour.
Effet hors combat: Vous jaugez les menaces imminentes, et faites en sorte d'être dans la bonne position pour y faire face.

RUÉE DE L'IMMORTEL

Métas: [Amplifié Multi Arme]
Type: {Manœuvre}
Description: L'immortel attaque avec le pouvoir d'une tempête.
Effet en combat: Si vous avez au moins 1 Puissance Divine, et souffrez de l'altération Rage au niveau maximum, vous effectuez une action d'Attaque qui repousse votre adversaire d'un nombre de cases égal à votre Puissance Divine actuelle, et applique l'altération Vulnérabilité +2 [Contre: 1P par niveau). La victime peut contrer la poussée en jouant une rune Physique par case.
Effet hors combat: Vous pouvez pulvériser des blocs de roche à mains nues, et ne ressentir aucune douleur.

SAISIE

Métas: [Maintien Maintien Maintien]
Type: {Manœuvre}
Description: Attaquez et saisissez vous d'un adversaire.
Effet en combat: Effectuez une action d'Attaque Faible, appliquez l'altération Entravement +1 [Contre: P], et saisissez votre adversaire [Contre: P]. Si la saisie est couronnée de succès, vous vous déplacez en même temps que votre adversaire (sur une case adjacente). La prise peut être brisée par l'adversaire plus tard, en jouant 2 runes P.
Effet hors combat: Vous êtes très fort pour attraper quelqu'un ou quelque chose, et ne pas le lâcher. Cela marche bien sur les montures sauvages, ou en essayant de plaquer quelqu'un au sol.

SIPHON DE L'ÂME

Métas:	[Portée Zone Amplifié]
Type:	{Sort}
Description:	Créez un vortex spirituel temporaire dans le corps de votre ennemi, qui essaie d'aspirer son âme hors de son corps. Dans le même temps, le vortex vous soigne.
Effet en combat:	Infligez +2 dégâts S et Soin +4.
Effet hors combat:	Créez une impression de malaise chez quelqu'un.

SOLEIL ET LUNE

Métas:	[Portée Multi Amplifié]
Type:	{Sort}
Description:	Un de vos yeux devient blanc, l'autre noir. Ils projettent des rayons magiques noirs et blancs vers un ennemi et vers un allié.
Effet en combat:	Infligez +2 dégâts S à un ennemi adjacent, et soignez vous ou un allié adjacent de +4.
Effet hors combat:	Contrôlez la lumière et les ténèbres, permettant à une flamme d'éclairer ou d'assombrir une pièce de 50%.

SOUFFLE DE GIVRE

Métas:	[Amplifié Zone Amplifié]
Type:	{Sort}
Description:	Ce sort enveloppe la zone autour de vous d'un froid extrême lorsque vous expirez.
Effet en combat:	Infligez +4 dégâts P et appliquez l'altération Entravement d'intensité +1 [Contre: P].
Effet hors combat:	Vous pouvez exhaler du froid intense, ce qui vous permet de geler des liquides, y compris de petites quantités d'alcool (hydromel).

SPRINT DE L'IMMORTEL

Métas:	[Amplifié Amplifié Amplifié]
Type:	{Manœuvre}
Description:	Ce Déplacement puise dans le lien entre vous et votre Royaume, vous remplissant de Puissance.
Effet en combat:	Effectuez un Déplacement, et gagnez +4 Puissance Divine.
Effet hors combat:	Vous êtes capables de courir indéfiniment.

SPRINT FURIEUX

Métas:	[Amplifié Amplifié Amplifié]
Type:	{Manœuvre}
Description:	Courez à toute vitesse.
Effet en combat:	Effectuez une action de Déplacement avec un bonus de +4.
Effet hors combat:	Vous pouvez sprinter pendant de courtes périodes, à une vitesse beaucoup plus rapide que la normale.

SPRINT PURIFICATEUR

Métas: [Amplifié Amplifié Amplifié]
Type: {Manœuvre}
Description: Courez, et soignez vous d'une infection.
Effet en combat: Effectuez une action de Déplacement, et réduisez l'intensité d'une altération qui vous affecte de -1.
Effet hors combat: Vous savez purger et purifier votre corps. C'est utile lors de cérémonies sacrées comme les mariages et les funérailles.

SURPUISSANCE

Métas: [Maintien Amplifié Portée]
Type: {Sort}
Description: Permettez à un combattant de renforcer ses dégâts Physiques et/ou un effet de Sort. Si l'effet renforcé est un sort qui inflige des dégâts Physiques, les deux bonus s'appliquent. La cible du sort peut choisir le moment du tour de combat où le bonus s'appliquera. Surpuissance ne peut être déclenchée qu'une fois par tour.
Effet en combat: Accordez un bonus de +4 dégâts si ceux-ci sont Physiques, ou une Concentration de +1 pour la prochaine chaine de runes ou action générique.
Effet hors combat: Boostez votre force intérieure, et générez une puissance de +15% pour des activités Physiques, Mentales ou Spirituelles.

TIRADE PURIFICATRICE

Métas: [Portée Zone Amplifié]
Type: {Sort}
Description: Purifiez votre corps en lançant des insultes et jurons à vos adversaires.
Effet en combat: Gagnez +1 Provocation, et diminuez le niveau d'une autre altération au choix de -1.
Effet hors combat: Vous pouvez soigner de nombreuses afflictions (toutes celles des autres sorts de Purge), mais le processus est douloureux et humiliant pour votre patient.

TOUCHER DES TÉNÈBRES

Métas: [Maintien Maintien Maintien]
Type: {Sort}
Description: Transforme la nature des dégâts infligés à votre adversaire. Pendant la durée de ce sort, vos armes physiques deviennent noires, et scintillent comme les étoiles du ciel nocturne.
Effet en combat: Divise par deux les dégâts Physiques infligés, et les transforme en dégâts Spirituels.
Effet hors combat: Ce sort peut permettre à un objet tangible de passer à travers le voile et entrer dans le monde des esprits, le faisant devenir intangible. Ne fonctionne pas sur un objet magique.

TOUCHER L'ESSENCE

Métas: [Amplifié Amplifié Amplifié]
Type: {Sort de Rune}
Description: Les runes se révèlent à vous, et dansent dans une lumière d'outre-monde.
Effet en combat: Gagnez +2 Concentration pour votre prochain sort, et Soin +2.
Effet hors combat: Détectez la présence et le type de pièges runiques dans votre champ de vision.

TRANSFERT DE L'ÂME

Métas:	[Amplifié Amplifié Amplifié]
Type:	{Sort}
Description:	Ce sort vous permet d'absorber l'esprit d'un autre, transfigurant votre image dans ses yeux. Alors que vous fusionnez avec son esprit, votre corps prend l'apparence de la victime. L'illusion ne fonctionne que sur les adversaires.
Effet en combat:	Infligez Possession +1 sur un adversaire [Contre: S], puis Voile +1 sur vous-même.
Effet hors combat:	Vous pouvez altérer votre apparence, passant pour un autre humanoïde de votre taille approximative. L'illusion affecte les esprits de max. 6 victimes de niveau inférieur à vous. L'effet ne transforme pas votre voix, que vous devez masquer avec un test de Déguisement.

TRANSFORMATION

Métas:	[Maintien Maintien Maintien]
Type:	{Transformation}
Description:	Ce Pouvoir vous permet de vous transformer en tout point en une autre créature. Le corps physique se transforme, ainsi que l'esprit et l'âme.
Effet en combat:	Gardez le niveau de votre personnage, ainsi que son Essence et sa Destinée. A l'exception de la rune qui a servi à la transformation, tous les Pouvoirs et Compétences sont temporairement perdus, remplacés par ceux de la nouvelle forme. La cible du sort doit utiliser les tableaux de compétences et Pouvoirs de la nouvelle forme, et attribuer des pouvoirs à ses runes. Si les objets équipés à l'origine peuvent être portés dans la nouvelle forme, ils restent. Autrement, ils sont absorbés, et leurs effets ne peuvent être utilisés.
Effet hors combat:	Vous pouvez prendre la forme spécifiée à volonté, pour temporairement gagner ses avantages.

UN PAS DANS LES OMBRES

Métas:	[Portée Portée Portée]
Type:	{Sort de Seith}
Description:	Marchez dans une ombre, volez temporairement à travers Svartalfheim, et ressortez d'une autre ombre, dans la ligne de mire de la première. Le voyage soudain à travers Svartalfheim peut désorienter, et laisser une trace sur le lanceur du sort, trace pouvant également déteindre sur un autre être.
Effet en combat:	Effectuez une action de Déplacement et appliquez-vous l'altération Vulnérabilité +1, puis déplacez vous à un autre endroit du champ de bataille (10 cases max. sans métas). Vous pouvez alors appliquer l'altération Vulnérabilité +1 au combattant adjacent [Contre: S].
Effet hors combat:	Si vous êtes à Svartalfheim, vous recevez un présage quotidien, concernant votre avenir.

VISAGE DES HORREURS

Métas:	[Amplifié Amplifié Zone]
Type:	{Sort}
Description:	Des aiguilles percent les yeux de vos victimes, et entrent dans leur esprit, vous dissimulant (ainsi que vos alliés, potentiellement) à leur vue.
Effet en combat:	Infligez +2 dégâts M et appliquez vous l'altération Voile +1.
Effet hors combat:	Vous pouvez couvrir une zone de 8m de diamètre par une illusion, la dissimulant (+1 niveau dans la Compétence Discrétion).

VITALITÉ ÉCRASANTE

Métas: [Maintien Amplifié Portée]
Type: {Sort}
Description: La cible du sort peut choisir un moment pendant le combat où le bénéfice sera appliqué.
Effet en combat: Gagnez Esquive +1 et Soin +4. Les effets peuvent être déclenchés une fois par tour de   combat en tant qu'{Interruption}.
Effet hors combat: Boostez vos capacités cognitives pour un court moment, ce qui vous octroie une perception plus aigue sur un problème donné.

VIVIFIER L ESPRIT

Métas: [Maintien Amplifié Zone]
Type: {Sort}
Description: Votre âme irradie d'une lumière ardente. Vous insufflez à vous ou un allié une meilleure protection contre une attaque de ce tour de combat.
Effet en combat: Gagnez un bonus de FP +1 S, Esquive +1, Soin +2. Tous ces effets peuvent être déclenchés une fois par tour de combat, en tant qu'effet {Interruption} (au choix du combattant).
Effet hors combat: Vous avec la capacité de booster votre charme pendant un court moment, vous aidant à capter l'attention de quelqu'un.

VOILE CÉRÉBRAL

Métas: [Portée Zone Amplifié]
Type: {Sort }
Description: Remplace les pensées de la victime par d'autres, brouillant sa perception du monde qui l'entoure.
Effet en combat: Inflige +2 dégâts M et applique l'altération Aveuglement au niveau +1 [Contre: M].
Effet hors combat: Lisez les pensées superficielles de quelqu'un, et découvrez si la paresse en fait partie.

VOILE DE L ÂME

Métas: [Portée Zone Amplifié]
Type: {Sort}
Description: Entourez l'âme de la victime d'une tempête spectrale, troublant ses sens et sa perception.
Effet en combat: Infligez +2 dégâts S et appliquez l'altération Aveuglement+1 [Contre: S].
Effet hors combat: Examinez l'âme de quelqu'un, pour y détecter la présence de duperie.

POUVOIRS PASSIFS

AGILITÉ

Type: {Inné}
Description: Vous êtes tellement agile que vous pouvez sauter par dessus des combattants et de petits débris (tables, chaises) sans problème.
Effet : Pendant une action de Déplacement, vous pouvez traverser des cases occupées par des combattants ou des débris (vous ne pouvez pas vous arrêter sur une case contenant déjà un combattant).

AGRESSION IRRÉSISTIBLE

Type: {Inné}
Description: Votre rage et votre douleur vous permettent de résister à l'adversité.
Effet : Si vous êtes Ensanglanté et souffrez de Rage à l'intensité maximale, réduisez le niveau d'Entravement de -2 pendant l'Entretien.

ALLIANCE DES OMBRES

Type: {Enchantement}
Description: Vous octroyez de l'énergie magique à ceux qui vous entourent, lorsque vous êtes empli d'esprits des arcanes.
Effet : Si vous souffrez de Possession au niveau maximum, les alliés adjacents reçoivent +1 Concentration.

ÂME INCASSABLE

Type: {Inné}
Description: Vous avez une résistance surprenante aux dégâts spirituels.
Effet : Si Ensanglanté, gagnez FP +1 S.

ANNEAU DE LA PÉNOMBRE

Type: {Enchantement}
Description: Vous commandez aux esprits perdus de répandre votre effet magique.
Effet : Effectuez un Sacrifice Mineur +1 pour ajouter une méta Zone gratuite à une chaine de runes {Sort} active. Ce sort doit avoir la méta Zone listée dans ses métas. Cette chaine de runes ne peut avoir de méta Ouverte ou Maintenue.

APTITUDE AFFUTÉE

Type: {Inné}
Description: Vous avez un talent incroyable dans une capacité spéciale. Au lieu d'apprendre un nouveau pouvoir, vous pouvez augmenter l'intensité d'un pouvoir existant.
Effet : Lorsque vous montez de niveau et choisissez une nouvelle rune d'Essence, vous pouvez choisir de la lier à un Pouvoir Passif que vous connaissez déjà, ce qui en additionne les effets.

ARMURERIE IMPIE

Type: {Enchantement}
Description: Les créatures que vous invoquez sur le champ de bataille sont équipées d'une arme de votre choix. Si une créature invoquée peut porter votre arme, elle apparaitra avec une copie de celle-ci.
Effet : Si la créature invoquée rejoint la bataille sans arme, mais peut en manier une, vous pouvez lui faire reproduire l'arme que vous portez. Le clone ne fonctionnera qu'entre les mains de cette créature, et se dissipe quand elle disparait.

ARTISAN DE LA CHANSON

Type: {Enchantement}
Description: L'efficacité de vos Sorts de Chanson augmente, affectant les alliés et les adversaires sur le champ de bataille.
Effet : Pendant l'Entretien, soignez vous d'un nombre de points égal à celui des adversaires affectés par votre chanson (max. 5), ou octroyez aux alliés affectés par votre chanson un bonus de +2 Parade pour le reste du tour.

ATTAQUANT BONDISSANT

Type: {Inné}
Description: Vous avez perfectionné une technique vous permettant de bondir sur un adversaire, et d'utiliser ce mouvement pour accroitre la férocité de vos attaques.
Effet : Après avoir effectué une action de Déplacement Faible, gagnez un bonus de dégâts de +1 et de perçage de +2 pour votre prochaine action d'Attaque. Après avoir effectué une action de Déplacement, le bonus est de +3/+2.

AURA D'INFLUENCE

Type: {Enchantement}
Description: Votre influence a une plus grande portée.
Effet : Tous les Pouvoirs utilisant le mot "adjacent" ont désormais une portée de 2 cases.

AVANTAGE TACTIQUE

Type: {Inné}
Description: Vous êtes très mobile: au début de chaque tour de combat, vous pouvez vous repositionner en effectuant un Déplacement pendant l'Entretien sans jouer de runes.
Effet : Pendant l'Entretien, effectuez un Déplacement.

BASTION

Type: {Inné}
Description: Vous savez vous défendre face à de multiples attaquants.
Effet : Lorsque vous êtes entouré par au moins deux adversaires, gagnez un Facteur de Protection +2 contre les attaques Physiques.

BÉNÉDICTION DE L'IMMORTEL

Type: {Enchantement}
Description: Vous acquérez la Puissance Divine plus rapidement.
Effet : Si vous gagnez 1 point de Puissance Divine, gagnez en un autre.

BÉNÉDICTION DU PROVOCATEUR

Type: {Inné}
Description: Lorsque vous énervez vos adversaire, vous vous sentez mieux dans votre corps, esprit et âme.
Effet : Pendant l'Entretien, Soin +1 et Récupération +2 par niveau de Provocation.

BONDIR

Type: {Inné}
Description: Vous surprenez les adversaires avec votre attaque initiale, bondissant sur eux et les déséquilibrant.
Effet : Votre première attaque du tour inflige Entravement +1 [Contre: P].

BRUTALISER

Type: {Inné}
Description: Vous êtes spécialement généreux pour infliger douleur et châtiment.
Effet : Votre première attaque du tour de combat applique l'altération Dégénération +1 [Contre: P].

BUVEUR DE SANG

Type: {Enchantement}
Description: Votre corps est revigoré et régénéré par l'essence de la guerre. Votre corps se soigne quand vous touchez, buvez, ou êtes aspergé par le sang d'un adversaire.
Effet : Pendant l'Entretien, Soin +2, avec un bonus de +4 si vous êtes près d'un combattant Ensanglanté.

CANALISER LA RIVIÈRE INVISIBLE

Type: {Enchantement}
Description: Vous pouvez transférer un peu de votre force vitale pour accroitre l'effet de vos sorts.
Effet : Effectuez un Sacrifice Modéré +1 pour gagner +1 Concentration pour le reste du tour, et gagnez Récupération +2 immédiatement.

CARNAGE IRRÉSISTIBLE

Type: {Inné}
Description: Votre douleur et votre rage vous dirigent vers vos adversaires.
Effet : Si vous êtes Ensanglanté et souffrez de Rage à l'intensité maximale, réduisez le niveau d'Aveuglement de -2 pendant l'Entretien.

CHANTEUR SUAVE

Type: {Enchantement}
Description: La magie d'un Sort de Chanson se déverse sur vous telle une vague revigorante, peu importe si elle est hostile ou bénéfique.
Effet : Pendant l'Entretien, si vous êtes sous l'effet d'un Sort de Chanson, Soin +5.

CHERCHEUR DE MONDES

Type: {Inné}
Description: Alors que vous êtes dans un Alka, vous cherchez l'harmonie dans l'essence de l'autre royaume.
Effet : Dans ou à côté d'un Alka, vous pouvez effectuer un Sacrifice Mineur +1 pendant l'Entretien pour gagner Concentration +1.

COEUR BESTIAL

Type: {Inné}
Description: Vous avez amené l'harmonie entre les meutes de loups.
Effet : Lorsque vous avez changé de forme, que vous avez l'altération Rage, et que vous effectuez un Pouvoir Actif qui inflige une altération, gagnez +3 dégâts et perçage +2.

COHORTE FURIEUSE

Type: {Inné}
Description: Vous êtes accordé avec d'autres alliés enragés, et pouvez vous restreindre de les attaquer.
Effet : Lorsque vous souffrez de Rage à l'intensité maximale, vous pouvez discerner vos alliés souffrant également de Rage, et choisir de ne pas les attaquer.

COMMUNAUTÉ DE LA MAIN GLACÉE DE HEL

Type: {Inné}
Description: Lorsque vous êtes en groupe, vos attaques sont plus cruelles.
Effet : Lorsque 4 alliés ou plus (incluant les thanes) sont adjacents à vous, gagnez +2 dégâts sur les actions d'Attaque.

COMMUNAUTÉ DE L OEIL MAGIQUE

Type: {Inné}
Description: Lorsque vous êtes en groupe, vos sorts sont plus puissants.
Effet : Lorsque 4 alliés ou plus (incluant les thanes) sont adjacents à vous, effectuez un Sacrifice Mineur +1 pendant l'Entretien pour octroyer +1 Concentration à vous ou un allié jusqu'à la fin du tour.

COMMUNAUTÉ DES BOUCLIERS D ARGENT

Type: {Inné}
Description: Lorsque vous êtes en groupe, vous êtes mieux protégé.
Effet : Lorsque 4 alliés ou plus (incluant les thanes) sont adjacents à vous, effectuez un Sacrifice Mineur +2 pendant l'Entretien pour gagner +1 Esquive.

COMMUNAUTÉ DU LAPIN BLANC

Type: {Inné}
Description: Lorsque vous êtes en groupe, vos mouvements sont accélérés.
Effet : Lorsque 4 alliés ou plus (incluant les thanes) sont adjacents à vous, gagnez un bonus de Déplacement de +2.

COMPAGNON DANS LA DESTINÉE

Type: {Enchantement}
Description: Lorsque vous consultez votre Destinée (phase de Tirage de runes), vous donnez à vos alliés une vision temporaire du futur.
Effet : Pendant la phase de Tirage, vous octroyez à vos alliés adjacents un bonus de Parade pour leur prochaine action de Défense de ce tour, égal au nombre de runes que vous avez tiré.

COMPAGNON DANS LA GUERRE

Type: {Enchantement}
Description: Vous aidez un allié adjacent à infliger des dommages supplémentaires, en influant à la fois l'attaquant et le défenseur (causer une distraction, feinter avec vos armes, etc.).
Effet : Les alliés adjacents infligent +1 dégât P lors de leurs actions d'attaque.

COMPAGNON DANS LA MAGIE

Type: {Enchantement}
Description: De votre corps émane de l'essence magique, que peut utiliser un lanceur de sorts situé à vos côtés.
Effet : Pendant l'Entretien, si vous effectuez un Sacrifice Mineur +1, les alliés adjacents gagnent +1 Concentration jusqu'à la fin du tour.

COMPAGNON DANS LA MORT

Type: {Enchantement}
Description: Vous êtes conscient de l'état de vos alliés dans la bataille. S'ils ont besoin de soutien, vous pouvez leur fournir rapidement.
Effet : Infligez +1 dégât à un adversaire ayant attaqué un de vos alliés Ensanglanté. Le Trait de ce dégât correspond à celui des dégâts que vous infligez. Vous gagnez également +2 Déplacement lorsque vous vous déplacez vers un allié Ensanglanté.

COMPAGNON DANS LA VIE

Type: {Enchantement}
Description: Lorsque vous êtes soigné, vous partagez un peu de l'effet restaurateur avec les gens autour de vous.
Effet : Lorsque vous êtes soigné, vos alliés adjacent gagnent Soin+1.

COMPAGNON DANS LE SANG

Type: {Enchantement}
Description: Vous avez développé une affinité pratique avec un autre lanceur de sort.
Vous pouvez l'aider à payer un Sacrifice pour un {Sort} qu'il lance.
Effet : Lorsqu'un allié adjacent lance un sort avec un coût de Sacrifice supérieur à 1, vous pouvez payer 1 point à sa place. Ils doivent tout de même payer le coût restant, qui ne peut être inférieur à 1, même s'il y a plusieurs alliés adjacents avec le même Pouvoir Passif.

CONDUIT SPIRITUEL

Type: {Enchantement}
Description: Vous vous recentrez, et puisez dans les profondeurs de votre âme.
Effet : Pendant l'Entretien, effectuez un Sacrifice Mineur +1 pour gagner +1 dégât S.

CONFÉRER LA CONVICTION

Type: {Enchantement}
Description: Vous canalisez la conviction dans l'âme d'un allié.
Effet : Les alliés adjacents gagnent un bonus de FP de +1 S contre les prochains dégâts Spirituels qu'ils reçoivent, s'ils sont Ensanglantés.

CONFÉRER LA FOI

Type: {Enchantement}
Description: Vous canalisez la foi dans l'âme d'un allié.
Effet : Les alliés adjacents gagnent un bonus de dégâts de +1 S à leurs attaques S.

CONFÉRER LA PERCEPTION

Type: {Enchantement}
Description: Vous canalisez la perception dans l'esprit d'un allié.
Effet : Les alliés adjacents gagnent +1 dégâts M lorsqu'ils infligent des dégâts M.

CONFÉRER LA SAGESSE

Type: {Enchantement}
Description: Vous canalisez la sagesse dans l'esprit d'un allié.
Effet : Les alliés adjacents gagnent FP+1 M contre la prochaine attaque M qu'ils reçoivent, s'ils sont Ensanglantés.

CONFÉRER L ILLUMINATION

Type: {Enchantement}
Description: Canalisez l'illumination spirituelle dans le coeur d'un allié.
Effet : Pendant l'Entretien, les alliés adjacents se soignent d'un nombre de points équivalent au nombre de Pouvoirs Passifs {Enchantement} qu'ils possèdent.

CONSCIENCE DU COMBAT

Type:　　　　　{Inné}

Description:　　Vous avez conscience de ce qui se passe autour de vous sur le champ de bataille, ce qui vous donne une meilleure défense contre les attaques par derrière.

Effet :　　　　Si vous êtes attaqués par derrière, vous pouvez effectuer une action de Défense normale au lieu d'une action Faible.

CONSTITUTION

Type:　　　　　{Inné}

Description:　　Votre corps, lorsqu'il est mis à rude épreuve, se bat pour la survie.

Effet :　　　　Pendant l'Entretien, soignez vous d'un nombre de points égal à l'intensité totale de toutes les altérations qui vous frappent.

CONSULTATION TÉNÉBREUSE

Type:　　　　　{Enchantement}

Description:　　Vous entrez en communion avec le monde des esprits autour de vous, vous permettant de puiser dans vos souvenirs et expériences douloureuses pour altérer votre destin immédiat.

Effet :　　　　Effectuez un Sacrifice Mineur +1, pour échanger une rune de la pile d'Essence avec une rune de la pile "En Main".

CORPS INCASSABLE

Type:　　　　　{Inné}

Description:　　Vous avez une résistance surprenante aux dégâts physiques.

Effet :　　　　Si Ensanglanté, gagnez FP +1 P et Parade +1.

CROCS

Type:　　　　　{Inné}

Description:　　Vos armes naturelles (crocs, griffes, etc.) sont plus longues, plus tranchantes, et plus prononcées.

Effet :　　　　Les dégâts d'armes naturelles (combat à mains nues) sont augmentés de +1, et vous gagnez un bonus de Parade de +1, ainsi que Perçage +1. Ce bonus s'additionne tous les 5 niveaux de personnages (ex.: +2/+2/+2 au niveau 5).

DANSE DU PRINTEMPS

Type:　　　　　{Inné}

Description:　　Votre grâce et votre dextérité vous permettent de danser autour de votre attaquant, afin de frapper des zones vitales.

Effet :　　　　les dégâts d'attaque sont boostés de +1 tous les 2 rangs de la Compétence Jouer.

DANSE DE L'ÉTÉ

Type: {Inné}
Description: Votre danse gracieuse accélère vos mouvements sur le champ de bataille.
Effet : Les actions de Déplacement gagnent un bonus de +1 tous les 2 rangs de la Compétence Jouer.

DANSE DE L'AUTOMNE

Type: {Inné}
Description: Vos défenses sont aussi variées que la couleur des feuilles d'automne. Vous effectuez une danse qui protège non seulement votre corps, mais aussi votre esprit et votre âme.
Effet : Gagnez Esquive +1 si vous avez au moins une rune dans Drain et une altération d'intensité maximale.

DANSE DE L'HIVER

Type: {Inné}
Description: Vos mouvements gracieux sur le champ de bataille vous permettent d'agir quand le moment est le plus propice.
Effet : Pendant la phase d'Entretien, déplacez vous de +/-1 dans l'Initiative, tous les 2 rangs de la Compétence Jouer.

DANSER HORS DE PORTÉE

Type: {Inné}
Description: Après que vous ayez reçu une attaque, vous utilisez la force de votre attaquant pour lancer votre corps loin de lui.
Effet : Après avoir été attaqué, effectuez un Sacrifice Mineur +1 pour effectuer un Déplacement Faible.

DÉFIER LES FOULES

Type: {Inné}
Description: Vous excellez lorsque des ennemis vous entourent. Vous utilisez les corps agités de vos ennemis pour maximiser votre défense.
Effet : La Parade est boostée de +1 tous les 2 ennemis adjacents.

DÉGAINER RAPIDEMENT

Type: {Inné}
Description: Vous pouvez dégainer une arme très rapidement.
Effet : Pendant votre tour, vous n'avez pas à jouer de rune pour dégainer votre arme, ou pour en changer.

DÉSESPOIR

Type: {Inné}
Description: Vous entrez dans un état frénétique lorsque votre instinct de survie se déclenche.
Effet : Vos actions d'Attaque gagnent +2 dégâts et +2 perçage si vous êtes Ensanglanté.

DÉVORER LA FOI

Type: {Enchantement}
Description: Vous vous repaissez des âmes qui habitent votre corps, régénérant votre force vitale.
Effet : Pendant l'Entretien, si vous souffrez de Possession au niveau maximum, Soin +4 et Récupération +4.

DIRECT EN COURANT

Type: {Inné}
Description: Le champ de bataille est votre second foyer. Vous savez manoeuvrer autour des ennemis, et les attaquer en même temps.
Effet : Pendant la phase d'Action, lorsque vous effectuez une action de Déplacement, si vous passez à portée d'un adversaire que vous n'avez pas encore attaqué ce tour, vous pouvez effectuer un Sacrifice Mineur +1 et effectuer une Attaque Faible. Après cette attaque, vous pouvez terminer votre déplacement.

DOMINATION DE L'ESPRIT

Type: {Enchantement}
Description: Vous avez maitrisé l'art de communiquer avec les esprits. Vous pouvez maintenant leur faire atteindre d'encore plus grands niveaux de rage.
Effet : Tous les 4 niveaux de la Compétence Communion avec les Morts, vous gagnez un bonus de +1 aux dégâts Spirituels que vous infligez.

ENFANT DE LA NATURE

Type: {Enchantement}
Description: Vous êtes accordé aux rivières de vie se déversant d'Ymir, le Premier Jotun.
Effet : Lorsque vous recevez ou effectuez un Soin, gagnez un bonus de +1.

ESPRIT INCASSABLE

Type: {Inné}
Description: Vous avez une résistance surprenante aux dégâts mentaux.
Effet : Si Ensanglanté, gagnez FP +1 M.

ESPRIT EN COLÈRE

Type: {Inné}
Description: Votre âme sent la mort approcher, et entre dans un état frénétique.
Effet : Lorsque vous êtes ensanglanté, gagnez un bonus de dégâts S +1, et Déplacement +1.

ESQUIVE GLISSANTE

Type: {Inné}
Description: Vous êtes bon nageur, et pouvez esquiver les attaques tout en étant dans l'eau.
Effet : Gagnez FP+1 contre des dégâts Physiques si vous êtes dans l'eau.

ESSENCE DE LA CONSCIENCE

Type: {Enchantement}
Description: Votre corps est fait d'énergie mentale, surpassant votre corps physique et votre âme. Lorsque vous effectuez des attaques a mains nues, vous infligez des dégâts Mentaux.
Effet : Les attaques a mains nues infligent des dégâts Mentaux.

ESSENCE DU FANTÔME

Type: {Enchantement}
Description: Votre corps est fait d'énergie spirituelle, surpassant votre corps physique et votre esprit. Lorsque vous effectuez des attaques a mains nues, vous infligez des dégâts Spirituels.
Effet : Les attaques a mains nues infligent des dégâts Spirituels.

EXCELLENT NAGEUR

Type: {Inné}
Description: L'eau est votre élément, et vous nagez plus vite que les autres.
Effet : +2 Déplacement lorsque vous êtes dans l'eau.

FAIRE TAIRE LES FOULES

Type: {Inné}
Description: Vous excellez lorsque vous êtes encerclé, utilisant les attaques de vos ennemis contre eux, et les faisant se rentrer dedans.
Effet : Le FD de votre arme reçoit un bonus de +1 tous les 2 ennemis adjacents.

FAVORISER LA DÉFENSE

Type: {Inné}
Description: Vous pouvez prendre une posture favorisant la défense.
Effet : Pendant l'Entretien, vous pouvez échanger 2 points de FD contre 2 points de Parade.

FAVORISER L ATTAQUE

Type: {Inné}
Description: Vous pouvez prendre une posture favorisant l'attaque.
Effet : Pendant l'Entretien, vous pouvez échanger 2 points de Parade contre 2 points de FD.

FÉROCITÉ ACCULÉE

Type: {Inné}
Description: Vous combattez pour votre vie alors que les ennemis vous encerclent. Dans les pires moments, vous puisez dans des réserves que vous ne soupçonniez pas.
Effet :   Si vous êtes Ensanglanté, et entouré par 2 ou + ennemis, vous gagnez FP +1 P et Parade +2.

FINESSE DU PROVOCATEUR

Type: {Inné}
Description: Votre aptitude à la parade augmente lorsque vous énervez vos ennemis.
Effet :   Parade +1 P tous les 2 niveaux d'intensité de Provocation.

FORCE VITALE DE L'IMMORTEL

Type: {Enchantement}
Description: Vous pouvez régénérer votre Puissance Divine.
Effet :   Pendant l'Entretien, gagnez +1 PD.

FRAPPEUR FURTIF

Type: {Inné}
Description: Vous êtes spécialement doué pour attaquer votre adversaire depuis un angle mort.
Effet :   Lorsque vous attaquez par derrière, infligez +2 FD P.

FRÉNÉSIE

Type: {Inné}
Description: Vous vous énervez très vite.
Effet :   Vous pouvez vous infliger Rage +1 si vous entrez dans un état Ensanglanté, si un allié sombre dans l'inconscience, si un allié meurt, ou si l'intensité de l'altération Dégénération augmente.

GUERRIER CÉRÉBRAL

Type: {Inné}
Description: Votre entraînement martial vous permet d'utiliser des armes lourdes et encombrantes, en vous aidant de votre discipline mentale.
Effet :   Les armes égales et supérieures à la taille du personnage peuvent être maniées non seulement avec des runes Physiques, mais également avec des runes Mentales.

GUERRIER DES CHANSONS

Type: {Enchantement}
Description: Vos attaques sont plus sauvages si vous êtes sous l'effet d'un Sort de Chanson.
Effet :   Si vous êtes sous l'effet d'un {Sort de Chanson}, vos actions d'Attaque gagnent +2 dégâts.

GUERRIER SPIRITUEL

Type: {Inné}
Description: Votre entraînement martial vous permet d'utiliser des armes lourdes et encombrantes, en vous aidant de votre discipline spirituelle.
Effet : Les armes égales et supérieures à la taille du personnage peuvent être maniées non seulement avec des runes Physiques, mais également avec des runes Spirituelles.

HARCELER

Type: {Inné}
Description: Vous savez capitaliser sur la situation difficile d'un autre.
Effet : Vos actions d'Attaque gagnent +1 dégât et +2 perçage si votre cible est sous l'effet d'une altération (nocive).

HARMONIE DE L'IMMORTEL

Type: {Enchantement}
Description: Votre peau se fond avec ce qui vous entoure, masquant votre apparence et votre odeur. Si vous êtes un Fils de Muspel, vous brillez d'une telle intensité que la plupart des gens doivent détourner le regard.
Effet : Si vous avec au moins 1 Puissance Divine, gagnez +2 Intensité à l'altération Voile pendant l'Entretien. Si vous effectuez un Sacrifice Ultime +2, vous gagnez Voile +4.

HURLEMENT DE REGROUPEMENT DE LA MEUTE

Type: {Enchantement}
Description: Puisez dans votre âme sauvage, levez la tête vers le ciel et hurlez une mélodie de courage.
Effet : Pendant l'Entretien, Soin +3. Si vous effectuez un Sacrifice Majeur +1, tous les allés dans un rayon de 2 cases reçoivent également Soin +3.

INCREVABLE

Type: {Inné}
Description: Vous êtes un vétéran des combats, et savez retourner une bataille à votre avantage.
Effet : Pendant l'Entretien, Soin +2 et Récupération +4.

INTOUCHABLE

Type: {Inné}
Description: La technique que vous utilisez pour éviter les dégâts comprend une retraite stratégique efficace, qui réduit l'efficacité et la portée des armes de l'adversaire, qui doit se rapprocher de vous pour frapper.
Effet : La Portée de l'adversaire est diminuée de 2 (minimum 1) lorsqu'ils vous ciblent.

INVOCATION DE FAMILIER

Type: {Enchantement}

Description: Certains pratiquants de la magie savent lier une âme perdue possédant des aptitudes magiques à un animal, créant un thane connu sous le nom de familier. De par leur nature mystique, des animaux comme les chats, serpents et corbeaux font de bons familiers. Une fois qu'une âme perdue est entrée dans l'animal, il gagne la capacité de communiquer mentalement avec la Seithkona qui l'a liée. L'âme débloque également les énergies mystiques latentes de l'animal, qui peuvent être partagées avec la Seithkona.

Effet : Gagnez un familier de niveau 3. Si vous en avez déjà un, les instances multiples de ce Pouvoir Passif boostent son niveau de +3.

INVOCATION D EFFIGIE

Type: {Enchantement}

Description: Vous sculptez une petite statue de bois ou de pierre, et l'imprégnez de runes. L'être créé vous obéit désormais, suivant vos instructions comme un automate.

Effet : Gagnez un thane Effigie au niveau 3, de taille 1. Si vous avez déjà ce thane, plusieurs instances de ce Pouvoir Passif boostent son niveau de +3 et sa taille de +1 par instance. A la taille 5 ou plus, un niveau peut être dépensé pour transformer le thane en monture avec l'attribut Quadrupède (double Déplacement, ne peut pas manier d'armes). Au niveau 1 de personnage, vous savez créer une effigie en bois. Au niveau 15, une effigie en pierre. Et au niveau 30, vous pouvez créer une Effigie en Or.

LA MISÈRE APPELLE LA MISÈRE

Type: {Inné}

Description: Vous apprenez de vos mauvaises expériences, et les infligez aux autres.

Effet : Si vous êtes Ensanglanté et souffrez d'une altération, lorsque vous appliquez une altération à un combattant, son intensité est boostée de +1.

LÉGÈRETÉ DANS L ESQUIVE

Type: {Inné}

Description: Votre instinct de survie et vos réflexes fulgurants sont parfaits pour éviter le danger. Lorsque vous portez une armure, ce réflexe naturel est freiné.

Effet : FP +1 P et +1 Parade lorsque vous n'avez pas d'armure, avec un bonus de FP +1 tous les 5 niveaux de personnage, et +1 Parade tous les 10 niveaux.

LE PRIX DU PROGRÈS

Type: {Enchantement}

Description: Vous êtes perfectionniste, et vous poussez toujours vers des niveaux de réussite extraordinaires.

Effet : Effectuez un Sacrifice Ultime +1 pour gagner +1 niveau de Test de Compétence (max. une fois par test).

LESTE

Type: {Inné}
Description: Votre instinct de survie vous aide à éviter les dommages.
Effet : Sur les actions de Défense, gagnez +1 Parade.

MAGICIEN D'ALBÂTRE

Type: {Enchantement}
Description: Le temps que vous avez passé près de la magie a pâli votre peau et a transmuté votre sang. Utiliser une technique de concentration permet à la magie de circuler plus facilement en vous.
Effet : Pendant l'Entretien, effectuez un Sacrifice Mineur +2 pour gagner +1 Concentration pour le tour de combat actuel.

MAÎTRE DES KENNINGS.

Type: {Enchantement}
Description: Vous êtes en harmonie avec la magie des Sorts de Chanson. Vous pouvez effectuer un Sort de Chanson plus puissant, et avec des propriétés égénérantes, à chaque tour de combat.
Effet : Gagnez +1 Concentration pour le premier {Sort de Chanson} que vous lancez dans chaque tour de combat. Vous gagnez Soin +1 quand vous lancez ce sort.

MAÎTRE DES MARIONNETTES

Type: {Enchantement}
Description: Si vous êtes responsable de la possession de votre adversaire par une âme perdue, vous pouvez utiliser cet esprit pour contrôler les actions de votre ennemi. Plus l'esprit contrôle de Traits, plus vous avez le contrôle des actions de votre victime.
Effet : Si vous avez appliqué l'altération Possession sur un ennemi, vous pouvez utiliser les runes qu'il a du mettre de côté pendant votre phase d'Action, pour effectuer des actions génériques. Si vous êtes conscients de ses Pouvoirs Actifs (par la divination ou une action générique), vous pouvez les activer. Si plus d'un attaquant se dispute les runes possédées, elles sont réparties entre eux de manière la plus égale possible par le Norn.

MAÎTRISE DES ALKAS

Type: {Inné}
Description: A grand prix, vous pouvez maintenir le chevauchement entre les mondes produits par un Alka, permettant à la magie de rester dans la zone.
Effet : Pendant la phase de Fin de Tour, effectuez un Sacrifice Majeur +1 pour régénérer tous les jetons dans tous les Alkas que vous avez créé, si certains ont été consommés pendant le tour.

MALÉDICTION DE L'HAUGBUI

Type: {Enchantement}
Description: Un problème non résolu de votre vivant vous a conduit à devenir une âme perdue à votre mort. Vous êtes lié à Midgard jusqu'à la résolution de ce problème.
Effet : Vous devez rester à moins de 30m de votre lieu de repos éternel. FP +2 contre les dégâts Physiques, et FP +1 contre les dégâts Spirituels.

MANOEUVRABILITÉ EN COMBAT

Type: {Inné}
Description: Vous êtes expert pour vous positionner de façon à frapper parfaitement, lorsque votre adversaire est à portée.
Effet : Après avoir effectué une action d'Attaque, s'il n'y a pas d'ennemis adjacents, vous pouvez effectuer une action de Déplacement Faible.

MENTALITÉ DE FOULE

Type: {Inné}
Description: Votre confiance et vos capacités de combat sont améliorées par la présence d'alliés.
Effet : Si un allié est adjacent, toutes les actions d'Attaque infligent +2 dégâts P.

MODR DE L'IMMORTEL

Type: {Enchantement}
Description: Modr est la rage divine qui suit un torrent d'émotions déchaînées. Si vous êtes un Einherjar, vos muscles grossissent lorsque vous perdez le contrôle.
Effet : Si vous avez au moins 1 Puissance Divine, vous gagnez Rage +2 durant l'Entretien. Si vous effectuez un Sacrifice Ultime +2, vous gagnez Rage +4.

MOTIVATION NON DÉSIRÉE

Type: {Enchantement}
Description: Lorsque vous ou un allié adjacent êtes frappé par un effet magique qui affecte vos esprits, vos jambes travaillent furieusement pour vous conduire en sécurité.
Effet : Lorsque vous ou un allié adjacents subissez des dégâts Mentaux, et avez une altération d'intensité 1 minimum, vous pouvez immédiatement effectuer une action de Déplacement Faible.

MOTIVÉ PAR LA FOULE

Type: {Inné}
Description: Votre motivation à vous enfuir lorsqu'un groupe d'ennemis fond sur vous est boostée par la taille de ce groupe.
Effet : Pour votre prochain Déplacement, gagnez un bonus égal à deux fois le nombre d'ennemis adjacents.

MURMURE DES ÂMES

Type: {Enchantement}
Description: Lorsque vous avez besoin de conseils spirituels, vous vous tournez vers le monde des esprits. Ceux-ci vous murmurent à l'oreille, et guident votre corps et votre esprit vers le succès.
Effet : Lorsque vous effectuez un test de Compétence Spirituelle, vous pouvez effectuer un Sacrifice Ultime +1 pour réduire la Difficulté de 2.

NÉGOCIATION AVEC LES ESPRITS

Type: {Enchantement}

Description: Lorsqu'un esprit étranger habite votre corps, vous pouvez payer une rançon, en échange d'un peu de contrôle. Si l'esprit étranger possède votre propre esprit, vous pouvez lui offrir le contrôle temporaire de votre corps, en échange d'un regain temporaire de contrôle de votre esprit. A travers cet échange, vous pouvez brièvement regagner le contrôle d'un Trait que vous avez perdu.

Effet : Effectuez un Sacrifice Mineur +1. Parmi les runes que vous ne contrôlez plus à cause de la possession, vous pouvez en échanger une au hasard avec une rune de votre pile "En Main".

OFFRANDE À HEL

Type: {Enchantement}

Description: Vous négociez avec les esprits des morts en route pour Niflheim, leur demandant de vous ramener un souvenir perdu.

Effet : Effectuez un Sacrifice Mineur +1 pour échanger une rune aléatoire dans la pile d'Essence avec une rune choisie dans la pile de Drain.

PACTE D'OUTRE TOMBE

Type: {Enchantement}

Description: Vous commandez à des esprits perdus d'envelopper et de porter vos effets magiques plus loin.

Effet : Effectuez un Sacrifice Mineur +1 pour ajouter une méta Portée gratuite à une chaine de runes {Sort} active. Ce sort doit avoir la méta Portée listée dans ses métas. Cette chaine de runes ne peut avoir de méta Ouverte ou Maintenue.

PERCEPTION

Type: {Inné}

Description: Votre esprit peut aller chercher loin dans ses réserves, et vous permettre d'avoir une perception accrue d'un problème auquel vous faites face.

Effet : Lorsque vous effectuez un test de compétence Mentale, vous pouvez effectuer un Sacrifice Ultime +1 pour réduire la difficulté du test de 2.

PERCEPTION DE L'IMMORTEL

Type: {Enchantement}

Description: Vos yeux reflètent les étoiles, alors que votre perception est grandement accrue.

Effet : Vous pouvez effectuer un Sacrifice Ultime +1 pour gagner +2 niveaux en Perception.

PIED LÉGER

Type: {Inné}

Description: Vous êtes très bon à la course.

Effet : Vos Déplacements gagnent un bonus de +1.

PORTÉE DES ARCANES

Type: {Enchantement}
Description: Vos sorts voient leur portée augmenter.
Effet : Tous les sorts de contact ont une portée de 2 cases, et toute méta de Portée l'étendra de 11 cases au lieu de 10. Vous pouvez également utiliser la Portée de votre arme pour les sorts de contact, et doubler celle-ci avec les métas Portée.

PORTÉ PAR LA CHANSON

Type: {Enchantement}
Description: Votre corps réagit favorablement à la magie des Sorts de Chansons. Lorsque vous êtes touché par un de ces effets, votre corps devient plus léger et plus rapide.
Effet : Lorsqu'affecté par un sort de Chanson, gagnez +3 Déplacement.

PORTÉ PAR LE SANG

Type: {Enchantement}
Description: Votre corps est plus rapide lorsqu'il s'approche de la mort.
Effet : Ensanglanté, vous gagnez un bonus de Déplacement de +3.

POSSÉDÉ

Type: {Enchantement}
Description: Vous pouvez contrôler le niveau de possession d'un esprit étranger qui vous a envahi. Vous pouvez lui accorder plus de contrôle sur votre corps, ou commencer à l'en extirper lentement.
Effet : Vous pouvez vous appliquer +/-1 Possession une fois par tour, pendant l'Entretien.

POUVOIRS PASSIFS D'AUTRES ARCHÉTYPES

Type: {N/A}
Description: Vous gagnez accès au tableau de Pouvoirs Passifs d'un autre archétypes, et choisissez un Pouvoir Passif de ce tableau (en commençant par le milieu).
Effet : Vous avez maintenant accès à ce tableau.

PRÉCISION

Type: {Inné}
Description: Vous êtes précis dans vos attaques, ce qui vous permet de passer à travers les armures, et de n'attaquer que quand votre adversaire ne peut pas se défendre efficacement.
Effet : Vos actions d'Attaque gagnent +2 perçage.

PRÉSENCE DE L'IMMORTEL

Type: {Enchantement}
Description: Votre corps fait frémir la réalité lorsque vous vous déplacer dans des royaumes mortels comme Midgard.
Effet : Vous pouvez effectuer un Sacrifice Ultime +2 pour gagner +2 niveaux en Intimidation.

PROSPÉRER DANS LA FOULE

Type: {Inné}
Description: Votre moral et votre instinct de survie s'améliorent lorsque vous êtes encerclé.
Effet : Pendant l'Entretien, Soin +1 pour chaque ennemi adjacent.

PROTECTEUR

Type: {Enchantement}
Description: Vous vous occupez de vos alliés, et les aidez s'ils en ont besoin.
Effet : Vous pouvez effectuer une action de Défense pour un allié adjacent lorsqu'il est attaqué, ajoutant votre total de Défense au sien.

PROUESSE ENCHANTÉE

Type: {Inné}
Description: Lorsque vous êtes concentré sur une source magique, le fardeau d'une altération subie débloque une réserve de talent magique latente en vous.
Effet : Lorsque vous souffrez d'une altération, et que vous avez un {Sort} dans la pile "En Jeu" avec une méta Ouverte ou Maintenue, gagnez +1 Concentration.

PROUESSES MARTIALES

Type: {Inné}
Description: Vous avez une expérience impressionnante dans le maniement des armes.
Effet : Sur une action d'Attaque utilisant une arme, infligez +1 dégât supplémentaire.

PROVOQUER LA DISCORDE

Type: {Inné}
Description: Vous avez un talent avec les mots et les gestes pour énerver les gens. Vous pouvez provoquer quelqu'un avec quelques insultes bien senties et gestes malpolis.
Effet : Pendant l'Entretien, gagnez Provocation +1.

PUISER À LA SOURCE

Type: {Enchantement}
Description: L'aura naturelle de votre corps peut être contrôlée lorsque vous vous concentrez sur son effet.
Effet : Pendant l'Entretien, gagnez +/-1 à l'altération Aura, irradiant son élément (magie, glace, feu, etc.) de votre corps.

PUISSANCE

Type: {Inné}
Description: Vous êtes plus fort que la normale, et vos armes frappent avec un plus grand impact.
Effet : Sur une action d'attaque avec une arme de Mêlée ou à mains nues, vous obtenez un bonus de dégâts de +1.

PUISSANCE À MAINS NUES

Type: {Inné}

Description: Votre style de combat à mains nues n'est pas de la simple bagarre: vous savez utiliser votre corps comme une arme mortelle.

Effet : Vos attaques à mains nues gagnent une méta "Arme". Effectuer des Pouvoirs Actifs à mains nues débloque l'utilisation de cette méta. Si vous utilisez des attaques contondantes comme les poings, vous gagnez la méta Renverser. Si vous utilisez des attaques perçantes ou tranchantes (dents, crocs), vous gagnez la méta Gore.

PUITS D'ÂMES

Type: {Enchantement}

Description: Votre corps est empli d'esprits ésotériques, qui élèvent vos talents arcaniques à des niveaux supérieurs.

Effet : Si vous souffrez de l'altération Possession au niveau maximum, gagnez +1 Concentration.

PUITS DE SANG

Type: {Enchantement}

Description: Votre corps est empli d'un instinct de survie surnaturel.

Effet : Lorsque vous êtes sous l'effet de 2 altérations d'intensité max, et que vous êtes Ensanglanté, votre corps se déplace de lui-même, puisant de la force dans les courants vitaux émanant d'Yggdrasil. Gagnez +2 Esquive et +1 Parade.

PURIFICATION DE L'IMMORTEL

Type: {Enchantement}

Description: Votre corps, esprit et âme purgent les altérations non souhaitées.

Effet : Si vous avez au moins 1 Puissance Divine, gagnez Soin+1 pendant l'Entretien, et réduisez de -2 une altération qui vous affecte.

RENDRE IMPUISSANT

Type: {Inné}

Description: Vous êtes très fort pour déstabiliser votre adversaire et compromettre sa capacité à se défendre.

Effet : La première action d'Attaque du tour de combat applique l'altération Vulnérabilité +1 [Contre: P].

REPOUSSER

Type: {Inné}

Description: Vous avancez à chaque attaque, repoussant votre adversaire.

Effet : Chaque attaque repousse l'adversaire d'une case [Contre: P]. Effectuez un Sacrifice Mineur +1 pour bouger dans la case libérée.

RÉSISTANCE À LA DÉGÉNÉRATION

Type: {Enchantement}
Description: Vous avez une résistance surnaturelle à la dégénération.
Effet : Une fois par tour, vous pouvez ignorer le premier niveau d'intensité de l'altération Dégénération.

RÉSISTANCE À LA POSSESSION

Type: {Enchantement}
Description: Vous avez une résistance surnaturelle à la Possession.
Effet : Une fois par tour, vous pouvez ignorer le premier niveau d'intensité de l'altération Possession.

RÉSISTANCE À L'AVEUGLEMENT

Type: {Enchantement}
Description: Vous avez une résistance surnaturelle à l'aveuglement.
Effet : Une fois par tour, vous pouvez ignorer le premier niveau d'intensité de l'altération Aveuglement.

RÉSISTANCE À LA VULNÉRABILITÉ

Type: {Enchantement}
Description: Vous avez une résistance surnaturelle à la vulnérabilité.
Effet : Une fois par tour, vous pouvez ignorer le premier niveau d'intensité de l'altération Vulnérabilité.

RÉSISTANCE À L'ENTRAVEMENT

Type: {Enchantement}
Description: Vous avez une résistance surnaturelle à l'entravement.
Effet : Une fois par tour, vous pouvez ignorer le premier niveau d'intensité de l'altération Entravement.

RETOURNER LA LAME

Type: {Inné}
Description: Votre parade est si efficace qu'elle retourne l'attaque contre votre adversaire, lui infligeant les dégâts.
Effet : Si vous êtes attaqué par un ennemi adjacent, et que votre action de Défense réduit les dégâts à 0 ou moins, votre attaquant subit les dégâts initiaux (avant votre action de Défense). Il peut néanmoins tenter de parer.

ROBUSTE

Type: {Inné}
Description: Vous pouvez purger des afflictions rien qu'avec votre constitution et votre volonté.
Effet : Pendant l'Entretien, vous pouvez réduire de 1 l'intensité d'une altération qui vous frappe, parmi: Aveuglement, Dégénération, Entravement, Possession, ou Vulnérabilité.

RUNE DE BOUCLIER

Type: {Enchantement Runique}
Description: Cette série de symboles augmente la malléabilité de la surface sur laquelle elle est gravée. Placée sur une armure, elle permet au porteur d'éviter plus facilement les attaques.
Effet : Armure mystique, octroie un bonus de +2 Parade P.

RUNE DE L HYDROMEL

Type: {Enchantement Runique}
Description: Aussi connue sous le nom de "rune de la bière", cette série de symboles permet à la cible de sentir le danger.
Effet : Gravée sur une pièce d'équipement portée, cette rune octroie un sixième sens au porteur. Lorsqu'un danger est imminent (quelqu'un qui se demande s'il doit dégainer son épée, un repas est empoisonné, etc.), la rune commence à vibrer et à vrombir. Elle octroie également un bonus de +1 en Perception lors d'un test de compétence pour sentir une menace imminente.

RUNE DE RENFORCEMENT

Type: {Enchantement Runique}
Description: Cette série de symboles augmente la dureté et la durabilité de la surface sur laquelle elle est gravée.
Effet : Armure mystique, octroie un bonus de FP de +1 contre des dégâts Physiques.

RUNE DE RÉTRIBUTION

Type: {Enchantement Runique}
Description: Aussi connu sous le nom de "rune de victoire", cette série de symboles permet de contre attaquer immédiatement un adversaire.
Effet : Si vous êtes attaqués, infligez immédiatement FD +1 P avec perçage +2 à un adversaire adjacent.

RUNE DE SANG

Type: {Enchantement Runique}
Description: Aussi connue sous le nom de "rune des bois", cette série de symboles crée une aura régénérante sur le porteur de la rune.
Effet : Pendant l'Entretien, appliquez sur vous ou un allié Soin +3 et Récupération +4.

RUNE DES OS

Type: {Enchantement Runique}
Description: Cette rune se nourrit de la détresse des êtres vivants. Si vous êtes blessé, elle vous emplit de pouvoir ancien.
Effet : Si vous avez été attaqué pendant ce tour, les dégâts Physiques que vous infligez sont augmentés de +2 et la portée de votre arme gagne +1.

RUNE DES TEMPÊTES

Type: {Enchantement Runique}
Description: Cette série de symboles invoque le regard colérique du Dieu du Tonnerre. Si elle est placée sur un objet équipé, elle génère de petits arcs électriques, qui frappent les adversaires.
Effet : Lorsque vous effectuez une action d'Attaque, des éclairs traversent votre arme, et infligent perçage +2 et FD +1 P.

RUNE DU DESTIN

Type: {Enchantement runique}
Description: Les Nornes peuvent intercéder si votre heure n'est pas arrivée. Cette rune est un flambeau pour les Puissances Supérieures qui peuvent vous aider à préserver votre vie. Elle est en général gravée sur un objet personnel, qui a une valeur sentimentale.
Effet : Si vous êtes Ensanglanté, vous recevez un bonus de +1 Esquive.

RUNE EXPLOSIVE

Type: {Enchantement Runique}
Description: Gravée sur une arme, cette rune permet à votre arme d'infliger des coups violents, qui repoussent votre adversaire en arrière avec une grande force.
Effet : Lorsque vous attaquez, votre arme inflige +1 dégât P et repousse votre adversaire d'une case [Contre: P].

SADIQUE

Type: {Inné}
Description: Humilier et dégrader vos adversaire vous donne beaucoup de plaisir. Vous ciblez délibérément les yeux et les oreilles, faisant perdre de l'efficacité à vos adversaires.
Effet : Votre première action d'Attaque du tour inflige Aveuglement +1 [Contre: P].

SANG DE SORCIÈRE

Type: {Enchantement}
Description: Votre corps est empli d'énergie arcanique. Votre sang brille d'une faible lueur, et offre à votre corps une régénération naturelle vigoureuse.
Effet : Vous pouvez effectuer un Sacrifice Mineur +1 et vous infliger Possession +1 pour gagner +1 Concentration pour le reste du tour de combat.

SE FONDRE DANS LES OMBRES

Type: {Enchantement}
Description: Vous vous dissimulez en pleine lumière, vous rendant plus difficile à cibler.
Effet : Pendant l'Entretien, vous pouvez augmenter l'intensité de Voile de +1.

SENS AFFUTÉS

Type: {Inné}
Description: Vous avez un sens aiguisé de l'ouïe, de la vue et/ou de l'odorat.
Effet : Le coût en runes pour passer à travers l'altération Voile est réduit de 1.

SOIF DE SANG

Type: {Inné}
Description: Vous sentez la victoire proche, qui vous emplit d'une férocité accrue.
Effet : Vos actions d'Attaque gagnent +2 dégâts et +2 perçage si votre cible est Ensanglantée.

SUCCOMBER À LA RAGE

Type: {Inné}
Description: Vous avez conditionné votre âme pour succomber aux émotions basiques de la colère, de la rage et de la furie.
Effet : Pendant l'Entretien, vous pouvez augmenter de +1 l'intensité de l'altération Rage.

TACTICIEN

Type: {Inné}
Description: Vous examinez avec soin les combattants, et les prochains mouvements qu'ils pourraient effectuer. Cette perception vous permet de mieux gérer le timing de vos actions.
Effet : Pendant l'Entretien, gagnez +/-1 dans l'Initiative.

TAILLE DE GÉANT

Type: {Inné}
Description: Vous êtes plus grand qu'un humain normal.
Effet : Augmentez la classe de taille de votre personnage de +1.

TRANSFORMATION INFÉRIEURE DANS LA MORT

Type: {Enchantement}
Description: Lorsque vous mourez, votre corps, esprit et âme sont transformés pour de bon en une créature inférieure.
Effet : Lorsque quelqu'un avec ce Pouvoir meurt, il est instantanément transformé en une autre forme (spécifiée dans le nom du Pouvoir), gardant son équipement et perdant la moitié de ses niveaux (arrondir vers le bas). Toutes les runes d'Essence doivent être assignées à de nouveaux Pouvoirs et Compétences.

TRANSFORMATION DANS LA MORT

Type: {Enchantement}
Description: Lorsque vous mourez, votre corps, esprit et âme sont transformés pour de bon en une autre créature.
Effet : Lorsque quelqu'un avec ce Pouvoir meurt, il est instantanément transformé en une autre forme (spécifiée dans le nom du Pouvoir), gardant son équipement et son niveau. Toutes les runes d'Essence doivent être assignées à de nouveaux Pouvoirs et Compétences.

TRANSFORMATION FÉRALE

Type: {Inné}
Description: Vous entrez dans un état second alors que la rage vous consume.
Effet :   Pendant l'Entretien, si vous souffrez de Rage au niveau maximal, vous pouvez choisir une rune liée à un pouvoir Change-Forme dans votre pile d'Essence, et la jouer dans "En Jeu" avec toute autre rune en méta.

TRAVAILLER DE CONCERT

Type: {Enchantement}
Description: Votre leadership est impressionnant, et contagieux. Votre Fylgia s'assure que vos alliés soient inspirés par votre présence.
Effet :   Pendant l'Entretien, les alliés adjacents gagnent immédiatement +2 Soin et un bonus de +2 pour leur prochain Déplacement.

VIDE DE L IMMORTEL

Type: {Enchantement}
Description: Lorsque vous interagissez avec d'autres Immortels, vous pouvez siphonner leur Puissance Divine.
Effet :   Vous pouvez réduire la Puissance Divine de la cible d'une action d'Attaque ou d'un Pouvoir Actif (avec aucune méta) de 1 point, et gagner +1 Puissance Divine. La victime peut jouer n'importe quelle rune pour contrer cet effet.

COMPÉTENCES

Voici la liste complète des compétences. Le Trait indiqué est celui utilisé le plus couramment, mais avec une argumentation suffisante, un autre Trait peut parfois être utilisé. Si plus d'un Trait est listé, le Norn choisit lequel sera utilisé pour le Test. Certaines compétences se chevauchent, et offrent des bonus en synergie avec d'autres. Dans ces cas, le niveau (rang) de la Compétence qui offre la synergie est divisé par deux (arrondir vers le haut) et additionné au niveau de la Compétence utilisée. Chaque Compétence est fournie avec un tableau de Difficultés, et une liste des Traits les plus communs qui s'appliqueraient pour un test. Des groupes peuvent tenter un test ensemble lorsque c'est applicable (décision du Norn), avec un nombre de participants maximum décidé par le Norn. Chaque personne doit avoir au moins un niveau 1 dans la Compétence, et ajoute +1 au niveau de Compétence de la personne qui effectue le Test.

Exemple: Le groupe affronte un ours. 3 Héros ont la Capacité Empathie Animale. Un Héros a un niveau de Compétence de 3, les autres seulement de 2. Ils joignent leurs efforts à ceux du joueur de rang 3, lui donnant 2 bonus +1 et donc un score final de Compétence de 5 à ce joueur

ATHLÉTISME

[Difficulté +0, Physique]
Effectuez des activités physiques risquées (escalade, funambulisme, garder l'équilibre, etc.). La Difficulté dépend de l'activité exécutée et doit être décidée par le Norn.

BAGARRE

[Difficulté +0, Physique]
Utilisez des attaques à mains nues et des parades afin de vaincre votre adversaire en combat non-létal (les runes indiquant les dégâts s'arrêtent à la case la plus basse de la pile Blessures). Cette Compétence est utilisée à la place du système de combat normal pour déterminer rapidement le vainqueur d'une bagarre ou d'un duel non-létal.

BOIRE /SÉDUIRE

[Difficulté +0, Variable]
Vous savez comment passer du bon temps (beuverie, séduction, paris, etc.). Si vous faites un concours de boisson, les rangs de cette Compétence ajoutent des succès automatiques pour voir qui tient le mieux l'alcool. Si vous jouez de l'argent, cette Compétence offre un avantages dans les chances ou dans les points (cf Jeu des Runes ci dessous). La Difficulté est modifiée par le niveau de surveillance des autres parieurs: Parieurs Expérimentés: Difficulté 2; Parieurs Suspicieux: Difficulté 3; Etablissement de Paris: Difficulté 4.

Jeu des Runes: chaque joueur nomme une rune, puis en tire 3 depuis un sac plein (sauf Rune du Vide). Tous les gains de points sont cumulatifs:
- *avoir le même Trait que la rune nommée accorde 1 point*
- *avoir la même rune accorde 3 points*
- *un tirage résultant en 3 runes du même Trait que la rune nommée accorde 2 points.*
Chaque succès dans cette Compétence autorise le joueur à remettre une des runes tirées dans le sac, et à retirer aléatoirement cette rune.

CHASSER/PIÉGER

[Difficulté +0, Physique ou Mental]
Vous pouvez vous procurer de la viande et des fourrures, et vous savez construire des pièges, mortels ou non. Un succès vous fera attraper une proie fournissant de la viande et des fourrures ou autre parties du corps utiles, à la valeur moyenne du marché. Chaque succès supplémentaire donnera un bonus à la valeur de la prise. Si vous utilisez cette Compétence pour construire un piège mortel (10 minutes à 1h de travail), la Difficulté et le niveau de camouflage du piège (par rapport à un test de Perception) dépendront du nombre de succès atteints: 1 succès produira un piège infligeant FD +4 P et de niveau de camouflage 1, et chaque succès supplémentaire augmentera ces valeurs de +1.

COMMUNER AVEC LES MORTS

[Difficulté +2, Spirituel]
Contactez l'esprit d'un être humain récemment décédé, à travers un rituel prenant plusieurs minutes à exécuter. La langue n'est pas un problème, car l'esprit répond avec des images et des émotions. Si la tentative de contact échoue, l'esprit ne peut plus être contacté. Si elle réussit, l'esprit répond de manière voilée

Moins de 5 minutes	Difficulté +0
6 minutes - 1 heure	Difficulté +1
1 heure - 24 heures	Difficulté +2
Toutes les 24 heures supplémentaires	Bonus de Difficulté +1

(images et émotions). Pour chaque succès supplémentaire, une question additionnelle peut être posée. Les connaissances de l'esprit ne sont pas limitées aux souvenirs de sa vie: depuis leur mort, ils ont accès non seulement à leurs sens physique, mais aussi à des sens spirituels (lire les pensées et voir les esprits). Avant qu'ils ne partent pour Niflheim, ils peuvent regrouper des informations de valeur sur le royaume dans lequel ils sont morts. La Difficulté est augmentée avec le temps passé depuis la mort.

COMPÉTENCES D'AUTRE ARCHÉTYPES

[N/A]
Vous gagnez l'accès au tableau des Compétences d'un autre Archétype, et choisissez une Compétence (en débutant par le centre du tableau).

CONNAISSANCE: ARCANES

[Difficulté +1, Mental ou Spirituel]
Vous reconnaissez les objets et sources magiques. Un succès indique que la source est magique. Les succès supplémentaires donnent des informations sur le type de magie et les effets spécifiques (Pouvoirs Actifs et Passifs). Détecter si un objet est magique requiert un test Facile [2]. Si quelqu'un souhaite déterminer les propriétés d'un objet magique, la Difficulté est proportionnelle au FQ de l'objet: Modéré [3] pour un FQ de 1 à 5, et Difficulté +1 tous les 5 FQ.

CONNAISSANCE: LIEUX

[Difficulté +0, Mental]
Reconnaissez des lieux et des environnements méconnus. Les lieux se trouvant à l'extérieur de l'environnement naturel du personnage entrainent des modificateurs de Difficulté.

Royaume natif et même pays	Difficulté: 2
Royaume natif et pays différent	Difficulté: 3
Royaume étranger et lieu célèbre (ex: Valhalla)	Difficulté: 4
Royaume étranger et lieu méconnu	Difficulté: 5

Le royaume natif des humains est Midgard.

CONNAISSANCE: PERSONNALITÉS

[Difficulté +0, Mental]
Apprenez en plus sur les personnalités notables de votre environnement, ainsi que leurs capacités, forces et faiblesses. Un succès octroie des informations basiques. Des succès additionnels permettent de révéler plus d'informations, comme leur lieu de résidence, leurs amis, leurs actes remarquables, etc. La Difficulté est déterminée par le Norn.

CROCHETAGE

[Difficulté +1, Physique ou Mental]
Vous pouvez déverrouiller des serrures ou des verrous. Utiliser les bons outils ajoute des succès, en fonction de leur qualité. Le Norn choisit la difficulté du test en fonction du type de verrou et de sa qualité: Verrou de base: Difficulté 3; Serrure à barillet: Difficulté 4; Serrure de maître: Difficulté 5. Serrure Dvergar: Difficulté 10.

DÉGUISEMENT

[Difficulté +0, Physique]
Déguisez votre apparence pour imiter un autre être humain, et votre voix (vous pouvez imiter toute espèce qui produit des sons proches de la vôtre). Un déguisement nécessite du matériel: le Norn peut augmenter la Difficulté en fonction du matériel disponible. Déguiser sa voix ne requiert pas de matériel, mais vous devez connaître un minimum les sons et l'espèce que vous imitez.

DOIGTS AGILES

[Difficulté +0, Physique]
Volez un objet sans être repéré. Plus grand est l'objet, plus il est difficile à "emprunter". Tous les modificateurs ci-dessous sont cumulatifs.

L'objet est sur une surface accessible	Difficulté +0
L'objet est dans un contenant (sac, coffre)	Difficulté +1
L'objet est observé	Difficulté +2
L'objet est porté (fourreau, main)	Difficulté +1
L'objet est de taille 1 ou moins	Difficulté +0
L'objet est de taille 2	Difficulté +1
L'objet est de taille 3	Difficulté +2
L'objet est de taille 4	Difficulté +3
L'objet est de taille 5	Difficulté +4
L'objet est de taille 6	Difficulté +5

EMPATHIE ANIMALE

[Difficulté +1, Spirituel]
Domptez des créatures natives de Midgard (ours, loups, oiseaux, etc.). Les créatures domptées n'attaqueront pas le personnage, sauf si elles sont provoquées. Des succès supplémentaires font établir une affinité entre la créature et le personnage, celle-ci pouvant peut être lui fournir de l'aide. Une créature domptée ne sera jamais aussi obéissante qu'un thane. La difficulté à dompter une créature est basée sur son niveau.
Créature de niveau 1-3: Difficulté 1. Difficulté +1 tous les 3 niveaux de créature.

ENDURANCE

[Difficulté +0, Physique]
Continuez une activité épuisante plus longtemps qu'un humain normal. Un succès permet de maintenir l'activité pendant le double du temps. Pour chaque succès, le multiplicateur augmente (x3 pour un succès en plus, etc.).

ETIQUETTE

[Difficulté +0, Mental ou Spirituel]
Vous savez vous comporter dans différentes situations sociales (rencontrer la royauté, assister à des funérailles, etc.). Un succès dans cette Compétence permet au personnage de ne pas faire de faux pas. Des succès supplémentaires lui permettent de se lier d'amitié avec les autres participants d'un rassemblement social. La Difficulté se base sur l'action tentée, et est décidée par le Norn.

FURTIVITÉ

[Difficulté +0, Physique]
Déplacez vous sans être détecté par l'ouïe, la vue ou l'odorat. Cette Compétence permet de savoir rester sous le vent, dans les ombres, ou loin d'un terrain bruyant. Elle est en général utilisée dans un test de Compétence Opposé avec la Compétence Perception d'une autre personne.

INTIMIDER

[Difficulté +0, Variable]
Forcez quelqu'un à vous obéir, via de l'intimidation physique, mentale ou spirituelle. Le Norn choisira la difficulté et le Trait selon la description de la tentative d'intimidation que fera le joueur. Cette compétence n'est normalement pas utilisable en combat, mais peut être tentée juste avant le début d'un combat, ou à la toute fin, lorsque la victoire semble imminente.

JOUER

[Difficulté +0, Physique]
Cette compétence permet à quelqu'un de jouer sur scène, d'une façon spectaculaire. Cela inclut le chant, la danse, et d'autres activités physiques, comme le jonglage. Le niveau de performance est impressionnant, et les passant s'arrêtents pour admirer le talent. Cette Compétence peut générer des revenus lorsqu'elle est utilisée dans des tavernes, etc. La Difficulté de cette compétence est fixée à Trivial [1]. Tous les succès supplémentaires mesurent la quantité d'admiration et de donations potentielles qu'un personnage peut récolter avec sa performance.

1 succès	Boisson / Repas gratuits.
2 succès	Petite foule (<10), bonus du dessus + logé et nourri.
3 succès	Foule moyenne (20 personnes), bonus du dessus + paiement de 50-100 skatt.
4 succès	Grande foule (50 personnes), bonus du dessus + paiement de 150-300 skatt.
Les succès additionnels sont jugés par le Norn.	

LANGUE SILENCIEUSE

[Difficulté +1, Physique]
La capacité à parler aux autres pratiquants de cette langue en utilisant des sons naturels, des gestes physiques, des odeurs, etc. Un test n'est en général pas requis. Chaque niveau de cette compétence indique à quelle distance ce langage sera efficace: Rang 1: 8m, rang 2: 15m, rang 3: 25m, etc.

LIRE ET ÉCRIRE

[Difficulté +1, Mental]

Le monde est rempli d'illettrés: être capable de lire et d'écrire est un privilège rare. Avec cette Compétence, un personnage peut faire les deux, dans un langage qu'il sait parler. Apprendre un nouveau langage de Midgard ou d'un autre royaume s'effectue à travers le jeu, et ne requiert pas de compétence spéciale.

MANIPULATION VERBALE

[Difficulté +0, Mental ou Spirituel]

Convainquez quelqu'un de faire quelque chose qu'ils ne feraient pas normalement. Plus la requête est extravagante, plus la Difficulté augmente. Par défaut la Difficulté est basée sur le nombre de runes Mentales ou Spirituelles dans l'Essence de la victime.

Si la requête est quelque peu déraisonnable (défaut), la Difficulté est de +/-0 (ex: manipuler un garde pour qu'il vous fasse entrer après le couvre feu).

Si la requête n'est pas raisonnable, la Difficulté devient +1 (ex: être admis en ville et se faire offrir de la nourriture et des vivres).

Pour une requête très déraisonnable, le Norn peut devoir décider du modificateur de Difficulté. Si la victime possède un niveau de 1 minimum pour Sentir les Motivations, elle peut tenter de faire avorter la tentative de Manipulation Verbale.

NAGER

[Difficulté +0, Physique]

Durant ces temps désespérés et sombres, naviguer sur des étendues d'eau est plus rapide et plus sûr que voyager dans les terres. L'eau étant parsemée d'icebergs, nager n'est pas chose facile. Cette Compétence permet à un personnage de nager dans des circonstances extraordinaires (longue nage sous la glace, se battre avec une arme sous l'eau, etc.). Un niveau de 1 ou + permet au personnage de se battre efficacement sous l'eau. Pour une nage extrême, la Difficulté est déterminée par le Norn.

NAVIGATION

[Difficulté +0, Mental]

Permet un voyage plus rapide et plus sûr. En fonction de ce que le personnage souhaite accomplir, un succès permettra soit un temps de voyage plus court, soit la possibilité d'éviter de potentielles rencontres hostiles. Un succès additionnel peut offrir les deux. La Difficulté dépend du terrain sur lequel le personnage voyage, et est décidée par le Norn.

NÉGOCIATION

[Difficulté +0, Mental]

Obtenez des réductions sur vos achats, ou de meilleurs prix de vente. Un succès résulte en une réduction de prix de 25% pour le personnage. Chaque succès additionnel ajoute 10% de réduction. Cette compétence est presque toujours utilisée en test de Compétence Opposé avec le marchand/client. Manipulation Verbale apporte une synergie à cette Compétence.

PARTAGE DE COMPÉTENCE (...)

[Difficulté +1, N/A]
Cette Compétence permet à un personnage de partager la Compétence entre parenthèses à un allié qui le touche. Si le contact physique est rompu, la Compétence est perdue. Seul un individu à la fois peut recevoir une Compétence de cette façon. La Difficulté des tests de la Compétence partagée est boostée de +1, car le transfert est soudain et imparfait.

PERCEPTION

[Difficulté +0, Mental]
Remarquez des choses étranges, cachées, ou au mauvais endroit, comme détecter un piège ou une embuscade, quelqu'un essayant de se cacher, une arme dissimulée, un passage secret, etc. Cette Compétence ne couvre pas la lecture du langage corporel. La Difficulté est décidée par le Norn.

PISTER

[Difficulté +1, Physique ou Mental]
Cette Compétence permet à un personnage de trouver et de suivre efficacement la trace d'un humain, animal ou monstre. Plus la créature est large et maladroite, plus la trace est facile à suivre. Un niveau exceptionnel dans cette Compétence peut permettre à un personnage de pister une créature volante, en distinguant de petits détails comme des plumes tombées au sol, ou des marques de perchoir.

Créature large et maladroite (ex: Ours)	Difficulté 1
Créature de taille moyenne (ex: Loup)	Difficulté 2
Créature de taille moyenne maligne (ex: Humain)	Difficulté 3
Petite créature (ex: chat)	Difficulté 4
Créature volante (ex: chouette)	Difficulté 5

RÉPARER L'ÉQUIPEMENT

[Difficulté +0, Mental]
Cette Compétence supprime l'état "endommagé" d'un objet. Le personnage gagne des aptitudes suffisantes avec des outils pour effectuer des réparations (aiguilles, fil, marteau, pierre à aiguiser, etc.). La Difficulté est égale à la moitié de la taille de l'objet (en général même valeur que le FQ).

RUNE : POTEAU DE MÉPRIS

[Difficulté +2, Spirituel]
Cette Compétence octroie la capacité de créer une tête démembrée enchantée, qui maudit les gens qui lui font face. En général, la tête d'un cheval est utilisée, et montée sur un poteau de 2m, gravé de runes arcaniques, et plantée devant la maison de quelqu'un. Cette personne verra la difficulté de ses tests de compétence augmenter de +1 tant qu'il sera sous l'influence de la malédiction. Tous les 2 succès supplémentaires, la difficulté augmentera de +1. Le seul moyen de rompre la malédiction est de détruire le poteau.
La Difficulté par défaut pour créer un poteau de mépris est Modérée [2], mais est augmentée à Difficile [4] à cause du modificateur initial.

S'ÉCHAPPER

[Difficulté +0, Physique ou Mental]
Un esprit doué pour la stratégie, la perception et la dextérité manuelle peut échapper à des liens ou à une prison. Chaque succès permet au personnage de s'échapper, ou de trouver un moyen de le faire (ce qui nécessite du roleplay derrière). Un personnage attaché et jeté dans une cellule sans fenêtres, par exemple, aura un score de Difficulté de 2 et 4 respectivement.

Attaché par des cordes	Difficulté 2
Menottes avec serrure	Difficulté 3 (Synergie avec Crochetage)
Pièce normale	Difficulté 3
Cellule de prison	Difficulté 4

SENTIR LES MOTIVATIONS

[Difficulté +0, Spirituel]
Vous pouvez sentir si une personne a des motivations cachées, en observant son langage corporel, le ton de sa voix, et en lisant entre les lignes. Cette Compétence est en général utilisée en tant que test de Compétence Opposé, face à la Compétence Manipulation Verbale de l'autre personne.

SIGNES ET PRÉSAGES

[Difficulté +1, Spirituel]
Cette Compétence permet à quelqu'un de discerner les signes d'outre monde, et ce qu'ils veulent dire. Pendant les heures sombres de Ragnarok, la destinée est tissée finement par les Nornes: les présages du futur sont nombreux, pour qui sait les discerner. Un succès indique que le personnage sait qu'il a à faire à un présage, et non pas un événement aléatoire du monde. Des succès additionnels permettent au personnage d'amasser plus de détails sur les événements futurs, grâce au présage. La Difficulté est déterminée par le Norn.

SURVIE DANS LA NATURE SAUVAGE

[Difficulté +0, Physique ou Mental]
Cette Compétence permet à un personnage de naviguer dans un environnement hostile relativement facilement et sûrement (ex: trouver un gué pour traverser une rivière furieuse, identifier un champignon vénéneux, construire un abri pour échapper à une tempête de neige brutale). La Difficulté est déterminée par le Norn.

SURVIE URBAINE

[Difficulté +0, Physique ou Mental]
Vous savez comment trouver et interagir avec la société cachée d'une ville ou d'un village. Cette Compétence permet à un personnage de naviguer à travers les réseaux sociaux cachés d'une ville pour obtenir des biens de contrebande, des services particuliers, ou des informations rares, par exemple. La Difficulté est déterminée par le Norn.

EQUIPEMENT

Tous les achats à Midgard se font avec une monnaie appelée Skatt. Il y a différents types de pièces d'argent, ce qui les rend plus faciles à porter. Les prix peuvent varier énormément en fonction des régions et de leur stabilité sociale. En cas de guerre, les prix des commodités de base peuvent aisément quadrupler. Différents marchands peuvent vendre différents types de produits: des spécialistes comme des tanneurs produisent des biens en cuir, alors que les forgerons produisent des objets en fer ou en métal non précieux.

INSTRUMENTS DE MORT

Taille:	Classe de taille de l'arme. Même mesure que pour les entités vivantes (humain = 4). Certaines armes, peu importe la taille, doivent être maniées à deux mains.
FD:	Facteur de Dégâts de l'arme: quantité de dégâts Physiques infligés par un coup réussi.
FP:	Facteur de Protection de l'armure: quantité de dégâts Physiques déduits d'un coup subi.
Perçage:	La valeur de perçage de l'arme baisse la défense. Elle est déduite du FP lorsqu'un dégât est subi.
Concentration:	La valeur listée est ajoutée aux effets {Sort} ou {Sort de Chanson}. Elle booste la valeur numérique des effets de ces Pouvoirs Actifs.
Portée:	Le nombre de cases qu'une arme peut atteindre (1case = 1,5m). Une Portée de 0 signifie que l'objet ne peut être utilisé comme une arme, à moins que la Portée soit améliorée magiquement (les bonus de Portée du personnage ne s'appliquent pas).
Parade:	Quantité de dégâts déduits des dégâts subis pendant une action de Défense.
Type:	Définit quelle méta "Arme" sera appliquée par un Pouvoir Actif.
	Contondante = Renverser - Vulnérabilité +1
	Perçante = Gore - Dégénération +1
	Tranchante = Coupe Jarret - Entravement +1
Coût:	Coût de l'arme en Skatts chez un marchand moyen de Midgard
FQ:	Facteur de Qualité: par défaut, il est égal à la taille de l'arme. Des objets magiques voient leur FQ augmenter.

300

ARMES DE PETITE TAILLE [3]	FD	PER-ÇAGE	CONCEN-TRATION	PORTÉE	PARADE	TYPE	COÛT
Francisque	1	2	0	1	0	Tranchant	90
Epée Courte	1	0	0	1	1	Tranchant/Perçant	190
Marteau	1	0	0	2	0	Contondant	90
Couteau de Cérémonie	0	0	1	0	0	Perçant	95
Bouclier Renforcé	0	0	0	0	3	Contondant	90
Fronde (2 mains)	1	0	0	10	0	Contondant	100

ARMES DE TAILLE MOYENNE [4]	FD	PER-ÇAGE	CONCEN-TRATION	PORTÉE	PARADE	TYPE	COÛT
Hache	2	2	0	1	0	Tranchant	160
Epée Longue	2	0	0	1	1	Tranchant/Perçant	260
Dague de Cérémonie	0	0	1	0	1	Perçant	165
Bouclier en Bois à Pointe	1	0	0	1	2	Contondant	160
Marteau de Guerre	2	0	0	2	0	Perçant	160
Bouclier en Métal	0	0	0	0	4	Contondant	160
Arc Court (2 mains)	1	2	0	10	0	Perçant	170

ARMES DE GRANDE TAILLE [5]	FD	PER-ÇAGE	CONCEN-TRATION	PORTÉE	PARADE	TYPE	COÛT
Hache de Bataille	3	2	0	1	0	Tranchant	250
Epée Longue	3	0	0	1	1	Tranchant/Perçant	350
Masse	3	0	0	2	0	Contondant	250
Flamberge	2	0	0	3	0	Tranchant/Perçant	350
Morning Star	2	0	0	2	1	Contondant	250
Epée Large	2	0	0	1	2	Tranchant/Perçant	350
Lance	1	2	0	3	0	Perçant	250
Fourche de Guerre	1	0	0	3	1	Perçant	250
Bâton	1	0	0	2	2	Contondant	250
Bouclier en Métal à Pointes	1	0	0	1	3	Perçant	250
Pavois	0	0	0	0	5	Contondant	250
Arc Long (2 mains)	2	2	0	10	0	Perçant	260

301

ARMES DE TAILLE GÉANTE [6]	FD	PER-ÇAGE	CONCEN-TRATION	PORTÉE	PARADE	TYPE	COÛT
Bardiche	4	2	0	1	0	Tranchant	360
Masse de Bataille	4	0	0	2	0	Contondant	360
Claymore	4	0	0	1	1	Tranchant	360
Chaîne à Pointes	3	0	0	3	0	Perçant	360
Estoc	3	0	0	2	1	Tranchant/Perçant	460
Bâton en Métal	3	0	0	1	2	Contondant	360
Vouge	2	0	0	4	0	Tranchant	360
Lance de Guerre	2	0	0	3	1	Perçant	360
Espadon	2	0	0	2	2	Tranchant/Perçant	460
Bouclier affuté	2	0	0	1	3	Tranchant	360
Longue Pique	1	2	0	4	0	Perçant	360
Bec de Corbin	1	0	0	4	1	Perçant	360
Glaive	1	0	0	3	2	Tranchant	360
Spetum	1	0	0	2	3	Perçant	360
Pavois à pointes	1	0	0	1	4	Perçant	360
Grand Pavois	0	0	0	0	6	Contondant	360
Lance de Sorcière	1	0	1	2	0	Perçant	365
Bâton de Frêne	0	0	2	0	0	Contondant	365

ARMURES

Encombrement: les pénalités d'encombrement en fonction de la taille de l'armure portée et de la taille du Héros qui la porte (voir page 131).

ARMURE	TAILLE	FP	CONCENTRATION	PARADE	COÛT
Armure Légère (fourrure/cuir)	3	1	0	+1	100
Armure de Mage Légère	3	0	1	0	100
Armure Moyenne (cotte de mailles)	4	2	0	0	170
Armure Moyenne Cérémonielle	4	0	1	+1	170
Armure Moyenne Gracieuse	4	1	0	+2	170
Armure Lourde (à bandes)	5	2	0	+1	260
Tenue Runique Lourde	5	0	1	+2	260
Robes Divines Lourdes	5	1	1	0	260
Armure Lourde Leste	5	1	0	+3	260

AUTRES COMMODITÉS

Depuis la tombée de Fimbulvinter, toutes les commodités, depuis les vêtements chauds aux sources de lumière, sont très demandées. Les prix ont augmenté, et ceux qui ne peuvent acheter ce dont ils ont besoin sont prêts à tuer pour l'avoir: Skatts ou sang, l'économie de Ragnarok ne fait pas de distinction. Créer des biens est une compétence très précieuse dans ces temps difficiles. Cependant, si jamais votre aventure se déroule avant Ragnarok, les prix ci-dessous sont dans la moyenne pour Midgard.

VÊTEMENTS	TAILLE	COÛT
Ceinture	4	2
Bottes	4	12
Chaussures	4	8
Chapeau	4	2
Cape	4	4
Chemise	4	5
Pantalon	4	5
Gants	4	2
Cape de fourrure épaisse	4	15

MONTURES ET COMPAGNONS DE CHASSE	TAILLE	COÛT
Cheval (entraîné pour la guerre)	6	1,000
Cheval	6	500
Chien de Chasse	4	250
Faucon de Chasse	2	300

BÉTAIL	TAILLE	COÛT
Poulet	2	60
Vache	6	300
Chèvre	4	200
Boeuf	6	400
Pigeon	1	50
Cochon	3	100
Mouton	4	150

PROVISIONS	TAILLE	COÛT
Bière/Hydromel (outre)	2	6
Brandy (tonneau)	6	30
Pain (sac)	4	20
Farine (sac)	6	40
Grain	1	5
Rations séchées	3	10

OUTILS ET MATÉRIEUX D'ARTISANAT	TAILLE	COÛT
Fil et aiguille	1	15
Marteau et Enclume	2	100
Forge	6	500

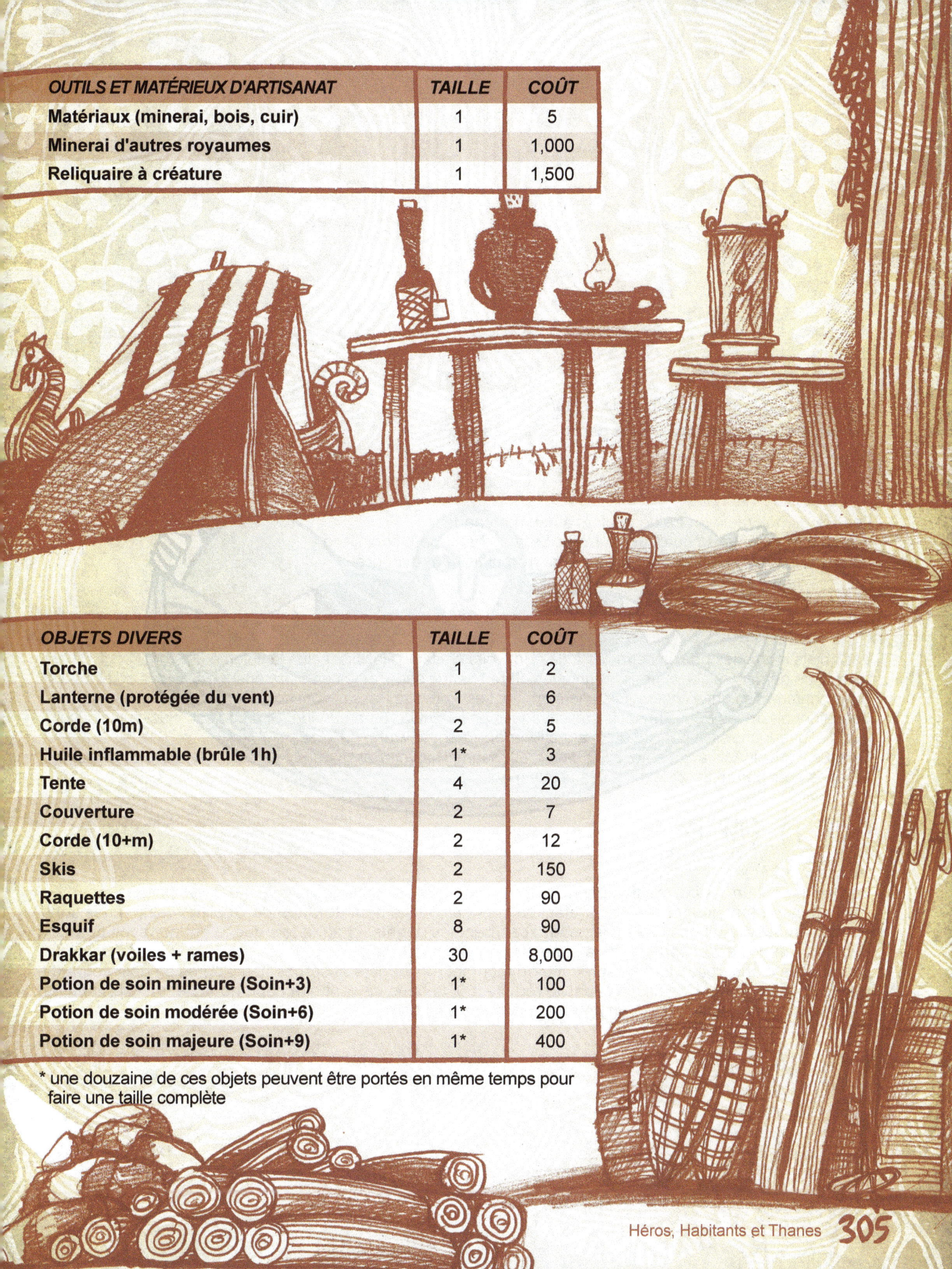

OUTILS ET MATÉRIEUX D'ARTISANAT	TAILLE	COÛT
Matériaux (minerai, bois, cuir)	1	5
Minerai d'autres royaumes	1	1,000
Reliquaire à créature	1	1,500

OBJETS DIVERS	TAILLE	COÛT
Torche	1	2
Lanterne (protégée du vent)	1	6
Corde (10m)	2	5
Huile inflammable (brûle 1h)	1*	3
Tente	4	20
Couverture	2	7
Corde (10+m)	2	12
Skis	2	150
Raquettes	2	90
Esquif	8	90
Drakkar (voiles + rames)	30	8,000
Potion de soin mineure (Soin+3)	1*	100
Potion de soin modérée (Soin+6)	1*	200
Potion de soin majeure (Soin+9)	1*	400

* une douzaine de ces objets peuvent être portés en même temps pour faire une taille complète

SERVICES	COÛT
Consultation funéraire d'Ange de la Mort	1500
Réparation d'objet chez un Forgeron	Taille x5
Weregild (homme libre)	500
Weregild (Bondi)	1000-5000

Les Héros peuvent vendre des objets à des marchands, généralement pour un quart de leur prix. Le marchand peut choisir de ne pas acheter l'objet, s'il pense qu'il sera trop difficile à revendre.

OBJETS MAGIQUES

Les objets magiques peuvent être liés à des Pouvoirs Actifs ou Passifs, selon la volonté du Norn. Ceci permet de garder les objets "frais" et uniques entre chaque saga, et fait en sorte que les pouvoirs et les effets qu'ils confèrent soient à chaque fois une surprise. Les Pouvoirs Passifs sont considérés comme toujours opérationnels, et les Pouvoirs Actifs sont invoqués en jouant la Rune du Vide. Si un objet a plus d'un Pouvoir Actif, le joueur choisit le pouvoir qu'il veut utiliser en jouant sa Rune du Vide.
Chaque Pouvoir Actif augmente le FQ de +1, et chaque Pouvoir Passif de +2. La compétence Connaissance: Arcanes peut permettre d'identifier des objets magiques.

CAPE DE CAPLING

[Accessoire] FQ: 7
Le Capling est un oiseau magique originaire de Vanagard. Ses plumes rouges sont très prisées, et permettent de fabriquer la cape de protection connue sous le nom de Cape de Capling. Les plumes sont étalées au dessus d'une cape en laine, et absorbent les dégâts (chaque fois que le porteur subit des dégâts, la moitié est absorbée par la cape, arrondir vers le haut).
La capacité d'absorption totale est réduite du montant des dégâts absorbés, les plumes se désintégrant en gouttelettes de sang. Une fois la capacité réduite à 0, la cape devient une cape normale, sans propriétés magiques. Chaque cape porte un nombre différent de plumes.

TIRER 2 RUNES	CAPACITÉ D'ABSORPTION DES DÉGÂT
P, M	100
P, S	120
P, P	160
M, M	180
S, S	200

TISSU DE FESTIN

[Divers] FQ: 5

Cette couverture en laine et en lin de 6m x 6m possède de remarquables pouvoirs, et peut être pliée en un paquet de 30x30cm. Une fois dépliée, elle crée un festin pour 20 hommes affamés. Faire un nouveau festin ne nécessite ensuite que de replier la couverture avec ce qu'elle contient, et de la déplier à nouveau. On raconte qu'à cause de sa nature bénéfique, si cette relique est vendue ou échangée, une malédiction terrible peut tomber sur quiconque l'échange contre de l'argent!

ACIER DAMASQUINÉ

[Arme/Armure] FQ: +2

L'acier damasquiné est un secret jalousement gardé de certains forgerons, dont la technique vient de terres distantes, à l'autre bout de Midgard. Elle permet de créer une arme ou une pièce d'armure avec une signature visuelle inimitable. L'acier est gris, avec des ondulations, et présentant parfois des veines colorées. L'arme résultante obtient un bonus de +1 FD et +1 Parade. Une armure faite d'acier damasquiné reçoit un bonus de +1 FP P.

LANTERNE D EMBERWYLDE

[Divers] FQ: 4

Les lucioles de Muspelheim font la taille de grenouilles, et génèrent autant de lumière et de chaleur qu'un feu de joie de bonne taille. Depuis la tombée de Fimbulvinter, de nombreux marchands ingénieux sont parvenus à piéger ces insectes, et à les utiliser dans des cages spéciales en tant que lanternes, sources inestimables de chaleur et de lumière. Ces lucioles se nourrissent de froid: à Midgard, elles n'en manqueront jamais.

FORNBOGI

[Arme] FQ: 10

Fornbogi est un arc ancien, dont l'histoire est oubliée depuis longtemps. Il est décoré de glyphes et de gravures, représentant les styles des différentes époques qu'il a traversé. C'est un arc qui résiste au feu et à la moisissure, ne perd jamais sa force, et devient de plus en plus précis au fil du temps. Chaque époque qui passe accroît la force de l'arc. On raconte qu'il vit, et apprend des compétences de celui qui le manie. Il possède +3 FD et +2 Perçage à cause de ses 400 ans d'existence. Il permet aussi à quelqu'un de rang 3 ou + en Athlétisme de tirer deux flèches à la fois (doublant le FD de l'arme).

GRAM

[Arme] FQ: 19

Gram fut forgée par Wayland le Forgeron, et fut donnée indirectement à Sigmund Volsung par Odin lui-même. Odin la ficha dans l'arbre Barnstokkr, et l'emplit de magie, afin qu'elle ne permette qu'aux héros les plus grands de l'en retirer. L'épée fut cependant détruite. Sigmund demanda alors à sa femme de garder les morceaux, pour qu'elle puisse être reforgée pour son fils, Sigurd, ce qui fut fait par le Dvergar Regin. Elle fut utilisée pour tuer le frère de Regin, Fafnir. L'épée fut perdue lors des funérailles de Sigurd, lorsqu'un voleur l'arracha du bûcher funéraire. Garm possède les mêmes statistiques qu'une épée courte normale, mais octroie FD +4, Parade +2, Perçage +8 et Concentration +2.

HLEDJOLFIR

[Accessoire] FQ: 5
Les Hledjolfir sont des pendentifs, ressemblant à une tête de loup en argent, créés par les Sorcières de Jarnvid à Jotunheim. Ces pendentifs offrent une magie de protection à leur porteur, et attirent son attention sur les sources possibles de danger. Les voyageurs de Jarnvid les portent pour être alertés des pièges posés par des chasseurs dans la zone. Détecter un danger tout en portant un pendentif Hledjolfir offre un bonus de +1 Perception. En combat, il offre +1 Esquive.

JARNGRIM

[Armure] FQ: 9
Cette armure d'écailles fut portée par les rois de Svalbard. Lorsque cette lignée ancienne s'éteignit, un des vicomtes s'échappa du royaume en portant cette armure, faite de la glace-pierre de Jotunheim appelée Rime. Le porteur ne ressent pas le froid de la Rime, ou le froid autour d'eux. Ceux à proximité immédiate ne peuvent échapper à l'aura. L'eau liquide congèle en quelques secondes lorsqu'elle se trouve à moins de 30cm de l'armure. L'armure permet également au porteur de converser avec les habitants de Jotunheim, dans leur langage. Elle octroie également une protection similaire à une cotte de maille, mais avec des bonus en fonction du royaume où elle se trouve. A Jotunheim, elle gagne +2 FP, +8 Parade et octroie Aura +2. Au Muspelheim, elle perd tout bonus, et se brise en quelques minutes (statut "endommagé"). Dans tout autre royaume, elle octroie +4 Parade et Aura +1.

LODUNGR

[Accessoire] FQ: 11
Lodungr est connue sous le nom de Cape des Illusions. Elle est faite de fourrure sable, et scintille et se fond avec son environnement lorsqu'un lanceur de sorts la porte. Elle octroie un bonus de Furtivité de +1 et de Concentration de +1. Elle permet à quelqu'un accordé à elle (score de Trait mental ou Spirituel minimum de 4) de gagner 1 niveau dans la compétence Déguisement, la cape projetant des illusions sur le porteur.

LA MASSE MUSICALE

[Arme] FQ: 10
La Masse Musicale est forgée dans un métal noir inconnu. Elle possède des gravures élaborées, et des bas reliefs détaillés sur sa surface. Elle semble mal équilibrée pour un guerrier, qui sentira que quelque chose à l'intérieur de la masse est détaché. Lorsqu'on frappe avec elle, un son très discordant est émis, qui désoriente la victime. La Masse Musicale possède les mêmes statistiques qu'une masse normale, mais le FD est de +2. La Parade est pénalisée de -1 pour toutes les actions de défense, mais la méta Arme est "Renversement Supérieur", et applique +2 Vulnérabilité.

LA LAME NON DÉSIRÉE

[Arme] FQ: 20

La Lame Non Désirée ressemble à une épée bâtarde (taille 5), mais est enchantée, et donne de fausses informations à quelqu'un l'étudiant en utilisant Connaissance: Arcanes (toutes les Difficultés sont +2 pour détecter les effets réels). Lorsqu'elle est maniée, l'épée transforme le corps du combattant en un nuage tournoyant de poussière, qui essaie de détruire toute vie autour de lui (pendant l'Entretien, le porteur gagne Aura +4, infligeant des dégâts Spirituels). Le combattant est également immédiatement saisi d'un désir inextinguible d'éteindre toute vie (pendant l'Entretien, le porteur gagne Rage +4). Lorsqu'il est transformé, les Pouvoirs Passifs et Actifs suivants outrepassent les siens:

- Toutes les runes sont liées à ce Pouvoir Actif: Etreinte de la Mort - Effectuer un Sacrifice Ultime +1 et infliger 6 dégâts S à un ennemi adjacent {Sort} [Amplifié Amplifié Amplifié].
- Pouvoir Passif: Facteur de Protection contre les dégâts Physiques égal à la valeur d'Essence {Enchantement}.

Une fois que le porteur a subi 3 runes dans Drain, il lâche l'épée, et tous les effets se dissipent.

GÉNÉRATEUR DE TRÉSORS

Des Trésors appartenant à des Habitants sont des objets uniques, de grande valeur, qui peuvent être créés par le Norn en tirant quelques runes d'un sac plein.
Certains des tableaux ci-dessous nécessitent de générer aléatoirement des sommes d'argent. Pour les créer, le Norn tirera le nombre de runes listées (ex: T2 = "tirer 2 runes"), et consultera la table ci-dessous. Certains trésors sont si précieux qu'ils possèdent des multiplicateurs (ex: T2 x10 = "tirer 2 runes, multiplier le total par 10).

Table de génération de Skatts

Physique	10 skatts
Mentale	5 skatts
Spirituelle	1 skatt

Exemple: un trésor liste "skatt [T4 x100]". Cela veut dire que 4 runes doivent être tirées, et le total multiplié par 100. Si 2 runes P, 1 rune M et 1 rune S sont tirées, le total sera de 2600 skatts.

OBJETS DE GRANDE VALEUR

Pour créer un objet de grande valeur, tirez deux runes et consultez la table ci-dessous pour générer la taille de l'objet, puis utilisez la première rune tirée pour déterminer quel objet cela sera, et quelles seront ses propriétés enchantées. La valeur des propriétés est proportionnelle au niveau du personnage. Il y a une petite chance de créer un objet magique. Si c'est le cas, consultez la table de propriétés magiques avec la seconde rune tirée.
Exemple: Le Norn doit rapidement créer un inventaire pour un marchand de niveau 11. Il tire deux runes pour le premier objet, 🔲 et 🔳. La Taille de l'objet sera de 3, et ce sera une arme possédant FD+2 et Portée +2. Le Norn choisit d'en faire une épée courte. Elle possède également un Pouvoir Actif. Le Norn choisit "Attaque plongeante". Ce Pouvoir pourra être déclenché en jouant la Rune du Vide.

Table de génération de Taille (tirer 2 runes)

2 P	Taille 3; FQ: 3
PS/PM/MS	Taille 4; FQ: 4
2 M	Taille 5; FQ: 5
2 S	Taille 6; FQ: 6

ATTRIBUTS ENCHANTÉS

RUNE	TYPE D'OBJET	ATTRIBUT PRIMAIRE	VALEUR PAR NIVEAU DE JOUEUR
	Arme	FD +1 Physique; FQ+1	+1 par 3 niveaux; FQ +1
	Arme	Parade +1; FQ+1	+1 par 3 niveaux; FQ +1
	Arme	Portée +1; FQ+1	+1 par 3 niveaux; FQ +1
	Arme	Concentration +1; FQ+3	+1 par 6 niveaux; FQ +2
	Arme	Utilisation à deux mains; Portée +10; FQ+1	+1 par 3 niveaux; FQ +1
	Arme	FD +1 Physique; Parade +1; FQ+2	+1 par 6 niveaux; FQ +2
	Arme	FD +1 P; Portée +1 (ou +10 si longue); FQ+2	+1 par 6 niveaux; FQ +2
	Arme	FD +1 P; Concentration +1; FQ+1	+1 par 9 niveaux; FQ +3
	Armure	FP+1 P; FQ+2	+1 par 6 niveaux; FQ +2
	Armure	Parade +1; FQ+1	+1 par 3 niveaux; FQ +1
	Armure	Concentration +1; FQ+3	+1 par 6 niveaux; FQ +2
	Armure	FP +1 M; FQ+3	+1 par 9 niveaux; FQ +3
	Armure	FP +1 S; FQ+3	+1 par 9 niveaux; FQ +3
	Armure	Esquive +1; FQ+2	+1 par 9 niveaux; FQ +3
	Armure	FP +1 P; Parade +1; FQ+3	+1 par 9 niveaux; FQ +3
	Armure	Concentration +1; Esquive +1; FQ+5	+1 par 12 niveaux; FQ +4
	Accessoire	Dégâts +1 (tous traits); FQ+3	+1 par 3 niveaux; FQ +1
	Accessoire	Concentration +1; FQ+3	+1 par 6 niveaux; FQ +2
	Accessoire	Esquive +1; FQ+2	+1 par 9 niveaux; FQ +3
	Accessoire	Rang de Compétence +1; FQ+3	+1 par 9 niveaux; FQ +3
	Divers	Objet décoratif (lanterne, miroir, etc.)	n/a
	Arme Magique	*Cf tableau ci dessous*	n/a
	Armure Magique	*Cf tableau ci dessous*	n/a
	Accessoire Magique	*Cf tableau ci dessous*	n/a

POUVOIRS MAGIQUES

RUNE	POUVOIRS
	Octroie +1 niveau à une Compétence; FQ +2
	Gagne un Pouvoir Actif; FQ +1
	Gagne un Pouvoir Passif, FQ +2
	Octroie +1 niveau à une Compétence; +1 Attribut enchanté supplémentaire; FQ +2
	Gagne un Pouvoir Actif; +1 Attribut enchanté supplémentaire; FQ +1
	Gagne un Pouvoir Passif, +1 Attribut enchanté supplémentaire;FQ +2
	Octroie +2 niveaux à une Compétence; FQ +4
	Gagne 2 Pouvoirs Actifs; FQ +2
	Gagne 2 Pouvoirs Passifs; FQ +4
	Gagne un Pouvoir Actif et un Passif; FQ +3
	Octroie +2 niveaux à une Compétence; +1 Attribut enchanté supplémentaire; FQ +4
	Gagne 2 Pouvoirs Actifs; +1 Attribut enchanté supplémentaire; FQ +2
	Gagne 2 Pouvoirs Passifs, +1 Attribut enchanté supplémentaire; FQ +4
	Gagne un Pouvoir Actif et un Passif; +1 Attribut enchanté supplémentaire; FQ +3
	Octroie +2 niveaux à une Compétence; +2 Attributs enchantés supplémentaires; FQ +4
	Gagne 2 Pouvoirs Actifs; +2 Attributs enchantés supplémentaires; FQ +2

RUNE	POUVOIRS
	Gagne 2 Pouvoirs Passifs, +1 Attributs enchantés supplémentaires; FQ +4
	Gagne 2 Pouvoirs Actifs et 1 Passif; +2 Attributs enchantés supplémentaires; FQ +4
	Gagne 2 Pouvoirs Actifs et +1 niveau de Compétence; +2 Attributs enchantés supplémentaires; FQ +4
	Gagne 1 Pouvoir Actif et 2 Passifs; +2 Attributs enchantés supplémentaires; FQ +5
	Gagne 1 Pouvoir Actif, 1 Passif, et +1 niveau de Compétence; +2 Attributs enchantés supplémentaires; FQ +5
	Malédiction: Gagne un Pouvoir Actif: chaque fois que le bonus de l'objet ou le Pouvoir est utilisé, il faut effectuer un Sacrifice Mineur +1
	Malédiction: Gagne un Pouvoir Actif: chaque fois que le bonus de l'objet ou le Pouvoir est utilisé, il faut effectuer un Sacrifice Modéré +1
	Malédiction: Gagne un Pouvoir Actif: chaque fois que le bonus de l'objet ou le Pouvoir est utilisé, il faut effectuer un Sacrifice Majeur +1

Les types de trésors que possède chaque créature sont indiqués dans la section "Habitants et Thanes". Pour déterminer l'équipement de ces Habitants, le Norn peut utiliser les tableaux suivants pour générer des objets. Le Norn peut également omettre certaines runes lors de son tirage, pour limiter les trésors selon le niveau de la campagne. Enlever les runes Spirituelles diminue significativement la qualité des objets trouvés, et enlever les runes Mentales ne laisse que les plus petits trésors.

EQUIPEMENT: MINIMAL

RUNE	TRÉSOR	RUNE	TRÉSOR	RUNE	TRÉSOR
	Pas d'équipement		Skatt [T2]		Vêtements pourris
	Pas d'équipement		Skatt [T3]		Pas d'équipement
	Pas d'équipement		Skatt [T4]		Pas d'équipement
	Pas d'équipement		Parchemin délavé ou rouleau de message en cuir		Souvenir personnel
	Pas d'équipement		Equipement à tout faire		Skatt [T1] et une arme cassée
	Pas d'équipement		Sac/Bourse avec nourriture rassie		Skatt [T1] et une armure cassée
	Pas d'équipement		Arme cassée		Skatt [T1] et de la nourriture rassie
	Skatt [T1]		Armure cassée		Objet de grande valeur

EQUIPEMENT: MONTURE

RUNE	TRÉSOR
	Pas d'équipement
	Pas d'équipement
	Pas d'équipement
	Pas d'équipement
	Selle et bride
	Selle, bride, sacs de voyage
	Selle, bride, sacs de voyage, Skatt [T1]
	Selle, bride, sacs de voyage, Skatt [T2]
	Selle, bride, sacs de voyage, Skatt [T3]
	Selle, bride, sacs de voyage, Skatt [T4]
	Selle, bride, sacs de voyage, équipement de voyage (tente, couverture, corde, etc.), Skatt [T1x10]
	Selle, bride, sacs de voyage, équipement de voyage (tente, couverture, corde, etc.), Skatt [T1x20]
	Selle, bride, sacs de voyage, équipement de voyage (tente, couverture, corde, etc.), Skatt [T1x10], arme normale
	Selle, bride, sacs de voyage, équipement de voyage (tente, couverture, corde, etc.), Skatt [T1x10], armure normale
	Selle, bride, sacs de voyage, équipement de voyage (tente, couverture, corde, etc.), Skatt [T1x20], arme normale
	Selle, bride, sacs de voyage, équipement de voyage (tente, couverture, corde, etc.), Skatt [T1x20], armure normale
	Selle, bride, sacs de voyage, équipement de voyage (tente, couverture, corde, etc.), Skatt [T1x10], arme normale, barde (FP: 3)
	Selle, bride, sacs de voyage, équipement de voyage (tente, couverture, corde, etc.), Skatt [T1x10], armure normale, barde (FP: 3)
	Selle, bride, sacs de voyage, équipement de voyage (tente, couverture, corde, etc.), Skatt [T1x20], arme normale, barde (FP: 3)
	Selle, bride, sacs de voyage, équipement de voyage (tente, couverture, corde, etc.), Skatt [T1x20], armure normale, barde (FP: 3)
	Selle, bride, sacs de voyage, équipement de voyage (tente, couverture, corde, etc.), Skatt [T1x10], arme normale, barde (FP: 3), charrette
	Selle, bride, sacs de voyage, équipement de voyage (tente, couverture, corde, etc.), Skatt [T1x20], armure normale, barde (FP: 3), charrette
	Selle, bride, sacs de voyage, équipement de voyage (tente, couverture, corde, etc.), Skatt [T1x10], arme normale, barde (FP: 3), charrette, objet de grande valeur
	Selle, bride, sacs de voyage, équipement de voyage (tente, couverture, corde, etc.), Skatt [T1x20], armure normale, barde (FP: 3), charrette, objet de grande valeur

EQUIPEMENT: MARTIAL

RUNE	TRÉSOR
ᛏ	Arme
ᛒ	Armes (une grande, deux petites, peut être un bouclier), Skatt [T1]
ᛗ	Armes (une grande, deux petites, peut être un bouclier), Skatt [T1], armure
ᛘ	Armes (une grande, deux petites, peut être un bouclier), Skatt [T2], armure
ᚷ	Armes (une grande, deux petites, peut être un bouclier), Skatt [T3], armure
ᛜ	Armes (une grande, deux petites, peut être un bouclier), Skatt [T4], armure
ᚷ	Armes (une grande, deux petites, peut être un bouclier), Skatt [T1x10], armure, équipement de voyage (tente, couverture, corde, etc.)
ᚷ	Armes (une grande, deux petites, peut être un bouclier), Skatt [T1x20], armure, équipement de voyage (tente, couverture, corde, etc.)
ᚺ	Armes (une grande, deux petites, peut être un bouclier), Skatt [T3], armure, objet de grande valeur (ne peut pas être magique)
ᚾ	Armes (une grande, deux petites, peut être un bouclier), Skatt [T3], armure, objet de grande valeur (ne peut pas être magique)
ᛁ	Armes (une grande, deux petites, peut être un bouclier), Skatt [T3], armure, objet de grande valeur (ne peut pas être magique)
ᛃ	Armes (une grande, deux petites, peut être un bouclier), Skatt [T3], armure, objet de grande valeur (ne peut pas être magique)
ᛇ	Armes (une grande, deux petites, peut être un bouclier), Skatt [T3], armure, objet de grande valeur (ne peut pas être magique)
ᛈ	Armes (une grande, deux petites, peut être un bouclier), Skatt [T3], armure, objet de grande valeur (ne peut pas être magique)
ᛉ	Armes (une grande, deux petites, peut être un bouclier), Skatt [T3], armure, objet de grande valeur (ne peut pas être magique)
ᛋ	Armes (une grande, deux petites, peut être un bouclier), Skatt [T4], armure, objet de grande valeur
ᛏ	Armes (une grande, deux petites, peut être un bouclier), Skatt [T4], armure, objet de grande valeur
ᛀ	Armes (une grande, deux petites, peut être un bouclier), Skatt [T4], armure, objet de grande valeur
ᛏ	Armes (une grande, deux petites, peut être un bouclier), Skatt [T4], armure, objet de grande valeur
ᚠ	Armes (une grande, deux petites, peut être un bouclier), Skatt [T1x10], armure, 2 objets de grande valeur
ᚱ	Armes (une grande, deux petites, peut être un bouclier), Skatt [T1x10], armure, 2 objets de grande valeur
ᚲ	Armes (une grande, deux petites, peut être un bouclier), Skatt [T1x10], armure, 2 objets de grande valeur
ᚷ	Armes (une grande, deux petites, peut être un bouclier), Skatt [T1x20], armure, 3 objets de grande valeur
ᚹ	Pas d'équipement

EQUIPEMENT: ANTRE

RUNE	TRÉSOR
ᛏ	Rien
ᛒ	Os, biens rouillés et pourrissant
ᛗ	Biens communs de valeur max. [T1 x10]
ᛗ	Biens communs de valeur max. [T1 x20]
ᚲ	Biens communs de valeur max. [T1 x30]
ᛟ	Biens communs de valeur max. [T1 x40]
ᛉ	Biens communs de valeur max. [T1 x10], Skatt [T3]
ᛉ	Biens communs de valeur max. [T1 x20], Skatt [T4]
ᚾ	Biens communs de valeur max. [T1 x30], Skatt [T3 x10]
ᚺ	Biens communs de valeur max. [T1 x40], Skatt [T3 x20]
ᛁ	Biens communs de valeur max. [T1 x40], Skatt [T4 x10]
ᛇ	Biens communs de valeur max. [T1 x50], Skatt [T4 x20]
ᛃ	Biens communs de valeur max. [T1 x50], Skatt [T4 x10], 1 objet de grande valeur
ᛦ	Biens communs de valeur max. [T1 x50], Skatt [T4 x10], 1 objet de grande valeur
�	Biens communs de valeur max. [T1 x50], Skatt [T4 x10], 2 objets de grande valeur
ᛩ	Biens communs de valeur max. [T1 x50], Skatt [T4 x20], 2 objets de grande valeur
ᚠ	Biens communs de valeur max. [T1 x50], Skatt [T4 x10], 3 objets de grande valeur
ᚢ	Biens communs de valeur max. [T1 x50], Skatt [T4 x20], 3 objets de grande valeur
ᚦ	Biens communs de valeur max. [T1 x50], Skatt [T4 x10], 4 objets de grande valeur
ᚨ	Biens communs de valeur max. [T1 x50], Skatt [T4 x20], 4 objets de grande valeur
ᚱ	Biens communs de valeur max. [T1 x100], Skatt [T4 x20], 5 objets de grande valeur
ᚲ	Biens communs de valeur max. [T1 x100], Skatt [T4 x50], 5 objets de grande valeur
ᚷ	Biens communs de valeur max. [T1 x100], Skatt [T4 x50], 6 objets de grande valeur
ᚹ	Biens communs de valeur max. [T1 x100], Skatt [T4 x50], 6 objets de grande valeur

RUNE	TRÉSOR
	Rien
	Skatt [T1 x10]
	Skatt [T1 x20]
	Skatt [T1 x20], accessoire octroyant +1 à une Compétence
	Skatt [T1 x20], accessoire octroyant +1 aux effets de soin
	Skatt [T1 x20], accessoire octroyant +1 aux dégâts M
	Skatt [T1 x20], accessoire octroyant +1 aux dégâts S
	Skatt [T1 x20], accessoire octroyant +1 Concentration
	Objet de grande valeur
	Skatt [T1 x20], accessoire octroyant +1 à une Compétence, objet de grande valeur
	Skatt [T1 x20], accessoire octroyant +1 aux effets de soin, objet de grande valeur
	Skatt [T1 x20], accessoire octroyant +1 aux dégâts M, objet de grande valeur
	Skatt [T1 x20], accessoire octroyant +1 aux dégâts S, objet de grande valeur
	Skatt [T1 x20], accessoire avec un Pouvoir Actif aléatoire, objet de grande valeur
	Skatt [T1 x20], accessoire avec un Pouvoir Passif aléatoire, objet de grande valeur
	Skatt [T1 x20], accessoire octroyant +1 Concentration, objet de grande valeur
	Skatt [T1 x20], accessoire octroyant +1 Esquive, objet de grande valeur
	Skatt [T2 x20], accessoire octroyant +1 à une Compétence, 2 objets de grande valeur
	Skatt [T2 x20], accessoire octroyant +1 aux effets de soin, 2 objets de grande valeur
	Skatt [T2 x20], accessoire octroyant +1 FP contre les dégâts M, 2 objets de grande valeur
	Skatt [T2 x20], accessoire octroyant +1 FP contre les dégâts S, 2 objets de grande valeur
	Skatt [T2 x20], accessoire octroyant +1 Concentration, 2 objets de grande valeur
	Skatt [T2 x20], accessoire octroyant +1 Esquive, 2 objets de grande valeur
	Skatt [T4 x20], accessoire octroyant +1 Concentration et Esquive, 3 objets de grande valeur

LA SAGA

La Saga d'introduction est incluse dans ce livre afin que tous les joueurs puissent se familiariser avec les règles de création de Héros et le gameplay. L'histoire est directement inspirée d'une histoire du XIIIème siècle, "la Saga d'Egil". Elle se déroule entre l'an 930 et l'an 935 (dans le second âge de Ragnarok), une époqe où les tempéraments bouillaient facilement, et où réputation et allégance étaient des qualités cruciales.

Les événements majeurs de l'histoire conduiront la Saga à une conclusion, mais c'est aux joueurs et au Norn de déterminer comment l'histoire se déroulera, et la fin qu'elle aura.

PRÉPARATION DE LA SAGA

Cette Saga est prévue pour 2 à 6 joueurs, une personne jouant le rôle de Norn. Le Norn doit lire la totalité de la saga, comme c'est lui qui jouera le rôle de narrateur, et qui construira l'histoire pour les autres joueurs. Les joueurs doivent uniquement créer leurs Héros, ou bien utiliser les Héros pré-générés de ce livre. Si les joueurs créent leurs propres Héros, ceux-ci devraient débuter la saga au niveau 9.

CRÉATION DE HÉROS POUR LES JOUEURS

En suivant les étapes page 199: étape 1: choisissez les niveaux d'Essence et de Destinée en fonction du niveau du Héros.

Pour un Héros de niveau 9, les options disponibles pour la Destinée et l'Essence sont:

OPTION [A]	OPTION [B] *(Recommandée)*	OPTION [C]
Beaucoup de pouvoirs et de compétences,bonne survivabilité, effet mineur sur le monde alentour	*Bon équilibre entre pouvoirs et effets sur le monde alentour*	*Peu de pouvoirs, mais effet majeur sur le monde alentour*
Essence: 7 Destinée: 1	Essence: 5 Destinée: 2	Essence: 3 Destinée: 3

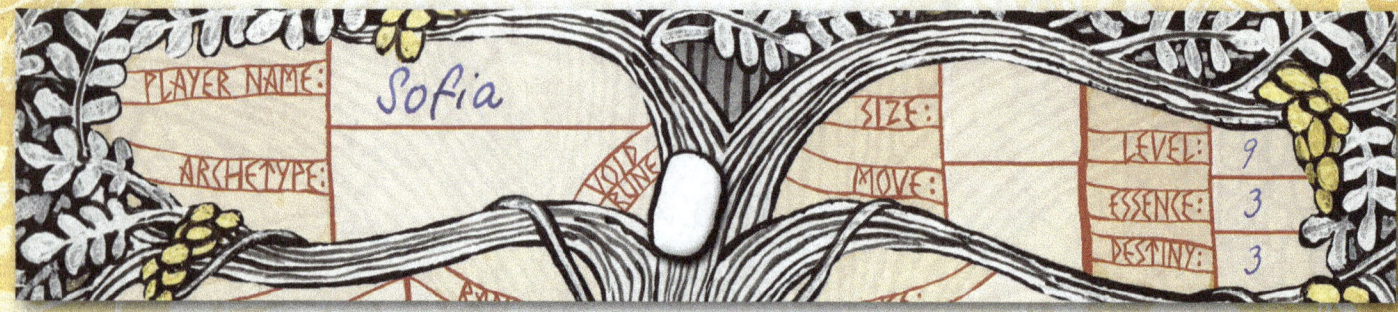

Exemple: une joueuse nommée Sofia décide que son Héros sera un Ulfhednar. Elle veut un Héros très agressif, et veut bien abandonner des pouvoirs: elle choisit donc l'option [C].

L'étape 2 peut être passée, étant donné qu'aucun des joueurs ne possède de Héros ayant été admis dans les Cieux.

Pour **l'étape 3**, le Norn peut permettre aux joueurs de choisir les runes qu'ils tireront, ou bien leur faire tirer aléatoirement (un mélange des deux approches marche également).

Exemple: Rafael le Norn a décidé que le tirage de runes pour cette étape sera totalement aléatoire. Sofia prend un sac de runes plein, et en tire 3 aléatoirement. Elle reçoit Wunjo, Uruz et Mann. Ces runes lui permettront de former l'histoire de son Héros.

Rafael a décidé que les joueurs utiliseront les tableaux de Personnalité et Rang Social. Wunjo, sur le tableau 1, veut dire que son Héros aura la personnalité "Victime", et que ses activités au jour le jour seront influencées par une phobie choisie par Sofia.

Elle choisit le nom Eisa pour son Ulfhednar, et décide qu'elle aura une peur panique des espaces confinés, ce qui l'a conduit hors de la civilisation, et dans les terres sauvages.

Elle crée une histoire pour Eisa, qui implique des tentatives infructueuses de se débarasser de sa phobie durant des années, pendant lesquelles sa destinée fut liée à un soigneur qui lui donnait des remèdes à base d'herbe pour qu'elle gère son anxiété lorsqu'elle devait se rendre en ville et rendre visite à des gens.

Enfin, Sofia définit la Taille et le Déplacement d'Eisa à 4 (valeurs de départ par défaut).

Dans **l'étape 4**, les joueurs choisissent l'archétype de leur personnage, et sa spécialisation.

Exemple: Sofia choisit l'archétype Ulfhednar, et la spécialisation Dévoreur d'Yeux. Cela lie sa Rune du Vide à cette spécialisation, la transformant en rune Physique, et lui octroyant le Pouvoir Actif Griffer les Yeux, le Pouvoir Passif Sadique, et la Compétence Doigts Agiles.

Les Pouvoirs Actifs et Passifs d'Eisa sont déterminés dans **l'étape 5**.

Pour ses 3 runes, elle choisit comme Pouvoirs Actifs Charge Enragée, Attaque Enragée, et Attaque Puissante. Pour ses Pouvoirs Passifs, elle choisit Porté par le Sang, Désespoir, et Férocité Acculée. Enfin, elle choisit les Compétences suivantes pour les mêmes runes: Athlétisme, Pistage, et Perception.

Dans **l'étape 6**, les Héros se voient attribuer de l'équipement, des armes, et une armure. Si le Norn a choisi de ne pas utiliser le tableau de Rang Social, une somme correcte pour débuter cette saga est de 800 skatts par Héros.

L'étape 7 est la dernière: si des créatures invoquées ont été définies dans l'étape 5, il faut maintenant créer ces thanes/compagnons.

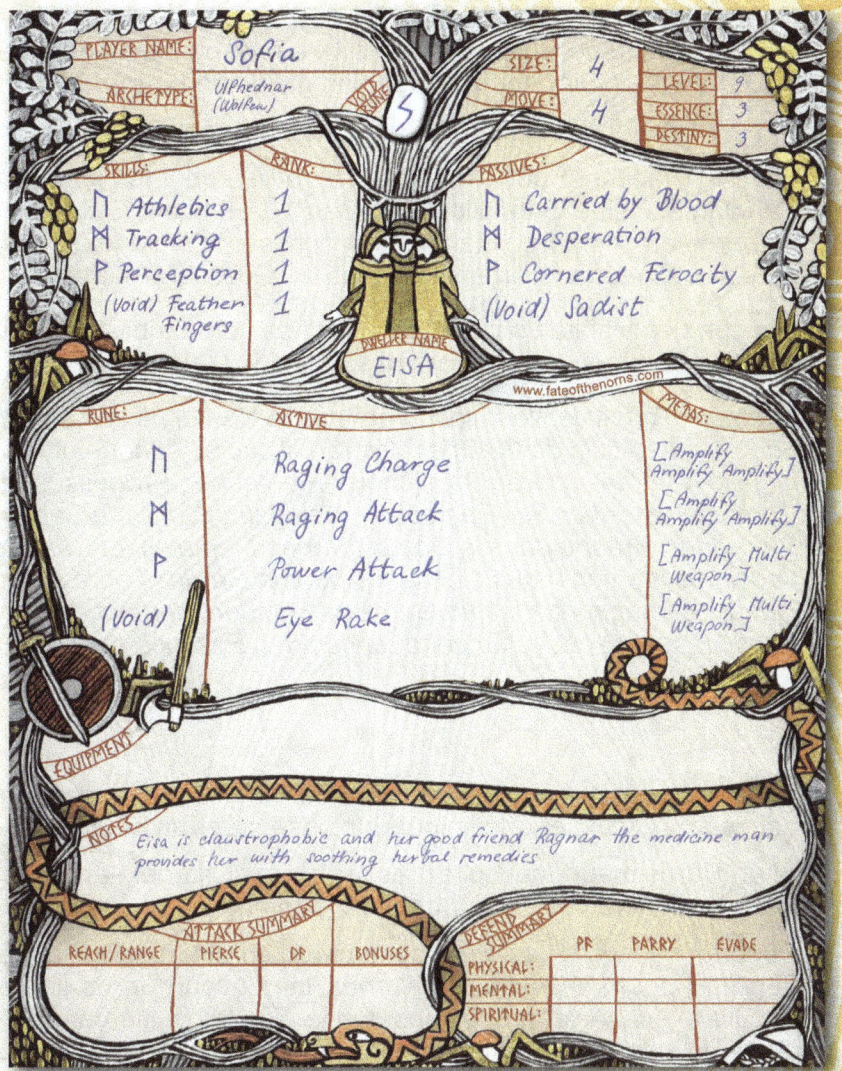

CRÉATION DES HABITANTS PAR LE NORN

Le Norn devra créer quelques Habitants. Pour rester au plus simple, la saga utilisera principalement le type d'Habitant "Guerrier Vétéran" (voir page 204).

Chaque Habitant listé ci-dessous est basé sur le Guerrier Vétéran, mais est unique. Les Habitants auront également des niveaux différents. Pour cette saga, les niveaux requis sont 3, 6, 9, 15 (voir Haugbui page suivante), et 18.

Les Norns débutants peuvent créer des Habitants avec un score élevé de Destinée, pour rendre leur travail plus facile: cela permet de garder les niveaux d'Essence bas, ce qui veut dire moins de Pouvoirs à mémoriser et à gérer pour le Norn. Cela réduit également le nombre de sacs de runes requis, comme toutes les runes sont tirées lorsque l'Habitant consulte sa Destinée.

Habitants (basés sur le Guerrier Vétéran):
- **Fermier** (niveau 3), utilisé pour les esclaves et travailleurs de la ferme de Bard.
- **Bondi** (niveau 6), utilisé pour la majorité des participants de la fête.
- **Garde** (niveau 9), utilisé pour les guerriers gardant la ferme de Bard, et les sentinelles voyageant avec le Roi.

Habitants (basés sur d'autres types):

- Chien de Chasse (niveau 3): cet Habitant est déjà généré pour le Norn dans la scène 5, page 342. (voir page 226 pour les grilles de Loup).

- Haugbui (niveau 15), une rencontre optionnelle (voir page 206 pour les grilles d'Haugbui)

- Habitant Spécial (niveau 18), utilisé pour les personnages principaux de la saga (Roi Eric Hache-Sanglante, Reine Gunnhild, Olvir, Bard). L'Habitant Egil est inclus dans cette catégorie, mais comme c'est un héros aux nombreux talents, il a accès aux tableaux de Sang-de-Troll (page 186), Skald et Galdr (page 160 et 172 respectivement), en plus du Guerrier Vétéran.

Chacun des Habitants peut également se voir attribuer une somme égale à leur niveau x100 skatts (sauf pour les fermiers, qui n'auront pas plus de 10 skatts).

Exemple: Rafael le Norn veut créer un Garde. Au niveau 9, il choisit 3 Destinée et 3 Essence. Sur la grille de Pouvoirs Actifs de Guerrier Vétéran, il choisit Attaque plongeante, Frappe dans le Dos, et Catharsis. Sur la grille de Pouvoirs Passifs, il choisit Pied Léger, Prouesses Martiales, et Désespoir. Enfin, sur la grille de Compétences, il choisit Perception, Navigation, et Boire/Séduire. Rafael lie l'Attaque plongeante aux runes Physiques, Frappe dans le Dos aux runes Mentales, et Catharsis aux runes Spirituelles. Il n'a pas encore besoin de tirer les runes d'Essence pour le Garde. Il aura seulement besoin de le faire lorsque les Héros des joueurs interagiront avec un Garde lors du déroulement de la saga: il tirera alors les 3 runes, et les mettra dans un sac réservé pour cette rencontre (l'Essence du Garde).

MORT

Si un Héros meurt au combat, le joueur ne doit pas désespérer! Il y a une chance pour que le Héros soit admis aux Cieux, et que le joueur puisse créer un nouveau Héros avec encore plus d'options!

Si un Héros meurt, consultez les règles sur l'Au-delà en page 151. Les joueurs des Héros restant peuvent jouer les funérailles de leur camarade tombé.

Pendant ce temps, le joueur qui a perdu son Héros peut recréer un personnage, de niveau 8. En règle générale pour *Le Destin des Nornes*, le nouveau Héros qui rejoint la saga lorsqu'un Héros précédent meurt débute avec 1 niveau de moins que le plus faible Héros du groupe. Le Norn doit décider de la façon dont laquelle le nouveau Héros sera inclus dans l'histoire. Il n'est pas obligé de l'y introduire immédiatement, et peut choisir le moment le plus approprié.

Cela dit, le Norn ne devrait pas attendre trop longtemps: le joueur ne doit pas être laissé à la table de jeu sans rien faire pendant trop longtemps.

LA SAGA

CONTEXTE:

La saga se déroule sur les îles d'Atloy et Saudoy, dans le royaume de Norveig.

Atloy est une petite île, d'environ 8km de longueur à vol d'oiseau, avec deux lacs et une petite montagne. C'est ici que Bard le Jarl possède sa grande ferme. Le Roi Erik Hache-Sanglante règne sur le royaume depuis la mort de son père, Harald Belle-Chevelure. Il fait le tour de son royaume, et vient présenter ses respects aux Jarls ayant aidé son père à régner sur ce vaste royaume.

Les joueurs rencontreront non seulement Erik Hache-Sanglante, mais également un collecteur de taxes local appelé Olvir, et son entourage. Dans ce groupe se trouve Egil, membre important du clan Kvedulf, qui possède du Sang de Troll. Le hersir (un Jarl de haut rang au service du Roi) pour qui travaille Olvir s'appelle Thorir. La nuit où l'aventure se déroule, Olvir le collecteur de taxes et son entourage se trouvent à la ferme de Bard.

La saga débute lors d'une nuit spéciale, le Solstice du Sacrifice, une nuit dédiée au Blot du Vaettir local, Baleygr. En cette période de Fimbulvinter et de ténèbres éternelles, des événements comme celui-ci sont des moments importants dans la vie des habitants de l'île.

Bard, propriétaire de l'île et Jarl loyal du Roi Harald Belle-Chevelure, a invité le fils d'Harald, Erik Hache-Sanglante, à une célébration importante de l'esprit Vaettir qui protège l'île, durant laquelle un sacrifice sera effectué. De nombreux sujets et amis de Bard se réuniront pour assister et participer à cette importante soirée de fête.

Les invités impatients arrivent aux docks, et sont accueillis par un homme de confiance, Baldri, lieutenant de l'hôte et propriétaire de l'île, Bard.

Néanmoins, personne ne sait qu'un meurtre va être commis, et que les Héros seront appelés à l'aide. Eux seuls décideront qui ils choisiront d'aider...

HABITANTS

Cette section décrit les Habitants clés, qui interagiront avec les joueurs.

Chaque habitant est décrit, et une échelle d'empathie est fournie afin de décrire leur réaction aux Héros, selon qu'ils sont charmés ou contrariés. Voici quelques Compétences qui peuvent aider ou entraver les Héros. Un succès sur une Compétence qui aide à gagner de l'empathie fera monter celle-ci d'un niveau entre le Héros et l'Habitant. Des succès additionnels peuvent faire monter l'empathie de plusieurs niveaux, si le Norn juge que c'est justifié. Faire monter un niveau de -1 à 0 nécessite en général au moins 2 succès.

Compétences qui aident à gagner de la sympathie:

- Boire/Séduire
- Etiquette
- Jouer

Compétences qui diminuent la sympathie lorsqu'un test échoue:

- Doigts agiles: quelqu'un qui se fait attraper en train de voler sera éjecté du groupe, et gardé sous surveillance aux docks.
- Intimider: un échec réduit immédiatement la sympathie à -1.
- Négociation: un échec réduit la sympathie d'un niveau.
- Manipulation Verbale: un échec réduit la sympathie d'un niveau.

Les tests de Compétences ne devraient pas être utilisés comme une alternative à un bon jeu de rôle. Si un joueur improvise un bon dialogue, la sympathie peut être modifiée par le Norn sans besoin de test.

BALDRI

[Bondi]

Baldri est le lieutenant de Bard. Il gère les gardes et les thralls (esclaves), ainsi que l'exportation de biens hors d'Atloy. Avant le début des célébrations, on peut le trouver aux docks, accueillant les invités. Lorsque tous les invités sont arrivés, il s'occupe des gardes, de manière à ce que les bagarres d'ivrognes ne causent la mort de personne. Lui et ses deux douzaines d'hommes sont en service, et donc s'abstiendront de tout abus pendant la nuit. Lorsque le temps du Blot (sacrifice) sera venu, il accompagnera personnellement Bard au sommet, et l'aidera dans la cérémonie.

Atloy est l'un des meilleurs endroits imaginables pour des esclaves, grâce à l'influence de Baldri. Il a de très bons rapports avec eux, et les traite justement et avec respect.

Niveau de Sympathie	Réaction
-1 (énervé)	Balri vous ignore pour le reste de votre séjour sur l'île.
0 (neutre)	Le séjour sur Atloy vous est permis.
1 (content)	Baldri vous fait visiter la ferme, fier de ce qui a été accompli.
2 (amical)	Baldri n'ira jamais contre les intérêts de Bard ou de la ferme, mais vous soutiendra en cas de confrontation avec un autre invité

BARD

[Habitant Spécial]

Bard est un homme d'âge moyen, propriétaire de l'île d'Atloy, ainsi que des îles avoisinantes. Il a été un Jarl loyal de Harald Belle-Chevelure pendant des années, et souhaite maintenant forger le même lien avec son fils, Erik Hache-Sanglante. Il a invité Erik à un festin pour honorer le Roi, ainsi que l'esprit Vaettir qui habite ses terres. Ce festin est prévu depuis des mois, et Bard veut que tout se passe bien. Si il impressionne le nouveau Roi, il pourrait recevoir un statut plus élevé dans le futur royaume, et s'il apaise le Vaettir, il gagnera chance et fortune. Bard rend honneur aux Dieux.

La Skali (ferme) de Bard est très grande, et proportionnelle à sa responsabilité envers le roi. De ce fait, il a prévu que le festin se déroule dans le grand Hall. Tout invité inattendu sera conduit dans les tentes à l'extérieur du Hall. Il circulera parmi les invités pour s'assurer que tout le monde s'amuse bien, et supervisera les préparations du Blot pour le Vaettir qui auront lieu cette nuit.

Niveau de Sympathie	Réaction
-1 (énervé)	Vous êtes exclu de la fête, et vous retrouvez seul dans la ferme.
0 (neutre)	Vous êtes autorisé à rester à Atloy pour la nuit.
1 (content)	Vous êtes invité à la fête dans le Hall au lieu de rester dans les tentes.
2 (amical)	Vous êtes invité au Blot pour Baleygr, le Vaettir.

EGIL

[Habitant Spécial]

Egil est le fils de Skallagrim, descendant de Kvedulf, une lignée riche en sang de Troll. Il a la vingtaine, et est taillé comme un roc. Fort et trapu, il domine de sa taille la plupart des hommes. Il est égoïste et possède un tempérament soupe-au-lait; avec sa force surhumaine, les conflits finissent généralement dans le sang.

Egil est irritable, a peu de respect pour l'autorité, et se dispute fréquemment avec la royauté. Il y a quelques années, lors d'une compétition, son tempérament a pris le dessus et un autre compétiteur fut tué. Son père ferma les yeux sur l'incident, sentant que son fils possédait l'étoffe d'un vrai Viking. Egil et sa famille ne vénèrent ni les Dieux, ni les Jotuns, mais les respectent en tant qu'inspiration pour l'humanité.

La famille d'Egil a toujours été têtue. Son grand-père ignora les convocations du Roi Harald ainsi que la conscription pendant de nombreuses années, prétendant que la royauté et les plans du Roi n'étaient pas dignes de son temps et de ses efforts. L'oncle d'Egil, Thorolf, travailla pour le Roi pendant un temps, mais l'affaire se finit mal. Un titre de propriété à Trondheim, ainsi qu'un titre de noblesse, lui avaient été promis, mais furent attribués à un proche du Roi Harald. Thorolf évacua sa colère en accomplissant avec succès des douzaines de raids dans le royaume, amassant armées et fortune. Son ambition grandit, et il se mit à menacer les terres et les sujets du Roi Harald, faisant d'eux des adversaires mortels. Et mort il y eut: le Roi tua Thorolf et ses hommes par le feu et l'acier.

Le père d'Egil, Skallagrim, et le Roi Harald avaient également de mauvaises relations. Dès leur première rencontre, ils en vinrent quasiment aux armes. Skallagrim fut alors banni de Norveig vers l'Islandia par le Roi. Toutes les terres des Kvedulf et de Skallagrim furent appropriées et divisés entre les fils du Roi, et d'autres seigneurs importants. Lorsqu'Erik monta sur le trône, il envoya à Skallagrim une hache mal forgée en "cadeau", avec pour objectif d'attiser la colère de l'homme.

Egil fut donc élevé en entendant les histoires de Rois traîtres, et de leurs fils irrespectueux. Il s'est promis de porter et de protéger l'honneur de sa famille s'il rencontrait un jour le Roi Erik Hache-Sanglante. Cette nuit, lors du festin de Bard, les deux se rencontreront pour la première fois!

Niveau de Sympathie	Réaction
-1 (énervé)	Vous êtes défié jusqu'à soumission ou jusqu'à la mort, en fonction de la gravité de l'insulte.
0 (neutre)	Egil vous régale des histoires glorieuses et exagérées des conquêtes de sa famille.
1 (content)	Vous êtes invités à faire la fête avec Egil et Olvir.
2 (amical)	Egil vous fait cadeau d'un collier magique appelé Croc de Renard (voir page 333).

HALA

[Bondi]

Hala fut une thrall pendant de nombreuses années, mais a finalement réussi à gagner sa liberté, en grande partie grâce à la bonté de Baldri, qui l'a recommandé.

Bard l'avait achetée il y a un an, à un navire marchand d'esclaves qui faisait escale à Atloy. En tant qu'employée de la ferme, son dévouement et son travail acharné attirèrent l'attention de Baldri. Elle a toujours tenu Baldri en haute estime, car il est gentil et juste, mais après qu'elle ait obtenu son serment de la libérer de ses liens, son affection pour lui grandit vraiment. Elle essaie de gagner son coeur, malgré le fait qu'elle soit très timide envers lui.

Pendant la fête, elle est à la tête de toutes les servantes thrall. Elle travaillera dur pour faire en sorte que le Roi et ses invités soient traités correctement. La venaison, le sanglier, l'hydromel et les plats cuits à point devront être en quantité et servis rapidement. Les invités au dehors, dans les tentes, seront traités avec moins de priorité, et on ne leur servira que des morceaux de fromage et du vin dilué.

Niveau de Sympathie	Réaction
-1 (énervé)	Hala fait en sorte que vous bénéficiiez d'un service déplorable.
0 (neutre)	Vous êtes traité conformément aux instructions de Bard.
1 (content)	Elle vous fera entrer dans le grand Hall si vous n'y êtes pas déjà.
2 (amical)	Elle vous parle de son affection pour Baldri, et vous demande de l'aider à gagner son attention et son affection pendant le festin.

JEYNE

[Thrall]

Jeyne est l'esclave qui a été choisie pour le Jeu des Tresses. Elle est dans le pilori, d'où seule sa tête dépasse. Ses longs cheveux roux sont arrangés en neuf tresses, étirées et fixées sur le bois. Jeyne fut capturée il y a quelques mois sur la côte de Caledonia pendant un raid Viking. Depuis, elle s'occupe du bétail de Bard... Ainsi que de son lit. Elle mécontenta Bard il y a quelques jours, et c'est pourquoi elle se trouve au pilori. Elle sait très bien que plus la soirée dure, plus il y a de chances qu'une hache perdue la tue. Elle essaiera de s'échapper, mais sait qu'aucun des Vikings ne l'aidera, car cela serait une grande insulte pour leur hôte.

Niveau de Sympathie	Réaction
-1 (énervé)	Elle vous ignore.
0 (neutre)	Elle tente de vous contenter.
1 (content)	Elle vous demande pitié.
2 (amical)	Elle vous demande de l'aider, tout en sachant que si vous le faites, les autres vous considéreront comme un traître.

ROI ERIK HACHE-SANGLANTE

[Habitant Spécial]

Le Roi Erik a la quarantaine, et affiche une allure guerrière. Il vénère les Dieux, principalement Odin.

Erik est le fils de Harald Belle-Chevelure, le grand conquérant des royaumes du Nord, mais son futur est incertain et empli de dangers. La mort de son père a coïncidé avec le début de Ragnarok (lorsque Soleil et Lune furent dévorés et que Fimbulvinter s'installa). Erik était le favori de son père, mais ses frères sont ambitieux, et complotent pour le déposer. Beaucoup ont perdu l'espoir d'un royaume unifié, maintenant que la fin des temps est proche.

Sa femme Gunnhild l'a poussé à faire le tour du royaume et à en rencontrer tous les seigneurs, afin de s'assurer de leur loyauté. Erik commence par Bard, un des sujets et amis les plus proches de son père. Il souhaite assister au Blot pour l'esprit Vaettir local, espérant en gagner la faveur. Cependant, sa visite à Atloy sera de courte durée: dans un ou deux jours, il doit partir rencontrer un autre de ses Jarls au sud. Le Roi Erik voyage avec un contingent de plus de cent soldats, et une douzaine d'administrateurs.

Une rivalité de longue date oppose la lignée royale et le clan Kvedulf. Le père d'Erik était un Roi charismatique et généreux. Son succès dans l'unification des royaumes du Nord fut dû en grande partie à sa générosité envers les Jarls. Cependant, un clan a rejeté ses offres généreuses et bienveillantes pendant plus de 50 ans, et en plus fut la cause de nombreux dégâts et insultes envers le royaume et la réputation d'Harald. Après des tentatives répétées pour apporter la paix entre les deux familles, la famille d'Erik a abandonné. Erik a hérité de cette animosité envers les Kvedulfs, mais pour on ne sait quelle raison, l'hostilité de sa femme envers eux est encore plus intense. Egil, un invité surprise qui arrive sur l'île, est un membre du clan Kvedulf.

Le Roi Erik Hache-Sanglante découvre qu'un agent de son bon ami Thorir se trouve sur l'île, et porte le nom de Olvir. Il invite donc immédiatement le groupe d'Olvir dans le Hall, pour se joindre aux célébrations. Thorir et lui sont amis depuis longtemps: tout ami de Thorir se verra étendre l'invitation dans le Hall.

Niveau de Sympathie	Réaction
-1 (énervé)	Erik demande à bard que ses hommes vous éjectent de la fête, et vous reconduisent sur votre navire.
0 (neutre)	Il prend le temps d'une très courte conversation, puis retourne avec son entourage.
1 (content)	Il vous inclut dans son entourage pour la soirée.
2 (amical)	Vous pourriez recevoir une faveur du Roi à l'avenir.

OLVIR

[Habitant Spécial]

Olvir a la cinquantaine, mais est aussi vigoureux qu'un homme de dix ans de moins. Il vénère les Jotuns. Il travaille pour un Hersir bien connu, Thorir, et collecte les taxes et loyers des habitants des terres de Thorir.

Thorir est un bon ami du Roi Erik Hache-Sanglante, et fut un ami d'enfance du père d'Egil, Skallagrim. La loyauté d'Olvir envers Thorir est inébranlable. L'escale du groupe à Atloy ne durera pas plus que nécessaire: dès que la tempête se dissipera, Olvir retournera en mer. Son amour de l'Hydromel met néanmoins des bâtons dans les roues de son plan.

Olvir et Egil sont des connaissances. Egil voyage avec Olvir car il se remettait d'une maladie grave dans la demeure de Thorir., ses compagnons ne l'ayant pas attendu et étant partis pour des raids sans lui. Ce qu'ils ne savaient pas, c'est que quelqu'un ayant du sang de troll récupère deux fois plus vite qu'un humain normal. Lorsque sa fièvre prit fin et qu'il put se déplacer, plus personne d'intéressant ne restait chez Thorir à part Olvir. S'ennuyant, Egil décida d'accompagner ce dernier dans ses perceptions de taxes.

Niveau de Sympathie	Réaction
-1 (énervé)	Olvir vous ignore.
0 (neutre)	Il boit avec plaisir avec vous.
1 (content)	Il échange des histoires avec vous, tant que vous buvez avec lui.
2 (amical)	Il insiste pour que vous buviez avec lui pendant toute la soirée.

REINE GUNNHILD

[Habitant Spécial]

La reine Gunnhild est une jeune noble ambitieuse et intelligente. Beaucoup disent qu'elle a autant d'influence sur le royaume que son mari Erik. Gunnhild est une pratiquante de la magie, des arts druidiques que son père lui a enseigné. Il est rare pour une femme de pratiquer un tel art, normalement réservé aux hommes, mais sa ténacité l'a entraîné à accomplir ce que beaucoup pensaient impossible.

Le clan Kvedulf a été une épine sous le pied de son mari depuis son enfance, lorsqu'ils causaient du tourment à son père. Gunnhild sait que la position de son mari à la tête du royaume de Norveig est précaire, et elle veut s'assurer qu'on le voie comme un homme puissant, qu'il ne faut pas sous-estimer. De ce fait, elle fait tout ce qu'elle peut pour discréditer, réduire au silence, ou tuer quiconque couvrirait son mari de ridicule ou de honte. Elle utilise sa magie pour éradiquer ses rivaux.

Gunnhild est l'invitée la plus difficile à impressionner. Elle considère important de passer son temps avec des gens célèbres et influents, afin de tirer des bénéfices de l'échange. Si son mari a été contrarié par un des Héros, sa réaction envers ce héros descendra immédiatement d'un ou plusieurs niveaux (décision du Norn). Au plus bas niveau, elle enverra quelques uns de ses gardes personnels vers les Héros, afin qu'ils les emmènent hors de la ferme, dans un endroit tranquille, et les tuent (nombre de garde = 1/2 nombre de Héros, minimum 1).

Niveau de Sympathie	Réaction
-1 (énervé)	Elle essaie de nuire à vous et à toute personne associée à vous (envoi d'assassins, malédiction, etc.)
0 (neutre)	Elle vous ignore.
1 (content)	Vous avez son attention: elle étudiera vos mouvements et vos actions au long de la nuit, mais sans vous parler.
2 (amical)	Elle a une conversation de courte durée avec vous.

THISTILLBARDI

[Bondi]

Thistillbardi est le forgeron d'Atloy. Il s'occupe de tout le travail de construction et d'artisanat de la ferme. Il possède deux douzaines de thralls entraînés, qui travaillent pour lui à la forge. Il sera impliqué si un navire, des armes ou une armure ont besoin de réparations.

Il participera à la fête, et cherchera de la compagnie pour le Jeu des Tresses. Il a un intérêt dans ce jeu, car c'est lui qui fournit les haches de jet aux joueurs, et il espère ainsi faire quelques ventes et se faire de nouvelles connexions.

Niveau de Sympathie	Réaction
-1 (énervé)	Ses services coutent 4 fois le prix du marché.
0 (neutre)	Il veut bien vous aider, à condition d'y mettre le prix.
1 (content)	Ses services et produits coûtent moins cher (moitié du prix du marché).
2 (amical)	Si vous êtes autorisés à rester sur Atloy pendant quelques jours, il ajuste votre arme ou armure favorite avec une amélioration sur mesure pour seulement 100 skatts.

VORNIR

[Bondi]

Vornir est né et a grandi à Atloy.
Ses parents étaient d'humbles
fermiers, et il hérita de leur ferme.
Pour une bonne récolte, Vornir
s'assure de continuer la tradition
d'apaiser Baleygr, le Vaettir de l'île.

Contrairement à ses parents, Vornir aime
frimer, adore la compétition, et succombe
facilement au jeu et à l'envie de voyager. Il ne manque jamais une
opportunité de participer aux raids, et laisse sa ferme aux bons soins de Bard lorsqu'il
part. Bard a fini par acheter la ferme ancestrale de Vornir, afin de consolider l'industrie de l'île
sous sa bannière. Vornir utilisa l'argent pour nourrir ses vices, en organisant des jeux d'argent dans la salle
de banquet, des duels hebdomadaires avec des paris sur le gagnant, et en défiant des habitants d'Altoy à
toutes sortes d'épreuves de force ou d'autres défis physiques.

Vornir se souvient de l'époque où Bard est arrivé sur l'île avec sa famille, et du marchandage d'esclave
dont il s'occupait avec succès, dont son fils a fini par hériter, qu'il a consolidé avec l'économie de l'île (bois,
bétail, et nouveaux esclaves). Vornir ne regrette pas d'avoir vendu la ferme familiale, car toutes les activités
y ayant trait ont été arrêtées lorsque Fimbulvinter s'est installé.

Niveau de Sympathie	Réaction
-1 (énervé)	Il ignore les gens qui l'ont offensé pendant le festin, mais pourra chercher une opportunité en dehors du Hall, afin d'initier un conflit physique.
0 (neutre)	Il sera de bonne compagnie pour boire.
1 (content)	Il fournit des informations sur les habitants de l'île, et sur la géographie des implantations.
2 (amical)	Il insistera pour jouer de l'argent avec un Héros lors d'une des activités de la fête, même s'il est désavantagé.

LIEUX

ATLOY

Atloy est l'île principale, siège du pouvoir de Bard.

Sur la côte Nord se trouve la Skali de Bard, composée de sa maison, le grand Hall de festin, la maison
de ses thralls, une forge, plusieurs granges, et les docks. Les principaux exports d'Atloy sont le bois, le
bétail et les esclaves. Les fermes étaient autrefois un facteur important de l'économie d'Atloy, mais avec la
tombée de Fimbulvinter, tous les champs ont été enterrés sous plusieurs pieds de neige.

Au sommet de la montagne de l'île se trouve le sanctuaire dédié à Baleygr, le Vaettir qui protège les
terres d'Atloy et les îles avoisinantes. Bard y fait des sacrifices réguliers, pour rester en bons termes
avec Baleygr. A côté du sanctuaire pousse un frêne; malgré Fimbulvinter, il est resté en vie, comme un
témoignage du pouvoir de Baleygr et de sa présence. Sur une des branches basses, un noeud coulant
attend le Blot (Sacrifice de Sang) que Bard apporte à Baleygr tous les mois.

SAUDOY

Saudoy est une seconde île, plus petite, située au nord ouest d'Atloy. Saudoy fut autrefois une zone de pâturage verdoyante pour le bétail, mais a été abandonnée après la tombée de l'hiver éternel. Cette île joue un rôle central dans la Scène 4 de la saga.

TRÉSORS

BOTTES D'EGIL

Egil fabriqua ses bottes dans sa jeunesse, lorsqu'il explorait les arts Skalds et de la forge. Elles sont composées de peau d'animal, mais ornées de plaques de métal. Les bottes lui accordent un bonus de +1 Esquive, ainsi qu'un bonus de +3 Déplacement s'il est sous l'effet d'un sort de chanson. Ces deux effets sont des Pouvoirs Passifs, et n'ont pas besoin de runes pour être activés.

CROC DE RENARD

Croc de Renard est un collier avec un pendentif d'argent en forme de dent. Ce médaillon possède un enchantement, qui octroie +1 dans la Compétence Pistage au porteur. Il appartient à Egil, et il l'offrira à la personne qui se lie le premier d'amitié avec lui pendant le banquet.

FORGE DE THISTILLBARDI

Les produits de Thistillbardi sont de qualité exceptionnelle. Toutes les armes tranchantes ou perçantes qu'il fabrique possèdent une lame très affûtée, qui octroie +2 Perçage. Ses armes contondantes possèdent un poids supplémentaire, qui octroie +1 dégât. Les armures qu'il produit sont également de grande qualité. Ses armures de cuir possèdent un bonus de Parade de +2, et ses armures de métal un FP de +1. Il vend ses produits à trois fois le prix du marché (page 299).

DÉBUT DE LA SAGA

Les Héros voyagent depuis Halogaland vers l'Islandia, lorsqu'ils sont pris dans une féroce tempête de neige. Leur petit Drakkar Knorr risque de se retourner, et ils sont forcés de jeter l'ancre sur une petite île appelée Atloy. Alors qu'ils débarquent, Baldri les accueille: il est mal vu de refuser des invités potentiels à un festin prévu pour un Roi et un Vaettir.

SCÈNE 1: L'ARRIVÉE.

Instructions pour le Norn: lisez à voix haute aux joueurs...

Vous êtes tous amis, et êtes partis chercher gloire et fortune depuis la tombée de Fimbulvinter. Le Soleil et la Lune ne sont plus, et la nuit éternelle étant tombée, vous avez abandonné vos anciennes professions. Vous avez entendu parler de l'île d'Islandia, à l'Ouest, devenue une lueur d'espoir pour votre peuple. Un lointain parent vous a fait passer le mot: vous devriez venir et tenter votre chance, car l'Islandia est le nouveau visage de la prospérité

Alors que vous faites voile depuis Halogaland, votre petit navire est pris dans une féroce et mortelle tempête de neige. Ne voulant pas risquer de chavirer dans des eaux mortellement froides, vous mettez le cap au sud, vers une île appelée Atloy. Vous savez qu'un Jarl bien connu appelé Bard vous accueillera pour la nuit, et vous permettra de vous mettre à l'abri des vents glacés qui hurlent sur l'océan. Vous naviguez vers les lumières au sud, et amarrez votre Knorr aux dock.

A votre grande surprise, la ferme de Bard est décorée, et prête pour des festivités. Même les travailleurs des docks portent leurs meilleurs habits. Votre navire est amarré, et un homme nommé Baldri vous demande si vous êtes là pour les festivités.

Les joueurs peuvent maintenant commencer le jeu de rôle, et débuter la conversation avec Baldri. Si les joueurs disent qu'ils sont là pour le festin, Baldri suppose que c'est vrai, et les escorte vers le Hall de banquet pour voir Bard. S'ils expliquent leur situation, Baldri est satisfait, et les emmène voir Bard pour savoir ce que son seigneur dira.

Instructions pour le Norn: lisez à voix haute aux joueurs...

Vous êtes escortés au delà de l'entrepôt du port, passez à côté de la forge, vers le coeur de la ferme. Là, une salle de banquet énorme déborde d'activité, alors que les thralls effectuent les derniers préparatifs pour le festin imminent. Des tentes à l'extérieur sont attachées avec des poids supplémentaires, afin de supporter la tempête. Baldri vous présente à Bard, le Jarl d'Atloy, qui est surpris de vous voir.

Les joueurs ne sachant pas qui sont les invités officiels (sauf s'ils sont parvenus à apprendre cette information de Baldri), Bard les acceptera bon gré mal gré comme invités de dernière minute inattendus, et les enverra vers l'extérieur du Hall, où des tentes ont été montées pour abriter leurs occupants du vent et du froid arctique. Les Héros peuvent interagir avec les thralls qui servent nourriture et boisson. Si on leur demande ce qu'il se passe ce soir, ils répondront:

Vous êtes arrivés ici à Atloy pour une nuit très spéciale! Le Roi Erik Hache-Sanglante et sa Reine Gunnhild vont arriver, afin d'honorer Bard, et de l'accompagner au Blot pour le Vaettir de ces terres.

Les Héros sont installés dans les tentes, et on leur offre du fromage en grains et du vin coupé à l'eau. Ils sont libres de socialiser avec les autres invités imprévus et de se promener. Dans l'heure, deux autres navires arrivent au port. Le premier a pour équipage Olvir et son groupe d'une douzaine d'hommes. Parmi eux se trouve Egil, une homme robuste de plus de 2m10 qui domine tous les autres. Ils sont tous conduits vers la même tente que les Héros, et on leur offre un abri contre la tempête. Bard s'excuse auprès des deux groupes de ne pas avoir meilleure nourriture ou boisson à leur offrir.

Enfin, le troisième navire arrive: c'est le Roi Erik Hache-Sanglante et ses hommes. Le navire est un Drakkar majestueux, pouvant contenir 140 Vikings. Bard les accueille personnellement sur les docks, et les conduit tous dans le Hall de banquet.

Le groupe d'Olvir se vexe de l'hospitalité basique qui leur est accordée, alors que parviennent les odeurs merveilleuses émanant du grand Hall. Egil se fait particulièrement entendre, et exprime bien son mécontentement à tous les thralls et les gardes circulant dans les tentes. Les mots d'Egil touchent particulièrement les gens, étant donné qu'il est adepte des arts Skalds.

Peu après que le Roi et ses hommes se soient installés dans le Hall, Erik pose des questions sur les gens dans les tentes. Aussitôt qu'il apprend qu'un thane de Thorir (Olvir) est sur l'île, il demande à Bard d'inviter Olvir et son groupe dans la salle de banquet, et les fait installer sur une table d'honneur, de l'autre côté du Hall, en face de la table royale. Si les Héros sont en bons termes avec le groupe d'Olvir, ils peuvent également entrer dans le Hall; sinon, ils doivent trouver un autre moyen d'y entrer.

S'ils choisissent de ne pas entrer dans la salle de banquet, les événements et activités de la scène 2 peuvent être ajustés. Alors que la saga se poursuit en scène 3, les Héros en seront témoins depuis une perspective différente.

Présage: Pendant le voyage en mer ou leur séjour sur l'île, les Héros sont témoins d'un présage. Un éclair frappera quelque chose, et le détruira entièrement. C'est au Norn de décider ce qui se passera, et quand cela arrivera. Lorsque l'éclair frappera, le Norn indiquera que les Héros trouvent étrange de voir des éclairs au beau milieu d'une tempête de neige: ils pourront décider d'effectuer un test de Compétence Signes et Présages. Si oui, la Difficulté est *Facile [2 S]*. S'ils réussissent, ils en déduiront que dans un futur proche, la colère et la fureur conduiront à la mort et à la destruction.

Pour effectuer un test de Compétences:

1) Chaque participant doit consulter sa Destinée (tirer un nombre de runes égal à son score d'Essence depuis la pile Essence vers la pile En Main, ainsi que la Rune du Vide, de la pile du Vide vers la pile En Main.

2) Pour chaque niveau qu'un Héros possède dans la Compétence Signes et Présages, la difficulté est diminuée de 1.

3) Comme c'est un test Spirituel, chacun déplace ses runes Spirituelles de la pile En Main vers la pile En Jeu. Pour chaque rune déplacée de cette façon, la difficulté diminue de 1. Le Norn doit rappeler aux joueurs qu'ils peuvent transformer des runes (voir page 91).

4) Quiconque a réduit la Difficulté à 1 reçoit un vague indice. Ceux qui la réduisent à 0 ou moins comprennent l'intégralité du présage.

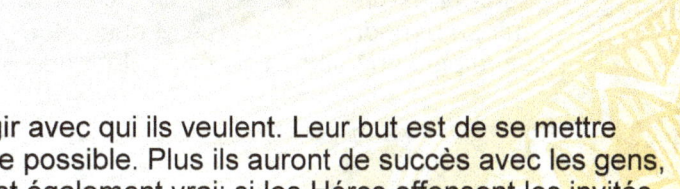

SCÈNE 2:
LA FÊTE.

Lors des réjouissances, les Héros sont libres d'interagir avec qui ils veulent. Leur but est de se mettre dans les petits papiers d'autant d'invités d'honneur que possible. Plus ils auront de succès avec les gens, plus ils pourront en tirer des informations . L'inverse est également vrai: si les Héros offensent les invités d'honneur, ils recevront moins d'informations dans les scènes 3 et 4 de la saga.

Si les Héros sont entrés dans le Hall (soit avec le groupe d'Olvir, soit d'eux-mêmes), ils assistent au rituel d'ouverture de la fête:

Instructions for Norn: Read out loud to the players…

Vous vous réchauffez auprès des grands feux répartis au milieu de la salle. Au dessus de ces feux, des chaudrons sont remplis de ragouts de viande et de poissons, dont l'odeur vous fait saliver. Bard frappe sur un bouclier avec une épée cérémonielle pour faire taire les invités, le Roi étant sur le point de lancer les festivités.

Lorsque les invités se sont tus, et prêtent attention au Roi, Erik Hache-Sanglante soulève une énorme corne remplie d'hydromel, et proclame: "Qu'Odin nous accorde la victoire!": Il vide sa corne en une seule fois, et tout le monde crie de joie. Pendant qu'on la remplir à nouveau, chaque invité vide la sienne. Le Roi continue avec la seconde bénédiction: "*Que Njord guide nos navires!*", et tout le monde vide sa corne après une autre clameur. La cérémonie se termine par la dernière bénédiction, qui élicite le plus grand cri de joie de tous: "*Que Freya nous accorde quantité de belles femmes!*".

Les invités se séparent alors en plus petits groupes, circulant et interagissant de table en table. Les Héros sont libres de discuter avec n'importe quel Habitant. S'ils sont perdus ou trop timides, le Norn peut faire en sorte que les Habitants fassent le premier pas. Les Héros seront aussi invités à participer à certaines des activités qui vont se produire dans le Hall.

ACTIVITÉS

Le Blot pour Baleygr

A un point pendant les festivités (décidé par le Norn), Bard, Erik Hache-Sanglante, Baldri, Vornir et un petit groupe de gardes et d'autres invités quitteront la salle de banquet et se dirigeront vers le sanctuaire du Vaettir de l'île. La tempête de neige fait rage au dehors, et la visibilité est très réduite (environ 7m). Le groupe suivra un chemin tortueux et traître, parcourant la plus grande montagne d'Atloy. Le voyage complet prend 2h30 (2h de voyage aller-retour, et 30 minutes pour la cérémonie).

Au sommet, une butte de pierres est dressée, pour accueillir le bûcher sacré. A côté, un très vieux frêne toujours en vie, alimenté par l'essence du Vaettir. Un noeud coulant pend d'une des branches. Lorsque la cérémonie débute, le bûcher est allumé, envoyant une colonne de fumée blanche vers la nuit sans lune. Un chant débute, alors qu'un esclave drogué est amené pour le sacrifice. Il est pendu à l'arbre, et transpercé d'une lance cérémonielle consacrée à Odin. Le sang est collecté sur des branches de pin bénies, utilisées par un Godi (prêtre) pour asperger de sang le public assemblé et la neige, en cercle autour de la butte sacrée.

Enfin, les branches sont jetées dans les flammes, alors que l'assemblée exige collectivement la bénédiction du Vaettir. Les participants entourent la butte de pierre et frappent leurs armes sur la roche en rythme.

Les Vikings ne supplient pas, et n'espèrent pas une bénédiction: ils l'exigent, et vont la chercher! Leurs modèles, comme Odin, leur ont montré la voie: Odin n'a pas demandé à Ymir sa bénédiction, il l'a tué et pris ce qu'il voulait. Les Dieux et les Jotuns ne veulent pas des faibles au Valhalla, ils ne veulent que les guerriers braves et héroïques!

"Père de toute chose! Sanctifie cette offrande, que nous faisons en ton nom au roi de la butte. Tu as chevauché Yggdrasil pendant neuf nuits pour arriver à la transcendance. Baleygr, Baleygr, BALEYGR, accepte notre sacrifice de sang, et octroie nous la sagesse, le courage, et l'Hamingja afin d'écourter les ténèbres de nos jours! Entends nous... Entends nous, ENTENDS NOUS!"

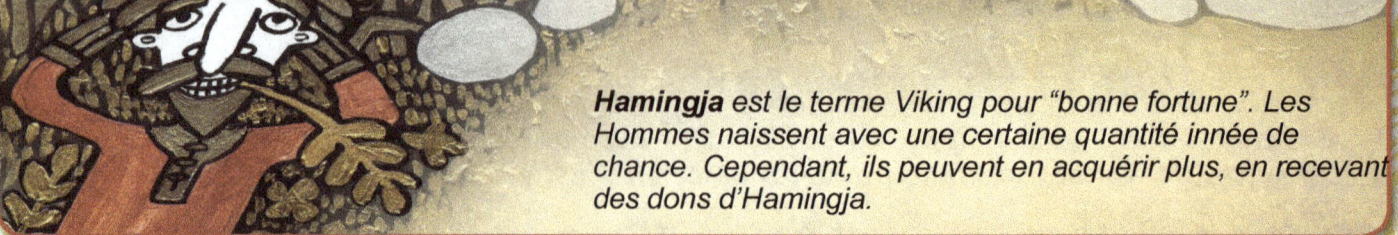

Hamingja est le terme Viking pour "bonne fortune". Les Hommes naissent avec une certaine quantité innée de chance. Cependant, ils peuvent en acquérir plus, en recevant des dons d'Hamingja.

La congrégation retourne alors aux festivités dans la salle de banquet.

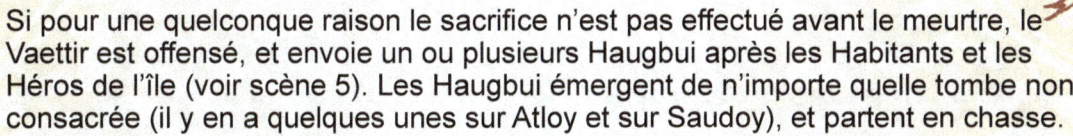

Si pour une quelconque raison le sacrifice n'est pas effectué avant le meurtre, le Vaettir est offensé, et envoie un ou plusieurs Haugbui après les Habitants et les Héros de l'île (voir scène 5). Les Haugbui émergent de n'importe quelle tombe non consacrée (il y en a quelques unes sur Atloy et sur Saudoy), et partent en chasse.

Baleygr est un Vaettir ancien et susceptible, qui croit que tout sang versé cette nuit devrait l'être en son honneur. Une fois que 10 personnes ont été tuées, les Haugbui retournent à l'endroit de leur repos éternel. Si les joueurs débutent, le Norn ne devrait pas utiliser plus d'un Haugbui à la fois, car ce sont des ennemis terrifiants.

Le Jeu à Boire du Bragaful ("Serment, Vantardise ou Toast")

Les Héros peuvent être invités à une table, avec des invités participant au rite social du Bragaful. Ce jeu à boire implique que tout le monde dise un serment, une vantardise, ou porte un toast. A chacun des trois tours de boisson, chaque participant doit se lever, et déclarer l'un des trois. A la fin des tours, chacun doit avoir déclaré les trois.

Voici quelques serments, vantardises et toasts que le Norn peut utiliser pour les participants.

Serment	Vantardise	Toast
Je jure par les Dieux que ma vie est dévouée à mon seigneur!	Dans une embuscade avec des bandits l'année dernière, j'ai été percé de cinq flèches, et j'ai trouvé et tué les bâtards avant de les retirer!	Je propose un toast à notre hôte, Bard, pour cette fête inoubliable!
Par le marteau de Thor, je jure de mourir au combat, et de chevaucher au Valhalla sur les ailes des Valkyries!	Lorsque je voyageais à travers les étendues glacées de Svalbard, j'ai tué une familles de trolls des glaces!	Un toast à Erik Hache-Sanglante, qu'il règne jusqu'à ce que ses enfants soient vieux!
Par les âmes de mes ancêtres, je vengerai la mort de mon frère!	Je coucherai avec trois servantes avant le matin!	Je porte un toast aux Dieux, puissent les murs d'Asgard supporter la furie des Jotuns!

Si le Norn juge qu'un Héros a été créatif dans son serment, sa vantardise et son toast, il peut recevoir +1 Sympathie avec les Habitants clés qui ont participé à ce jeu avec eux.

Le Jeu des Tresses

Jeyne est emprisonnée dans un pilori, et certains invités ont été conviés par Thistillbardi à participer au jeu des tresses. Il fournit ses produits comme instruments pour le jeu, et Jeyne débute avec neuf tresses. Quiconque veut participer doit tenter sa chance en effectuant un test de Compétence d'Athlétisme. Certains joueurs peuvent argumenter en faveur d'un test de Compétence Jouer, car le jeu est similaire à du jonglage. C'est au Norn de décider si des Compétences alternatives peuvent être utilisées, si le joueur est convaincant.

Les Héros et Habitants consulteront leur Destinée (avec la Rune du Vide), et compteront le nombre de runes Physiques qu'ils ont tiré (voir également transformation de runes, page 91). Si aucune rune Physique n'est tirée, Jeyne sera tuée par le lancer. Pour réussir un lancer, la difficulté augmente progressivement (puisqu'il y a de moins en moins de cibles). Si Jeyne est tuée, son corps est emporté pour des funérailles rapides. Si elle survit, elle quitte le groupe, et peut être trouvée dans les quartiers des Thralls.

Nombre de tresses restantes	Difficulté
6-9	Modéré [3 P]
3-5	Difficile [4 P]
1-2	Improbable [5 P]

Défis du corps et de l'esprit

Vornir défiera les Héros à des matchs de bras de fer, ou des parties de Hnefatafl (échecs Vikings). S'il a l'impression que les forces sont équilibrées, il pourra même mettre 5 skatts en jeu. Utilisez la Compétence Bagarre pour le bras de fer, et la Compétence Boire/Séduire pour le jeu d'échecs. Un test de Compétence opposé déterminera le vainqueur.

Test de Compétence opposé pour le Bras de Fer:

1) Chaque niveau des Compétences Bagarre ou Boire/Séduire ajoute des succès automatiques, égaux au niveau.

2) Les deux participants consultent leur Destinée (avec la Rune du Vide), et comptent le nombre de runes Physiques (pour le Bras de Fer) ou Mentales (pour le Hnefatafl), et ajoutent un succès pour chaque rune du Trait correspondant tirée.

3) Le participant ayant généré le plus de succès remporte la victoire!

Sinon, si vous possédez un vrai jeu de Hnefatafl, n'hésitez-pas à en faire une partie en temps réel!

NIVEAUX D'ÉBRIÉTÉ.

Alors que les festivités continuent, et que les Héros boivent de plus en plus, les tests de Compétence seront plus difficiles. Le Norn peut utiliser ce tableau pour déterminer les pénalités dues à l'état d'ébriété du Héros.

Niveau d'ébriété	Effet
Sobre	Aucun
Pompette	Difficulté des tests de Compétence +1
Ivre	Difficulté des tests de Compétence +2, Destinée -1, bonus de dégâts +1
Ivre mort	Inconscient

Pour chaque rang de Compétence Boire/Séduire, ignorez un niveau de pénalités.

Exemple: Le Héros de Sofia est "Ivre", mais possède 1 niveau de Compétence Boire/Séduire, et ne subira donc que les pénalités associées avec "Pompette".

338

SCÈNE 3:
LE MEURTRE.

Alors que la nuit s'écoule, la langue d'Egil se délie. Ses talents de Skald lui permettent de capturer l'attention du public à chaque accès de colère. Il commence par exprimer très ouvertement son dédain pour la façon dont il a été traité lorsqu'il est arrivé.

> *Vous avez dit à l'ennemi des femmes-trolls*
> *que vous n'aviez plus rien à boire.*
> *En apaisant les déesses, vous nous*
> *avez trompé, blasphémateur*
> *de sépultures. Vous avez caché vos*
> *pensées juste par malveillance*
> *aux gens que vous ne connaissez pas,*
> *Bard: vous nous avez joué un sale tour.*

Bard est rendu de plus en plus furieux par les accès d'Egil. Il essaie de raisonner avec lui, mais les déclarations deviennent de plus en plus fortes, et de plus en plus colorées. La reine Gunnhild remarque la frustration de Bard, et le convoque à sa table. Elle sait tout d'Egil, et de l'histoire de sa famille, et les déteste tous malgré qu'elle ne les aie jamais rencontré.

Ensemble, elle et Bard ourdissent un plan pour empoisonner Egil, espérant mettre fin à la lignée Kvedulf. Gunnhild utilise ses arts des arcanes pour empoisonner les boissons que Bard sert à Egil et à son compagnon de beuverie, Olvir. Bien qu'il n'y ait aucune inimitié entre Gunnhild et Olvir, la reine veut être sûre qu'Egil sera bien empoisonné, et est disposée à accepter des dégâts collatéraux. Si un des Héros boit avec Egil, une boisson empoisonnée lui sera également servie.

Si un joueur est empoisonné:
Les effets sont sinistres, et donnent à la mort l'apparence des effets naturels d'un excès d'alcool. Les effets ralentissent le corps et l'esprit, résultant en une pénalité de Destinée de -1 pour les deux premières heures. Après cela, la mort vient rapidement, la victime devant effectuer un Sacrifice Ultime +1 toutes les 10 minutes.

Au lieu d'utiliser une servante, Bard lui-même amène les boissons à la table d'Egil. Celui-ci est immédiatement suspicieux, surtout car il réalise qu'il a calomnié son hôte toute la soirée. La nuit précédente, alors qu'Egil dormait, un présage lui est venu, avec un avertissement, disant que quelqu'un désirait lui faire grand tort. Alors que Bard se tient à côté de lui avec les boissons, Egil décide d'utiliser son entraînement de Galdr pour invoquer une incantation runique lui permettant d'identifier les menaces. Il grave la rune sur la corne, et l'asperge de son sang: la corne à boire se brise, indiquant un danger mortel. Armé de cette preuve, Egil s'assure que ses partenaires de beuverie ne boivent plus rien, et quitte la salle de banquet après une dernière tirade:

Ta présence d'esprit s'est évanouie, hôte, fléau des sourires! Maintenant, la pluie des hauts dieux va commencer à tomber sur ta personne!

Egil entraîne ses compagnons avec lui lorsqu'ils s'en va, incluant tout Héros qui buvait avec lui. En proie à la panique, Bard ramasse une des cornes empoisonnées intactes, et le suit. Sortant dans les ténèbres et la tempête, Bard fait semblant d'être amical, et insiste pour qu'Egil trouve en son coeur le pardon, et boive une dernière corne avant de partir. La colère d'Egil prend le dessus: il tire son épée, et transperce le coeur de Bard! Olvir, choqué, s'évanouit à côté du corps de Bard, alors qu'Egil fuit dans les ténèbres.

Ce qui se produit ensuite dépend de l'endroit où les Héros sont à ce moment, et de ce qu'ils ont choisi de faire.

- S'ils étaient avec Egil, ils peuvent fuir avec lui, essayer de le capturer, ou observer alors que les autres découvrent la scène du crime.

- S'ils étaient dans le Hall, à boire avec les autres, ils sont alertés alors que l'alarme est donnée par une servante Thrall, qui a découvert les corps dans la neige.

Lorsque le Roi apprend la nouvelle de la mort de Bard, il est furieux, et ordonne à ses gardes de bloquer le port, les tentes, et la salle de banquet. Il conduira une enquête, et enverra ses gardes trouver le ou les coupables.

Il parviendra probablement à découvrir que c'est Egil qui a tué Bard. Il est possible, bien que peu probable, que les événements désignent un autre coupable (par exemple, si un Héros s'est mis en froid avec beaucoup d'invités et était avec Egil au moment du crime, il pourrait paraître plus suspect que lui!). Si cela se produit, le Norn utilisera son imagination pour improviser le reste de la saga.

Que faire si les joueurs ont été éjectés de la fête:
Si un ou plusieurs Héros ont gravement insulté leur hôte ou des invités importants, et qu'ils se sont fait exclure des festivités lors de la scène 2, ils passeront le reste de cette scène sous bonne garde (ils peuvent essayer de s'échapper), ou bien à errer/explorer dans la ferme.

Le Norn peut faire revenir ces Héros de plusieurs façons dans l'histoire: les Héros peuvent par exmple se trouver au bon endroit au bon moment lorsqu'Egil fuit le Hall, ou bien ils peuvent tomber sur lui lors de sa fuite autour d'Atloy, lorsqu'il recherche un bateau pour échapper à ses poursuivants. Autrement, on peut demander au Héros d'aider à examiner la scène de crime, et de se joindre à la poursuite de l'assassin.

SCÈNE 4: LA FUITE.

Egil réalise immédiatement la gravité de la situation, et sait qu'il doit s'échapper de l'île. L'accès au port est bloqué par une force considérable de gardes du Roi et de Bard. Un bateau est sa seule option pour s'enfuir, il va donc faire le tour de l'île à pied, se dirigeant vers l'ouest, cherchant n'importe quel petit bateau amarré à la côte.

Si des Héros sont avec lui, ils peuvent influencer son choix de direction. S'il est seul, il se dirige vers l'ouest, jusqu'à tomber sur un petit hameau de pêcheurs situé en face de l'île de Saudoy. Alors qu'il approche, on peut voir que les habitants sont terrorisés par un Haugbui en colère. En utilisant le chaos de cette situation à son avantage, Egil court vers la plage, et trouve un bateau de pêche pris dans la glace. De quelques puissants coups d'épée, il le libère, et met le cap vers la pleine mer, avec rien de plus que les étoiles pour le guider.

Aider les habitants:

Même si les joueurs sont alliés avec Egil, ils peuvent faire des bonnes actions pour les citoyens d'Atloy. Chaque action de ce type sera vue favorablement par le Roi si les Héros le croisent dans le futur. De plus, leur châtiment pourra être moindre si les habitants d'Atloy parlent en faveur d'Egil et des autres.

Lorsqu'il a libéré le bateau de la glace, Egil a malheureusement endommagé la coque. Après quelques minutes, le bateau commence à se remplir d'eau glacée. Réalisant qu'il est maintenant plus proche de Saudoy que d'Altoy, il met le cap sur cette grappe d'îles inhabitées.

Il parvient à Saudoy, et commence à explorer l'île, cherchant un abri. Il est trempé et frigorifié: les éléments peuvent très facilement entraîner la mort pendant Fimbulvinter. Après quelque temps, il découvre des maisons et des granges, abandonnées depuis que l'île ne peut plus servir de pâturage pour le bétail. Il s'abrite, et après avoir allumé un petit feu, parvient à sécher ses vêtements et à se réchauffer suffisamment pour éviter toute maladie.

Une fois sec et au chaud, Egil se met à chercher des outils et des matériaux pour réparer son bateau. Si ses poursuivants prennent trop de temps, Egil parviendra à s'échapper.

SCÈNE 5:
LA CHASSE.

Sur l'île d'Atloy, lorsqu'Olvir reprend conscience, lui et ses hommes sont longuement interrogés à propos d'Egil. Tout le monde répond honnêtement, et ils sont tous jugés non coupables du meurtre de Bard par le Roi. Celui-ci suppose qu'Egil est le seul coupable. Il ordonne à ses gardes encore sobres de fouiller la ferme, et de surveiller le port. Erik prévoit d'attendre quelques heures, afin de laisser à son entourage le temps de déssouler, puis de se mettre à chasser Egil à travers l'île.

Le Roi offrira une bonne récompense pour le retour d'Egil, et probablement des objets de grande valeur. Plus d'information dans la section "Possessions personnelles du Roi Erik Hache-Sanglante, page 347".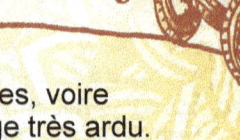

En fonction de la vitesse d'organisation de la chasse, les traces d'Egil pourront être difficiles, voire impossibles à suivre. La tempête de neige et les ténèbres perpétuelles rendent son pistage très ardu. C'est au Norn de décider de la Difficulté des tests de Compétences Pistage du groupe de poursuite. Il est néanmoins conseillé d'augmenter cette difficulté de 1 par heure qui passe, en commençant par **Modéré [3P]** pour un groupe qui part quelques minutes après le départ d'Egil.

Si les Héros font partie du groupe de chasse, ou en ont formé un autre, ils rencontreront des difficultés pour parcourir l'île dans la forte tempête de neige. A l'intérieur des terres, ils devront réussir un test d'escalade (Compétence Athlétisme) pour parcourir cette région montagneuse. La Compétence Navigation jouera également un rôle important, pour éviter aux Héros de perdre trop de temps ou de se perdre. S'ils se mouillent dans un des lacs, rivières ou zones côtières, ils devront effectuer un test de Survie dans la Nature Sauvage pour éviter l'hypothermie. Un échec conduira à une mort lente (Sacrifice Ultime +1 toutes les 30 minutes), à moins que le Héros soit amené dans un endroit chaud à temps. La Difficulté de ces tests doit être décidée par le Norn, en fonction des conditions décrites.

Quelques femmes d'Atloy

Bara la couturière

Gnissa la bouchère

Molda la brasseuse

Ryg, femme de Lut

Quelques Hommes d'Atloy

Eggmoinn le bûcheron

Hepti le pêcheur

Lut, l'ancien du village

Veigr l'orphelin

Des hameaux de pêche, d'élevage ou de coupe de bois sont éparpillés dans Atloy, tous jurant allégeance à Bard et au Roi. Ils aideront tous les voyageurs accompagnés de membres de l'entourage de l'un ou l'autre. Si les Héros sont seuls, par contre, la plupart des gens ne seront pas coopératifs, et très suspicieux, offrant une réception glaciale aux voyageurs.

Le Norn peut utiliser cette opportunité pour une première bataille, s'il n'y en a pas encore eu. Les résidents de ces communautés peuvent en effet lâcher leurs chiens afin de chasser les aventuriers de leur village.

Le groupe de poursuite finira ensuite par arriver au hameau où Egil a volé le bateau. S'ils posent assez de questions aux membres de cette communauté, quelqu'un finira par leur dire qu'ils ont vu un très grand homme prendre un bateau, et se diriger vers la pleine mer. Le Roi, furieux, enverra des navires contrôler chaque île entourant Atloy, les fouillant dans leurs moindres recoins.

Les Héros peuvent choisir de poursuivre Egil, ou de l'aider à s'échapper. Ils peuvent même commencer par le pourchasser, puis changer d'avis après l'avoir rattrapé. Il n'y a pas de bonne ou de mauvaise conclusion à cette histoire, les joueurs sont donc libres de la faire évoluer comme ils le veulent.

Résumé du Combat:

Les Combattants sont tirés au hasard pour déterminer l'Initiative. Les tours de combat débutent, et se décomposent en 4 phases:

1- Initiative

2- Entretien

3- Actions

4- Fin de Tour

Les tours de combat continuent de la sorte jusqu'à la victoire de l'un des deux camps.

Chien de chasse:

Niveau:	3	
Essence:	1	
Destinée:	1	
Taille/Déplacement:	2/12	
Action d'Attaque: Morsure	FD+2 Physique, Perçage +2, Portée +1	
Pouvoir Actif: Attaque plongeante	Effectuez un Déplacement, puis une Attaque	
Pouvoir Passif: Pied Léger	Déplacement +1	
Compétence: Perception	Niveau 1	
Quadrupède	Déplacement x2, ne peut pas manier d'arme	

La gratitude d'Egil: si les joueurs pensent aider Egil, il essaie de les convaincre en offrant une récompense de son cru. Il offre 300 skatts à chaque Héros, la bienvenue en Islandia, et quelques concoctions d'un ami Druide. Chaque joueur recevra une potion de chaque type.

- **Potion de Soin:** Soin +9
- **Potion de Vitesse:** Destinée +1 pour le tour de combat suivant
- **Potion de Camouflage:** Octroie +1 à la Compétence Furtivité pendant une heure

Si le Blot pour le Vaettir n'a pas eu lieu, Baleygr exige dix fois rétribution, et la scène de la poursuite sera hantée par des Haugbui (voir page 206), envoyés par le Vaettir en colère. Les Haugbui n'auront d'autre but que de tuer dix personnes d'Atloy et des îles avoisinantes. Une fois que 10 victimes auront été faites, les Haugbui retourneront à leurs tombes.

Si les Héros arrivent à Saudoy dans un temps raisonnable (décidé par le Norn), ils pourront interagir avec Egil.

Egil a trouvé refuge dans des bâtiments abandonnés, et répare son navire.

Lorsqu'ils trouvent Egil, les Héros ont quelques options:

- S'ils décident de fuir Saudoy avec Egil, la saga se termine, et vous pouvez passer à la Conclusion (page 348).

- Ils peuvent tenter de le convaincre d'affronter la justice, lui permettre de partir, ou le défier en combat. Il est assez improbable qu'Egil fasse marche arrière pour affronter la justice. Les Héros devront être extrêmement persuasifs pour cela, et tout test de Manipulation Verbale sera au minimum de Difficulté **Improbable [5 M]**. La famille d'Egil a subi beaucoup d'injustices, et il n'espère pas de procès équitable de la part du Roi. Pour Egil, se rendre équivaut à un suicide.

Ma Destinée ne s'achève pas ce jour:
j'entends les pleurs de mes compatriotes,
et vivrai pour assouvir ma vengeance
sur Erik le Maudit et sa conjointe.

- Si l'option de combat est choisie, ils se battront jusqu'à ce qu'Egil n'ait plus que 2 runes dans son Essence, et celui-ci se rendra. S'il se rend, il retournera auprès du Roi pour faire face à la justice. Cependant, Egil est un adversaire formidable, et il y a de bonnes chances que le combat entraîne la mort d'un Héros. Si un Héros meurt au service du Roi, Erik Hache-Sanglante l'aidera à rejoindre les Cieux, et lui offrira des funérailles aussi grandioses que Bard (voir scène 6: les funérailles de Bard).

  Si les Héros se rendent pendant ce combat, Egil acceptera leur reddition, et s'en ira. Si cette situation se produit, il est recommandé que le Norn continue d'utiliser Egil comme ennemi principal dans de futures sagas.

Lorsqu'Egil revient auprès du Roi, il y aura procès. Egil plaide qu'il a été très gravement insulté par Bard, et que la mort de celui-ci était prévue par les Nornes - une destinée à laquelle ni l'un ni l'autre ne pouvaient échapper. Il implore Erik de réfléchir à cela, et de consulter Thorir en tant que témoin de son intégrité.

Les Nornes tissent les brins de mon âme;
mes actions vivent dans le coeur de Thorir.
Le Roi Erik est de nature généreuse,
lié à la justice de Forseti.

Il y a une chance pour que le Roi accepte cette option, car il a beaucoup de sympathie pour Thorir. Le Norn doit décider d'un Trait, et de tirer aléatoirement une rune d'un sac plein (donc 33% de chances de tirer le Trait désigné). Si le Roi n'accepte pas cette solution, Egil tente de lui offrir le weregild (paiement pour la mort de Bard). Erik a 66% de chances d'accepter ces termes, et demandera une somme déraisonnable de 10000 skatts. Si cette offre est rejetée par le Roi, Egil exige un duel: une chance de prouver son innocence en combattant un champion choisi par le Roi.

D'après les lois établies par le père d'Erik, le Roi est obligé d'autoriser cette résolution possible du procès. Le Roi demandera alors un champion: un des Héros peut se porter volontaire. Si aucun d'entre eux ne le fait, Erik désigne un de ses gardes pour le duel, qui se fera aisément vaincre par Egil. Si un Héros se porte volontaire mais meurt, Erik Hache-Sanglante l'aidera à rejoindre les Cieux.

SCÈNE 6:
LES FUNÉRAILLES DE BARD

Le Roi Erik Hache-Sanglante admirait beaucoup Bard. Quelqu'ait été le destin d'Egil (mort, capture ou fuite), il organisera des funérailles très élaborées pour Bard. Ses hommes aideront le forgeron à construire un navire qui servira de bûcher funéraire, et il demandera à Vargeisa, l'Ange de la Mort qui voyage avec lui, de présider la cérémonie.

Vargeisa est une jeune Ange de la Mort, qui a suivi les traces de sa mère en entrant au service de Hel, maîtresse de Niflheim. Ses devoirs sont d'aider les âmes à éviter Niflheim, en effectuant les bons rites funéraires. Le mort ne peut petre évitée, mais une vie héroïque augmente les chances que les Dieux ou les Jotuns envoient leurs Valkyries récupérer l'âme d'un mort.

Vargeisa prépare d'abord le corps de Bard. Elle le baigne, et l'imprègne d'huiles et de peintures sacrées. Elle habille Bard avec ses plus beaux vêtements, et le place au centre du navire. Ensuite, elle dispose ses armes et son armure à côté de son corps, murmurant une rapide incantation pour chaque objet. Elle ordonnera ensuite aux thralls qui rejoindront Bard dans l'au-delà de boire l'hydromel sacré, auquel elle a ajouté des ingrédients spéciaux, afin de les préparer et d'ouvrir leurs âmes à l'au-delà. Enfin, après que les esclaves aient reçu les paroles et les meilleurs voeux des amis de Bard, ils montent à bord du navire. Vargeisa met alors fin à leurs jours, et les allonge aux côtés de Bard.

Elle bénit le charbon des flammes qui consument le navire cérémoniel. Tous les amis et serviteurs de Bard assistent aux funérailles, et voient le navire et tout son contenu partir en fumée.

Si un des Héros a été tué après avoir accepté d'aider Erik, il aura également droit à des funérailles: Vargeisa, suivant les instructions du Roi, effectuera une cérémonie funéraire complète pour le Héros du joueur (incluant esclaves et thralls de dernière minute).

Si l'un des joueurs envoie avec succès son personnage dans les Cieux (voir au-delà page 151), une Valkyrie viendra le chercher alors que son corps se consume. S'il vénérait les Dieux, son âme sera envoyée au Valhalla. S'il vénérait les Jotuns, son âme ira à Glassisvellir. Si le Héros n'a pas d'allégeance fixe, le Norn décidera de la Valkyrie qui se montre. Dans de rares cas, deux Valkyries peuvent arriver, auquel cas elles se battront pour l'âme (pas jusqu'à la mort, mais jusqu'à ce qu'il y ait une gagnante manifeste).

Instructions pour le Norn: lisez à voix haute aux joueurs si l'un d'entre eux est mort et a subi des funérailles...

Tu regarde vers le bas, et vois ton propre corps: tout est baigné de flammes incandescentes. Tu ne ressens ni chaleur ni douleur, et le monde des mortels est devenu gris et distant. Tes Thanes s'élèvent de leurs corps, et rassemblent tes possessions, te donnant ton équipement de bataille. Tu entends le chant de bataille distant des Valkyries. Alors que la chanson s'intensifie, tu vois une jeune fille blonde, chevauchant un destrier blanc, s'approcher de ton bûcher funéraire. Elle sourit, et te porte sur son cheval. Tes thanes te suivent, glissant sans effort derrière le cheval. Elle te porte hors de Midgard, et tu aperçois l'arbre cosmique, Yggdrasil. Les mondes se tiennent en équilibre précaire sur ses branches, et tu peux voir de grandes et terrifiantes armées, se rassemblant pour la confrontation finale.

Une fois les funérailles terminées, le Roi Erik Hache-Sanglante déclare que toutes les terres de Bard appartiennent désormais à la couronne, celui-ci n'ayant ni descendant, ni frères et soeurs. Il laisse un intendant nommé Skaerir, pour gouverner la ferme et les terres voisines en son nom. Si les Héros l'ont aidé à capturer ou tuer Egil, il leur offre 500 skatts en récompense à chacun, ainsi qu'un objet de grande qualité, appartenant à ses possessions personnelles. Si quelqu'un a été le champion d'Erik au procès d'Egil, et s'est débrouillé pour gagner la bataille, il reçoit en plus 1000 skatts.

Le Roi Erik Hache-Sanglante porte quelques objets de très grande valeur avec lui, qu'il offrira aux Héros ayant fait preuve d'initiative pendant la poursuite.

- **Leifi le Faucon Royal:** un faucon de chasse entraîné, qui peut chasser de petites proies, et peut être utilisé en combat pour octroyer +2 dégâts Physiques sur les actions d'Attaque du Héros.
- **Armoiries de Belle-Chevelure:** Un petit sceau, qui confirme que son propriétaire est un sujet loyal du Roi, en qui celui-ci a toute confiance. Ce sceau pourra offrir de nombreux bénéfices lors de voyages à travers le royaume.
- **Bouclier Royal du Sanglier:** le bois utilisé pour sa création est très léger et durable, octroyant un bonus de +3 Parade en plus de la protection d'un bouclier standard renforcé.
- **Lance Royale Dorée:** La pointe de fer a été mélangée avec de l'or, lui donnant une apparence particulière. Le FD de la lance est de +1, et sa Portée de +2 par rapport à une lance normale.
- **Bracelets de la Nuit:** ces bracelets métalliques sombres octroient à leur porteur +1 FP Mental.

Une fois que tout le monde a été remercié de manière appropriée, le Roi Erik Hache-Sanglante prend congé, et se prépare avec son entourage à la visite du prochain Jarl, qui organise également un festin en son honneur.

CONCLUSION

A travers leurs choix dans le jeu, les joueurs ont décidé de la conclusion de la saga. Une fois que tout est achevé, chaque Héros gagne 1 niveau. Ils peuvent choisir d'acheter +1 Essence, ou de garder ce point pour acheter +1 Destinée lorsqu'ils recevront un deuxième niveau.

Si le Héros d'un joueur est mort pendant la saga, et a réussi à être accepté dans les Cieux, celui-ci peut prendre une fiche de Disir, et la remplir.

Le Norn peut choisir de continuer l'histoire, de nombreuses possibilités d'aventures étant disponibles.

- Si Egil a fui, le Roi enverra des mercenaires s'en occuper (et le ramener, mort ou vif).
- Si les joueurs se sont alliés au Roi, ils peuvent devenir ces mercenaires.
- Si les joueurs se sont ralliés à Egil, ils devront voyager à travers Midgard pour chercher un endroit plus calme (peut-être en Islandia, ou plus loin à l'Ouest).
- Si Egil a été capturé, il y aura encore des conflits avec le Roi, car Egil souhaite instaurer de nouveau la renommée de son clan. Les joueurs peuvent choisir de l'aider, ou de travailler avec Erik pour contrer les plans d'Egil.
- Enfin, si Egil a été tué, son père, Skallagrimm, au tempérament non moins enflammé que son fils, cherchera sans nul doute à se venger du Roi, et de quiconque ayant participé au meurtre de son fils.

Le Norn peut ainsi créer d'autres sagas, pour que les joueurs continuent leurs aventures. Elles pourront également inclure des Habitants de cette saga, et prendre en compte les amitiés ou inimitiés que les joueurs ont développées. A sa conclusion, chaque saga devrait octroyer au moins 1 niveau aux joueurs.

DOCUMENTS IMPRIMABLES

Vous pouvez imprimer et utiliser les documents de cette section gratuitement dans vos parties.

TAPIS DE JEU

Ce tapis de jeu est réduit, de sorte que 2 tapis tiennent dans une page.

Les trois piles de Blessures sont indiquées par A {Ⓐ - Difficile [1x]}, B {Ⓑ - Moyen [3x]}, C {Ⓒ - Facile [5x]}.

sheet 1

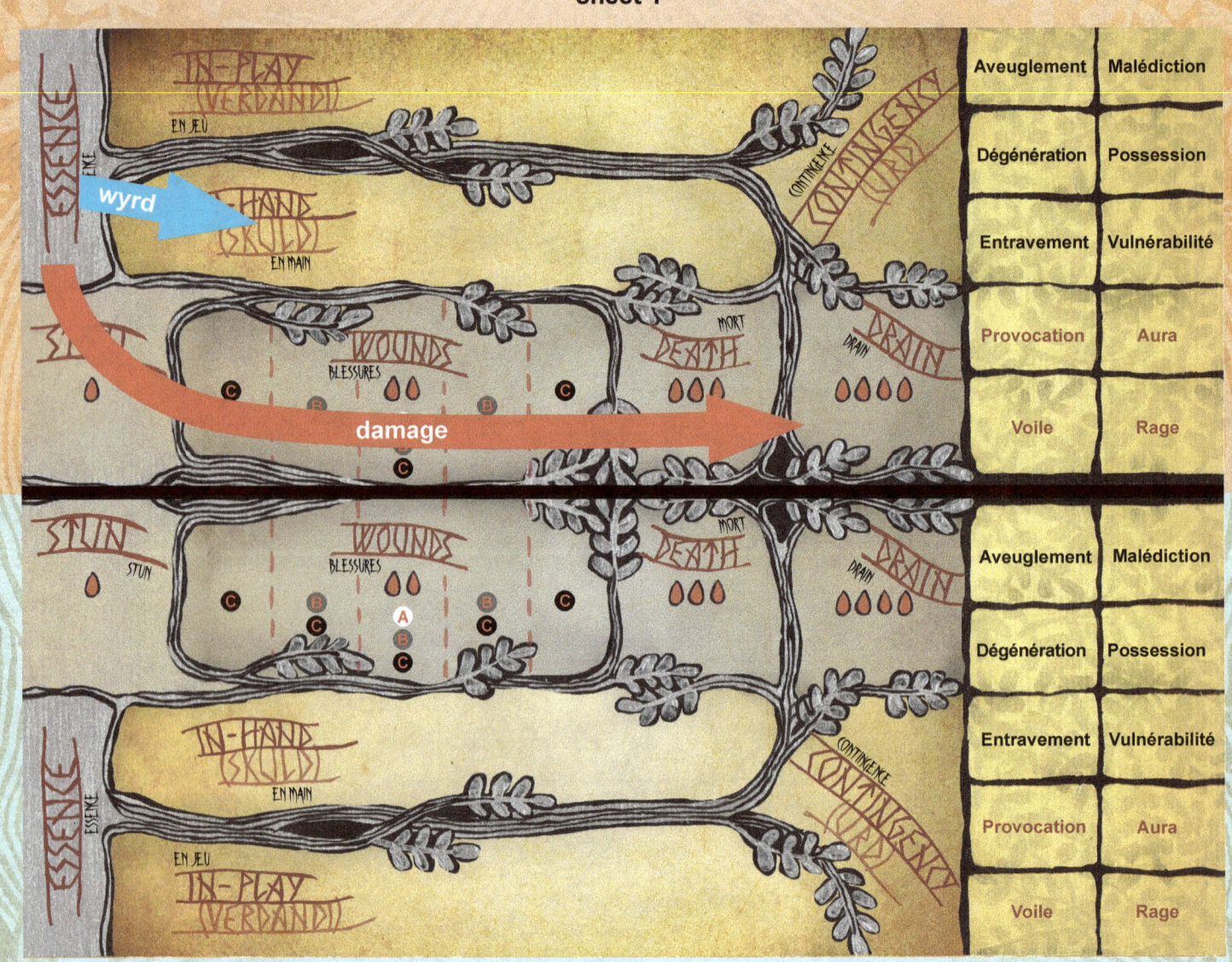

sheet 2

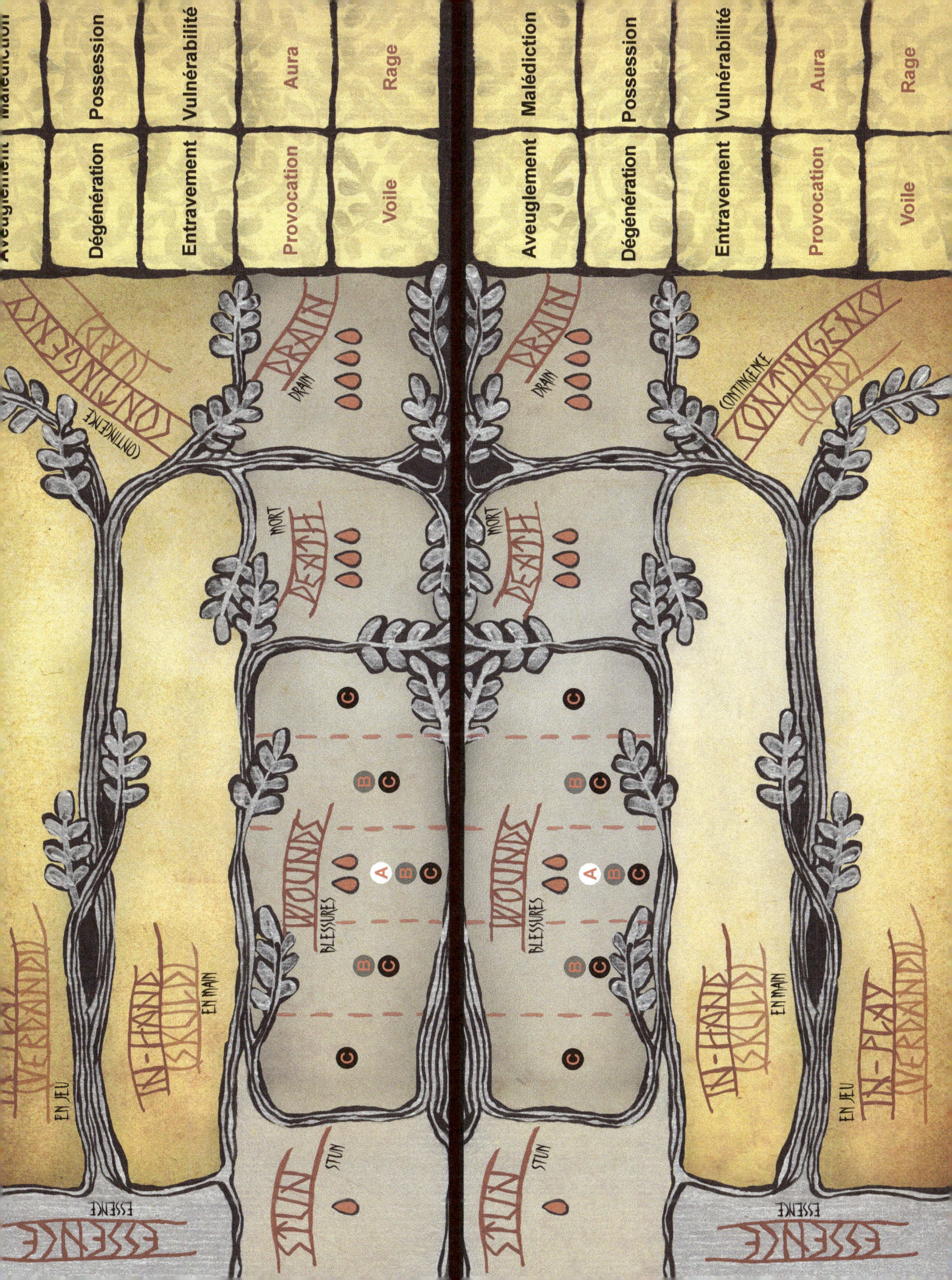

TUILES D'INITIATIVE

Découpez chaque carte, et placez les dans un sac ou une boîte opaque.

HÉROS 1

HÉROS 2

HÉROS 3

HÉROS 4

HÉROS 5

HÉROS 6

HÉROS 7

HÉROS 8

HÉROS 9

HÉROS 10

HABITANT 1

HABITANT 2

HABITANT 3

HABITANT 4

HABITANT 5

HABITANT 6

HABITANT 7

HABITANT 8

HABITANT 9

HABITANT 10

PLAYER NAME:
NOM DU JOUEUR

ARCHETYPE:
ARCHÉTYPE

TAILLE
SIZE:
DÉPLACEMENT
MOVE:

LEVEL:
NIVEAU
ESSENCE:
ESSENCE
DESTINY:
DESTINÉE

RUNE DU VIDE
VOID RUNE

SKILLS:
COMPÉTENCES

RANK:
RANG

PASSIVES:
POUVOIRS PASSIFS

DWELLER NAME

RUNE:
RUNE

ACTIVE
POUVOIRS ACTIFS

MÉTAS:
MÉTAS

EQUIPMENT
EQUIPEMENT

NOTES
NOTES

RÉSUMÉ D'ATTAQUE
ATTACK SUMMARY

RÉSUMÉ DE DÉFENSE
DEFEND SUMMARY

PORTÉE	PERÇAGE	FD	BONUS		PF	PARRY	EVADE
REACH/RANGE	**PIERCE**	**DF**	**BONUSES**		FP	PARADE	ESQUIVE
				PHYSICAL: PHYSIQUE			
				MENTAL: MENTAL			
				SPIRITUAL: SPIRITUEL			

DISIR SHEET
FICHE DE DISIR

LINEAGE _LIGNÉE_

NAME _NOM_

LEGACY _HÉRITAGE_

NIFHEIM   VALHALLA   GLASSISVELLIR

PROGENITOR
PRIMOGÉNITEUR

NAME _NOM_

LEGACY _LIGNÉE_

NAME _NOM_

LEGACY _LIGNÉE_

NAME _NOM_

LEGACY _LIGNÉE_

1st GENERATION
1ÈRE GÉNÉRATION

NAME _NOM_

LEGACY _LIGNÉE_

NAME _NOM_

LEGACY _LIGNÉE_

NAME _NOM_

LEGACY _LIGNÉE_

NAME _NOM_

LEGACY _LIGNÉE_

2st GENERATION
2ÈME GÉNÉRATION

SAUDOY
SAUDOY

SKALI DE BARD
BARD'S SKALI

ATLOY
ATLOY

AUTEL
SHRINE

EAST FJORDS
FJORDS DE L'EST

EVINGARD
EVINGARD

EASTERN QUARTER
PARTIE EST

NORTHERN QUARTER
PARTIE NORD

EYJA FJORD
FJORD EYJA

HEKLA
HEKLA

SKALHOLT
SKALHOLT

THINGVELLIR
THINGVELLIR

SOUTHERN QUARTER
PARTIE SUD

ISLANDIA
ISLANDIA

WESTERN QUARTER
PARTIE OUEST

BREIDA FJORD
FJORD BREIDA

WEST FJORDS
FJORDS DE L'OUEST

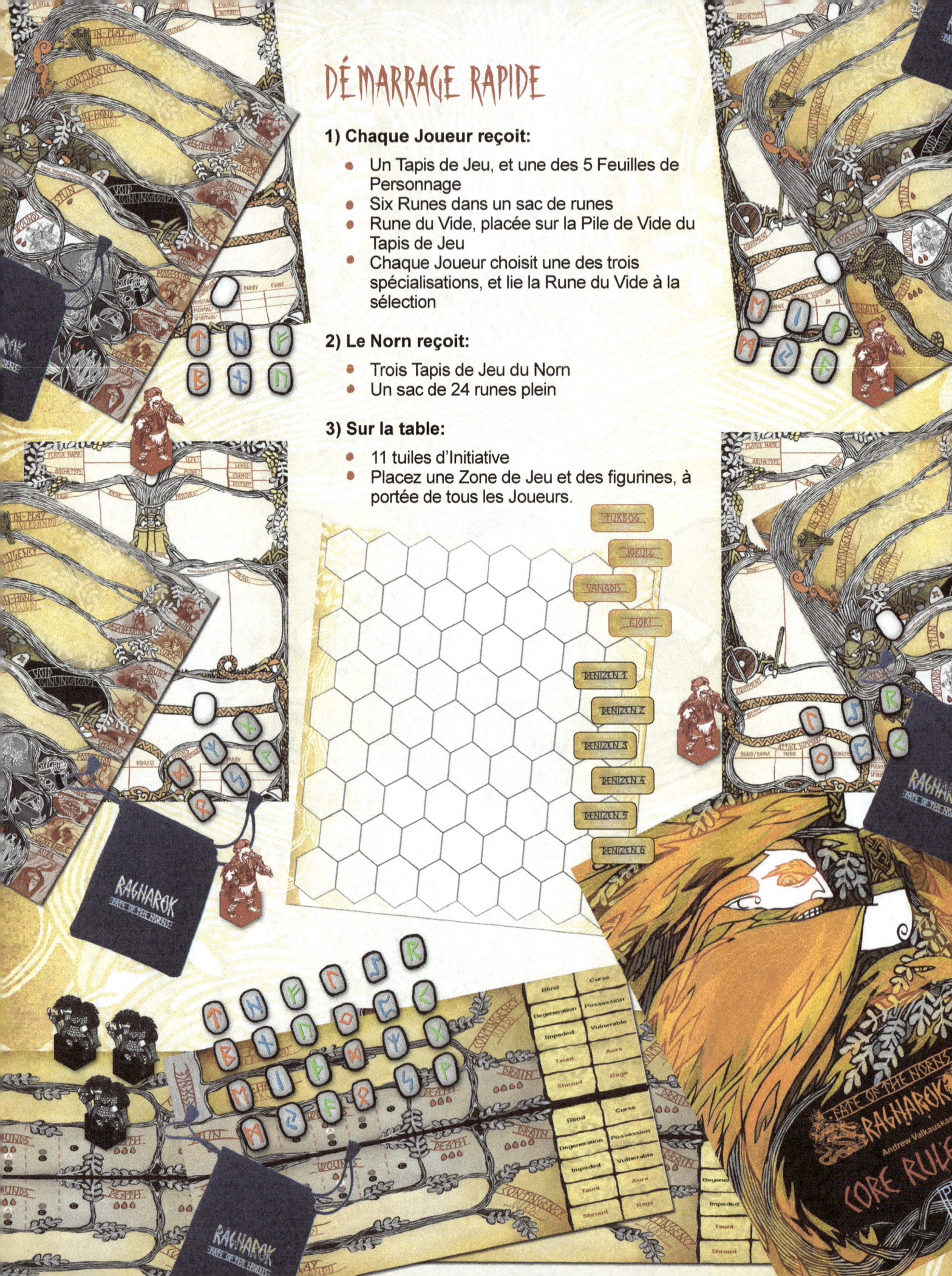

DÉMARRAGE RAPIDE

1) Chaque Joueur reçoit:

- Un Tapis de Jeu, et une des 5 Feuilles de Personnage
- Six Runes dans un sac de runes
- Rune du Vide, placée sur la Pile de Vide du Tapis de Jeu
- Chaque Joueur choisit une des trois spécialisations, et lie la Rune du Vide à la sélection

2) Le Norn reçoit:

- Trois Tapis de Jeu du Norn
- Un sac de 24 runes plein

3) Sur la table:

- 11 tuiles d'Initiative
- Placez une Zone de Jeu et des figurines, à portée de tous les Joueurs.

Trait	Eater of Eyes		Rager		Wolfen	
Active	**Physical**		**Mental**		**Spiritual**	
	Eye Rake: Perform a Weak Attack action (with a +1 Physical damage bonus) and inflict the Blind condition with a +1 Intensity [Counter: Physical] {Manoeuvre} [Amplify Stun Weapon]		**Aggressive Stance:** Get a +1 Physical damage bonus and a +2 Pierce bonus (this power is automatically Maintained) {Stance} built - Maintain meta [Amplify Amplify Amplify]		**Defensive Stance:** Get a +2 Parry bonus (this power is automatically Maintained) {Stance} built - Maintain meta [Amplify Amplify Amplify]	
ssive	**Sadist:** Your first Attack action of the round inflicts a Blind condition with +1 Intensity {Feat}		**Enter Rage:** During Upkeep, you may gain a +1 or -1 to for the Rage condition {Fea		**Fangs:** The damage from natural weapons is increased by +1 and a -2, applies to Defence {Feat}	
	Feather Fingers: Palm an object without getting noticed		**Intimidate:** Coerce someone into backing down from confrontation		**Hunting/Trapping:** Find food away from civilization	

Ginungagap (Void) rune choices

RUNE DU VIDE

Exemple de liaison:

1) **Choisissez une spécialité**

2) **Si par exemple vous choisissez "Wolfen"**

3) **Alors, la Rune du Vide devient:**

- Une rune Spirituelle (verte)
- Lorsqu'elle est jouée en tant que Pouvoir Actif, le Pouvoir "Posture Défensive" se déclenche
- Elle octroie le Pouvoir Passif "Crocs"
- Vous gagnez +1 niveau dans la Compétence "Chasser et Piéger".

RUNE DU VIDE UTILISÉE COMME MÉTA:

De l'exemple ci-dessus, lorsqu'elle est ajoutée à une chaine de runes en tant que Méta, la rune du Vide ajoute une Méta Spirituelle, permettant ainsi au Pouvoir "Attaque Puissante" d'infliger l'effet lié à l'arme utilisée pour l'attaque.

Pouvoirs Actifs (jouer cette rune pour l'activer)

Attaque Puissante: Effectuez une Action Attaque avec un bonus de +2 dégâts Physiques [meta: Amplifié Multi Arme] {Manoeuvre}

- + une rune Physique permet de doubler les dégâts infligés (2 Métas Amplifié tripleront le résultat).
- + une rune Mentale permet d'affecter +2 ennemis supplémentaires à portée
- + une rune Spirituelle applique au choix une des propriétés de votre arme

RUNE DU VIDE UTILISÉE COMME POUVOIR ACTIF:

Comme elle est liée au Pouvoir "Posture Défensive", elle déclenche ce Pouvoir lorsqu'elle est jouée depuis En Main vers En Jeu

D'autres Runes peuvent être ajoutées à cette chaine en tant qu'effets Métas.

LA RUNE DU VIDE NE PEUT JAMAIS SUBIR DE DEGATS, NI ETRE UTILISEE POUR PAYER LE COUT D'UN SACRIFICE

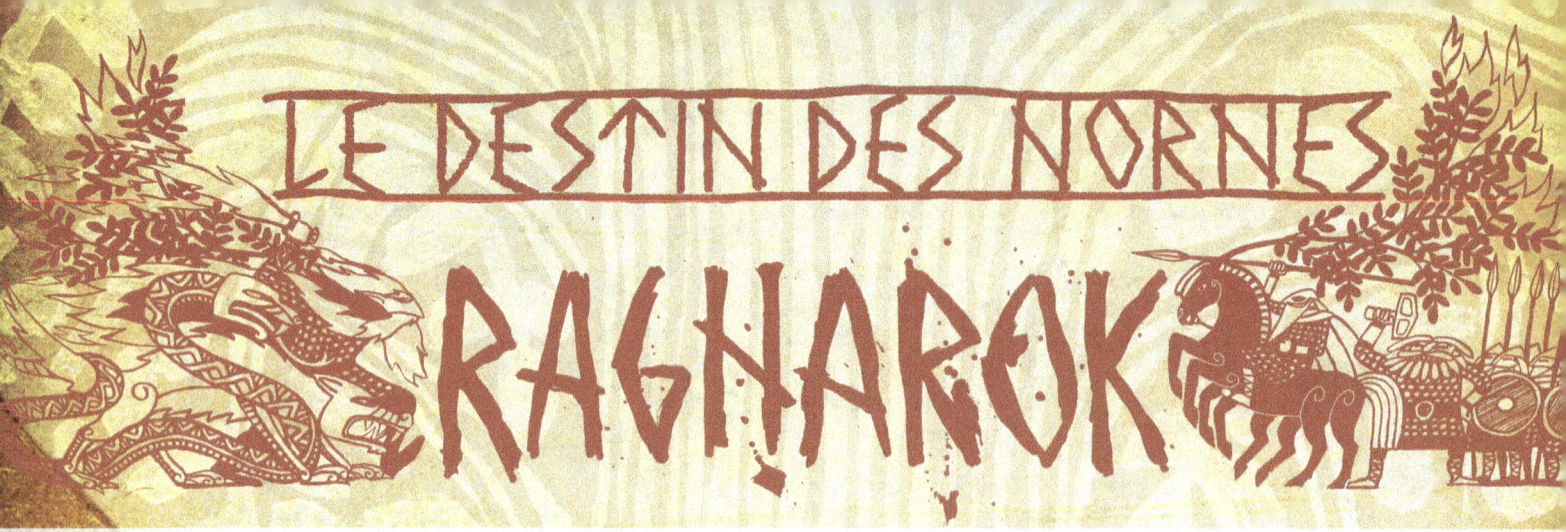

Fate of the Norns: Ragnarok
SAGA - FAFNIR'S TREASURE

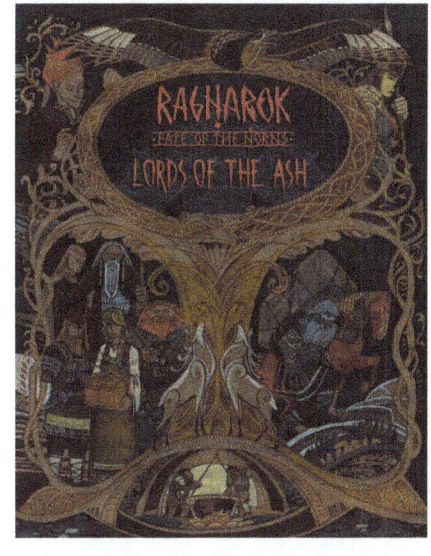

Fate of the Norns: Ragnarok
LORDS OF THE ASH

FATE OF THE NORNS

Fate of the Norns: Ragnarok
DENIZENS OF THE NORTH

PENDELHAVEN PUBLISHING

www.ingramcontent.com/pod-product-compliance
Lightning Source LLC
Chambersburg PA
CBHW081355090726
47908CB00011B/2677